KNAUR

Über die Autorin:
Julie Birkland hat aus Versehen nicht Theaterwissenschaften, sondern Architektur studiert, bevor sie zu schreiben anfing. Sie war schon vieles – Zimmermann, Architektin, Journalistin – und ist nun endlich angekommen, wo sie immer hinwollte: bei spannenden und romantischen Geschichten über Menschen, die Schwierigkeiten überwinden. Mit vier Kolleginnen gründete Julie das Autorenlabel Ink Rebels. Wenn sie nicht am Schreibtisch sitzt, lässt sie sich in der Natur den Wind um die Nase wehen, sei es in Kanada, Norwegen oder an der Ostsee. Sie lebt mit ihrer Familie in der Nähe von Hamburg am Deich.

JULIE BIRKLAND

Northern Love

Wild wie der Wind

ROMAN

KNAUR

Besuchen Sie uns im Internet:
www.knaur.de

Aus Verantwortung für die Umwelt hat sich die Verlagsgruppe Droemer Knaur zu einer nachhaltigen Buchproduktion verpflichtet. Der bewusste Umgang mit unseren Ressourcen, der Schutz unseres Klimas und der Natur gehören zu unseren obersten Unternehmenszielen. Gemeinsam mit unseren Partnern und Lieferanten setzen wir uns für eine klimaneutrale Buchproduktion ein, die den Erwerb von Klimazertifikaten zur Kompensation des CO_2-Ausstoßes einschließt. Weitere Informationen finden Sie unter: www.klimaneutralerverlag.de

FSC® www.fsc.org
MIX
Papier aus verantwortungsvollen Quellen
FSC® C083411

Originalausgabe Mai 2021
Knaur Taschenbuch

Ein Imprint der Verlagsgruppe
Droemer Knaur GmbH & Co. KG, München

Redaktion: Catherine Beck
Covergestaltung: ZERO Werbeagentur, München
Coverabbildung: Collage mit Motiven von Brian Bumby / Getty Images und shutterstock.com
Satz: Daniela Schulz
Druck und Bindung: CPI books GmbH, Leck
ISBN 978-3-426-52603-3

2 4 5 3 1

Für Jenny,
die Retterin der Vorschiffskoje,

und für alle, die sich nach ein bisschen
Wind in den Haaren sehnen

Eins

»Smule? Target.« Alva versuchte den jungen Seehund streng anzusehen und deutete auf die Trainingsstange, die sie vor ihm auf den Boden gelegt hatte. Es wäre einfacher gewesen, wäre Smule nicht so niedlich.

Er dachte nicht daran, mit der Schnauze gegen das Target zu tippen. Stattdessen rollte er sich über den Boden und betrachtete Alva dann abwartend.

»Glaubst du, dass du für das Gehampel einen Fisch bekommst? Im Leben nicht.«

Nina, die Chefbiologin der Robbenstation, kam zu ihr herüber. Sie hatte die Haare zum Zopf gebunden und trug wie Alva einen der gefütterten Sweater mit Seehund-Logo zur wasserfesten Hose und den hohen Gummistiefeln. Keine besonders elegante Arbeitsuniform, aber enorm praktisch. Und Nina stand sie sogar. »Na? Will er nicht?« Ihr Atem kondensierte in der Luft.

»Ich schwöre dir, der macht sich über mich lustig.«

Nina lachte. »Gestern war er auch schon so. Wahrscheinlich hat er Frühlingsgefühle.«

»Oder er sehnt sich ins Meer hinaus.« Alva hockte sich hin und klopfte mit den Fingerspitzen auf den eisigen Boden. »Na, komm schon, Smule.« Es war wichtig, dass sie regelmäßig mit den Robben übten, bestimmten Anweisungen zu folgen, damit die Tiere bei Tierarztbesuchen kooperierten.

Doch dieses Mal winkte Nina ab. »Lass ihn. Wenn er nicht will, will er nicht. Ich übe nachher noch mal mit ihm. Ich wette, deine menschlichen Patienten sind nicht so eigensinnig.«

»Nein, nie.« Es gelang Alva, ihre Miene dabei unbewegt zu lassen. »Vor allem die Zweijährigen sind meist richtig heiß auf die Untersuchung.«

Einen Moment schien Nina zu überlegen, ob sie es ernst meinte, dann lachte sie. »Du hast recht, entschuldige. Ich habe nicht nachgedacht.«

Aber normalerweise kam Alva tatsächlich gut mit ihren kleinen Patienten aus. Vielleicht lag es daran, dass sie Wut und Tränen der Kinder nie gegen sich gerichtet empfand, sondern immer herauszufinden versuchte, was dahintersteckte. In den drei Jahren, die Alva die Familienpraxis gemeinsam mit ihren Brüdern führte, hatte sie erst einmal erlebt, dass ein Vater unverrichteter Dinge mit seiner kleinen Tochter wieder nach Hause gehen musste. Zugegeben, normalerweise kam sie auch gut mit Smule aus, wenn sie am Wochenende in der Robbenstation aushalf. Er war ihr Liebling unter den drei Tieren, die nicht ausgewildert werden konnten und dauerhaft in der Station lebten.

Sie sah zum anderen Ende des Beckens hinüber, wo Bo, der zweite Stationsbiologe, mit der Kegelrobbe Tora übte und sie dann zurück ins Wasser schickte. Smule, Tora und Loki störte die erbärmliche Kälte nicht, die trotz des klarblauen Himmels immer noch herrschte.

Bo rieb die Hände aneinander, während er herantrat. Vor Kälte war seine Nasenspitze rot. »Hast du den Frost bestellt, Alva-Schatz?«

»Ich dachte, du wärst das gewesen. Ich bin nur für den Sonnenschein zuständig.«

»Und für die Fütterung, hoffe ich.«

»Auch für die, wenn du nett fragst.«

Es war inzwischen ein lieb gewonnenes Ritual zwischen ihnen. Bo stellte die Frage jeden Sonntag aufs Neue, und Alva gab jedes Mal die gleiche Antwort. Gleich an ihrem fünften Wochenende in der Station hatte sie die öffentliche Fütterung übernommen. Nicht weil sie begierig drauf gewesen wäre, im Zentrum der Aufmerksamkeit zu stehen, sondern weil ihre Kollegen es noch weniger mochten. Inzwischen machte es ihr Spaß, die Zuschauer durch die Robbenfütterung zu führen, obwohl es jetzt im gerade schüchtern anbrechenden Frühling immer nur wenige waren. Wenn sich jemand hierher verirrte, waren es meist Rentner aus dem Ort, die ein Ziel für ihren Sonntagsspaziergang brauchten.

Bo reinigte mit Tierpflegerin Silje und zwei anderen Freiwilligen – Biologiestudenten, die nur ein paar Wochen blieben – das Außengelände und bereitete eins der Quarantänebecken für ein Kegelrobbenbaby vor. Touristen hatten es in Sola am Strand gefunden. Derweil ging Alva mit Nina in die Futterküche und streifte die dicken Gummihandschuhe über, die sie beim Abwiegen der Fische trugen.

Gemeinsam hievten sie einen der Blöcke mit gefrorenem Fisch in das tiefe Spülbecken.

»Und? Wie geht's Eirik?«

»Wem?«

»Hast du mir nicht mal von einem Eirik erzählt, den du kennengelernt hast?«

»Ach, der.« Irgendwo aus einer sehr dunklen Falte ihrer Hirnwindungen zog Alva eine Erinnerung hervor. Eirik war kurz nach Magnus gewesen, aber sie war mit ihm nie weiter gekommen als bis zum obligatorischen Nachmittagstreffen in Stavanger. »Er war leider ziemlich dumm.«

»Und sonst? Irgendwelche Neuigkeiten, was Männer angeht?«

Jedes Mal, wenn Nina diese Frage stellte, wünschte Alva, sie hätte ihr nie erzählt, wie vergessen vom Leben sie sich manchmal fühlte, nun, da ihre Brüder beide vergeben waren. »Nichts weiter«, sagte sie schlicht. »Ist ja auch nicht so, dass ich aktiv jemanden suchen würde.«

»Solltest du vielleicht.«

»Du meinst, weil ich dreißig werde und die Welt untergehen wird, wenn ich bis dahin keinen festen Freund habe?«

Nina lachte. »Vielleicht auch weil du seit Wochen davon sprichst, dass du dreißig wirst.« Nina selbst war fast zehn Jahre älter und mit einem Ingenieur verheiratet, von dem sie wechselweise genervt war oder schwärmte. »Ich werde dir zum Geburtstag eine Mitgliedschaft bei *sukker.no* schenken.«

»Untersteh dich.« Alva stellte einen der Futtereimer auf die Waage neben dem Spülbecken. »Der ist für Smule.«

Mit geübten Händen löste Nina einen großen Hering aus dem Block. »Du weißt doch, zwei von drei Mitgliedern finden ihre große Liebe bei *sukker.no*.«

»Und das dritte chattet monatelang mit unterbezahlten Studentinnen und ist zu blöd zu merken, dass der heiße Millionär auf dem Bild nicht existiert.«

»Du bist zu realistisch für die Welt.«

»Tut mir leid, dass ich dein Geburtstagsgeschenk ruiniert habe.« Sie warf einen Blick auf die Futterliste. »Oh, heute gibt es Lachs.«

Nachdem sie das Futter für die einzelnen Tiere abgewogen hatten, stellten sie die Eimer in die Kühlung und putzten die Edelstahlflächen der Küche. Es blieb noch genug zu tun, bis die Fütterung anfing.

Kurz vor drei warf Alva einen Blick nach draußen zu den Seehundbecken, wo Smule, Loki und Tora bereits erwartungsvolle Kreise zogen. Die Robben wussten genau, wann ihr Leibgericht zu erwarten war.

Bisher stand nur eine Familie mit Kleinkind am Becken. Die Eintrittsgelder würden nicht mal für den Fisch reichen. War das Grund genug für die Enttäuschung, die sie gerade fühlte?

Alva holte das Headset-Mikrofon aus dem Schrank, als Bo hereinkam. »Immerhin sechs Zuschauer heute.«

»Eben waren es nur zweieinhalb.«

»Jetzt sind es sechs. Eine Familie, ein älteres Paar – ich glaube, es sind eure Kindergärtnerin und ihr Mann –, und Moneyman ist wieder da.«

Alvas Enttäuschung verflüchtigte sich. »Er ist dein Fan, sag ich doch.«

»Das wird's sein.«

Tatsächlich sah sich der Mann schon das dritte – oder sogar vierte? – Mal die Fütterung an. Alva kannte jeden Menschen hier in der Gegend, aber diesen Mann hatte sie bei seinem Besuch hier zum ersten Mal gesehen. Seitdem tauchte er regelmäßig kurz vor drei auf, schaute ganz vom Rand des Zuschauerbereichs aus zu, als versuche er, mit dem Schatten des Gebäudes dahinter zu verschmelzen, und verschwand direkt nach der Show wieder. Jedes Mal, wenn er da war, befanden sich hinterher 500 Kronen mehr als üblich in der Spendenbox. Er trug immer den gleichen schmal geschnittenen, dunklen Mantel, schwarze Jeans, schwarze Schuhe, unter der Jacke einen dunklen Kapuzenpullover. Alva wartete nur auf den Tag, an dem die schwarze Sonnenbrille dazukam.

Zeitgleich mit seinem Auftauchen vor ein paar Wochen war eine Jacht am Fischereianleger längsseits gegangen, deren Besitzer kaum jemand je zu Gesicht bekam. Man musste nicht Astrophysik studiert haben, um den Zusammenhang herzustellen. Aber was trieb jemanden so früh im Jahr mit einer Jacht her? Ab und zu, sehr selten, legten auch im Winter Segelboote hier an. Aber die blieben eine oder zwei Nächte, nicht wochenlang.

Der Mann war ein Rätsel, und Alva Solberg mochte es, Rätsel zu lösen.

»Bist du so weit?«, fragte Bo.

Alva überprüfte den Sitz des Headsets und tastete nach der Trillerpfeife. »Kann losgehen.«

Nach der kurzen Show hatten sie eben sauber gemacht und aufgeräumt, als der Transporter mit der neuen kleinen Robbe vorfuhr. Mit eindringlichen Kontaktlauten verkündete das Jungtier schon aus dem Auto heraus, dass es Hunger hatte.

»Ich untersuche den Kerl«, sagte Nina. »Machst du ein bisschen Fischbrei zurecht?«

Alva nickte. Sie wäre gern dabei gewesen, wie die kleine Robbe hereingebracht wurde, aber es war klar, dass das Füttern vorging. Sie pürierte Heringsfilet, versetzte es mit Elektrolytlösung und füllte die Mischung in einen Fütterungsschlauch, den sie Nina zum Quarantänebecken brachte.

Die Robbe war klein und trug noch die Lanugo, das volle, weiße Babyfell. In dem winzigen Gesicht wirkten die dunklen Knopfaugen größer, als sie sollten. Das Jungtier hatte viel zu wenig Babyspeck.

»Es ist ein Mädchen«, sagte Nina. »Zwei Wochen alt, schätze ich. Ziemlich mager, hoffentlich kommt sie durch.«

»Hast du ihr schon einen Namen gegeben?«

»Kannst du machen, wenn du willst.«

Alva sah das Tier an. Obwohl sie keine Biologin oder Tierpflegerin war, hatte sie genug Robben ankommen und wieder in die Freiheit schwimmen sehen, um Nina recht zu geben. »Hope.«

»Das ist nicht sehr subtil.« Nina kniete inzwischen über der kleinen Robbe und steckte ihr den Fütterungsschlauch ins Maul. Sie lächelte zu Alva hoch. »Aber wohl durchaus passend.«

Alva sah zu, wie Hope ihre erste Mahlzeit bekam, dann pürierte sie weiteren Fisch für zwei andere junge Heuler und half Bo und den anderen dabei, sich um die restlichen Tiere zu kümmern. Danach war sie erschöpft, aber glücklich, weil sie das Gefühl hatte, ihren Sonntag wirklich sinnvoll verbracht zu haben.

Die Robbenforschungsstation mochte eine Touristenattraktion sein und Lillehamn einen Platz auf der Landkarte sichern, aber gern gesehen war ihre Arbeit nicht überall. Besonders die Aufzucht der Jungtiere beäugten einige der älteren Nachbarn skeptisch – waren Robben doch die natürlichen Konkurrenten der Fischer, und in Lillehamn hatte man, lange bevor die Touristen kamen, vom Fischen gelebt.

Auf dem Heimweg machte Alva einen Umweg am Hafenplatz vorbei – wobei die Bezeichnung ›Hafen‹ für den einen Steg einigermaßen hochtrabend war. Svein und Hans beanspruchten mit ihren Kuttern wie immer die windabgewandte Seite, was der Jacht des Fremden nur die Luvseite überließ. Im Moment wehte nur eine Brise, aber wenn der Sturm richtig loslegte, musste das Boot mächtig gegen den Steg gedrückt werden.

Die Kutter lagen verlassen da, doch aus der Jacht drang ein schwacher Lichtschein. Alva hätte gern gewusst, ob es wirklich der Robbenfreund war, der dort drin … was auch immer tat. Spaghetti kochte vielleicht. Was machte jemand um diese Jahreszeit in Lillehamn, und wie verbrachte man auf so einem Boot die Zeit?

»Und, wie lebt es sich so am Ende der Welt?«

Jo lag ausgestreckt auf der Vorschiffskoje. Den Krimi, mit dem er sich die Zeit vertrieb, hatte er zur Seite gelegt, bevor er den Facetime-Anruf seiner Schwester annahm. »Gut«, sagte er.

»Ich behaupte immer noch, dass es eine Flucht ist.«

»Ich nenne es *kreative Pause.*«

»Wenn du meinst … Ich würde mich eher begraben, als mich in Lillehamn zu verkriechen, aber das musst du selbst wissen.«

Genau genommen war sein Aufenthalt hier genau das: der Versuch, einen Teil von sich zu begraben. Ein Stück Vergangenheit. Doch das würde er nicht mit seiner Schwester diskutieren. Es gehörte zu den Dingen, die er mit sich selbst ausmachen musste. »Was heißt ›Ende der Welt‹?«, fragte er stattdessen. »Hier steppt der Elch. Es gibt mehrere Touristenattraktionen.«

»Lass mich raten: das Heimatmuseum und das Heimatmuseum?« Kjerstis Augenbrauen wanderten zynisch bis zu ihrem akkurat geschnittenen Pony.

»Leider nicht mal eins. Aber eine Bar, die recht vielversprechend aussieht. Und eine Robbenaufzuchtstation.« Bei dem Gedanken daran sah er sich auf dem Display lächeln.

»Wahnsinn.«

»Außerdem ist an der Uferpromenade eine Baustelle, die aussieht, als würde sie irgendwann ein Café werden, und am Markt ein winziger syrischer Imbiss. Und ein bisschen außerhalb gibt es einen *KiWi*.«

»O Gott!« Kjersti schlug sich in theatralischer Verzweiflung die Hände vors Gesicht. »Hörst du dir bitte mal selbst zu? Du hast nicht allen Ernstes gerade von einem *Supermarkt* als Touristenattraktion gesprochen?«

»Ein bisschen Respekt bitte dem *KiWi* gegenüber. Immerhin ist es das Highlight meiner Tage, mir dort die Fertigpizza des Abends auszusuchen.«

»Du solltest zurückkommen in die Stadt, bevor du fett und verzweifelt wirst.«

»Ich komme nicht zurück, Kjersti. Nicht in nächster Zeit. Du weißt, warum.«

Sie ging nicht weiter darauf ein. »Schick mir nächstes Mal ein Foto von dem Seehundding. Von innen. Damit ich weiß, dass du deine Höhle auch ab und zu verlässt, außer um die sensationelle Attraktion namens Tiefkühlregal aufzusuchen.«

»Hast du mir nicht zugehört? Mir geht's prima. Ich mache Urlaub.« Oder zumindest etwas in der Art. Sonntags fühlte es sich an wie Urlaub.

Das erste Mal war er lediglich in die Robbenstation gegangen, weil er nicht wusste, wohin mit sich und seiner Rastlosigkeit. Bisher hatte das Wetter nicht zugelassen, dass er auf einen der Berge in der Umgebung stieg. Nicht ohne sich auszukennen. Und die Robbenfütterung war auf jeden Fall besser als ein Sonntagnachmittag, an dem er vor lauter Langeweile Risikogeschäfte abschloss oder aus Versehen den Sportsender einschaltete.

Er hatte sich einen Platz im Schatten des Gebäudes gesucht, hinter der fiktiven Neunmeterlinie, wenn man das Seehundbecken als Tor betrachtete. Viel erwartet hatte er nicht, bloß ein paar pummelige Meeressäuger. Aber dann war diese Frau gekommen und hatte angefangen zu sprechen, und in seinem Kopf war Ruhe eingekehrt.

Er konnte nicht beschreiben, was genau es war, doch wenn die Robbentrainerin mit den grünen Augen ihren kurzen Vortrag über die Fütterung der Tiere hielt, ließ die Spannung hinter seiner Stirn nach. Alva hieß sie. Er mochte den Namen, er klang weich und warm und hübsch, wie sie.

Vielleicht war es die Frequenz, mit der Alva sprach. Irgendeine wissenschaftliche Erklärung musste es dafür geben, dass es in seinem Kopf, bis hoch zur Fontanelle, zu kribbeln anfing. Gleich darauf hatte er das Gefühl, seine Schädeldecke würde sanft abheben. Seligkeit, Schweben, Trance bei vollem Bewusstsein. Seit diesem ersten Mal ging er jeden Sonntag hin und sah vermutlich ziemlich weggetreten aus, während er vorgab, die Robbenfütterung zu verfolgen.

Er hatte versucht, Kjersti davon zu erzählen, aber sie hatte nur gelacht. »Du weißt, wie creepy das klingt, oder?«

Aus der Distanz betrachtet, mochte das stimmen, aber er konnte es nicht ändern. Irgendetwas berührte diese Frau, Alva, in ihm. Etwas Gutes, Heiles. Außerdem gab die Aussicht auf die Sonntage seiner Woche Struktur und sorgte dafür, dass er seinen Biss behielt. Er betrachtete sie als sein privates Incentive. Bis Sonntag das Fitnessprogramm wenigstens fünfmal durchziehen. Bis Sonntag herausfinden, ob es einen Bus in den Nachbarort gibt. Bis Sonntag höchstens zweimal Tiefkühlpizza essen. Die kleinen Dinge.

Wenn er sie bewältigt hatte, ging er am Wochenende in die Robbenstation und holte sich seine Dosis Frieden im Kopf ab. Das war der Deal, den er mit sich selbst abgeschlossen hatte, und Jo hielt sich an Deals, die er mit sich selbst schloss.

»Was macht das Geschäft?«, fragte er, um Kjersti von dem abzubringen, was er nicht besprechen wollte.

»Genau wie du vorausgesagt hast: Kurz vor dem Frühling ist eine gute Jahreszeit, um eine Fitness-App zu launchen. *N'Core* läuft gut an.«

»Also können wir tatsächlich damit rechnen, nach Plan irgendwann schwarze Zahlen zu schreiben, ja?«

»Im Moment liegen wir über den Erwartungen.«

Jo streckte sich. Sie hatten eine Menge in diese App investiert. »Hol dir einen Sekt. Wir stoßen an.«

»Ich hab schon mit Zayed angestoßen.«

»Verräter, der.« Jo lauschte seinen eigenen Worten. Sie klangen … normal. Entspannt. Wie etwas, das er früher gesagt hätte, als Zayed und er noch miteinander sprachen. Er zwang sich zu lächeln, normal und entspannt, während er sich hochrollte und mit dem Smartphone in der Hand zum Kühlschrank ging. »Ich kann auch mit mir selbst anstoßen.«

Kjersti ging nicht weiter auf das Thema ein. Während er Apfelschorle in eins seiner wenigen Gläser goss, sagte sie: »*Norsk Glitter* will ein Interview.«

»Ich gebe keine mehr.«

»Wir brauchen *Norsk Glitter*, Aki.«

»Jo«, sagte Jo scharf.

»Mist, entschuldige. Jo. Kannst du bitte trotzdem einsehen, dass ein Interview mit Norwegens größtem Klatschportal so gute Werbung ist, wie wir sie nie wieder bekommen?«

»Die werden kaum über unsere App mit mir reden wollen.«

»Dann dreh das Gespräch, das kannst du doch.«

»Ich überleg's mir, okay?« Das klang gereizter als nötig. »Wie geht es Mama?«

Kjersti seufzte. »Das Übliche.«

»Wird sie eher versuchen, mir ihren neuen Online-Batikkurs schmackhaft zu machen, oder mit Selbstmord drohen, wenn ich sie anrufe?«

»Im Moment ist sie ganz gut drauf. Sie hat gerade etwas gefunden, für das sie brennt.«

»Was ist es?«

»Ein Buchprojekt zum Thema Seelenpartner.«

»Dunning und Kruger wären stolz auf sie.«

»Was?« Kjersti hörte sich abgelenkt an. Eine Tastatur klapperte. Wahrscheinlich kontrollierte sie gerade noch einmal die Abo-Verkäufe ihrer gemeinsamen Fitness-App.

»Dunning-Kruger-Effekt«, sagte Jo trotzdem. »Hat damit zu tun, dass sich besonders inkompetente Menschen in einem Bereich gern für ziemlich schlau halten.«

»Ach, das. Sei nicht so hart zu ihr, sie ist einfach so. Ruf sie mal an, ich glaube, sie würde sich freuen.«

Aber ich nicht, dachte Jo.

Nach dem Gespräch rief er Zayeds Nummer auf. Er starrte Zayeds Profilbild an, schloss das Fenster und schickte Kjersti ein Bild aus der Robbenstation, das er bei seinem ersten Besuch dort aufgenommen hatte. Dann zog er Sportkleidung an und ging laufen.

Die Wahrheit war: Er wollte kein Interview geben. Er wollte nicht mehr in der Öffentlichkeit stehen, sondern die Geister, die er gerufen hatte, endlich loswerden. Möglicherweise war ein gesponserter Segeltörn dafür nicht ganz das Richtige, zugegeben. Aber zu dem Zeitpunkt, als er den Vertrag unterschrieben hatte, hatte er einfach nach jedem Strohhalm gegriffen.

Beim Laufen kondensierte sein Atem vor ihm in der Luft, und er musste aufpassen, nicht auf gefrorenen Pfützen auszurutschen. Trotzdem taten seine Muskeln, was sie jahrelang trainiert hatten. Als Jo lange genug am Meeressaum hin und her gelaufen war, fühlte er sich warm und lebendig. Eigentlich war es okay, sein neues Leben. Ruhiger vielleicht, aber okay. Zum Runterkühlen trabte er langsam über den Hafenplatz. Sein Telefon vibrierte; es war wieder seine Schwester.

»Ist das auf deinem Bild die Frau mit der magischen Stimme?«

Ein magerer Dalmatiner schnüffelte an den Mülltonnen des heruntergekommenen Hauses am Rand des Platzes.

»Ja.« Jo ging in die Knie und streckte die Hand nach dem Hund aus – der sich prompt mit eingekniffenem Schwanz ein Stück entfernte. Na, dann nicht.

»Ich dachte, ich kriege ein Bild von den Seehunden.«

»Nächstes Mal bitte ich …«, er zögerte, und dann sprach er doch ihren Namen aus, »Alva, mal zur Seite zu rücken.« War dem Hund nicht kalt mit diesem dünnen Fell?

»Oder du wartest, bis die Fütterung vorbei ist.«

»Oder das.«

»Alva heißt sie?«

»Hmhm.«

Kjersti lachte in sich hinein. Sollte sie denken, was sie wollte.

Einer spontanen Idee folgend, änderte Jo seine Richtung. Er hatte keine Lust zum Kochen, aber es gab sogar in Lillehamn im Nichts ein Mittelding zwischen Fertigfraß und Selbstgekochtem. Vielleicht hatte der syrische Imbiss ja geöffnet.

Bevor er *Jamal's Place* betrat, schlug er die beim Laufen hinuntergewehte Kapuze der Softshelljacke wieder hoch.

Eine Wand aus Wärme und Gewürzduft schlug ihm entgegen, aber es war nicht unangenehm. Mit einem einzigen Blick in den unspektakulären kleinen Raum hatte er vermutlich das Wesentliche gesehen. Drei Stehtische, eine Sitzecke, einen überdimensionierten Getränkekühlschrank und eine Bedientheke – alles in Neonlicht getaucht. An den orangefarben verputzten Wänden hingen goldgerahmte Bilder von Orten, die es nicht mehr gab. Außer ihm waren zwei Teenager die einzigen Gäste. Die beiden hielten an einem der Stehtische Händchen und nahmen kaum Notiz von ihm. Dafür leuchtete das Gesicht des walrossbärtigen Mannes hinter dem Tresen auf, als sei Jo sein seit Monaten verschollener, sehnsüchtig erwarteter Sohn.

Sicher. Wer tat das dieser Tage nicht – ihn sehnsüchtig erwarten? Trotzdem sorgte das Lächeln dafür, dass ihm nicht mehr ganz so kalt war. »Hei.« Er trat an den Tresen.

Eine halbe Stunde später verließ er den Imbiss wieder, satt, warm und um viele Geschichten aus Jamals Leben reicher. Die Großmutter in Damaskus, die dem Imbissbesitzer das Baklava-Rezept vererbt hatte, hätte Jo gern kennengelernt. Vielleicht würde er öfter herkommen, solange er in Lillehamn war. Jamal hatte ihm sogar noch eine Tüte voller Fischfrikadellen aufgenötigt, die er angeblich so spät am Nachmittag ohnehin nicht mehr verkaufen würde.

Jo hatte die Gabe angenommen und Jamal dafür umso mehr Trinkgeld gegeben. Er würde in den nächsten beiden Tagen also keine Pizza, sondern Fiskeboller zu Abend essen.

Der Hund von vorhin hatte sich in einer Ecke neben den Mülltonnen zusammengerollt. Hunde gingen doch von allein nach Hause, oder nicht? Der Wind war kalt, und das Pflaster musste eisig sein.

Wieder versuchte Jo, das Tier zu locken, doch das sah ihn nur müde an. Schließlich wickelte er die Fiskeboller aus der Alufolie, brach einen davon in kleine Stücke und legte sie auf den Bootssteg, wo sie nicht von den wenigen Sonntagabendautos platt gefahren werden konnten.

Bevor er vom Steg auf das Boot sprang, warf er noch einen Blick zurück. Der Hund reckte den Kopf in die Höhe und schnupperte.

Jo lächelte.

In der Kajüte nahm er das Telefon aus der Hosentasche, um es auf den Qi-Charger zu legen, und sah, dass es blinkte. Besonders viele Menschen hatten diese Telefonnummer nicht. Kjersti würde es kaum noch mal sein, und seine Mutter wartete immer, dass er anrief, nur um sich dann weinerlich zu beschweren, dass er es nicht täte. Also blieb bloß … Zayed.

Er sah aufs Display.

Es war nicht Zayed. Stattdessen meldete sich sein altes Leben in Form von Thore Janssen.

Ruf mal an, Alter.

Als hätten sie gestern zum letzten Mal gesprochen und nicht vor vier Monaten. Um Zeit zu gewinnen, verstaute Jo erst die Frikadellen im Kühlschrank, setzte Teewasser auf, duschte und zog sich um. In weicher Jogginghose und dicken Socken setzte er sich schließlich seitlich auf die schmale Sitzbank neben dem Ess-Wohnzimmer-alles-Tisch und zog die Beine hoch. Dann rief er seinen ehemaligen Teamkollegen an. »Hey.«

»Sitzt du?«

»Ja.«

»Hast du ein Bier?«

Jo betrachtete die dampfende Tasse neben sich. »Einen Pfefferminztee.«

»Reicht nicht«, sagte Thore. »Hol dir ein Bier. Oder besser noch Hartgas.«

»Was ist los?« Vor Jos geistigem Auge entfalteten sich tausend Möglichkeiten, was passiert sein könnte, keine davon attraktiv.

»Sag nicht, Stig hört als Trainer auf, und ich soll sein Nachfolger werden.« Und auch nicht realistisch, geschweige denn witzig.

»Kalt.«

»Du hast ein Angebot von Paris Saint-Germain bekommen und gehst ohne mich?« Als er merkte, dass er nervös mit den Fingern auf der Tischplatte herumtrommelte, legte er die Hand flach neben die Tasse.

»Noch kälter«, sagte Thore. »Also, hast du jetzt endlich was zu trinken?«

»Ja.« Der Pfefferminztee dampfte noch.

»Okay. Also.« Jo sah fast vor sich, wie Thore in seinem Wohnzimmer auf und ab lief. »Ich dachte, es ist besser, ich sag's dir, als wenn du es aus dem Internet erfährst. Sanna ist jetzt mit Martin zusammen. Sie wollen es morgen offiziell verkünden.«

Jo atmete aus. *Joakim, das letzte Spiel ist nicht gut gelaufen für Ihre Mannschaft. Woran lag's? – Nun, wir haben alles gegeben und gekämpft, aber das haben die anderen auch. Und am Ende hat es eben nicht gereicht. – Vor allem Ihre eigene Leistung könnten viele Fans als enttäuschend empfunden haben. Was haben Sie dazu zu sagen?* Nichts. Nichts hatte er dazu zu sagen. Außer: »Okay.« Es klang sogar in seinen eigenen Ohren seltsam mechanisch.

»Tut mir echt leid, Mann.«

»Mit Sanna und mir, das ist schon seit einer Weile vorbei.« Falls überhaupt je wirklich was da gewesen war. Und dass sein Ego jetzt trotzdem das dringende Bedürfnis hatte, gegen die Bordwand zu schlagen, hatte hauptsächlich mit verletztem Stolz zu tun. »Danke, dass du mir Bescheid gesagt hast.«

»Und sonst?«, erkundigte Thore sich. »Alles fit?«

»Könnte besser nicht sein.«

»Ach Scheiße, Aki. War echt 'ne miese Nummer vom Vorstand, das Ganze.«

Jo schwieg. Er hasste das Lügengebäude, das sie um seinen Abschied vom Sport aufgebaut hatten. Thore war einer der wenigen, die wussten, dass er nicht freiwillig gegangen war, aber auch Thore kannte nicht die ganze Wahrheit. Wenn Jo im Vorstand gewesen wäre, er hätte sich auch gefeuert.

»Wenn ich was tun kann …«

Jo zwang sich ein Lächeln ins Gesicht. »Sei einfach nett zu Stig und den anderen. Und zu Martin.« Das Lächeln wurde ein bisschen verkrampft. »Es war meine eigene Entscheidung, auf dem Höhepunkt meiner Karriere aufzuhören.«

»Klingt beinahe nicht eingeübt.«

Jo betrachtete seinen Handrücken. Er hielt die Tasse inzwischen so fest, dass die Knöchel hell hervortraten. »Hör zu, ich hab gleich noch einen Termin.«

»Wenn du meinst …«

»Grüß deine Liebste und die Kinder.«

»Mach ich. Pass auf dich auf.«

Jo antwortete mit einem nichtssagenden Laut auf die Floskel und beendete das Gespräch.

Ausgetauscht.

Einfach so.

Die Wut brodelte ziellos in ihm herum und fand nichts, wogegen sie sich richten konnte. Eigentlich hatte er inzwischen gelernt, sie für sich zu nutzen, umzuwandeln in Ideen, Projekte, Erfolge. Uneigentlich starrte er jetzt blicklos gegen die Bordwand, wo der kleine Glücksbringer, den Zayeds Mutter ihm geschenkt hatte, im Rhythmus der Wellen hin und her schwang.

Er merkte, dass er die Kiefer aufeinandergepresst hatte, und lockerte sie nur mit Mühe. Ihm war so sehr danach, irgendetwas kaputt zu machen, dass er Kopfschmerzen davon bekam.

Nachdem sie eine halbe Stunde und drei mühsam absolvierte Segelscheinlektionen später immer noch hinter seinen Augen drückten, holte er sich eine Schmerztablette aus dem Badezimmerschrank.

Sanna und Martin also. Warum traf ihn das so?

Vielleicht übte Sanna in diesem Moment für den glückstrahlenden Livestream morgen – oder wie auch immer sie die Neuigkeit bekannt machen wollte. »Ich fand Martin ja immer schon interessant«, würde sie sagen. »Auch wenn er natürlich lange Zeit nur ein guter Freund war.« Und ein verdammter *Auswechselspieler*.

Jo ballte ein paarmal die Hände zu Fäusten und schüttelte sie aus. Die Sache war es nicht wert, dass er auch nur einen Gedanken an sie verschwendete, wirklich nicht. Schließlich hatte es auf sein Leben keinerlei Einfluss, mit wem Sanna jetzt zusammen war, es interessierte ihn nicht einmal wirklich. Also. Außerdem war es nicht so, dass er hier nichts zu tun hätte. Er rief die Website des neuen Offshore-Windparks auf, in den er zu investieren überlegte.

Prasseln auf dem Kajütendach lenkte ihn ab. Es klang anders als normaler Regen, kristallener. Ob der Hund noch dort draußen war, im Eisregen?

Falls ja, würde er das kaum lange überleben.

Kurz entschlossen schlüpfte Jo wieder in die Jeans, warf sich die wetterfeste Segeljacke über, ohne sie zu schließen, und ging mit einer Schüssel voller Fischbällchen hinaus auf den Steg. Die Portion, die er zuvor dort drapiert hatte, war verschwunden.

Zwischen Regen und Dunkelheit war der Hund nur als verschwommener, heller Fleck an der Hauswand zu erahnen. »Du bist ja immer noch da.« Jo blieb in sicherer Entfernung stehen, um den Hund nicht zu ängstigen, und warf ihm einen Leckerbissen zu, gerade so weit weg, dass sich das Tier bewegen musste, um ihn zu erreichen.

Der Hund reckte die Schnauze nach vorn.

»Na los, hol ihn dir.« Noch ein Fischbällchen, ein Stückchen näher an die neugierig zuckende schwarze Nase.

Der Hund kam nur mühsam auf die Beine. Entweder war er sehr alt oder krank oder beides. In jedem Fall war er völlig unterkühlt.

Jo ging in die Knie und lockte weiter. »Komm, du schaffst das. Ich tu dir nichts.«

Blitzschnell schnappte der Hund sich die beiden Fiskeboller und blieb dann unschlüssig stehen.

Jo fühlte, wie sich ein Lächeln auf seinem Gesicht ausbreitete. Er griff in die Schale.

Schwanzwedelnd sah der Hund ihn an.

Ohne ihn aus den Augen zu lassen, platzierte Jo eine weitere Frikadelle direkt vor sich auf den Boden.

Der Hund wurde mutiger. Schnell stakste er auf Jo zu, schnappte sich das Futter und schlang es hinunter.

»Gut so. Das machst du prima.« Ob er es wagen konnte, den Hund zu berühren? So aus der Nähe wirkte er nicht sehr verwildert. Jo legte sich das drittletzte Fischbällchen auf die flache Hand. »So, mein Junge, deine Chance auf eine warme Nacht. Traust du dich?«

Erstaunlich behutsam spitzte der Hund die Lippen. Es kitzelte, als die warme Hundeschnauze Jos eisige, nasse Haut berührte.

»Siehst du. Genau so.« Ganz langsam streckte er die Hand aus. Zu seiner Erleichterung zuckte der Hund nicht zurück, sondern ließ sich kraulen. Eindeutig war er an Menschen gewöhnt, auch wenn er kein Halsband trug. Vielleicht ein Bauernhofhund, der sich verlaufen hatte? »Wollen wir nach Hause gehen?«

Er hätte sich in den Hintern beißen können, dass er kein Seil mitgebracht hatte, um eine Art Leine daraus zu machen. Blieb nur zu hoffen, dass der Dalmatiner hungrig genug war, dem Duft aus der Schüssel zu folgen. Jo hielt sie noch einmal in Richtung Hundenase, dann ging er Schritt für Schritt in Richtung Boot, wobei er immer wieder einen vorsichtigen Blick über die rechte Schulter warf.

Der Hund zögerte und sah ihm hinterher.

Komm schon, dachte Jo. Wie nebenbei ließ er ein weiteres Fischbällchen fallen.

Und es funktionierte!

Der Hund folgte ihm.

Jetzt musste er ihn nur noch irgendwie dazu bewegen, mit auf die Jacht zu kommen. Wieder ließ er das Tier schnüffeln, dann sprang er hinüber. »Los, komm.«

Fiepend stand der Hund auf dem Steg. Der Regen wurde stärker, und Jo verfluchte sich dafür, die Jacke offen gelassen zu haben.

»Du schaffst das, da bin ich sicher.« Jo legte sich die vorletzte Frikadelle auf die Hand und hielt sie dem Hund hin. Die Schnauze wanderte nach vorn, Jo zog die Hand zurück. Wieder fiepte der Hund.

Zur Not würde er ihn hochheben müssen. Aber noch gab er nicht auf. Erneut bot er den Fisch an. »Los jetzt.«

Ob es der zunehmende Regen war, der den Hund dazu trieb, oder der Hunger, jedenfalls sprang er bei Jos nächstem Lockversuch mit einem Satz auf die Jacht. Auf dem nassen Kunststoff rutschte er aus, tapste unsicher herum, fing sich dann aber schnell wieder.

Triumphierend grinste Jo. »Siehst du. War gar nicht so schwer. Willkommen in meinem bescheidenen Zuhause.«

Der Hund folgte ihm anstandslos nach drinnen, und Jo spendierte den letzten Fischhappen. Mit großen schwarzen Augen sah der Hund ihn an. »Alle«, sagte Jo. »Nichts mehr da.« Morgen würde er im *KiWi* nicht nur neue Pizza, sondern auch Hundefutter kaufen müssen. Der Gedanke machte ihn seltsam froh, auch wenn ihm klar war, dass er den Hund als gefunden melden musste.

Er holte eins seiner *Oslo-Elite*-HK-Handtücher aus dem Bad und rubbelte sich Gesicht und Haare notdürftig trocken, wobei er beinahe über den Hund stolperte, der ihm so gut wie an den Fersen klebte. »Ich gehe nicht verloren. Ich will dich bloß auch gern abtrocknen. Du stinkst nämlich ziemlich nach nassem Hund.« Und wer weiß nach was noch allem.

Es war nicht ganz einfach, zwischen Herd und Tisch genug Platz zu finden. Beim Frottieren stellte Jo fest, dass der Hund ein Hundemädchen war und fast noch ein Welpe. Vielleicht doch kein Bauernhofhund, sondern ein Weihnachtsgeschenk, das aus Versehen zu groß geworden war oder sich nicht benommen hatte wie ein Stofftier? Nachdem die Hündin einigermaßen trocken war, wurde auch der Geruch etwas erträglicher. Jo ließ sich im Schneidersitz neben sie auf den Boden sinken. »Also. Ich bin Jo. Und du?«

Zwei

Am Montag herrschte in der Praxis der übliche Wahnsinn nach dem Wochenende. Alva untersuchte und behandelte ihre kleinen und großen Patienten, so schnell sie konnte, achtete aber immer darauf, dass sie dabei trotz des vollen Wartezimmers nicht gehetzt war. Das gehörte zu den Dingen, die Krister, Espen und sie sich geschworen hatten, als sie die Praxis von ihrem Vater übernommen hatten: Zwar modernisierten sie die Arbeitsabläufe und das Gebäude, aber seine Ruhe mit den Patienten behielten sie bei.

Das Gute an Montagen war, dass garantiert kein Leerlauf entstand. Das Schlechte an Montagen war, dass oft nicht mal Zeit fürs Mittagsessen blieb. Svea hatte kürzlich für das ganze Team mehrere Großpackungen angeblich höchst gesunder, roher Schokoriegel besorgt. Alva zweifelte daran, dass sie noch gesund waren, wenn man sich fünf davon nacheinander zwischen die Rippen schob, Superfoods hin oder her. Aber die Riegel schmeckten angenehm nussig, und wenigstens konnte sie danach wieder klar denken.

Am Nachmittag betrat eine junge Mutter mit ihrer zweijährigen Tochter Milla das Sprechzimmer. Alva unterdrückte ein Seufzen. Es war jetzt das dritte Mal in zwei Wochen, dass Jessica mit ihrer Tochter kam. Sie gab alles, was sie hatte, für dieses kleine Kind, war aber selbst kaum erwachsen.

»Wie geht es Milla?«, fragte Alva.

»Es ist noch nicht besser.«

»Hat das mit dem Inhalieren funktioniert, wie ich es euch gezeigt habe?«

Jessica zögerte, ganz leicht nur. »Ja, schon.«

Auf einmal fühlte Alva sich alt. »Sag schon, wie oft hast du es vergessen?«

»Nicht oft. Vielleicht ein- oder zweimal.«

Was in Wirklichkeit vermutlich eher öfter war. »Fünfmal am Tag muss sie inhalieren, das ist wichtig.« Trotzdem hätte Millas Husten längst besser sein müssen.

»Ich weiß, sie wehrt sich nur immer so.« Auch jetzt klammerte sich die Kleine an ihre Mutter, und je mehr Jessica versuchte, die Händchen zu lösen, desto fester hielt sie.

»Lass sie einfach auf dem Arm«, sagte Alva. »Ich kann sie auch so abhorchen. Achtung, Milla, jetzt kitzelt es gleich und wird ein bisschen kalt.«

Sie schob das Unterhemd hoch und horchte die Kleine ab. Gesunde Atemgeräusche klangen anders. »Lange können wir das nicht mehr laufen lassen. Ich gebe euch noch ein Medikament mit, das schnell Linderung bringen müsste. Tilda erklärt dir, wie du es geben musst. Das bitte ganz genau befolgen – mach Milla zur Not für die Zeit des Inhalierens eine Kindersendung an. Und melde dich morgen, damit ich weiß, ob es angeschlagen hat. Zur Not müssen wir euch in die Klinik überweisen.«

Jessica nickte, und Alva machte sich eine Notiz auf ihrem geistigen Merkzettel, den Fall beim Team-Meeting zu erwähnen. Jeden Montagabend setzten sich Alva, ihre Brüder und die vierte Ärztin der Familienpraxis, Kristers Freundin Annik, zusammen, um zu besprechen, was in der Woche anlag, was geschehen war, was erledigt werden musste.

Nach Feierabend eilte sie hinüber zur Robbenstation, um Nina und Bo mit den Heulern zu helfen, und war nur wenige Minuten nach sechs wieder zurück in der Praxis. Ihre Brüder saßen bereits an dem ovalen Tisch im Besprechungsraum, Krister am Kopfende, Espen vor dem Fenster – was für Alva den Platz ließ, an dem sie gegen die tief stehende Sonne blinzeln musste. Noch bevor sie auch nur die Jacke ausgezogen hatte, schob Espen ihr die Ferienhaus-Spardose samt Notizblock und Bleistift hin. Zuspätkommen kostete zehn Kronen pro Minute – worauf sich Alva lediglich deswegen eingelassen hatte, weil sie in der Regel die Pünktlichste war.

Pointiert betrachtete Espen die Wanduhr über der Tür. »Das wird teuer, Schwesterchen.«

»Du freust dich nur, dass du dieses Mal nicht zahlen musst.«

»Schnickschnack.« Er winkte nonchalant ab. »Ihr könnt froh sein, dass ihr einen Dummen gefunden habt, der euch die Wochenenden auf der Insel finanziert.«

Kris hatte sich in seinem Stuhl am Kopfende des Tisches zurückgelehnt und ließ einen Kugelschreiber klicken. »Wir werden die Sauna auf Selerøy Espen-Solberg-Spa nennen.«

»Wenn mein Name nicht draufkommt, zahle ich auch nicht.« Alva stellte ihren Rucksack ab und kritzelte im Stehen ›Alva 100 NKr‹ auf einen Zettel, den sie zusammenfaltete und durch den Schlitz des Sparschweins schob.

»Das reicht nicht mal für einen neuen Duschkopf, geschweige denn für deinen Namen am Saunafass«, sagte Espen grinsend.

Alva ging zum Fenster und verstellte die Jalousie. »Was ist mit Annik?«

Normalerweise holte Kristers Freundin montags nach der Arbeit ihren Sohn aus dem Kindergarten und verbrachte Zeit mit ihm, bevor sie zur Teambesprechung in die Praxis zurückkehrte. »Theo hat Bauchweh. Ich soll für Annik abstimmen, falls es was Wichtiges zu entscheiden gibt.«

»So was wie: *Bekommt Krister den besten Urlaubsslot um Ostern herum?*, meinst du?«, fragte Espen, während Alva sich setzte.

»Ganz genau.«

Espen lehnte sich nach vorn und schüttelte mit einem überheblichen Lächeln den Kopf. »Vergiss es. Du warst letztes Jahr mit den Extrawürsten dran. Da haben wir ziemlich viel aufgefangen, oder,

Alva?« Sie schaffte gerade den Ansatz eines Nickens, als er weitersprach. »Svea und ich wollen Anfang Mai zwei Wochen nach Korsika.«

»Ach ja?«, fragte Krister.

»Sie möchte es mir zum Geburtstag schenken, und ich habe den Auftrag, unseren Urlaub bei euch zu beantragen.«

»Annik und ich sagen: Ihr dürft im Dezember nach Korsika. Drei Tage.«

Es war nur Geplänkel, die üblichen Sticheleien zwischen ihren Brüdern. Trotzdem hatte Alva das Bedürfnis, ihrem Zwilling beizustehen. Was er im letzten Jahr durchgemacht hatte – was sie alle durchgemacht hatten –, hing ihm noch nach, und zwei Wochen in der Sonne würden ihm und seiner Freundin Svea guttun. Sie lächelte Krister an. »Espen und ich genehmigen den Antrag.«

Krister faltete die Arme vor der Brust. »Ich bin der Ältere.«

»Ich bin dafür der Schönere«, gab Espen zurück.

Alva verdrehte die Augen. »Und ich habe den dickeren Hintern. Kris, wo ist das Problem, wenn Espen und Svea endlich mal eine richtige Auszeit nehmen?«

Zu ihrer Verwunderung drehte er eine Weile nur den Stift in den Fingern, bevor er aufsah. »Sorry. Ihr habt recht. Es ist nur … können Annik und ich bitte trotzdem die letzten beiden Maiwochen haben? Es ist Florians T---odestag.« Er atmete ein. »Sie möchte mit Theo nach Deutschland zu Florians Grab und Theos Großeltern besuchen.«

Krister stotterte nur, wenn ihn etwas emotional überforderte. »Gehst du da mit?«, fragte Alva möglichst sachlich. »Zum Grab ihres Ex-Manns?«

»Keine Ahnung, d-das wird sich zeigen. Auf jeden Fall wünscht Annik sich, dass wir noch Zeit bei ihrer Mutter verbringen, bevor Theo in die Schule kommt.«

»Das heißt, du lernst deine Schwiegermutter endlich kennen? Wie aufregend.«

Krister lächelte verhalten.

»Es wird ernst, Großer«, sagte Espen. »Aber schlimmer als Sveas Eltern kann Anniks Mutter wohl kaum sein.«

»Nach dem, was ich von ihr weiß, ist sie kein bisschen schlimm. Ich werde euch ein Foto von den Schafen schicken, die sie züchtet.«

Alva musste lachen. »Wo wir hier ja fast nie Schafe sehen. Also, ich fasse zusammen: Espen und Svea haben Urlaub in den ersten beiden Maiwochen, Krister und Annik in den letzten beiden. Den 17. Mai feiern wir zusammen.«

»Davon kannst du mal ausgehen«, sagte Espen. »Ich würde niemals einen Nationalfeiertag ohne eure lustige Gesellschaft oder Tildas Moltebeerenschnaps verbringen.«

»Gut, dann wäre das geklärt.« Während sie sprach, gab Alva die Daten in den Praxiskalender ein, den alle Teammitglieder auf dem Smartphone hatten.

»Was ist mit deinem Urlaub?«, fragte Krister.

»Nichts«, sagte Alva. »Ich nehme mir irgendwann im Herbst frei, wenn es wieder günstig wird. Vielleicht fahre ich dann spontan mit Cousinchen Linnea wandern oder so was.«

»Bloß nicht zu weit weg.« Espen grinste, und Krister legte todernst nach: »Und nicht zu anspruchsvoll.«

»Ihr seid blöd. Es muss nicht jeder nach Korsika fliegen oder sich deutsche statt norwegischer Schafe angucken, um glücklich zu sein. Was haben wir außer Urlaubsanträgen sonst noch zu besprechen?«

»Ich hab nichts«, sagte Krister. Als Unfallchirurg hatte er nur selten Fälle, die er im Team-Meeting vorbrachte. Auffordernd sah er Espen an.

»Ich auch nicht. Nur dass es meiner Leukämiepatientin vom letzten Jahr besser geht. Erinnert ihr euch an Linda? Die Therapie scheint gut angeschlagen zu haben.«

Er sah so froh aus, dass Alva automatisch mitlächelte. Überhaupt ging es ihm gut, seit er mit Svea zusammen war. Oder seit er sein Leben so bewusst annahm und feierte? Alva ahnte, dass beides zusammenhing. »Das freut mich«, sagte sie.

»Gibt es bei dir etwas Erwähnenswertes?«

Sie nickte ihrem Zwilling zu. »Das Mädchen mit dem Husten, Jessicas Tochter. Sie war heute wieder da, und mir gehen allmählich die Ideen aus.«

»Was hast du schon ausgeschlossen?«

»Das ist das Problem. Jedes Mal, wenn ich denke, ich habe eine sichere Diagnose, passt wieder irgendein Blutwert oder ein Symptom nicht dazu. Da ist dieser trockene Husten, aber sie hat kein Fieber. Schleimlöser bringen …« Etwas klickte endlich an seinen Platz. »Ich hab's.« Aber sie wollte sehen, ob ihre Brüder zum selben Schluss kamen.

Während sie die Untersuchungsdaten des Mädchens auf ihren Tablets aufriefen und genauso ratlos aussahen, wie Alva sich gefühlt hatte, überprüfte sie noch ein paar Werte. Nach und nach verwarfen Espen und Krister verschiedenste Möglichkeiten. Alva verfolgte, wie die beiden im Schnelldurchlauf alles durchdachten, was sie bereits verworfen hatte. Jeder Satz verifizierte ihre Theorie. Espen scrollte wiederholt durch den Datensatz, während Kris vor sich hin starrte und nachdenklich den Daumen am Tabletrand entlangfahren ließ. Auf einmal verengten sich seine Augen.

Alva sah ihn an. »Du hast eben entdeckt, wo sie wohnt, oder? Sag mir, ob du das Gleiche denkst wie ich.«

Krister öffnete den Mund, doch Espen war schneller. »Das alte Haus am Hafen«, sagte er. »Ich wette …«

Alva nickte. »Aspergillus fumigatus.«

»Kalte Lungenentzündung«, sagte Krister.

»Durch Schimmelpilze, genau.« Das war alles andere als schön, aber wenn es stimmte, hatte sie endlich eine Ursache gefunden, die sich beseitigen ließ.

Nach dem offiziellen Teil der Besprechung lehnte sich Krister zurück, lächelte und verschränkte die Hände hinter dem Kopf. »Was machen wir eigentlich zu eurem Dreißigsten?«

»Nichts, bitte«, sagte Alva im selben Moment, in dem Espen antwortete: »Party!«

»Nichts.«

»Party.«

Wen sollte sie denn bitte zu einer Party einladen? Ihre beste Freundin Hanne stillte alle eineinhalb Stunden ihr Baby. Und es gab weiß Gott Spaßigeres, als ihren Brüdern beim Vorspiel zuzusehen und daran erinnert zu werden, dass das Leben Alva Solberg gern mal übersah – eine Tatsache, die sie wunderbar ignorieren konnte, solange sie sich in der sicheren Sphäre ihrer Gewohnheiten aufhielt. »Feier du deine Party«, sagte sie schlicht. »Ich helfe dir gern beim Organisieren. Schließlich müssen wir nicht alles gemeinsam machen, nur weil wir uns vor dreißig Jahren einen Uterus geteilt haben.«

Espen beugte sich nach vorn und faltete die Hände auf dem Tisch. »Und was tust du in der Zeit, in der ich lache, tanze und mich betrinke?«

»Das überlege ich mir noch. Vielleicht biete ich Annik an, auf Theo aufzupassen.«

»An unserem Geburtstag.«

»Warum nicht?«

»Weil das nicht der Sinn einer Geburtstagsfeier ist.«

»Es würde mir aber *Spaß* machen, Espen. Im Gegensatz dazu, in deiner mit Menschen vollgestopften Scheune gegen Musik anschreien zu müssen und mit Leuten Small Talk zu halten, die schon in der Schule nur mit mir befreundet waren, um an dich ranzukommen.« Ohne es zu merken, war sie lauter geworden. Begriff Espen das nicht? Wenn er einen Raum betrat, drehten sich die Menschen um und richteten sich wie automatisch nach ihm aus wie eine Kompassnadel nach dem Nordpol. Er konnte sich vermutlich nicht einmal vorstellen, wie es anders war. Dafür konnte Alva es umso besser. Sie besaß eine natürliche Unfähigkeit für derartige Veranstaltungen.

Aber Espen seufzte nur. »Das wieder, ja? Es stimmt doch überhaupt nicht.«

»Es stimmt leider doch, und es ändert sich über die Jahre nicht.« Aus einem Reflex heraus stand sie auf.

Espen überragte sie um einen Kopf, nun, da er sich ebenfalls erhob. »Reicht's jetzt? Ich habe doch nichts davon gesagt, ein Riesending draus zu machen.«

»Ich habe das Thema nicht aufgebracht!«

»Ich weiß. Es kam von …«

In einer spiegelbildlichen Bewegung drehten sie sich zu Krister um. Der saß immer noch zurückgelehnt da und betrachtete mit vor der Brust gefalteten Armen das Geschehen.

»Ihm«, sagten Alva und Espen gleichzeitig und grinsten sich an.

»Seid ihr schon fertig mit Streiten?«

»Nein.« Wieder gleichzeitig.

Espen hob die Hand, um Alva abzuklatschen. »Aber wir diskutieren das ohne dich und lassen dir eine Einladung zukommen.«

»Sollte es denn einen Anlass für eine Einladung geben«, sagte Alva.

»Dann kann ich ja nach Hause gehen.«

»Das kannst du dann wohl«, sagte Espen.

Krister stand auf. »Fürs Protokoll: Ich bin für eine Party.«

»War klar. Natürlich schlägst du dich auf seine Seite.«

»Es ist keine Katastrophe, dreißig zu werden, Schwesterchen.«

»Sagst du. Ich finde, es klingt steinalt. So als sei mein Leben vorbei und es ginge ab jetzt nur noch steil bergab. Und am Ende wird auf meinem Grabstein stehen: *Hier ruht Alva. Sie lebte und starb in Lillehamn, wo sie von allen geschätzt und geachtet wurde, weil sie so köstlichen Kuchen backen konnte.*«

»Vergiss die Weihnachtskekse nicht.«

»Erwähnte ich, dass ich dich hasse?«

»Gelegentlich.« Seelenruhig sammelte Krister die Gläser ein. »Vielleicht liegt das auf demselben Gen wie diese hübschen grünen Augen, die ihr beide habt. Der da behauptet es jedenfalls auch ab und zu.«

»Es war eine Gratisbeigabe zu dem Schicksal, dich als großen Bruder zu haben«, sagte Espen.

Nachdem Krister sich verabschiedet hatte, spülte Alva in der Teeküche die Wasserkaraffe ab, während Espen das Tagesgeschirr in die Spülmaschine räumte. Dann richtete er sich auf. »Bist du hundertprozentig gegen eine Party? Ich will ungern allein feiern.«

»Es war die Wahrheit, als ich gesagt habe, ich wüsste nicht, wen ich einladen sollte.«

Espen stellte bedächtig eine Kaffeetasse neben der anderen in den Korb.

»Es würden doch ohnehin größtenteils deine Freunde sein. Und Freundinnen natürlich.«

»Die haben sich eher ausgedünnt, seit ich mit Svea zusammen bin«, sagte er gelassen.

Verständlich. Mindestens die Hälfte seiner Freundinnen hatte es wohl darauf angelegt gehabt, ihn für sich zu gewinnen.

»Und wir haben gemeinsame Freunde. Unsere Familie, das Praxisteam, deine Leute aus der Robbenstation, ein paar aus dem Ort und alte Freunde aus der Schule … das wird sicher lustig.«

Sie sollte sich nicht so anstellen, sondern einfach mitspielen, für ihn, ihren ungleichen Zwilling. Wenn ihr nur nicht schon bei dem Gedanken an eine Party eng im Brustkorb geworden wäre. »Ich weiß, wie wichtig es dir ist, wirklich. Meinetwegen, lass uns feiern. Nur, weißt du …«

Er betrachtete sie abwartend.

»Im Moment habe ich die ganze Zeit dieses fiese Gefühl, irgendwie … übrig geblieben zu sein. Als wenn ich mich jedes Mal engagiert melden würde, wenn das Leben irgendetwas Gutes zu verteilen hat, aber mein hektisch in der Luft schnipsender Finger wird zuverlässig übersehen.«

Langsam schloss Espen die Spülmaschine. Seine Stimme war rau und der Druck auf den Einschaltknopf zu hart. »Übersehen, wenn das Gute verteilt wird, hm?«

»Tut mir leid! Ich weiß, ich jammere über unbedeutenden Kram. Es ist nur …«

»Schon okay. Wenn du nicht feiern willst …« Er biss sich kurz auf die Lippen und lächelte dann sehr entschieden. »Es muss keine große Party sein. Einfach ein paar Leute im Ferienhaus oder meinetwegen bei mir. Ich würde nur gern irgendwie anerkennen, dass wir uns freuen, am Leben zu sein. Das tust du doch, oder? Dich freuen, dass du am Leben bist?«

»Ja.« Und sie liebte ihren Bruder viel zu sehr, um ihm auch nur einen seiner Geburtstage zu verderben. Damit, dass sie als Einzige der Solberg-Geschwister an dem Abend ungeküsst bleiben würde, musste sie eben klarkommen. Es gab wirklich, wirklich Schlimmeres.

»Okay. Aber lass uns von vornherein in deiner Scheune planen. Sicherheitshalber.«

»Du willst dich lediglich nach zwei Stunden verdrücken können, ohne dass es auffällt.«

Sie gab sich einen Ruck und lächelte. »Nein, ich möchte es nicht so weit haben, wenn ich den Traumtypen abschleppe, der völlig überraschend auf der Party auftauchen wird.«

»Siehst du? Genau so dachte ich mir das.«

Sie hängte das letzte herumliegende Geschirrtuch auf. »Wir werden schon Spaß haben, Brüderchen.« Zumindest er würde ihn haben, und das war wichtiger als die Frage, ob sie sich ein paar Stunden langweilen würde oder nicht.

Mit einem abschließenden Kontrollblick sah Espen sich um. »Ich glaube, das war's, oder? Soll ich dich gleich zu Hause absetzen?«

Alva schüttelte den Kopf. »Ich will noch mal rüber zu den Robben. Nina kann im Moment jede Hilfe gebrauchen.« Und danach konnte sie wenigstens die kurze Strecke zwischen der Praxis und ihrer Wohnung aus eigener Kraft zurücklegen, wenn sie sich schon nicht regelmäßig über den Tennisplatz hetzen ließ wie er oder wie Krister sechshundert Höhenmeter zum Vergnügen hochrannte.

Bei Espens Auto trennten sich ihre Wege. Alva sah den Rücklichtern seines i-Pace hinterher, während sie die Hauptstraße entlangging. Jeder ihrer Schritte knirschte auf dem verharschten Schnee. Es wurde wirklich Zeit, dass der Frühling kam.

Obwohl es nicht einmal neun Uhr war, als Alva schließlich in die Kongchristiansgate einbog, wirkte die Straße wie ausgestorben. Einer der Söhne von Trond und Line aus dem Haus an der Ecke kam ihr wagemutig mit dem Fahrrad entgegen, doch dann war sie wieder allein mit der kalten Abendluft, die ihren Gedanken keinerlei Hindernis entgegensetzte. Die Partypläne rührten mehr in ihr auf, als sie Espen oder Kris gegenüber zugegeben hätte. Dreißig. Könnte sie mit ihrem zehn Jahre jüngeren Ich sprechen, wäre diese Alva froh über ihr Leben? Würde sie sich aus ganzem Herzen darauf freuen? Sie liebte ihre Praxis und würde für ihre Patienten durchs Feuer gehen. Sie liebte die Arbeit bei den Robben, gerade jetzt mit den Heulern. Aber es waren auch die Robben, die sie manchmal zweifeln ließen, ob Medizin nicht einfach nur die offensichtliche Wahl gewesen war. Wie bewusst hatte sie sich wirklich dafür entschieden? Lebte sie das, was sie wollte? Andere Leute in ihrem Alter hatten die Welt gesehen, Abenteuer erlebt, Kinder bekommen, Firmen gegründet. Alva hatte es gerade mal bis nach Birmingham geschafft, beim Schüleraustausch der elften Klasse.

Dazu kam, dass ihre Freundschaften sich veränderten und Alva sich zurückgelassen vorkam. Hanne mit dem Baby, und Annik …

seit Annik mit Krister zusammen war, empfand Alva es eher, als sei sie ihre Schwägerin – jemand, der selbstverständlich war – und nicht ihre Freundin.

Je näher sie ihrer stillen Wohnung kam, desto weniger Lust hatte sie, den restlichen Abend allein mit Medizinzeitschriften oder dem Wäscheberg auf dem Bügelbrett samt neuer Serie zu verbringen. Kurz entschlossen lenkte sie ihre Schritte wieder in die andere Richtung und zog ihr Telefon aus der Tasche.

Hanne hörte die Sprachnachricht sofort ab und antwortete:

> Klar, komm vorbei, ich will dir eh was erzählen. Nicht klingeln, bitte. Tom bringt Ella ins Bett.

Die Fenster des gelben Holzhauses, in dem ihre beste Freundin mit ihrem Mann und den Kindern wohnte, waren dunkel. Erst als Alva nähertrat, sah sie den schummrigen Lichtschein, der aus der Stube in die Küche fiel. Behutsam öffnete sie die Haustür.

Sie fand Hanne auf dem Sofa mit dem schlafenden Säugling an der Brust.

»Hey.« Auf Zehenspitzen näherte sie sich. »Wie geht's euch beiden?«

Es ist kompliziert, sagte Hannes Gesichtsausdruck. Sie deutete mit einer Kopfbewegung ins Obergeschoss.

Alva schloss die Wohnzimmertür.

»Tut mir leid, dass ich dich nicht vernünftig begrüßt habe, aber es dauert im Moment immer ewig, bis Ella eingeschlafen ist. Ich bin froh, dass wenigstens Kleinchen hier gerade mal drei Minuten Ruhe gibt.«

»Es ist alles neu für Ella«, sagte Alva. »Man bekommt nicht jeden Tag eine Babyschwester.«

»Ich weiß, aber wenn das noch lange so weitergeht, geh ich am Stock. Du bedienst dich bei allem, was du brauchst, ja?«

»Klar. Was ist mit dir? Brauchst du sonst noch was außer Wasser?« Wie immer hatte Hanne einen vollen Krug auf dem Couchtisch stehen.

»Wenn du ein bisschen Schlaf für mich hättest, wäre das super.«

»Hab ich vergessen mitzubringen.«

Hanne lachte. »Trotzdem schön, dich zu sehen. Willst du die Kleine mal halten? Dann kann ich meinen Rücken zwischendurch in die andere Richtung biegen.«

Das Baby gab ein Maunzen von sich, als Alva es zu sich nahm, wachte aber nicht auf. Sie drückte das warme, duftende Menschlein an sich, während Hanne erleichtert die Schultern dehnte. »Wochenbett ist fein, aber so allmählich … erzähl mir von der Welt da draußen. Was gibt's Neues? Was macht der Robbenmann?«

»Nichts. Was soll der machen?«

»War er da?«

»Ja.«

»Wieder fünfhundert Kronen?«

Alva nickte und wiegte sich mit dem Baby im Arm instinktiv hin und her.

»Du lächelst.«

»Blödsinn.« Sie sog den warmen, süßen Babyduft ein.

»Hast du. Ich habe den Robbenmann erwähnt, und du hast gelächelt.«

Ein völlig überflüssiges Kichern stieg in Alva auf.

»Du lächelst immer noch.«

»Ich habe deine Tochter auf dem Arm, natürlich lächle ich da.«

»Ich komme auf das Thema zurück.«

»Erzähl mir lieber, für welchen Namen ihr euch jetzt entschieden habt.« Alva konnte nicht anders, als die Nasenspitze noch einmal in den Haarflaum des Babys zu stecken.

Jetzt war es Hanne, die lächelte. »Das wollte ich dir erzählen. Beziehungsweise eigentlich mit dir besprechen.«

»Solltest du den Namen eures Babys« – dieses unfassbar wohlriechenden, entspannten Babys – »statt mit mir nicht vielleicht lieber mit Tom … ich meine …«

»Du Doofe.« Hanne lachte, leise, um den Säugling nicht zu erschrecken. »Das haben wir natürlich. Wir würden sie gern Marit nennen. Wenn das für euch okay ist.«

Alva schloss die Augen und spürte den warmen, kleinen Körper an ihrem. Marit war der Name ihrer Mutter gewesen, und Hanne gehörte zu den wenigen Personen in Lillehamn, die wirklich wussten, wie es bei Alva zu Hause damals gewesen war, in all den Jahren, in denen sie starb. Sie schluckte. »Ich weiß nicht, was ich sagen soll.«

»Wie wäre es mit: ›Marit ist ein schöner Name‹?«

»Ist es.«

»Also wäre es in Ordnung für dich?«

Alva nickte. »Die Jungs werden das ganz genauso sehen, da bin ich sicher.«

»Danke«, sagte Hanne leise.

Alva hielt die Kleine, und etwas in ihr öffnete sich und wurde ganz weit und weich und schutzlos. »Diese Marit wird ein glückliches Leben haben.«

»Ihre Patentante wird garantiert dafür sorgen.«

»Auf jeden Fall wird ihre Patentante tun, was in ihrer Macht steht.« In einem stummen Versprechen streichelte sie den Rücken des Babys.

Hanne streckte die Beine lang vor sich aus. »Was gibt's sonst Neues?«

Nur widerwillig erinnerte Alva sich, warum sie ursprünglich gekommen war. »Espen will eine Geburtstagsparty feiern.«

»Ach ja. Ich bin derart stilldement, ich hatte das vollkommen vergessen. Ihr werdet dreißig.«

»Danke, dass du es noch mal erwähnst.«

»Sorry.« In Hannes Gesicht lag echtes Bedauern. »Also, Espen will feiern. Und du nicht, wie ich dich kenne.«

»Meine Beste wird wohl zu dem Zeitpunkt mit Stillen beschäftigt sein, wie es aussieht. Also nein, eher nicht.«

Hanne ließ jetzt langsam den Kopf kreisen. »Die Kleine ist dann alt genug, dass ich sie entweder mitbringen oder mal eine Stunde weggehen kann. Ganz bestimmt werde ich mir deinen Dreißigsten nicht entgehen lassen. Und danach schicke ich dir Tom als Tanzpartner vorbei.«

Babymarits kleine Faust schloss sich um Alvas Zeigefinger. »Du meinst, wenn Tom mich bespaßt, merke ich nicht so sehr, dass alle anderen zu zweit sind?«

»Jetzt dramatisierst du.«

»Keine Ahnung. Vielleicht.«

»Nicht nur vielleicht.«

»Okay. Ich dramatisiere. Ich steigere mich momentan sogar ziemlich rein, ehrlich gesagt. Aber seit du nicht mehr da bist und Espen und Svea zusammen sind … stell dir mal meinen Arbeitstag mit zwei Pärchen vor. Meine Brüder gibt es auf einmal nur noch im Doppelpack.«

»Arme Alva. Aber wenigstens hast du noch Tilda und die Auszubildenden.«

»Und deine Vertretung, sicher. Aber das ist nicht dasselbe wie mit dir.«

»Ich werde ja irgendwann auch wieder da sein. Wie geht's Espea denn?«

Alva brauchte einen Moment, um zu begreifen, dass ihre Freundin ›Espen und Svea‹ meinte. Sie lächelte. »Espea ist süß.«

»Der Gedanke drängte sich auf. Die beiden sind so sehr«, Hanne suchte sichtlich nach dem passenden Begriff, »*zusammen*. Irgendwie scheint es, als hätte die Krise letztes Jahr sie stärker zueinandergebracht als andere Paare.«

Alva nickte. »Bewusster irgendwie, oder? Und ich freue mich auch wahnsinnig für die beiden. Aber manchmal …«

Abwartend sah Hanne sie an.

»Manchmal nervt es mich«, gab Alva zu. »Und im nächsten Moment finde ich mich dann kleingeistig und furchtbar, weil ich so empfinde.«

»Ach, Süße.«

Alva zuckte die Schultern, und das Baby muckelte. Sie wippte beruhigend auf und ab. »Ist einfach so. Ich will nicht die verbitterte, jungfräuliche Tante sein, die anderen das Glück nicht gönnt.«

»Jungfräulich.«

»Metaphorisch gesprochen.« Wobei es keinen Unterschied gemacht hätte, wirklich nicht.

»Aber Espea sind auch was für Fortgeschrittene. Ich meine, selbst wenn sich die beiden auf entgegengesetzten Seiten des Raums aufhalten, flirrt die Luft so zwischen ihnen, als würden sie sich jeden Moment in eine heimliche Ecke verziehen. Auf jeden Fall werde ich Espen bei Gelegenheit das Wort *Espea* stecken. Er wird dir sicherlich ewig dankbar sein, wenn du es im Ort streust.«

»Ich wette drauf. Aber um zu dir zurückzukommen: Du weißt schon, dass man durchaus auch als Single feiern und Spaß haben kann, nicht wahr?«

»Als hätte ich mich je über einen Typen definiert.«

»Man kann sogar das Single*leben* feiern. Du solltest öfter ausgehen, Leute treffen, einfach Spaß haben.«

»Sagt die Frau, die das zweite Kind von ihrem Highschool-Sweetheart schuckelt.«

Wie aufs Stichwort betrat Tom das Zimmer und zog leise die Tür hinter sich wieder ins Schloss. »Sie schläft endlich. Hab ich Highschool-Sweetheart gehört?«

Hanne streckte einen Arm nach ihm aus. »Hast du, Liebe meines Lebens.«

»Selber Liebe meines Lebens.« Tom drückte Hanne einen schnellen Kuss auf die Haare und umarmte dann Alva zur Begrüßung. Er war fast wie ihr Bruder, dennoch machte seine Berührung Alva wieder einmal bewusst, dass sie tatsächlich genau das vermisste. Es war nicht so, dass sie sich ohne einen Mann an ihrer Seite nicht vollständig gefühlt hätte, aber mit Hanne zu lachen oder sich mit Krister zu kabbeln war eben doch nicht das Gleiche, wie von jemandem umarmt zu werden, der zu ihr gehörte. Sie hatte ihre Doktorarbeit über die Heilwirkung von Körperkontakt geschrieben, und ironischerweise war er bei ihr selbst auf ihre Familie und ein paar Robben beschränkt – wobei die nicht eben als Kuscheltiere durchgingen, denn einige bissen, und alle rochen nach nassem Fell und Fisch. Vielleicht sollte sie sich zum Dreißigsten einen Hund schenken lassen. Einen ganzen Korb voller Welpen und einer großen Schleife dran.

»Wie geht's dir?«, fragte sie Tom.

»Erschöpft.« Er ließ sich neben Hanne aufs Sofa fallen und lehnte sich an sie. »Es war ein langer Tag.« Tom baute und reparierte als Chefhandwerker von Lillehamn mit seiner Dreimannfirma alles, was in der Gegend anfiel.

»Hast du trotz des Winters gut zu tun?«

»Fast schon zu viel. Der Praxisumbau in Fuglesang ist nicht ganz ohne.«

Die beiden Ärzte im Nachbarort arbeiteten seit Jahren mit der Familienpraxis der Solberg-Geschwister zusammen. Beide waren noch aus der Generation ihres Vaters. Wenn Tom allerdings mit dem Umbau betraut war … »Also wird die Praxis jetzt tatsächlich verkauft?«

»Ist sie schon.«

»Seit wann das? Kris hat neulich noch überlegt, ob wir sie nicht kaufen und uns so vergrößern sollten.«

»Zu spät, fürchte ich.«

»Was sind das für Leute, die sie gekauft haben? Sind sie einigermaßen verträglich?«

Tom gähnte. »Madalena Haltvik – ich glaub, die ist hier irgendwie aus der Nähe – und Kevin Jøndal.«

»Nie gehört.« Wobei sie sich bei Madalena nicht ganz sicher war. Hatte Espen nicht mal was mit einer Madalena gehabt? »Wann eröffnen sie, weißt du das?«

»Der Plan ist wohl, im Mai. Frag mich nicht, wie wir das schaffen sollen bei all den Extrawünschen, die die haben. Hier noch eine hinterleuchtete Wand, da noch … na ja, ist nicht interessant für dich.« Wieder gähnte er.

Auch Hanne wirkte müde, und Alva verabschiedete sich.

Sie schlüpfte in Schuhe und Jacke und schlich hinaus, um Ella nicht zu wecken. Die Fenster, die zur Straße führten, waren dunkel, und so störte kein Licht Alvas Blick zum Himmel. In tiefem Nachtblau spannte er sich über Lillehamn. Alva legte den Kopf zurück und ließ die klare Abendluft in ihre Lunge fließen. Im Westen stand hell die Venus, und über dem Horizont im Süden war gerade noch Sirius zu sehen.

Von Hannes Haus zu ihrem gab es zwei Wege. Der kürzere führte die Hauptstraße entlang, der schönere – und dunklere – an der Robbenstation und dem Hafenplatz vorbei. Vor der Station blieb sie stehen und sah auf den Fjord hinaus. Nur sehr vereinzelt hörte sie Heulen und ein leises Bellen von den Seehundbecken. Die Wellen schwappten über die Ufersteine, und vom Steg klang das helle Klappern von Metall an Metall. Sonst war es still. Eine ganze Weile blieb Alva einfach am Ufer stehen, vor ihr das Wasser, hinter ihr die Robben und über ihr der Nachthimmel mit Castor, Pollux, Capella und Dutzenden anderer Sterne. Erst als ihr die Kälte in die Kleidung kroch, ging sie nach Hause. Auf der Jacht im Hafen brannte Licht.

Drei

Seit Krister im Wesentlichen zu Annik gezogen war, weckte er Alva wenigstens nicht mehr mit morgendlichen Sprints auf der Treppe, wenn er vom Laufen zurückkam. Sie würde wohl nie begreifen, wie man vor der Arbeit freiwillig auf den Hausberg rennen konnte. Fünf Minuten Yoga zum Wachwerden genügten ihr vollkommen. Manchmal auch nur drei. Oder … gar keine, so wie heute.

Dieser Winter machte sie unglaublich träge. Allmählich wurde es wirklich Zeit, dass der Frühling kam. Wer wollte schon aufstehen, wenn es draußen so kalt und unter der Bettdecke fein warm war? Viel zu spät trat sie die Decke von den Füßen und zog die Beine an den Bauch, um mit Schwung aufzustehen.

Atemlos und mit vor Kälte vermutlich knallroten Wangen kam sie eine halbe Stunde später in der Praxis an. Sie warf ein »Guten Morgen, Tilda!« über den Rezeptionstresen, das sich wesentlich munterer anhörte, als sie war, und Tilda lächelte sie hinter ihrem Headset hervor an.

Während Alva ihre Jacke auszog und sich die Hände wusch, kehrten ihre Gedanken ungefragt zu dem Gespräch mit Hanne und Tom zurück. Sie sollte ihren Brüdern bei Gelegenheit erzählen, was sie über die neuen Praxisinhaber in Fuglesang wusste.

Im Büro hinter der Rezeption, das auch als Gemeinschaftsraum diente, traf sie auf Krister.

Er sah auf und lächelte dieses entspannte Lächeln, das er erst hatte, seit er mit Annik zusammen war. »Morgen, Schwesterchen. Du siehst ein bisschen verschlafen aus, und du hast eine rote Nase.«

»Ich liebe dich auch, danke. Warum wirkst du eigentlich wie der junge Morgen?«

»Weil ich genug Zeit hatte, wach zu werden, schätzungsweise. Halb sechs war ich laufen, und danach habe ich drei Kapitel von Theos neuem Buch vorgelesen. Sein Norwegisch wird immer besser.«

»Du bist so ein Streber.« Doch etwas in ihr fühlte sich angesichts dieses sichtlichen Stolzes nicht mehr ganz fest an. Ihr zäher, disziplinierter Bruder las morgens Kinderbücher vor, und seine Augen leuchteten, wenn er davon sprach. Sie schluckte, dann lächelte sie. »Es gefällt dir, oder? Dieses Vatersein.«

»Ich versuche derzeit, Annik davon zu überzeugen, dass sie noch mindestens drei weitere Kinder braucht.«

»Was denkt sie darüber?«

»Im Moment sind wir bei einem Kind, irgendwann nächstes Jahr. W---enn ich die P---robezeit überstanden habe.«

»Probezeit?«

Er hob die Schultern in einer Defensivgeste. »B-bevor Annik mit mir K-kinder in die Welt setzt, will sie sichergehen, dass ich ein – wie drückte sie es aus? – ein veritables Interesse daran habe, sie auch aufwachsen zu sehen.«

»Ach, Krissi. Ist es immer noch so schlimm?«

»Schlimmer.«

»Was ist mit Paragliding als Ersatzdroge?«

Er stieß scharf die Luft aus. »Schon mal was von Acro-Paragliding gehört? Es gäbe Möglichkeiten, den Adrenalinspiegel hochzubringen. Und ich würde jede davon finden, das glaub mal. Ich würde nicht entspannt einen Hang hinuntersegeln wie Tom. Ich würde mir die schmalste Schlucht und den schnellsten Schirm suchen. Und dann: Spiralen, Loopings, Wingovers …«

»Ich sehe, du kennst die Begriffe.«

Schiefes Grinsen antwortete ihr. »Logisch.« Mit einem kurzen Blick zur Tür versicherte er sich, dass sie allein waren. Die privaten

Probleme ihrer Familie gingen weder die Belegschaft noch die Patienten an. »Ernsthaft: Ich würde ziemlich viel geben, um wieder springen zu können. Wenn es was nützen würde, würde ich vermutlich die Praxis dafür verschachern. Nur Annik und Theo würde ich nicht aufgeben.«

»Du bist so ein wandelndes Klischee, ist dir das klar? Für die Liebe meines Lebens gebe ich alles.«

»Ja, hört sich romantisch an, oder?« Er schnitt ihr eine Grimasse. »Aber letztlich m-muss man so was immer f-für sich selbst machen, sonst funktioniert es nicht. Und mir ist klar, dass ich keine zehn Jahre mehr schaffen würde.«

»Trotzdem ist es eine sehr süße Liebeserklärung. Weiß Annik, was du aufgibst?«

»Da wir tagelang über wenig anderes gesprochen haben und sie diejenige war, die alles Zerbrechliche aus meiner Nähe gefischt hat, als der Entzug besonders schlimm war, gehe ich davon aus, sie weiß es, ja.«

Ohne Vorankündigung meldete sich die blöde, eifersüchtige Nervstimme in ihr mit der Erkenntnis, dass sie noch nie ein Mann mit einer derartigen Hingabe geliebt hatte. »Was anderes«, sagte sie. »Hast du in letzter Zeit mit Tom gesprochen?«

»Nein, warum?«

»Weil …« Ihr Blick fiel auf die Uhr. Sie hatten noch ein paar Minuten, bis der Praxisbetrieb losging. »Weißt du noch, wie wir drüber gesprochen haben, ob wir die Praxis von Jan und Terje kaufen sollen?«

»Klar. Aber –«

»Sie ist verkauft, hat Tom erzählt.«

»Warum erzählt Tom dir das und nicht mir? Und wieso weiß er es überhaupt?«

»Er baut die Räume um.«

»Schade.« Krister sah nicht besonders enttäuscht aus. »Aber

vielleicht ganz gut, es wäre ziemlich viel Arbeit geworden. Solange wir mit den Neuen auch eine Kooperation einrichten können, ist es vermutlich entspannter so.«

»Dann sollten wir bei Gelegenheit einen Antrittsbesuch dort starten.« Sie dachte an das, was Tom über die neuen Eigentümer gesagt hatte. »Oder wir überfallen sie nicht gleich zu viert, sondern schicken Espen allein. Kann sein, dass er eine der beiden kennt.«

Espens Reaktion später am Tag war relativ eindeutig. Die letzten Patienten hatten die Praxis verlassen, und Alva, ihre Brüder, Annik und Svea waren im Büro hängen geblieben. »Madalena Haltvik?«, fragte Espen. »Keine Chance. Die blöde Kuh hat mich schon genug Nerven gekostet. Garantiert geh ich da nicht hin und verteile Küsschen hier, Küsschen da.«

»Oh, bitte«, sagte Alva. »Wie alt bist du?«

»Gibt es was, das ich wissen sollte?« Svea umarmte Espen von hinten.

Er drehte den Kopf und versuchte, seine Freundin zu küssen. »Nein.«

»In dem Fall dann wohl doch«, sagte Alva. »Wir brauchen diese Kooperation. Gerade wenn ihr alle euch ständig in der Weltgeschichte rumtreiben wollt.«

»Klärt mich jemand auf?«, fragte Annik.

»Madalena und Espen hatten vor ein paar Jahren was miteinander.«

»Und das ist ein Problem, weil …?« Annik sah fragend in die Runde. »Ohne dir zu nahe treten zu wollen, Espen, aber nach allem, was ich gehört habe … also …«

»Sag's ruhig.« Svea grinste über Espens Schulter, und seine Ohrmuscheln wurden rot. »Es gibt wenige Frauen in der Umgebung, mit denen er nicht irgendwann mal was hatte. Bleibt vermutlich in einem Ort wie diesem nicht aus.«

Krister zog eine Augenbraue hoch. »Ich hatte nicht mit allen was.«

»Ich auch nicht«, sagte Alva überflüssigerweise. Als wüsste das nicht jeder hier im Raum.

»Ist ja gut«, knurrte Espen. »Jedenfalls war das mit Madalena ein bisschen mehr als der übliche One-Night-Stand – zumindest von ihrer Seite aus. Woraufhin ich etwas … na ja, deutlicher geworden bin.«

Alvas Erinnerung kehrte zurück. »Moment, Espen. Madalena sagt mir nicht viel, aber … war das Lena? In dem Fall ist ›deutlicher geworden‹ sehr sanft ausgedrückt.«

»Die Frau hat mich über Monate gestalkt.« Die Sache machte Espen sichtlich immer noch eher wütend, als dass sie ihm peinlich war. »Was sollte ich denn bitte anderes tun?«

»Du hättest sie deswegen nicht beleidigen müssen.«

»Alles andere hat ja nichts genützt.«

»Ihr seht«, wandte Krister sich an Annik und Svea, »wo das Problem ist.«

»Das wird sich unter erwachsenen Menschen ja wohl lösen lassen.«

»Aber nicht mehr heute«, sagte Espen sehr entschieden, und Alva beschlich eine Ahnung, dass sie am Ende wieder diejenige sein würde, von der erwartet wurde, die Fäden zur Praxis in Fuglesang zu knüpfen.

Sie seufzte. »Ich geh nach Hause.«

»Schönen Abend«, sagten Annik und Krister gleichzeitig, und Svea lächelte ihr zu.

Doch Espen war noch nicht fertig mit ihrer informellen Besprechung. »Wo wir gerade bei Dummheiten aus der Vergangenheit sind. Wusstest du, dass Magnus heiratet?«

Alva verengte die Augen zu Schlitzen. Manchmal war sie sich nicht sicher, wie hoch der Arschloch-Anteil wirklich war, der zweifelsfrei in ihrem Zwilling schlummerte – und dann und wann erwachte. Musste er ihr das kurz vor Feierabend sagen? Andererseits, wann sonst? »Die arme Frau«, sagte sie so unbeteiligt wie möglich und meinte es genauso.

Warum stach die Nachricht dann trotzdem?

Sie merkte nicht einmal, wie frostig ihre Stimmung war, bis sie im Supermarkt die zweite Packung Schokokekse in den Wagen warf. Und eine dritte, man soll nicht geizig sein. Immerhin hatte sie anstandshalber vorher einen Salat, eine Gurke und ein paar Tomaten hineingelegt.

Aber ganz ehrlich? Wen kümmerte es? Niemanden, schließlich.

Salzkaramellbrezeln hatte sie auch lange nicht gehabt. Sie unterdrückte ein hysterisches Kichern, als sie sich vorstellte, wie sie auf Patienten traf. »Guck mal, Mama, ist das nicht Doktor Alva? Warum kauft die so viele Kekse? Will sie die alle allein aufessen?«

Das Lachen quoll höher, bis es in einem unterdrückten Glucksen herauskam. Vielleicht noch eine Tüte Chips dazu? Außerdem diesen tollen Roséwein, den sie früher immer mit Hanne getrunken hatte, jawohl. Götter, ihr würde so schlecht werden. Und sie würde es genießen!

Zackig steuerte sie den Einkaufswagen in Richtung Chipsregal und konnte nicht mehr bremsen, als unerwartet ein Mann hinter der Ecke stand.

»Hey, Vorsicht.«

Genau genommen der Mann, der sonntags immer in die Robbenstation kam – und dem sie in die Hacken gefahren war. »Mist! Tut mir leid! Ist es schlimm?«

»Schon okay.« Er sprach nur über die Schulter mit ihr, und der Klang seiner Stimme verriet deutlich, dass es alles andere als okay war.

»Wie doof von mir, sorry. Wirklich.« Aus irgendeinem Grund war ihr peinlich, dass er ihren frustinduzierten Einkauf sah. Selbst unter dem akkuraten Mantel erahnte man einen ziemlich trainierten Körper und breite Schultern. Jedenfalls wirkte er nicht so, als hätte er jemals tütenweise Chips in sich hineingestopft.

Er wandte sich um. Seine Augen waren hell, eismeerblau, mit Wimpern, die ebenso blond waren wie seine Haare. »Ich werde es überleben.«

»Zum Glück. Wäre sonst unangenehm für mich.«

»Ist immer so viel Bürokratie, wenn einem einer wegstirbt.« Humor hatte er also. »Du bist die Robbentrainerin.«

»Und du der Typ, der jeden Sonntag fünfhundert Kronen spendet.«

Er zuckte mit den Schultern, lächelte aber dabei ganz leicht. »Du sagst jeden Sonntag, ihr könntet es gebrauchen.«

»Schon.« Unwillkürlich zuckte ihr Blick zu seinem Wagen. Hundefutter, irgendein teures Duschgel, eine Flasche Babyshampoo sensitiv, Äpfel, Mohrrüben, mehrere Packungen Salmiakfische. Interessante Mischung.

»Du bist nicht von hier, oder?«, fragte sie, um irgendetwas zu sagen und weil ihr sein melodischer Tonfall aufgefallen war, der nicht nach Rogaland klang.

»Nein.« Er sah auf die Uhr, eine Smartwatch. »Sorry, ich muss los.«

Irritiert ging Alva zum Joghurtregal. Sie hatte nicht damit gerechnet, ihn mit der simplen Frage in die Flucht zu schlagen. Was mochte ihn vertrieben haben? Ihr Rempler in seine Hacken? Der Inhalt ihres Einkaufswagens?

Oder – und der Gedanke kam ihr so ungewollt, wie er hässlich war – hatte es vielleicht einen guten Grund, dass sie in Sachen Beziehungen und Flirts bisher immer vergessen wurde? Wirkte irgendetwas an ihr vielleicht einfach abschreckend?

Trotzdem hatte er sehr hübsche Augen. Und Babyshampoo im Wagen, warum auch immer.

Auf dem Weg zurück zum Boot ertappte Jo sich beim Lächeln. Der Regen hatte aufgehört, und ab und zu schob die Sonne wenigstens für ein paar Minuten die Wolken zur Seite. Als er die Straße vor dem *KiWi* überquerte, wurde ein altmodisches Fahrrad neben ihm langsamer. Alva ließ die Fußspitzen auf dem Boden schleifen. »Soll ich deine Einkäufe mitnehmen zum Hafen, wenn ich dich schon fast zum Invaliden gemacht habe?«

Er war so perplex, dass er ablehnte. »Es sind ja bloß ein paar Meter.«

»War nur ein Angebot.« Sie lächelte ihm zu und trat wieder in die Pedale.

Er sah ihr hinterher, bis sie um die Ecke verschwand. »Alva«, sagte er leise. Es war wirklich ein schöner Name. Warum war sie so freundlich zu ihm? Sie kannte ihn doch gar nicht. »Genau deswegen ist sie freundlich«, hätte Zayed vermutlich im Scherz gesagt. Aber Jo hätte ihm recht gegeben, vollkommen ohne Ironie. Alva war ein guter Mensch, eine großherzige Frau mit einer schönen Stimme, hübschen, geschwungenen Lippen und – nach allem, was er unter der Kleidung erahnen konnte – einem warmen, weichen Körper. Was er nicht einmal denken sollte, denn erstens traf das mit dem guten Menschen auf ihn maximal begrenzt zu, und zweitens war er hier ohnehin in ein paar Wochen wieder weg.

Außerdem war der Plan, sich weitestgehend von anderen Leuten fernzuhalten. Alva hatte ebenso wenig wie der Imbissbesitzer Jamal den Anschein gemacht, ihn von irgendwo anders als der Robbenstation her zu kennen. Trotzdem. Er mochte sein Inkognito hier, und er war noch nicht bereit, es zu lüften. Je weniger Kontakte er hatte, desto besser.

Zurück auf der Jacht, schlug Jo die vertraute Wärme entgegen, sobald er das Schiebeluk öffnete, dazu eine Mischung aus nassem Hund und *Radical Refresher*. Gut, dass er für die nächste Wäsche geruchloses Babyshampoo gekauft hatte. Das teure Zeug war an den Hund eindeutig verschwendet.

Jo hatte dem Hundemädchen eine Leine aus Segeltau geknüpft und ihr die Reste der Samstagspizza zum Frühstück gegeben. Mittags hatte er sie auf dem Steg gewaschen, so gut es eben ging. Als er zum Einkaufen gegangen war, hatte sie zusammengerollt auf einer Decke neben dem Bett geschlafen.

Doch jetzt wuselte der Hund, sobald Jo die erste Stufe hinuntergestiegen war, vor Begeisterung quiekend um ihn herum. In dem engen Raum stieß er dabei ständig irgendwo an, und der wedelnde Schwanz polterte gegen die Schranktüren.

»Hey, ist ja gut. Ich freue mich auch, dass ich wieder da bin.« Er trat die Schuhe von den Füßen und ließ sie neben dem Niedergang stehen. Beim Anblick des Kajüteninneren stieg eine Mischung aus ungläubigem Lachen und Verzweiflung in ihm auf. Nicht nur die Papiertüte mit dem harten Brot vom Anfang der Woche lag zerfetzt auf dem Boden – ohne Brot darin –, sondern auch eine zernagte Küchenrolle und die kümmerlichen Reste eines Sportmagazins, das Jo ohnehin nicht gelesen hätte. Ausgerechnet ein zerkautes Bild von ihm mitten im Sprung bei einem seiner letzten Kempa-Tricks war noch erkennbar. Mit dem Fuß schob er es zur Seite und stellte die Einkaufstaschen auf die Ablage neben dem Herd. »Ich schätze, das müssen wir noch üben. Aber mir gefällt dein Sinn für Ironie.«

Die Hündin wuselte immer noch aufgeregt um seine Beine.

»Ich hab dir Futter mitgebracht, falls du nach der Orgie hier noch nicht satt bist.«

Zustimmendes Schwanzwedeln antwortete ihm.

»Gut, dann sind wir uns einig.« Er zog den Mantel aus und begann, das Chaos zu beseitigen, setzte sich aber nach wenigen Handgriffen auf den Boden, neben sein zernagtes Porträt. Hier war niemand, der sich an ein paar Papierfetzen stören würde. Sanna ging jetzt Martin mit ihrem Feng-Shui-Tick auf die Nerven, und vermutlich war das gar nicht so schlecht.

Jo ließ sich auf den Rücken fallen. Blöde Idee eigentlich. So gut kannte er den Hund nicht. Man legte sich nicht in einer Defensivgeste vor jemanden, den man nicht kannte. Aber es fühlte sich nicht defensiv an. Es fühlte sich entspannt an. Eine schwarze, ledrige Nase stupste ihm wiederholt gegen den Pulloverärmel, und er hob die Hand, um das nach *Radical Refresher* duftende Fell zu streicheln. »Du brauchst einen Namen. Was hältst du von Izzy?«

Die Hündin sah nicht sehr begeistert aus.

»Nicht? Lieber Martha?«

Sie rieb den Kopf an seiner Hand.

»Bonnie?«

Das Boot schwankte leicht unter ihm, die Wellen schwappten gleichmäßig von außen gegen den Rumpf. Und er lag zwischen Papierschnipseln und kraulte einen Hund. Das Leben war schlicht geworden. »Moon?«, fragte er, als er sich daran erinnerte, wie hell das weiße Fell in der Dämmerung gewesen war. »Oder Spot?« Den mochte er. Aber ein einsilbiger Name ließ sich schwer rufen.

Rational wusste Jo, dass es egal war. Er musste die junge Hündin so bald wie möglich als gefunden melden, und dann würde jemand kommen und sie bei ihrem Namen rufen, ganz egal, welchen er ihr gegeben hatte. Morgen würde er sich darum kümmern. Spätestens übermorgen. Sobald sie wieder bei Kräften war.

Über ihm auf dem Tisch kündigte das Vibrieren des Smartphones einen Anruf seiner Schwester an. Das Leben war nicht nur schlicht, sondern sozial auch äußerst überschaubar geworden. Jo angelte vergeblich nach dem Gerät; er erreichte es erst, als er sich aufsetzte.

»Hey, Kjersti.«

»Wie geht's dir?«

Er rappelte sich hoch. Etwas in Kjerstis Tonfall sagte ihm, dass er dieses Gespräch besser im Stehen führen sollte. »Gut. Ich habe jetzt einen Hund.«

Ganz klar hatte sie damit nicht gerechnet. »Was willst du mit einem Hund?«

»Genau genommen ist es eine Dalmatinerhündin. Sie ist mir zugelaufen.« Und in diesem Augenblick wusste er auch, wie er sie nennen würde. »Sie heißt Wilma.«

»Aha.«

Wilma stupste ihn gegen das Bein. »Warte, ich mach dich eben auf laut. Wilma hat Hunger.«

Kjersti schienen immer noch die Worte zu fehlen.

Jo schnitt die Hundefuttertüte auf und schüttete ein paar Brocken in eine Schüssel.

Kjersti schwieg. Erst als Wilma unter beträchtlicher Geräuschkulisse kaute, sagte sie: »Dann hast du heute nicht den Feed von *Norsk Glitter* gesehen?«

Jo rieb sich den Nacken, während er Wilma beim Fressen zusah. »Thore hat mich gestern noch angerufen.«

»Also weißt du, dass Sanna und Martin …«

»Ja.«

»Tut mir leid, A- … Jo.«

Wilma sah zu ihm auf und schleckte sich über die Schnauze.

»War gut, was?«

»Was war gut?«, fragte Kjersti.

»Nichts. Ich hab mit dem Hund gesprochen. Und um auf eben zurückzukommen: Dir muss nichts leidtun. Schließlich kannst du nichts dafür.«

»Weißt du, dass sie öffentlich behauptet, du hättest mit ihr Schluss gemacht?«

Er konzentrierte sich auf das weiche Fell an seiner Handfläche.

»Unter Tränen hat die blöde Zippe rumgeheult, sie hätte immer zu dir gestanden, und du hättest sie weggestoßen.«

Irgendwo in der Krimskramsschublade musste noch Paracetamol sein. Jo zog die Schublade auf. Die Packung lag ganz vorn. »Es ist egal, Kjersti. Es spielt keine Rolle mehr.« Weil ihm nichts davon sein Leben zurückgeben würde. Und weil er Sanna verstehen konnte. Er hätte auch mit sich Schluss gemacht.

»Tut es leider doch«, sagte sie ruhiger. »*Norsk Glitter* will jetzt umso dringender ein Interview mit dir.«

»Was soll's. Lass dir vorher die Fragen schicken.« Er wusste jetzt schon, was kommen würde. *Joakim, unter uns: War ihr Ausscheiden aus dem Team wirklich freiwillig? – Ich bitte Sie, Gloria. Wann wäre es besser, aufzuhören, als auf der Höhe? – Wie sieht es privat aus? Freuen Sie sich für Ihre Ex-Freundin und Ihren ehemaligen Teamkameraden, oder sehen Sie ihnen eher mit Neid und Bitterkeit zu?* An dieser Stelle würde er souverän lachen. *Wir sind erwachsene Menschen. Sanna und ich hatten eine gute Zeit, aber sie ist vorbei. Wir leben jeder unser eigenes Leben.* Die eine im Kreis seiner Teamkollegen, der andere … eben nicht.

Er drückte eine Tablette aus der Packung.

Das heißt, Sie gönnen Martin und Sanna ihre Liebe? – Wie könnte ich nicht? Ich schätze beide sehr, und ich bin sicher, sie werden viele glückliche Jahre miteinander verbringen. Zumindest solange Martins Torbilanz stimmte. Man musste realistisch sein: Mit Verlierern gab Sanna sich nicht ab. Beinahe hätte Martin ihm leidgetan – aber eben nur beinahe.

Nachdem er das Gespräch beendet hatte, warf er die Kopfschmerztablette in den Müll und streifte Wilma das Segeltau-Halsband über. »Komm, Mädchen. Wir gehen spazieren.«

Der kleinen Milla zu helfen stellte sich als schwieriger heraus, als Alva gedacht hatte. »Ich komme nicht weiter«, sagte sie seufzend, als sie ein paar Tage später mit Annik bei Jamal zum Mittagessen war. »Vor allem, weil wir Jessica nicht erreichen. Tilda versucht seit Tagen, sie anzurufen, aber sie ruft nicht zurück. Findest du es aufdringlich, wenn ich da mal vorbeigehe?«

Annik dachte nach. »Ich wüsste nicht, warum das nicht okay sein sollte. Schließlich ist Milla deine Patientin, und«, sie lachte, »so wie ich dich kenne, ist eh ganz Lillehamn daran gewöhnt, von dir bemuttert zu werden.«

Die Bemerkung war vollkommen arglos und freundlich gemeint, trotzdem hatte Alva das Bedürfnis, zu widersprechen. Aber bevor sie herausgefunden hatte, woran sie sich genau stieß, sprach Annik schon weiter. »Millas Mutter ist die junge Frau, die beim *KiWi* an der Kasse sitzt, oder?«

Alva nickte.

»Die kenne ich ein bisschen vom Kindergarten. Ich habe sie gestern noch gesehen. Bisschen erkältet war sie allerdings.«

Während Alva sich vorstellte, wie Jessica sich krank durchs Haus schleppte und versuchte, ihre Tochter zu versorgen, sagte Annik: »Als Theo und ich letztes Jahr hergezogen sind, hast du mir das Gefühl gegeben, da ist jemand, dem mein Kind und ich nicht egal sind. Das war …« Sie suchte nach den passenden Worten und sagte letztlich nur schlicht: »Es war sehr schön.«

Falls Alva noch ein Argument gebraucht hatte, war es dies. »Danke. Ich werde nachsehen, ob alles in Ordnung ist. Vielleicht kann ich Jessica irgendwie helfen.«

Als sie abends an dem Haus am Hafen vorbeikam, ließ sich durch nichts erkennen, dass jemand daheim war. Trotzdem klingelte sie.

Sie wollte sich eben zum Gehen wenden, als Jessica öffnete. Alva kam bis zum »Hi«, bevor sie instinktiv einen Schritt zurücktrat und sich nach ihrem Mundschutz sehnte, weil Jessica anfing zu husten.

Sie trug bunt gemusterte Leggings und ein übergroßes Sweatshirt mit dem Logo einer amerikanischen Universität und reichlich Tomatensoßenflecken. Ihre hellen Haare waren strähnig, unter den Augen hatte sie dunkle Ringe.

Irgendwo im Haus kreischte ein Kind und schlug wohl gegen eine Tür: Milla, gesund genug, um wie jede andere Zweijährige zu wüten. Immerhin etwas.

»Störe ich?«, fragte Alva vorsichtig.

Wieder hustete Jessica, schüttelte aber den Kopf, trat zur Seite und gab den Blick auf einen engen Flur frei. Sie schlang die Arme um den Oberkörper, wie um sich selbst zu schützen. So wirkte sie noch jünger, als sie ohnehin war, fast selbst wie ein Kind. »Ich habe nicht mit Besuch gerechnet.« Ihre Stimme klang heiser und müde. »Es ist nicht aufgeräumt.«

»Das macht nichts«, sagte Alva sanft. »Ich wollte nur …« Sie hatte nach Milla sehen wollen, ohne sich nähere Gedanken dazu zu machen, was das möglicherweise beinhaltete. »Ich wollte fragen, ob ich euch was helfen kann«, beendete sie ihren Satz.

»Warum?«

»Weil ich Millas Ärztin bin. Und deine, wie es aussieht, spontan auch. Und weil ich sehen wollte, wie es Milla geht.«

Das Gekreische im Haus steigerte sich, etwas Hartes knallte gegen Holz. Jessica sah Alva immer noch mit Misstrauen im Blick an, aber dazwischen lag jetzt auch die Angst, zurückgewiesen zu werden. Doch dann fiel beides in sich zusammen. »Milla mag ihre Nudeln nicht«, krächzte sie mit einer Art resigniertem Humor, bevor ein erneuter Hustenanfall sie schüttelte.

»Darf ich dennoch kurz reinkommen? Es stört mich wirklich nicht, wenn es ein bisschen unordentlich ist.«

›Ein bisschen unordentlich‹ traf die Sache nicht annähernd. In dem schlecht beleuchteten Flur musste Alva aufpassen, nicht über Schuhe, Gummistiefel und anscheinend vom Strand mitgebrachte

Stöcke zu stolpern. Ein Haufen Kleider lag zusammengeknüllt in einer Ecke, und in der Luft hing ein Geruch nach … was war das? Auf jeden Fall roch es muffig und tatsächlich ein wenig nach Schimmel.

»Will nicht!«, kreischte Milla. »Will nicht!« Herzzerreißendes Geheul folgte, und Alva konnte nicht anders, als sich zu fragen, wer das Kind da gerade folterte.

Doch als Jessica die Tür zu dem anscheinend einzigen Raum der Wohnung öffnete, saß da nur ein tomatensoßenverschmiertes Kleinkind zwischen zerquetschten Fussili auf dem Dielenboden und heulte und hustete. Das Gesicht war schmutzig und rot vor Wut, aber als Jessica sich zu ihrer Tochter beugte, um sie hochzuheben, ließ diese das willenlos geschehen. Sie schluchzte nur erleichtert auf und legte das Gesicht an die Halsbeuge ihrer Mutter. Jessica schwankte leicht.

Einen Moment lang blieb Alva hilflos stehen und betrachtete das Chaos: die viel zu kalte Wohnung, der Inhalator zwischen verkrusteten Tellern neben dem Spülbecken, den Kleiderhaufen auf dem Futonbett, das im ganzen Zimmer verteilte Spielzeug.

Jessica schien zu überlegen, wie sie den Eindruck noch schnell retten konnte, setzte sich dann aber nur mit ihrer Tochter auf dem Schoß auf einen der klapprigen Stühle. Ganz klar war ihre Kraft in diesem Moment zu Ende.

Bevor Alva noch darüber nachdenken konnte, was sie da tat, hatte sie bereits begonnen, die Nudeln vom Boden zu sammeln. Es war nicht sehr angenehm. »Hast du einen Handfeger oder so was?«

Schlapp nickte Jessica in Richtung Spülbecken.

Alva richtete sich auf. Bevor sie sich um Fussili auf Fußböden kümmern konnte, war erst einmal etwas ganz anderes dran. Sie deutete auf das Futonbett neben der kalten Außenwand. »Schlaft ihr da beide?«

»Ja, wir haben … ich habe …«

»Du brauchst dich nicht zu rechtfertigen. Kleine Kinder schlafen nicht gern allein«, sagte Alva ruhig, während sie schon die wenigen Schritte hinüber zum Bett machte und es freiräumte. »Wie ich das sehe, seid ihr beide ziemlich krank. Du solltest schlafen.«

Jessica hatte sichtlich keine Kraft zum Protestieren. Alva half ihr, sich mit der inzwischen müde vor sich hin starrenden Milla hinzulegen, und deckte sie zu.

Jessica hustete noch ein paarmal, dann drehte sie sich auf die Seite, und ihre Atmung beruhigte sich allmählich. Leise machte Alva sich daran, die Nudeln aufzukehren. Bereits nach der kurzen Zeit war ihre Nasenspitze eisig. Kein Wunder, dass die beiden krank waren. Ob Jessica fürchtete, die Heizkosten nicht zahlen zu können? Darauf konnte Alva jetzt keine Rücksicht nehmen. Sie öffnete das Fenster und ließ frische Luft herein, die vom Meer herüberwehte.

Das metallische Klimpern von den Stahlseilen der Segeljacht ließ sie aufhorchen. Von der tief stehenden Sonne in orangefarbenes Licht getaucht, lag dort unten das Boot. Sie sah ein bisschen länger als nötig hinüber, aber der Besitzer ließ sich nicht blicken.

Nach dem Stoßlüften drehte sie die Heizung auf und machte sich daran, diese fremde Wohnung aufzuräumen, in die sie irgendwie geraten war.

Drei Stunden lang hatte Alva sämtliches Spielzeug in die hoffentlich richtige Plastikkiste gelegt, eine Ladung Wäsche gewaschen, das Bad geputzt, den staubigen Fußboden gewischt, die Wäsche in Ermangelung anderer Möglichkeiten im Wohnzimmer aufgehängt und das Geschirr gespült, während sie noch einmal lüftete. Irgendwann zwischendurch war das Gefühl verschwunden, hier unrechtmäßig eingedrungen zu sein.

Jessica sah so verflucht jung aus. Sie war erst vor Kurzem nach Lillehamn gezogen, und Alva kannte ihre Familiengeschichte nicht. Aber sie konnte höchstens zwanzig sein, wenn nicht jünger. Und sie brauchte ganz klar Hilfe.

Nachdenklich sah Alva sich nach einem Stück Papier um, auf dem sie eine Nachricht hinterlassen konnte. Das Leben war manchmal so seltsam. Seltsam und … ungerecht. Auf der einen Seite war hier dieses Mädchen, das sich mehr schlecht als recht mit seinem Kleinkind durchschlug. Dann Espen mit seiner Geschichte. Und auf der anderen Seite sie selbst, fast dreißig und eine Fehlproduktion im Arterhaltungstrieb der Spezies Mensch.

Alva seufzte. Das hier war nicht der richtige Moment für Gejammer.

In einer Küchenschublade fand sie schließlich einen Malblock und Filzstifte. Sie schrieb eine kurze Notiz für Jessica, in der sie ihren Besuch am nächsten Morgen ankündigte und ihre Telefonnummer für Notfälle hinterließ, dann schlich sie aus der Wohnung.

Als sie vor das Haus trat, war es fast dunkel. Alva merkte erst jetzt, wie sehr der Abend sie erschöpft hatte. Sie reckte die Arme über den Kopf, drückte die Schultern nach hinten und atmete tief ein. In der kühlen Luft versteckte sich schon der Frühling.

Sie machte ein paar Schritte Richtung Fjord. Unter dem Bootssteg schwappte das Wasser gegen das Land und hinterließ mit jeder Welle ein Knistern, wenn es über die Miesmuschelkolonien auf dem Felsen ablief.

Im Sommer ging sie oft abends auf den Steg, ganz ans Ende, wo man nur noch das offene Meer vor sich hatte. Aber die fremde Jacht, die dort jetzt vertäut war, hielt sie davon ab. Sie wollte nicht neugierig scheinen – einigermaßen absurd, denn genau das war sie. Nicht nur das Rätsel um den Mann mit dem Boot faszinierte sie, sondern zunehmend auch der Mann selbst. Svea wäre vermutlich direkt auf die Jacht gesprungen und hätte geklopft. Aber Alva war nicht Svea, sondern leider nur sie selbst. Sie warf einen letzten Blick zu dem dunklen Boot und ging dann zum Strand hinunter.

Lautes Platschen im Wasser war das Erste, das ihr verriet, dass sie nicht allein war. Herrje, was war mit Lillehamn auf einmal los? Hatte die Touristensaison dieses Jahr früher begonnen, und man hatte sie nicht davon in Kenntnis gesetzt? Sonst war um diese Zeit im Frühjahr nie jemand außer ihr am Strand. Nie. Und schon gar nicht jemand, der anscheinend seinen Hund rief und immer wieder baden schickte. Alva kannte alle Hunde in Lillehamn. Keiner davon hieß Wilma.

In der Nähe der Felsen blieb sie stehen und betrachtete die breite Straße aus Silber, die der Mond aufs Wasser malte, sobald die Wolken aufrissen.

Der Fremde mit dem Hund bemerkte sie nicht, auch nicht, als er näher kam. Im blassen Halblicht konnte Alva nichts erkennen bis auf lange Beine, breite Schultern unter einer Jacke und vermutlich eine Kapuze. Trotzdem war sie sich sicher, dass es der Mann von der Jacht war.

Konnte man sich *schön* bewegen, wenn man seinem Hund Stöcke warf? Alva beschloss, man konnte. Alles andere wäre angesichts der anmutigen Silhouette an der Wasserkante einfach gelogen. *Anmutig, klar, Alva. Jetzt geht's wohl los.* Der Typ warf Stöcke, und der Dalmatiner hetzte hinterher. *Anmutig.* Aber ihr fiel kein anderes Wort ein. Seine Bewegungen wirkten so sicher und unangestrengt.

»Guter Hund, Wilma. Komm her.« Sie erkannte die ruhige Stimme. Er war es.

Ein Dalmatiner, allem Anschein nach Wilma, fetzte am Ufer entlang auf den Mann zu, ein blasssilberner Pfeil in der violetten Dämmerung, um dessen Beine im Mondlicht schillernde Wassertropfen spritzten. Der Mann hockte sich hin und tätschelte dem Tier den Hals, dann warf er wieder den Stock.

Vielleicht hätte sie ihn an einem anderen Tag sogar angesprochen. Aber nicht heute. Nicht nachdem sie den Tag über in der

Praxis gearbeitet und den Abend damit verbracht hatte, Jessicas Wohnung zu putzen. Vor Erschöpfung würde sie keinen zusammenhängenden Satz mehr herausbekommen.

Eine Weile sah sie den beiden noch zu, dann ging sie langsam nach Hause.

Vier

Inzwischen waren sämtliche *Oslo-Elite*-HK-Werbehandtücher bis auf eins zu Wilma-Handtüchern geworden. Jo rubbelte der Hündin gründlich Sand und Salzwasser aus dem Fell, bevor er sie in die Kajüte ließ. Er sollte sie wirklich dringend als gefunden melden und vielleicht mit ihr zum Tierarzt gehen. Er sollte auch einen Waschsalon auftreiben, am besten einen mit Trockner. Er sollte so vieles. Seine Mutter anrufen. Sich endlich darum kümmern, in den Windpark zu investieren. Mehr Sport treiben. Vernünftig essen.

Er warf das feuchte Handtuch auf den Wilma-Handtuch-Haufen in der Duschkabine und wusch sich die Hände, bevor er eine Fertigpizza in die Mikrowelle schob.

Jogginghose, Socken, Laptop, Bier (alkoholfrei). Vielleicht noch ein paar Chips zur Pizza, wenn schon, denn schon? Aber man musste es nicht gleich übertreiben.

Mit dem Teller auf dem Schoß setzte Jo sich aufs Bett.

Joakim, Sie sind fett geworden in letzter Zeit. Machen Sie sich keine Sorgen, dass das Ihre Leistung beeinträchtigen könnte? – Nicht wirklich, Gloria. Wissen Sie, ich sehe viele Dinge jetzt anders. Blöderweise musste er lachen und verbrannte sich prompt die Zunge. Er hustete und hechelte und musste noch mehr lachen.

Sichtlich irritiert stupste Wilma ihn mit der Schnauze gegen das Bein. Er hielt ihr ein Stück abgekühlten Pizzarand hin. Sie schnappte gierig danach.

»Wir füttern Hektor nie vom Tisch«, hatte seine Mutter früher gesagt. »Dadurch lernt er nur zu betteln.«

Jo warf Wilma noch einen Bissen hin. »Lass es dir schmecken.« Schließlich sollte man Hunde aus der Hand füttern, um sie an sich zu binden, oder etwa nicht? Bisher jedenfalls schien es ganz gut zu funktionieren. Er war immer noch geflasht von seinem gelungenen Experiment eben am Strand, als er Wilma das erste Mal ohne Leine losgelassen hatte. Natürlich bildete er sich nicht ein, sie sei aus Liebe zu ihm zurückgekehrt, das nicht. Aber das Futter in seiner Tasche war wohl Verlockung genug gewesen. Außerdem hatte er den Eindruck, dass sie anfing, auf ihren Namen zu hören.

»Noch ein Stück?«

Die Schnauze stupste gegen seinen Arm.

»Hey, langsam.« Er verbarg die Pizza in der Handfläche und gab sie erst frei, als er einigermaßen sicher sein konnte, dass Wilma nicht schnappen würde, sondern den Leckerbissen vorsichtig von seiner Handfläche nahm. Vielleicht hätte er vorher darüber nachdenken sollen, dass das bedeutete, sich schon wieder die Hände zu waschen. Er ließ die Schultern kreisen.

Joakim, uns ist zu Ohren gekommen, Sie seien mittlerweile sogar zu träge, die zwei Meter von Ihrem Bett in dieses mickrige Ding zu gehen, das Sie Bad nennen? – Verdammt richtig, Gloria. So sieht's aus.

Er machte einen Umweg über die Küchenzeile, um doch noch die Chipstüte zu holen. Und eine Tüte Salmiakfische und ein zweites Bier. Weil er es konnte. Und weil es kein Schwein interessierte.

Alva fürchtete schon, sie könne erneut vor verschlossener Tür stehen, doch nach dem zweiten Klingeln öffnete Jessica ihr zögerlich und offensichtlich bereit, die Tür auf der Stelle wieder zuzuknallen. Sie sah wesentlich besser aus als am Vorabend, aber es schien ihr schwerzufallen, Alva in die Augen zu sehen.

»Geht es dir besser?«, fragte Alva.

»Ja.« Die Finger mit dem abgebröckelten, blauen Nagellack bearbeiteten die Säume von Jessicas Ärmeln. »Das ist so peinlich wegen gestern. Aber danke.«

»Gern geschehen.« Etwas sagte Alva, dass sich das Mädchen nicht nur schämte, sondern ihr auch misstraute. Doch warum? »Es war … nur ein normaler Hausbesuch.«

»Nee, normal war das nicht. Sonst ist es bei uns nicht so schmutzig, und Milla bockt auch nicht immer so rum. Ich war bloß echt krank.«

Langsam hatte Alva eine Ahnung, wo das Misstrauen herrührte, doch bevor sie etwas sagen konnte, sprach Jessica weiter.

»Ganz ehrlich, Sie müssen nicht … ich hab das im Griff.«

»Milla war krank und müde«, sagte Alva behutsam. »Ich bin ihre Ärztin. Ich möchte lediglich sehen, wie es ihr geht.«

»Es geht ihr gut!« Die Abwehrhaltung war jetzt überdeutlich. »Wir brauchen Sie … also, es ist viel zu viel Mühe für Sie, extra herzukommen.«

Alva unterdrückte ein Seufzen. »Jessica, ich bin nicht vom Jugendamt geschickt oder so was. Ich bin gestern einfach nur vorbeigekommen, weil wir uns in Lillehamn umeinander kümmern.«

Immer noch wirkte die junge Frau nicht überzeugt.

»Bei meinem Bruder würde ich auch nach dem Rechten sehen. Oder bei meiner Freundin. Lass mich kurz rein, Millas Lunge abhören und Fieber messen, ja?«

Endlich gab Jessica ihren Widerstand auf und trat zur Seite.

Eine halbe Stunde später verließ Alva einigermaßen erleichtert die Wohnung – Milla hustete deutlich weniger, und Jessica hatte die Heizung angelassen –, ging zum Ufer und blieb am Anfang des Bootsstegs stehen, einen Moment nur, um die Morgensonne in sich aufzunehmen. Und dann noch einen Moment, weil sie möglicherweise hoffte, den Mann von der Jacht zufällig zu sehen. Doch auf dem Boot war alles still. Der Wind fegte ihr eiskalt um die Ohren, nur die Sonne hatte schon Kraft.

Alva hörte das Hecheln hinter sich erst durch den Wind, als jemand sagte: »Nein, Wilma, lass das.«

Ungefragt beschleunigte sich ihr Herzschlag. Sie drehte sich nach der Hundeschnauze an ihrem Oberschenkel um. Es war der Dalmatiner vom Vorabend, und der Mann war wirklich der Fünfhundertkronenmann, auch wenn sie bisher nur seine langen Jeansbeine und die Winterstiefel sah. »Du also bist Wilma«, murmelte sie, an den Hund gewandt.

»Tut mir leid, hoffentlich hat sie dich nicht erschreckt. Sie …« Er brach mitten im Satz ab. Zur Jeans trug er eine Lederjacke und eine schwarze Mütze, nicht den Mantel. »Hi.«

Alva versuchte, sich die ewig wirre Mähne aus dem Gesicht zu streichen. »Hi.«

Silbrig blaue Augen musterten sie.

Es war tatsächlich möglich, jemandes Blick festzuhalten und gleichzeitig Feinheiten in seinem Gesicht aufzunehmen, stellte sie fest. Der Mann hatte ein kantiges Gesicht mit einer wirklich hübschen, geraden Nase. Und dunkle Augenbrauen, die einen spannenden Kontrast zu den hellen Wimpern und Haaren bildeten. Und trotz des Barts war erkennbar, dass seine Lippen definiert und gerade richtig voll waren. Er war nicht im klassischen Sinne gut aussehend, nicht wie Espen oder sogar Krister auf seine Art. Trotzdem strahlte er etwas aus, das ihn unglaublich attraktiv machte. Es war eine eigenartige Mischung aus – sie konnte es nicht genau benennen – physischer Präsenz, Selbstbewusstsein und … war das Verletztheit?

Wahrscheinlich war es Blödsinn, aber es schien ihr, als würde er auf etwas warten, etwas, das sie tat oder sagte. Nur was?

Sie ertappte sich dabei, sich schon wieder die Haare aus dem Gesicht wischen zu wollen. Das war albern. Aber wohin sonst mit ihren Händen? Was tat sie normalerweise mit ihnen? Und worüber unterhielt sie sich sonst mit fremden Leuten? Aus irgendeinem Grund hatte sie das Bedürfnis, noch irgendetwas zu sagen, aber dieser forschende Blick, mit dem der Typ sie maß, hatte jedes Wort aus ihrem Kopf gelöscht.

Schließlich gab er sich sichtlich einen Ruck. »Jedenfalls sorry wegen eben. Wilma und ich, wir üben das noch.«

»Kein Problem.« Alva atmete auf und kraulte dankbar den Hund, der jetzt schwanzwedelnd neben ihr stand, hinter einem der schwarzen Schlappohren. »Wilma ist ein hübscher Hund.«

»Danke.«

»Vor allem der Fleck auf der Nase.«

»Finde ich auch.«

Obwohl man sein verhaltenes Lächeln kaum als überbreit hätte bezeichnen können, erinnerte etwas daran Alva an Espen, wenn er sich nicht in die Karten sehen lassen wollte. »Ich hatte erst überlegt, sie deswegen Spot zu nennen.«

»Wilma gefällt mir. Es passt zu ihr.«

Beide betrachteten sie den Hund. Dabei fielen Alva die Hände des Mannes auf. Lange, starke Finger hatte er.

»Und wenn die Nase beim Schnüffeln so zuckt, das ist toll.«

»Ja.«

Ihre eigenen Hände waren jetzt damit beschäftigt, den Hund zu kraulen, doch dafür gingen ihr die sinnvollen Sätze aus. Sie könnte jeden Dalmatinerfleck einzeln loben. Oder über das Wetter sprechen. »Ich muss los«, sagte sie. »Die Arbeit wartet. Vielleicht sehen wir uns ja am Sonntag.«

»Weiß ich noch nicht. Kann sein, dass ich«, er zögerte, »was anderes vorhabe.«

»Wärst du von hier, wüsstest du, dass es an einem Wintersonntag in Lillehamn kaum was anderes zu tun gibt.«

»Genau genommen ist schon Frühling.«

Sie lächelte. »Smule wäre tödlich beleidigt, würde ich ihm verraten, dass du ihm untreu wirst.«

Für einen kurzen Moment leuchteten weiße Zähne, und in seinem Blick blitzte etwas auf, das ihn jünger wirken ließ, als er vermutlich war. »Sag Smule einfach, ich sei verhindert. Ich weiß wirklich nicht, ob ich Wilma allein lassen kann.«

»Hast du doch sonst auch, oder nicht?«

Das Lachen verblasste und wurde auf der Stelle wieder durch das fast misstrauische Abwarten ersetzt. Er antwortete nur zögernd. »Sie ist erst ein paar Tage bei mir. Ich habe sie halb erfroren und ausgehungert gefunden und erst mal mit zu mir genommen. Ich weiß, dass sie hier auf Dauer nicht bleiben kann, aber …«

Das also war das große Geheimnis. Er war auf Habacht gewesen, weil er fürchtete, sie würde ihn gleich auf die Polizeiwache schleifen. Warum dachten heute alle Leute, sie wolle ihnen irgendwelche Aufpasser auf den Hals hetzen? »Ich behaupte, ich wüsste es, sollte jemand in Lillehamn einen jungen Dalmatiner vermissen«, sagte sie ruhig.

»Irgendwo kommt sie her.«

Alva konnte nicht anders, als darüber zu lächeln, obwohl sie sich inzwischen wirklich dringend in Richtung Praxis bewegen sollte. »Vielleicht ist sie genauso vom Himmel gefallen wie du. In der Regel gibt es hier um die Jahreszeit weder fremde Menschen noch fremde Hunde.«

Er hob nur die Schultern.

»Auch keine fremden Boote«, setzte sie nach.

»Ich will Anfang Mai die Küste hochsegeln.«

»Dann hast du ja noch einige Sonntage hier. Ich sage Smule Bescheid.«

»Schwer vorstellbar, dass er solche Sehnsucht hat. Bestimmt ist er nur hinter meinem Geld her.«

Das aufgekratzte Lachen blubberte noch in ihr, als sie die Hauptstraße entlangeilte, um rechtzeitig in die Praxis zu kommen. Vorher hatte sie ihm noch den Weg zu Lillehamns Ein-Mann-Polizeiwache beschrieben, damit er den Hund melden konnte.

An der Straßenecke traf sie Annik, die mit dem Rad aus Richtung des Kindergartens kam. Als sie Alva sah, sprang sie ab. »Guten Morgen. Was tust du hier um diese Uhrzeit?«

Fast hätte sie über der Begegnung mit dem Fünfhundertkronenmann den eigentlichen Grund für ihren Besuch am Hafen vergessen. »Ich hab nach Milla gesehen.« Sie gab Annik eine Zusammenfassung der Ereignisse, während sie nebeneinander die Hauptstraße bergan stiegen, und schloss mit: »Jetzt scheint es beiden tatsächlich fürs Erste besser zu gehen. Gestern Abend scheint die Höhe der akuten Infektion gewesen zu sein. Aber das löst natürlich das Problem nicht auf Dauer.«

Sie wartete, bis Annik das Rad vor der Praxis angeschlossen hatte. »Jessica ist einfach so wahnsinnig jung und wirkt unheimlich allein.«

Annik schüttelte den Kopf. »Zumindest da kann ich dich ein bisschen beruhigen. Soweit ich weiß, hat sie ein paar nette Freundinnen.«

»Aber sie muss mittelfristig aus diesem Haus raus, was die Bezeichnung fast nicht verdient. Zumindest, wenn Milla keine Dauerpatientin werden soll.« Ein Gedanke kribbelte in ihrem Hinterkopf, verschwand aber auf der Stelle, als sie kurz darauf das volle Wartezimmer sah. »Falls wir uns heute nicht mehr sprechen«, sagte sie. »Hanne will heute vermutlich auf ein paar Minuten ins *Frontstage* kommen. Bist du dabei?«

»Hab euch euren Tisch reserviert!«, rief Jarik ihr über den Lärm von der Bar aus zu, als sie sich am Abend durch die Menge im *Frontstage* schob. Jedenfalls nahm sie an, dass er das sagte. Was wollte halb Lillehamn heute hier? War ein Livekonzert angesetzt, das sie vergessen hatte? Aber das Schlagzeug auf der Bühne war abgedeckt, und die Bassboxen dienten lediglich als zusätzlicher Bierabstellplatz zu den Stehtischen. Die Musik aus den kleinen Hängeboxen an den Wänden trug dennoch ihren Teil zur Geräuschkulisse bei. So laut hatte Alva das *Frontstage* lange nicht erlebt.

Ihr Blick fiel auf einen der Fernseher, die Jarik kurz nach Weihnachten hatte installieren lassen. Selbst mit ausgeschaltetem Ton fand Alva sie irritierend, weil ihr Blick dadurch ständig angezogen wurde. Auch an der Wand über ihrem Lieblingstisch flimmerte es seit Neuestem. Sie beschloss, sich so hinzusetzen, dass sie nicht gezwungen wurde, den neusten Krimi zu sehen. Oder Boxkampf oder was auch immer heute lief.

Doch der Platz unter dem Fernseher war schon von Espen und Svea belegt, die sich nicht besonders dafür zu interessieren schienen, ob außer ihnen noch andere Menschen im Raum waren. Immerhin saßen sie noch neben- und nicht aufeinander; allerdings hatte Svea sich so weit zu Espen gebeugt, dass dafür nicht mehr viel fehlte. Alva sah hauptsächlich den hellblonden Wasserfall ihrer Haare und ihren schlanken Rücken, wo sich unter dem engen, schwarzen Longsleeve deutlich Espens Hand abzeichnete.

Ihr Räuspern ging hoffnungslos in der Geräuschkulisse und den Rhythmen von Jariks neuester Lieblingsplaylist unter. »Hey!« Sie setzte sich und beugte sich nach vorn. »Sagt Bescheid, wenn ihr aufgegessen habt.«

Endlich lösten sich die beiden voneinander. Svea rutschte von Espen weg. Er fuhr sich durch das zerwühlte, braune Haar und setzte sein unschuldigstes Schuljungengrinsen auf. »Sorry, wir haben uns ein bisschen hinreißen lassen.«

»Wäre mir nicht aufgefallen.« Warum nur kam sie sich in diesem Augenblick eher vor wie seine Mutter als sein Zwilling? Sogar Svea wirkte ertappt. Und Alva hatte sie in der Öffentlichkeit noch nie mit verschmierten Lippen gesehen. Sie strich sich mit dem Zeigefinger über ihren eigenen Mund. Seit Svea mit Espen zusammen war, versuchte sie zwar nicht mehr ganz so verbissen, ein perfektes Erscheinungsbild zu wahren, aber Alva wusste, dass sie sich bloßgestellt fühlen würde, sollte sie erst Stunden später im Badezimmerspiegel entdecken, dass ihre Lippenkontur nicht mehr saß.

Dankbar lächelte Svea ihr zu und griff nach ihrem Smartphone. »Ich geh das schnell reparieren.« Sie stand auf.

Alva folgte ihr reflexartig mit dem Blick – und blieb prompt an dem Monitor über ihrem Kopf hängen. Momentan interviewte eine Frau mit blitzweißem Lächeln einen Mann, der deutlich in seinen Anzug reingeborgt wirkte. Ein Sportevent also, und der Kerl war wohl der Experte des Tages. »Hast du eine Ahnung, was heute los ist?«, fragte sie ihren Bruder.

»Irgendein Handballspiel, soweit ich weiß. Oslo gegen Stockholm oder so.«

Nun, das erklärte wenigstens den Andrang.

Krister schob sich neben Espen auf die Bank. »Oslo gegen Flensburg«, sagte er über den Lärm hinweg. »Ein Freundschaftsspiel oder ein Irgendwas-Cup. Annik hat mich im Detail informiert, ich habe es nur leider vergessen.«

Espen sah ihn indigniert an. »Da sitzt Svea.«

»Jetzt sitze ich hier«, antwortete Kris ungerührt. »Glaubst du, ich habe Lust, die ganze Zeit auf das Geflimmer zu gucken?«

Wer hat das schon, dachte Alva. Nur war nicht jeder so schlau, sich den entsprechenden Platz zu suchen. Aber immerhin gesellte sich Hanne kurz darauf zu ihnen und ließ sich auf den Stuhl neben ihr sinken. »Tut das gut, euch zu sehen, Leute. Seid ihr die Einzigen, die schon hier sind? Wo ist Svea?«

»Das Make-up erneuern, das er ihr runtergeleckt hat.« Alva nickte zu Espen hinüber.

Er zog eine Augenbraue hoch, kam aber nicht zum Antworten, weil Svea in diesem Augenblick zurückkehrte. Bei Kristers Anblick auf ihrem Platz verschränkte sie herausfordernd die Arme. »Echt jetzt, Boss?«

Doch sie bekam vermutlich gar nicht mehr mit, wie er zur Antwort die Schultern hob, weil ihr Blick jetzt auch in den Bann des Monitors geriet. Mit Zusammenrücken wäre auf der Bank bei Espen noch genügend Platz gewesen, aber Svea setzte sich neben Alva und richtete ihre Aufmerksamkeit auf den Bildschirm.

»Ich bin ein bisschen beleidigt«, sagte Espen.

Svea hob nur eine Hand. »Sssshhh. Ich will das da hören.«

»Der Ton ist aus.«

»Es sind Untertitel da.«

»Und die musst du hören?«

Svea und Hanne wechselten einen kopfschüttelnden Blick an Alva vorbei, dann beugte sich Hanne vor. »In Wirklichkeit muss sie das Einlaufen sehen«, erklärte sie. »Weniges ist so sexy wie eine vor dem Spiel einlaufende Mannschaft.«

»Weiß Tom von deiner absurden Neigung?«, fragte Krister, aber Hanne lachte nur.

Vielleicht sollten sie mit Jarik darüber reden, ob diese Monitore wirklich eine so schlaue Installation gewesen waren. Laut war es im *Frontstage* immer. Aber so richtig vergnüglich fand Alva es nicht, wenn die Hälfte der Gäste zusätzlich noch wie hypnotisiert auf die Bildschirme starrte.

»Gerade rechtzeitig zum Anpfiff gekommen«, sagte Svea zu Hanne.

Alva wechselte komisch-verzweifelte Blicke mit ihren Brüdern. »Ich dachte, du seist unseretwegen hier«, sagte Espen.

Hanne grinste. »Man muss das Angenehme mit dem Nützlichen verbinden.«

»Welcher Teil ist das Angenehme?«, fragte Espen.

Hanne antwortete nicht, sondern betrachtete, wie die Leute auf dem Spielfeld erst in die eine, dann in die andere Richtung sprinteten, einem auf dem Bildschirm winzigen Ball hinterher.

»Weißt du«, sagte Alva langsam. »Früher habe ich mir ja immer gewünscht, du wärest meine Schwester, um diesen Typen da drüben etwas entgegenzusetzen. Aber jetzt gerade bin ich mir nicht mehr sicher.«

»Wir wünschen uns seltsame Dinge, wenn wir jung sind.« Hanne angelte nach dem Erdnussglas, und Alva schob es ihr hin. »Ich meine, ich war früher in Espen verknallt.«

Es war süß, wie Espen und Svea sich ansahen und gleichzeitig nach einer Antwort suchten, aber Hanne war schon wieder beim Handballspiel. »Wow, seht euch das doch bitte mal an! Yes! Los, den hast du!«

»Sie waren besser, als Aki Lundahl noch gespielt hat«, schaltete Svea sich ein.

Alva drehte sich zu ihr um. »Was ist los mit euch? Da denkt man, man kommt zum gemütlichen After-Work-Treffen, und dann …«

»Aki Lundahl war *Gott*«, sagte Svea ungerührt. Espen betrachtete sie höchst interessiert, und Svea grinste ihn an. »Meine Freundin wollte mich mal mit ihm verkuppeln.«

»Erzähl mir mehr.« Unter Espens gespielter Gefährlichkeit machte Alva etwas anderes aus, etwas, das sie selbst nur zu gut kannte: die plötzliche Angst, nicht genug zu sein.

Svea griff nach Espens Hand. »Keine Sorge, du bester Mann der Welt, Aki ist absolut nicht mein Typ, viel zu Chris Hemsworth. Aber auf dem Feld … ganz ehrlich. Ich schwöre, der Mann kann fliegen.«

Hanne stieß ein betont schwärmerisches Seufzen aus. »Außerdem hat er noch schönere Unterarme als Tom, und das heißt schon was.«

Alva fing Kristers Blick auf und fing an zu lachen.

Hanne störte das nicht im Mindesten. »Ich meine, Martin Hellerud ist okay als Rechtsaußen, aber im Vergleich … allein das da!« Sie deutete nach oben, wo Alva entgangen war, was sie meinen könnte.

Svea nickte. »Den Pass hätte Aki im Leben nicht verworfen! Im Leben nicht!«

»Ich werde ihm ewig übel nehmen, dass er mitten in der Saison aufgehört hat«, sagte Hanne. »Und ich wüsste echt gern, was da wirklich passiert ist.«

Svea pulte an der Ecke ihres Untersetzers herum, und Alva brauchte einen Moment, um herauszufinden, warum ihr das auffiel: weil Svea das sonst nie tat. Merkwürdig.

»Und ich habe dir noch gesagt, du sollst das nicht anschauen.«

Jo trat ein Steinchen zur Seite. Es war Samstagvormittag, und Wilma hatte dringend vor die Tür gemusst. »Es war ja nicht das erste Spiel, das ich mir angesehen habe, seit …«

Kjersti wartete. Als er nichts weiter sagte, fragte sie: »Wo bist du? Es ist so windig.«

Es fühlte sich höchstens wie eine leichte Brise an, während Jo den Waldweg aufwärtsstapfte, schnell, um irgendwie das Brodeln in seinem Inneren loszuwerden. »Ich mache einen Spaziergang mit Wilma. Sie braucht Bewegung.« Und er selbst musste etwas anderes sehen als sein Boot, seine Höhle, die ihm gestern Abend nach dem Spiel so eng vorgekommen war, dass er fast mit dem Kopf gegen die Bordwand gerannt wäre. »Sonst hat Martin wenigstens so gespielt, dass es einigermaßen zu ertragen war.« Er ballte die Fäuste und löste sie, als es ihm auffiel.

»Aki, ich weiß –«

»Jo«, knurrte Jo.

»Tut mir leid. Es war das letzte Mal, versprochen. Jo gefällt mir eigentlich auch besser.«

Vor allem aber trug Jo Lundahl kein Heldencape. Er wurde nicht gefeiert, brauchte nicht verschwitzt in Kameras zu lächeln oder nachts mit Kjersti über die ethische Vertretbarkeit seiner Werbepartner zu diskutieren. Jo Lundahl war jemand, der erst noch erfunden werden musste und der vielleicht, irgendwann einmal, sogar glücklicher sein würde, als Aki das je gewesen war.

»Weswegen ich aber eigentlich anrufe: Denkst du dran, dass du heute Abend das Interview mit *Norsk Glitter* hast?«

»Sicher.«

Wilma schnüffelte am Stamm einer Kiefer rechts neben dem Weg, und Jo ließ sie. Irgendwelche kleinen, grünen Pflanzenspitzen wuchsen zwischen abgefallenen Nadeln, vertrockneten Blättern und Froststellen auf dem Erdboden. Wahrscheinlich würde der Wald in ein paar Wochen grün sein. Die Luft roch schon entfernt nach Frühling, irgendwo musste bereits etwas blühen.

Er hörte Kjerstis Bürotür klappen. »Nicht auf diesen Stapel, Cindy, leg das bitte dorthin. Danke. Und magst du mir einen Kaffee aufsetzen?« Jo wusste so verflucht genau, wie seine Schwester jetzt an ihrem Tisch in der Agentur saß, den Stuhl zum Fenster rotieren ließ und über die kahlen Baumspitzen des Sofienbergparks blickte. Vielleicht lehnte sie sich dabei zurück und stellte die Füße gegen das Fensterbrett. Es roch nach Bohnerwachs und Kaffee.

»Ich tu das nur für dich.«

»Kein bisschen für unser gemeinsames Unternehmen, ich weiß, Brüderchen. Und weil du ein Profi bist, wirst du dennoch lächeln und der charmanteste Mann sein, mit dem Siv Evensen je ein Interview geführt hat.«

»Garantiert.«

»Sieh es so: Wenn du durch dein Interview auch nur einen neuen

Abonnenten für *N'Core* gewinnst, macht das schon eine Woche Seehundfutter.«

Er hätte Kjersti nicht verraten sollen, wie viel Geld er in der *Marinestasjon* ließ. Was für ihn wichtig war – auch mal geben zu können, großzügig zu sein, sinnvolle Projekte zu unterstützen –, war für sie immer noch meistens Geldverschwendung.

»Siv geht um neun live. Du kannst dich schon kurz vorher einloggen«, sagte sie.

»Ich weiß. Ist ja nicht das erste Mal, dass ich so was mache.« Auf neun Uhr hatte er bestanden, weil dann der Zusammenschnitt der Woche auf dem Sportkanal zu Ende war. Der Teil von ihm, der immer noch nicht mit seinem alten Leben abschließen konnte, musste diese spielerische Katastrophe vom letzten Wochenende noch einmal sehen. In Zeitlupe. Mit Kommentar. Und vielleicht mit Twitterstream nebenher, bei dem jeder von Martins Fehlern im Detail seziert wurde.

Er hörte Kjersti lächeln; es war dieses kleine Schnaufen, bevor sie etwas sagte. »Okay. Aber bleib zivilisiert.«

»Wer will denn, dass ich dieses Interview mache?« Wilma hatte eine Spur entdeckt und zerrte an der Leine. Jo verstellte ihr den Weg und schüttelte den Kopf. »Keine Chance, Hund.«

»Was?«

»Ich habe mit Wilma gesprochen.«

»Klar. Ach so, Jo? Wenn du kannst, reite nicht zu sehr auf Martins verworfenen Siebenmetern herum.«

»Drei in einem Spiel, das muss man erst mal bringen.«

»Bitte. Für mich.«

»Keine Sorge. Hast du von mir jemals öffentliches Kollegenbashing gesehen?« Außerdem hatte es keine Bedeutung mehr, mochte er sich noch so sehr wünschen, die Zeit zurückdrehen zu können.

Wilma hatte eingesehen, dass er sie nicht in den Wald lassen würde, und saß nun abwartend vor ihm und wedelte mit dem Schwanz. Jo lächelte zu ihr hinunter.

Er beendete das Gespräch und gab Wilma ein bisschen Futter aus der Hand. Am Montag würde er sie endlich melden und dem Polizeibeamten in diesem Nest hier seinen Namen sagen müssen. Nichts wollte er weniger, aber Wilmas eigentliche Besitzer suchten sie vielleicht schon. Und leider verschwanden Probleme ja nicht davon, dass man sie wegwünschte. Blieb zu hoffen, dass der Polizist kein Handball-Fan war.

Es war gut, sich wieder richtig zu bewegen, weiter, als ein paar hundert Meter den Strand entlangzujoggen. »Was hältst du von einem kleinen Lauf, Wilma?«

Siv Evensen saß mit leger übereinandergeschlagenen Beinen im Studio, zwischendurch zoomte die Kamera heran, bis nur noch ihr Oberkörper zu sehen war. Sein eigenes Gesicht sah Jo als winziges Bild im Bild. Er hatte sich so hingesetzt, dass hinter ihm die Wand zum Spind war, der den Wohnbereich von der Vorschiffskoje trennte. Das Internet musste nicht auf den ersten Blick sehen, wo er war. Auch ohne Kjerstis Textnachricht kurz vor dem Interview hätte er den Hoodie mit dem *N'Core*-Logo angezogen. Dazu hatte er den Bart getrimmt und die Haare sorgfältig aus der Form gebracht. Blieb zu hoffen, dass nicht zu viele Leute in Lillehamn diesen Stream sahen und von nun an nach Aki Lundahl mit Bart Ausschau hielten.

Aber es war müßig, darüber weiter nachzudenken. Er brauchte seine Sinne beisammen, während Siv ihn gekonnt weichplauderte. Irgendwie schaffte sie es sogar über die Entfernung, ihn zu spiegeln und einzulullen und ihm das Gefühl zu geben, bei ihr in Sicherheit zu sein – definitiv ein Profi. Aber das war er auch. Er erkannte das Lauern, das unter ihrem gemeinsamen Lachen und dem verschwörerischen Plaudern lag. In dem Augenblick, in dem er auch nur ein winziges bisschen seiner Deckung aufgab, würde sie zuschlagen, so sicher, wie die Nationalhymne am Anfang eines Länderspiels gesungen wurde.

»Können wir?«, fragte Siv.

Instinktiv war er aufgestanden und hatte angefangen, mit dem Smartphone in der Hand in der Kajüte auf und ab zu gehen. Drei Schritte in die eine Richtung, drei in die andere. Jetzt ließ er die Schultern kreisen und schüttelte die Gelenke aus wie vor einem Siebenmeterwurf. Arme locker, Rücken gerade, Lächeln an. Er kehrte auf seinen Platz an der Wand zurück und stellte das Telefon in den Ständer, sodass nur sein Oberkörper und sein Gesicht vor der aussagelosen Wand zu sehen waren. »Von mir aus jederzeit.«

»Schön. Drei, zwei, eins … und wir sind live. Als Erstes schicke ich ein herzliches Hallo an alle da draußen, die ihr schon sehnsüchtig gewartet habt. Wie angekündigt habe ich heute keinen Geringeren als Aki Lundahl persönlich in unserem virtuellen Studio.« Sie wartete anscheinend auf Applaus, und kurz darauf stieg tatsächlich vom unteren Rand seines Displays eine Wolke an roten Herzchen auf. »Ich sehe hier viel, viel Liebe über den Monitor tanzen, Aki.«

»Ich bin sicher, die gilt nur dir.«

Perlendes Lachen antwortete ihm. »Aki, dein letztes Spiel ist jetzt wie lange her?«

Vier Monate und fünf Tage. »Ein bisschen mehr als ein Vierteljahr.« Lächeln, Schultern nach hinten. Wir haben gekämpft, aber die anderen hatten halt mehr Glück. Merkwürdig genug, aber die Erinnerung an die unzähligen, nichtssagenden Interviews nach wichtigen Spielen machte ihn ruhig. Das hier konnte er. Er hatte schon Interviews gegeben, als andere in seinem Alter gerade ihren Schulabschluss machten.

»Wie geht es dir heute, so ohne Handball?«, fragte Siv.

»Voller Tatendrang und Lust auf neue Projekte.« Er drehte das Logo ein bisschen weiter in ihre Richtung. Streng dich an, wenn du mehr willst, Siv Evensen. »Es war eine gute Entscheidung, auf der Höhe meines Schaffens aufzuhören. So hatte ich Zeit –«

»Unter uns«, unterbrach sie seinen Satz und lehnte sich vertraulich nach vorn. »Warum hast du wirklich aufgehört?«

Er lachte breit in die Kamera. »Du meinst, so ganz privat? Nur du, ich und das Internet?«

Sie ließ keine Pause entstehen. »Sagen wir, nur du, ich und deine Fans. Du kennst sicherlich die Gerüchte, was dein plötzliches Ausscheiden angeht.«

Sein erneutes Lachen wirkte vollkommen aufrichtig. »Sie sind alle wahr. Vor allem das, wonach ich von Außerirdischen ausgewechselt worden bin.«

Wieder diese perlende Heiterkeit.

»Nein, Siv, ernsthaft. Ich verfolge die Gerüchte nicht« – weil Kjersti das für ihn tat – »aber ich kann dir im Vertrauen und unter uns sagen: Die Wahrheit ist furchtbar langweilig. Ich habe alles erreicht, was man in unserem Sport erreichen kann, und jetzt ist einfach Zeit, Platz für Jüngere zu machen.«

»Für Martin Hellerud?«

»Zum Beispiel, ja.«

»Ob unseren Zuschauern das genügt? Los, Leute, gebt mir ein Herzchen, wenn ihr mehr Details wollt.« Eine frustrierende Menge Herzchen schwebte vom unteren Rand des Displays nach oben. »Ich glaube, das ist ein sehr, sehr klares Signal, Aki. Fangen wir – apropos Herz – gleich mit der Frage an, die dieser Tage mit Sicherheit viele beschäftigt.«

»Und ich dachte, du wolltest darüber sprechen, was ich jetzt so mit meinem Leben tue, und ich könnte den Werbeblock für unsere neue Fitness-App loswerden.«

»Ich habe mich letzte Woche angemeldet.« Kjersti hatte sie offensichtlich gut gebrieft. »Ziemlich intensives Training, aber sehr gut. Ich habe das Gefühl, dass bereits ein paar Tage meinen Körper schon straffer machen.«

»Dafür haben wir sie entwickelt«, sagte Jo bescheiden. Kjersti würde hoffentlich stolz auf ihn sein.

»Aber wir wären nicht *Norsk Glitter*, wenn es hier nicht um die Liebe ginge. Deswegen muss ich es einfach fragen: Du hast Martin auch bei deiner ehemaligen Herzdame Sanna Bruland Platz gemacht. War das für dich nicht ein Schlag ins Gesicht?«

»Ehrliche Antwort?«

»Ich bitte darum.«

Jo legte den freien Arm in den Nacken und lehnte den Kopf gegen die Wand. »Okay. Ich bin, ehrlich gesagt, ein bisschen enttäuscht. Wie willst du die Zuhörer bis zum Ende halten, wenn du die glitzerndste Frage gleich am Anfang stellst? Ich meine, ich bin kein Profi, aber das ist dramaturgisch nicht besonders klug, oder?«

»Ist es durchaus, wenn du so gekonnt ablenkst.«

»Touché.«

»Also? Schlag ins Gesicht?«

Jo betrachtete stattdessen den verschwommenen, dunkler werdenden Himmel durch das Fenster auf der anderen Bootsseite. »Nein«, sagte er sanft und wartete, bis Siv Luft holte, um nachzuhaken, bevor er fortfuhr: »Eher unter die Gürtellinie.«

In ihrem Büro am Sofienbergpark lief Kjersti vermutlich gerade Löcher in den Fußboden. Oder schrie sein Bild auf dem Display an oder so etwas. Möglicherweise war sie um die Uhrzeit auch zu Hause. Aber er musste über Martin und Sanna sprechen, damit Siv nicht auf die Idee kam, Themen anzureißen, bei denen er nur lügen konnte. Trotzdem sollte er das vielleicht ein bisschen diplomatischer tun. »Jedenfalls fühlte es sich anfangs so an«, schob er deswegen schnell hinterher. »Aber um die Wahrheit zu sagen, und deswegen sind wir ja hier, hatten Sanna und ich uns schon lange vor unserer offiziellen Trennung auseinandergelebt. Martin war immer ein guter Freund und ist es auch heute noch. Er war in einer schwierigen Zeit für Sanna da, und das rechne ich ihm hoch an.«

»Das klingt sehr abgeklärt.«

Jo stieß ein souveränes, kleines Lachen aus. »Wir sind erwachsene Menschen.«

»Wie war es für dich, Martin letzte Woche in dem desaströsen Spiel gegen Flensburg zu sehen?«

Hatte Jo vorher gedacht, er würde sich bei dieser Frage zähneknirschend irgendwas zusammenlügen müssen, erwachte jetzt unerwartet der alte Teamgeist in ihm. Wenn er mit Kjersti über Martins Performance lästerte, war es das eine – Siv Evensen war es deswegen noch lange nicht gestattet. »Ich denke, Siv, es wäre fairer, darüber mit Martin selbst zu sprechen. Er ist ein Mensch und nicht nur eine Maschine, die eine bestimmte Leistung abliefern muss. Wir alle haben bessere und schlechtere Tage. Martin ist ein Spitzenspieler und ein guter Kamerad. Mehr habe ich dazu nicht zu sagen.«

»Hast du mit Martin und Sanna im Moment Kontakt?«

»Kein Kommentar.«

»Hast du vielleicht sogar auch eine neue Frau in deinem Leben?«

Aus irgendeinem Grund musste Jo an die Robbenfrau denken. Er schob den Gedanken weg und schielte in Wilmas Richtung, die auf dem Boden vor der Kochzeile vor sich hin schnarchte. »Ebenfalls kein Kommentar.«

»Sehe ich ein geheimnisvolles Lächeln?«

Jo lächelte geheimnisvoll. »Schon möglich.«

»Ich kann mein Display vor lauter fliegenden Herzen nicht erkennen! Wir wollen alle mehr wissen! Aki Lundahl – wieder verliebt? Was muss ich tun, um dir mehr über die schöne Unbekannte zu entlocken? Lass unsere Zuschauer nicht im Dunkeln, Aki!«

»Sie heißt Wilma. Wir joggen zusammen, aber ich weiß noch nicht genau, ob sie meine Gefühle erwidert.«

»Hast du sie beim Sport kennengelernt?«

Jetzt lachte er ehrlich. »Kein Kommentar.«

Fünf

Jo hatte nicht gezählt, wie oft er den Stock schon am Strand entlanggeschleudert hatte. Wilma konnte nicht genug davon bekommen. Tatsächlich hatte er allmählich das Gefühl, sie bremsen zu müssen. Auf einer der vielen Hundeseiten, durch die er sich gelesen hatte, hieß es, junge Hunde müssten manchmal erst lernen, wann es genug war. Und er wollte sich bestimmt keinen Hund heranziehen, der genauso rastlos war wie er selbst.

Der Gedanke ließ ihn selbstironisch das Gesicht verziehen. Er würde den Hund wohl kaum auf Dauer behalten.

»Zweimal noch, dann gehen wir nach Hause.« Abgesehen davon, dass Wilma nicht mehr konnte, war auch nicht mehr viel Zeit bis zur Robbenfütterung.

Er warf in die Brandung, Wilma rannte – und fiepte schrill, bevor sie nass und winselnd ans Ufer kam.

»Komm her!«

Sie fiepte wieder, und da sah er, dass mit ihrer Vorderpfote etwas nicht in Ordnung war.

Fuck. Fuckfuckfuck. Er rannte zu ihr, so schnell er konnte. In seinem Inneren tobte es, Erinnerungen an Hektor quollen ungefragt in sein Bewusstsein, an Hektor, wenn er Schmerzen gehabt hatte, an seinen Vater. Er rannte schneller. Und dann war er bei Wilma, deren Pfote blutete und in Schonhaltung hinabhing, und er wurde ruhig. Das hier war nichts anderes, als wenn ein Spieler gegen irgendetwas knallte. Das hier hatte er gelernt, mit Verletzungen umgehen konnte er. »Okay, lass mal sehen.«

Sie leckte seine Hand, während er vorsichtig nach der Pfote griff. Irgendwie musste er den Sand abwaschen und sie zum Boot bekommen. Wenigstens waren sie nicht am entfernten Ende des Strands.

»Kannst du laufen?«

Sie sah ihn mit großen Augen an.

»Komm, das schaffst du.« Er ging ein paar Schritte rückwärts und klopfte sich aufmunternd auf die Knie. »Na, komm.«

Ein vorsichtiger Humpelschritt. Noch einer. Dann stellte sie fest, dass sie auch auf drei Beinen hervorragend laufen konnte.

Trotzdem dauerte es eine Weile, bis er sie in die Kajüte gebracht und die Wunde ausgespült hatte. Damit sie ihn gewähren ließ, hatte er sie mit Chipskrümeln bestochen – vermutlich für Hunde noch ungesünder als für Menschen, aber er hatte nichts anderes gehabt.

Jetzt hatte er ihr ein Handtuch um die Pfote gewickelt und durchforstete das Internet. Eigentlich brauchte er einen Tierarzt, er hatte selbst schlicht keine Ahnung davon. Aber wo sollte er in Lillehamn einen auftreiben?

Zum ersten Mal konnte er sich nicht auf die Robbenfütterung konzentrieren. Wilma schlief, aber vielleicht hätte er sie nicht allein lassen sollen? Er wurde albern. Es war bloß eine Stunde, und wenn sie sich noch irgendwo draußen herumtreiben müsste, hätte niemand ihre Wunde gewaschen. Zugegebenermaßen hatte sie sich die Wunde nur zugezogen, weil er zu blöd gewesen war, zu merken, wann das Toben zu viel wurde. Trotzdem. Sie war immer noch ein Hund, und Hunde waren hart im Nehmen.

Ausgerechnet heute, wo er ohnehin schon neben der Spur war, wartete vorn am Beckenrand eine Familie mit zwei kleinen Kindern auf die Show. Das kleinere saß in einer Karre, deutete in die Gegend und krakeelte vor sich hin. Es war das größere, das er versuchte, nicht anzusehen. Wahrscheinlich war es ein Mädchen, denn es hatte über den Ohren abstehende Zöpfe. Auf jeden Fall trug es ein viel zu großes rotes Handballtrikot mit der Nummer 10 über der Jacke. Jo zog die Mütze tiefer in die Stirn und zwang sich, die Augen zu schließen, bevor die sieben Buchstaben über der Zehn in Sinnlosigkeit verschwammen. Nicht nur das mit Wilmas Pfote hatte er verbockt.

Immerhin kam jetzt Bewegung in die Leute. Auch die Robben wurden unruhig, als die Pforte zum Fütterungsbereich geöffnet wurde und Alva hindurchtrat, zwei Eimer tragend, die sie kurz darauf abstellte.

»Herzlich willkommen!« Der Sonnenschein zeigte sich auch in Alvas Stimme. »Nachdem wir den Winter mit sehr wenigen Besuchern durchgehalten haben, freue ich mich, dass heute ein paar mehr gekommen sind. Und ich bin sicher, unseren Robben geht es genauso. Wer von euch war schon in unserem Unterwasserbereich?«

Die Zöpfe des Mädchens mit dem Heimspieltrikot wippten, als sie die Hand in die Höhe streckte und auf und nieder hopste.

Jo konzentrierte sich auf Alvas Lächeln. Wenn er einen Schritt nach vorn machte und den Kopf ein bisschen drehte, gelang es ihm sogar, das Kind aus seinem Gesichtsfeld zu bekommen und nur noch Alva zu sehen, die durch die Fütterung führte. Und sie zu hören.

Fast hatte Jo den Eindruck, die Robben seien sich ihrer Zuschauer bewusst und drehten deswegen richtig auf. Sie schienen höher zu springen und schneller zu reagieren. Es dauerte länger als sonst, bis sich das watteweiche, summende Schweben vorsichtig in seinem Kopf ausbreitete. Zu sehr war er mit den Gedanken bei Wilma.

Dabei wäre er gerade heute eigentlich gern einfach hier stehen geblieben und davongeschwebt, irgendwohin, wo sein Leben noch ganz war. Doch die Menschengrüppchen fingen bald wieder an, sich zu verteilen, und die Robben kehrten zu ihren Runden im tieferen Teil des Beckens zurück. Es wurde Zeit, zu fragen.

Mit leeren Eimern und Trainingswerkzeugen beladen, verließen die Tierpfleger den Fütterungsbereich. Jo trat nach vorn an den Beckenrand, dorthin, wo kurz vorher noch das Mädchen mit dem Trikot gestanden hatte. Die Robben zogen mit dem Bauch nach oben ihre Kreise, erst Loki und dann, etwas gemächlicher, kam Smule.

»Hi. Was treibt dich an einem Sonntag hierher?«

Jo drehte sich um. Die Sonne warf einen warmen Schein auf Alvas Gesicht. »Das Kino hatte geschlossen.«

»Wirklich?«

»Das Schwimmbad auch.« Er musste über seinen eigenen Witz lachen.

Sie lachte ebenfalls und blinzelte gegen die Sonne, wobei sich Fältchen um ihre Augen bildeten. Es fühlte sich gut an, sie zum Lachen zu bringen. »Wie geht es der Hundedame?«

Jo verabscheute es, zu betteln, aber er sah keine andere Möglichkeit. »Das ist mein Problem. Sie hat sich heute Morgen am Strand eine Pfote verletzt, und ich dachte …« Erst in diesem Augenblick fiel ihm die Unsinnigkeit auf. Trotzdem brachte er den Satz zu Ende. »Ich dachte, ich kann euch vielleicht ein bisschen Verbandsmaterial abkaufen.«

»Ähm …«

»Lass mich raten? Robben und Mullbinden passen nicht gut zusammen?«

»Nicht wirklich.«

»Habt ihr hier einen Tierarzt, oder ist in der Nähe einer, dessen Nummer du mir geben kannst?«

»Der liegt leider seit drei Tagen mit einer Grippe im Bett. In Fuglesang gibt es eine Apotheke, nur hat die sonntags geschlossen. Aber …« Sie schien zu einem Entschluss zu kommen. »Ich bin Ärztin. Wenn du kurz mitkommst, kann ich dir was aus der Praxis geben.«

Wieso Ärztin? Sie arbeitete doch hier, oder nicht? Jos Bild von ihr brauchte einen Augenblick, um sich neu zu justieren. »Wenn es keine Umstände macht«, sagte er leicht zeitverzögert. »Ich kann sonst auch noch ein Handtuch zerschneiden und morgen zur Apotheke gehen. Ich brauche sowieso Verbandsmaterial fürs Boot.«

»Es macht keine Umstände.« Sie sagte das, als habe er angezweifelt, dass die Erde sich dreht. »Falls du nicht zum Rockkonzert verabredet bist, bringe ich dir nachher ein bisschen was zum Boot, sobald ich hier aufgeräumt habe. Oder du wartest ein paar Minuten, dann kannst du gleich mitkommen zur Praxis.«

»Ich … danke. Ich warte.«

Er schloss die Augen, während er wartete, und versuchte ruhig zu werden, indem er wenigstens ein paar Minuten das Gesicht in die Sonne hielt. Was tat er eigentlich? Der Plan war gewesen, in Lillehamn so unsichtbar wie möglich zu bleiben, auszuruhen, seinen Frieden wiederzufinden, bevor er das nächste Kapitel in seinem Leben aufschlug. Der Plan war nicht gewesen, einen Hund zu haben, geschweige denn irgendwelche Bekanntschaften zu schließen.

Alvas Lachen klang in ihm nach.

Um irgendwas zu tun, holte er das Smartphone aus der Tasche.

Unter dem Interview mit Siv häuften sich die Kommentare. Er scrollte nur durch, huschte über Wortfetzen, Herzen und Wutemojis. Es war beinahe körperlich anstrengend, sich loszureißen, aber er hatte sich geschworen, sich davon nicht aufsaugen zu lassen. Es war egal, was die Leute über ihn dachten, was sie spekulierten oder behaupteten. Keiner von denen wusste, wie es wirklich gewesen war.

Er steckte das Telefon zurück und versuchte, lässig auszusehen, als Alva zurückkam. Nur wie sah man lässig aus, wenn man einfach auf einer Straße herumstand und nicht mal den obligatorischen

Laternenpfahl zum Anlehnen hatte? Er versuchte es damit, die Hände hinter dem Rücken zu falten, fühlte sich auf der Stelle, als hätte er einen Stock verschluckt, löste die Hände wieder, steckte sie in die Hosentaschen, fand den hochgeschobenen Jackenbuckel über dem Bauch blöd und ließ sie schließlich nutzlos und unbeholfen an der Seite herunterhängen.

Fünf Minuten wartete er bereits. Wie konnten fünf Minuten derart lang sein?

Endlich, nach einer Ewigkeit, klappte die Tür. »Entschuldige. Ich habe mich so sehr beeilt, wie ich konnte.«

Er lächelte nur zu ihr hinunter, weil er sonst vermutlich irgendwas sehr Dummes sagen würde.

»Wollen wir?«

»Hmhm.«

Sie war bestimmt einen Kopf kleiner als er, er hätte ihr auf den zerzausten rotbraunen Haarschopf sehen können, wäre er nahe genug neben ihr gegangen. Trotzdem war sie erstaunlich schnell. Nicht so, dass er sich anstrengen musste, um mitzuhalten, aber trotzdem. Sie lief rechts neben ihm und hatte die Hände in den Taschen ihrer kanariengelben Daunenjacke versenkt. »Und, wie gefällt dir Lillehamn bisher? Abgesehen vom Vergnügungspark, dem Eisstadion und der Kunstgalerie, meine ich?«

Er musste über den Witz nicht laut lachen, aber in seiner Brust breitete sich ein warmes, freundliches Flattern aus. »Ziemlich gut.« Er könnte jetzt sagen, dass der Ort wahnsinnig sympathisch war und er sich immer ein bisschen vorkam, als würde er durch eine Filmkulisse laufen. Aber es kam ihm albern vor. Alles, worüber er sprechen könnte, erschien ihm oberflächlich und überflüssig. Normalerweise beherrschte Jo Small Talk. Es war etwas, das man lernen konnte wie die richtige Reihenfolge des Tafelsilbers bei Empfängen. Aber jetzt spürte er dem warmen Gefühl in seiner Brust nach und dem vorsichtigen Schweben in seinem

Kopf und betrachtete die Reflexion der Sonnenstrahlen auf Alvas Haaren.

Er merkte erst, dass sie bei *Jamal's Place* vorbeikamen, als sie fragte: »Kennst du unseren syrischen Imbiss schon? *Jamal's* hat nicht nur die besten Fiskeboller, sondern auch die besten Falafel in ganz Westnorwegen.«

Endlich nahm sein Hirn den Dienst wieder auf, auch wenn er wie der letzte Trottel nickte, bevor er sich räusperte. »Er ist nett, Jamal. Er hat mir mal Fiskeboller geschenkt, das war an dem Abend, als ich Wilma fand. Leider hat der Hund alle gefressen, aber ich werde neue kaufen.«

Sie lächelte zu ihm hoch.

Er lächelte zurück.

»Wir sind gleich da.«

»Wie kommt es, dass du bei den Robben arbeitest, wenn du eigentlich Ärztin bist?«

Sie zuckte die Schultern. »Ich brauchte einen Ausgleich neben der Praxis, und die Station brauchte Leute.«

»Klingt logisch«, sagte er lahm. In vier Monaten hatte er immer noch nicht wirklich herausgefunden, was normale Leute mit ihrer Zeit taten. Vielleicht war das hier ein Hinweis. Man suchte sich etwas Sinnvolles zu tun, etwas, wo man gebraucht wurde. Nur – wo wurde er schon noch gebraucht?

Alva blieb stehen. »So, wir sind da. Wartest du kurz? Ich packe dir ein paar Sachen zusammen und bin gleich zurück.«

»Okay.«

Warten konnte er. Er war sozusagen Profi im Warten. Aber es dauerte nur wenige Minuten, bis sie zurückkam.

»So, da bin ich wieder.« Als sie zu ihm trat, wehte ihm ein feiner Duft nach irgendetwas Frischem in die Nase. Orange vielleicht. »Ich habe dir Jodsalbe, Mullbinden, Kompressen und Klebeband eingepackt. Kommst du damit klar, oder brauchst du noch etwas?«

»Nein, das ist … danke.«

»Ich kann auch mitkommen und nach Wilma sehen, wenn du möchtest.«

Kurz stellte er sich vor, wie sie in seiner Kajüte neben dem Hund auf dem Boden kniete und mit dieser ruhigen Stimme erklärte, welche Gefäße verletzt waren. Und wie er wie ein hirnamputierter Idiot danebenstand und dem Summen im Kopf lauschte. »Brauchst du nicht«, sagte er zu schnell und zu laut.

Sie trat einen Schritt zur Seite, um nicht mehr gegen die Sonne schauen zu müssen. »Kann ich aber.«

»Das ist wirklich, wirklich nicht nötig.« Sein altes Ich hätte sie zum Essen eingeladen und danach vielleicht mit ihr geschlafen. Dann noch ein, zwei glückstrahlende Fotos auf Instagram gestellt für Sanna und den Rest der Welt. Manchmal konnte er sein altes Ich nicht besonders gut leiden.

Immer noch sah Alva ihn so forschend an. War das Erkennen in ihrem Blick?

Jo wappnete sich. *Du kommst mir bekannt vor.* Jetzt kam es doch endlich, sie hatte lange gebraucht. *Ich weiß nur gerade nicht, woher.* Dann würde sie weiter nachdenken, und ihr würden die Schlagzeilen einfallen, die sie in einer der Zeitschriften in ihrem Wartezimmer gelesen hatte. Er fuhr sich durch die Haare, bevor er es überhaupt merkte. Der Bart kratzte an seiner Handfläche.

»Soll ich dir meine Telefonnummer geben, falls was mit dem Hund ist?«

Falls etwas mit dem Hund ist. Sie gab ihm keinen Grund, anzunehmen, dass es um irgendetwas anderes ging, trotzdem lachte ein bitterer Teil in ihm höhnisch auf. Und er hatte gedacht, er könnte aufhören, Aki Lundahl zu sein, und vielleicht eines Tages sogar wieder Menschen finden, die ihn einfach um seiner selbst willen mochten. Aber es ging um Wilma, und dies hier war nicht der richtige Zeitpunkt, sich anzustellen.

»Okay.« Er zog sein Smartphone wieder hervor und öffnete die Kontaktliste. »Du heißt Alva, oder?«

Verblüfft sah sie ihn an.

»Dein Kollege hat es bei den Fütterungen gesagt.«

»Er hat nicht gelogen. Ich heiße Alva. Alva Solberg.«

»Freut mich, Alva Solberg.«

Sie diktierte ihm ihre Nummer.

»Danke.«

Auf irgendetwas schien sie zu warten.

»Habe ich was vergessen?«

»Nein. Nur hatte ich irgendwie erwartet, dass du mir jetzt eine Nachricht schickst, damit ich deine Nummer auch habe. Aber musst du natürlich nicht.«

»Meine Nummer …« Meine Nummer ist unterdrückt. Er zögerte. »Ich gebe sie dir.«

Sie tippte die Zahlenfolge in ihr Smartphone. »Wie heißt du? Ich will dich nicht unbedingt unter ›Hundemann‹ abspeichern. Oder unter ›Wilmas Herrchen‹.«

Nun war es an ihm, irritiert zu sein. Wieso wusste sie nicht … hatte sie ihn nicht eben noch so angesehen, als wüsste sie …?

Auf einmal war es einfach, sie anzulächeln. Alva anzulächeln. »Joakim«, sagte er. »Abgekürzt Jo.«

Am gleichen Abend schickte der Fünfhundertkronenmann – Jo – ein Bild von Wilmas verbundener Pfote. Alva wartete in der Küche darauf, dass das Teewasser kochte, als die Nachricht eintraf. Anscheinend hatte er mit einer Hand das Handy gehalten und mit der anderen die Hundepfote. Das Bild war leicht unterbelichtet und verwackelt, und der Fokus lag auf dem schwarz-weiß gestreiften Stoff im Hintergrund, der aussah wie ein Flickenteppich.

Wilma sagt Danke.

Ich glaube, ich würde noch eine Lage Pflaster drumwickeln, damit sie das nicht abknabbert.

Gleich nachdem sie die Textnachricht abgeschickt hatte, hätte Alva sie am liebsten wieder zurückgeholt. Hatte Jo sie um Klugscheißer-Ratschläge gebeten, oder was?

Schon geschehen. Es passte nur nicht so gut zum Teppich und hätte den stylischen Eindruck vom schwarz-weißen Hund vor schwarz-weißem Teppich versaut.

Dazu noch ein Bild, dieses Mal scharf: der Dalmatiner zusammengerollt auf einem Flickenteppich. Ton in Ton bis auf die verpflasterte Vorderpfote.

Ich sehe das Problem ein. Wie findet Wilma den Verband?

Sie nimmt es gelassen. Danke für deine Hilfe.

Kein Problem. So was gehört in Lillehamn quasi zum Service.

Finde ich gut.

Bis eben hatte sie nie darüber nachgedacht, ob es auch bei Textnachrichten diesen klassischen Small-Talk-Moment geben würde, an dem man nicht wusste, was man sagen oder wie man ein Gespräch beenden sollte.

Lillehamn gefällt mir. Vor allem all die Attraktionen.

Hanne hätte bestimmt etwas in den kurzen Hüpfer hineininterpretiert, den Alvas Herz machte. Aber mal ehrlich? Der Mann mochte ihren Heimatort. Natürlich war das erfreulich.

Warte auf den Sommer, dann macht meine Cousine ihr Café auf.

Sie legte ihr Telefon zur Seite, sah aus dem Augenwinkel die tanzenden Pünktchen auf dem Bildschirm und nahm es wieder hoch, während sie mit der anderen Hand den Schrank öffnete, um eine Tasse herauszuholen. Die Punkte verschwanden, erschienen erneut, verschwanden. Schrieb er einen ganzen Roman? Alva füllte Wasser in die Teekanne und bemerkte dabei vage aus dem Augenwinkel, dass etwas nicht ganz richtig war. Wieder tanzten die Pünktchen auf dem Display.

Hört sich gut an.

Dafür brauchte er so lange? Sie versuchte, die Untertasse mit den beiden Schokokeksen, die Teetasse, ihr Telefon und die Teekanne so zu balancieren, dass sie alles gleichzeitig zum Sofa tragen konnte. Es gelang nicht. Außerdem war der Tee irgendwie sehr … hell. Sie checkte das Teesieb und stellte fest, dass sich nur Wasser in der Kanne befand. Eventuell sollte sie sich auf eine Sache zurzeit konzentrieren. Multitasking war eine Lüge.

Es ist das Haus in der Nähe der Eisdiele. Vielleicht hast du die Baustelle gesehen.

Ja. Könnte nett werden.

Wolltest du nicht die Küste hochsegeln?, schrieb sie, während sie an den Küchentresen gelehnt wartete, dass der Tee zog, und löschte es wieder. Herrschaftszeiten. Worüber unterhielten sich andere Menschen? Solche wie Espen, die nicht bei gefühlt jedem Small-Talk-Versuch mit verknotetem Hirn dastanden?

Sie könnte einfach ein lächelndes Emoji schicken. Das war freundlich, oder? Sie drückte den Pfeil zum Senden und legte das Telefon mit dem Display nach unten neben sich. Möglicherweise konnte sie später noch einmal nachsehen, ob Jo noch ein Hundebild geschickt hatte, aber jetzt wollte sie sich erst mal dem Buch widmen, das seit Tagen auf sie wartete. Sie hatte sich vorgenommen, mehr fremdsprachige Bücher zu lesen, und das deutsche *Und das Meer vor uns* hörte sich nach genau dem Sommerroman an, nach dem ihr gerade zumute war. Sie nahm einen Schokokeks und schlug die erste Seite auf.

Bis zum Ende der zweiten Seite hatte sich Jo nicht gemeldet. Alva holte neue Kekse aus der Küche.

Vielleicht sollte sie vor der Praxisarbeit noch schnell nach Milla sehen. Oder war das übergriffig? Schließlich hatte Jessica bei ihrem letzten Besuch deutlich gesünder gewirkt, man konnte also nicht gerade behaupten, ein Hausbesuch sei notwendig, um Gefahr an Leib und Leben abzuwenden, und sie war Millas Ärztin und keine Sozialarbeiterin. Andererseits könnte sie bei der Gelegenheit dann auch gleich nachschauen, ob Jo mit seinem Hund etwas brauchte (der im Übrigen kein weiteres Wilma-Bild mehr geschickt hatte).

Alva stellte die Zahnbürste zurück und streckte ihrem Spiegelbild die Zunge heraus. Sie war wohl kaum Lillehamns hauptamtliche Touristenkümmerin, und wenn der Mann tatsächlich Einhandsegler war, besaß er durchaus die Fähigkeit, zu sagen, wenn er Hilfe benötigte. Immerhin hatte er sie auch wegen des Verbandszeugs gefragt.

Aber sie war nun einmal früh wach. Wäre heute nicht ein guter Tag, um endlich das Frühsportprogramm anzufangen, das Svea ihr schon so lange aufschwatzen wollte? Zum Wachwerden könnte sie beispielsweise eine kleine Joggingrunde durch den Ort machen. Nur eben die Hauptstraße runter, am Hafen vorbei und am *KiWi* … Genau. Und zwischendurch im Schneckentempo und außer Atem mindestens zehn Patienten begegnen, die auf dem Weg zu Arbeit, Schule oder Kindergarten sind, sehr guter Plan. *Mama, sieh mal, da ist Doktor Alva. Warum schnauft sie so? – Weil sie leider völlig untrainiert ist und zu viel Kuchen isst, mein Schätzchen. – Aber sie ist doch Ärztin! Weiß sie nicht, wie das geht? – Theorie und Praxis sind manchmal zweierlei Dinge, weißt du?*

Okay, keine Joggingrunde. Danke, Hirn. Vielen herzlichen Dank.

Alva band die Haare zum Zopf und ging ins Wohnzimmer. Tanzen konnte sie, ohne dass es jemand sah. Und zum Frühstück gab es einen Apfel. Er war ein wenig schrumpelig, aber immerhin.

Mittags hing ihr der Magen in den Kniekehlen – metaphorisch gesprochen. »Fiskeboller«, sagte sie zu Jamal, sobald sie mit Annik gemeinsam den kleinen Imbiss betreten hatte. »Und Falafel. Und zum Nachtisch …«

Annik neben ihr unterdrückte ein Glucksen. »Sicher, dass du gesund bist?«

»Bin heute Morgen nicht zum Essen gekommen.« Alva schenkte Jamal ein Lächeln. »Trotzdem reichen Fiskeboller und Falafel vermutlich aus.«

»Kommt sofort, die Damen.«

Zum Glück hatte Jamal ihren Stehtisch bereits mit seinen üblichen kleinen Fladenbroten und verschiedenen arabischen Soßen ausgestattet, wie er es immer tat. Alva tunkte ein Stück Brot in den Harissa-Mandel-Dip und ließ den Blick wandern, während sie, erschöpft vom Vormittag, warteten.

An der Pinnwand neben der Tür hing ein neuer Zettel, dessen sorgsam gemalte rote Buchstaben bis hierher lesbar waren: *Junger Hund zugelaufen*. Darunter eine Telefonnummer, die sie nicht erkennen konnte. Aber garantiert endete sie auf zwei Neunen.

»Vermisst du einen Hund?« Annik hatte den Aushang wohl zeitgleich gesehen.

»Nein, aber ich weiß, wer ihn gefunden hat.« In drei Sätzen fasste sie Annik zusammen, wie sie Jo kennengelernt hatte. Ihr Herz klopfte eigenartig dabei.

»Und vorher hat er sich immer deine Show angesehen?«, fragte Annik.

»Es ist ja keine richtige Show, es ist nur –«

»Bitte schön, die Damen.« Mit großer Geste servierte Jamal ihre drei bis oben beladenen Teller. Nun, da das Essen vor Alva stand, schien es doch recht viel zu sein. »Netter Mann, der mit dem Hund«, sagte Jamal ohne Aufforderung.

Annik grinste.

»Was?« Hungrig biss Alva von einer Fischfrikadelle ab und verbrannte sich beinahe den Mund. Sie pustete, um die Hitze loszuwerden.

»Nichts«, sagte Annik

»Du grinst komisch.«

»Kein bisschen. Ich freue mich nur.«

»Aha. Und worüber?«, fragte Alva an einem weiteren Bissen vorbei. Himmel, war sie hungrig gewesen.

»Über dein versonnenes Lächeln.«

Jetzt hätte sie sich beinahe verschluckt. »Mein was? Ich lächele nicht versonnen. Warum sollte ich versonnen lächeln?«

»Sag du es mir.« Annik zuckte unschuldig mit den Schultern und spießte eine Falafel auf.

»Ich habe keine Ahnung, wovon du sprichst.« Was im Übrigen der Wahrheit entsprach. Niemand konnte mit einer zu heißen

Fischfrikadelle im Mund etwas tun, was auch nur annähernd als ›versonnenes Lächeln‹ zu bezeichnen war.

»Alva Solberg wird rot. Wer hätte gedacht, dass ich das noch mal sehe.«

»Hör auf.« Wieso glaubten eigentlich alle, man würde sich amüsieren, wenn man lachte? Alva jedenfalls lachte im Moment bloß aus Verlegenheit.

»Also, von vorn«, sagte Annik und wischte mit ihrer Falafel die Joghurtsoße zusammen. »Ich würde gern noch mal darauf zurückkommen, dass dieser Jo seit drei Wochen deine Show anschauen kommt.«

»Seit vier.«

»Aha.«

»Und was auch immer du dir mit deinem romantikvernebelten Hirn zurechtfantasierst: Es hat nichts zu bedeuten. Unsere Fütterung ist eben das Einzige, was man in Lillehamn tun kann, wenn man Zeit totzuschlagen hat. Und hör auf zu grinsen.«

»Theo sagte gestern, er würde so gern mal wieder Smule besuchen, habe ich das erwähnt? Wir kommen am Sonntag vorbei, und bei der Gelegenheit werde ich unauffällig deinen Verehrer begutachten.«

»Okay, das reicht. Du bist gekündigt. Fristlos entlassen.«

Annik lachte nur.

Sechs

Ich habe mit eurem Polizisten gesprochen. Lustiger Kerl. Bisher hat niemand einen Hund als vermisst gemeldet.

Der Polizist ist der Mann unserer Kindergärtnerin. Wenn er nichts weiß, weiß niemand was. Wie geht es Wilma?

Gut, aber sie hasst den Verband. Hat euer Polizist keine Schweigepflicht?

Ich schätze, die erstreckt sich nicht auf einen entlaufenen Hund.

Zugelaufen.

Alva musste lachen. Lauthals lachen. Über etwas, das bestenfalls, mit sehr viel gutem Willen, als geringfügig witzig zu bezeichnen war. Und nur deswegen, weil sie sich vorstellte, Jos lakonische Stimme dazu zu hören. Ganz offensichtlich litt sie schon vor ihrem dreißigsten Geburtstag an altersbedingter Verwirrung.

Es war Dienstagabend. Sie saß auf ihrem Sofa, sollte sich die Post des Tages zumindest ansehen, bevor sie sie wegwarf, und wollte lesen. Stattdessen hatte sie sich eine Tasse Tee geholt – dazu ein winziges Schüsselchen mit drei Schokoladenkeksen –, sich im Schneidersitz in ihre Lieblingsdecke eingewickelt und scrollte durch Pinterest. Okay, in Wirklichkeit wartete sie eventuell ein wenig darauf, dass der Nachrichtenbutton blinkte, nachdem sie eher aussagearm mit ›*Stimmt*‹ geantwortet hatte.

Du meinst, morgen hängen nicht im ganzen Ort Wanted-Poster mit meinem Bild?

Eher unwahrscheinlich.

Schon wieder musste sie sinnlos lachen. Himmel. Aber nun, da er das Thema angeschnitten hatte: Sie wusste immer noch nicht, was er eigentlich in Lillehamn tat. Und wovor er … davonlief?

Hast du die Spuren von deinem letzten Bankraub nicht gut verwischt?

Ich hoffe, doch.

Warum bist du eigentlich ausgerechnet nach Lillehamn gekommen? (Ernsthafte Frage.)

Es dauerte drei Schokoladenkekse lang, bis er antwortete.

Wie gesagt, ich will Anfang Mai lossegeln. Lillehamn liegt günstig. Und ich musste von zu Hause weg, weil es da etwas gab, womit ich erst lernen muss, klarzukommen.

Entschuldige bitte, falls das zu persönlich war.

Dieses Mal war er es, der nur einen Smiley schickte. Den coolen mit der Sonnenbrille.

Toms Anruf kam um halb sechs Uhr morgens. Mini-Marit hatte Fieber und schrie wie am Spieß.

In fünf Minuten war Alva angezogen und aus der Tür. Im Hinauslaufen sah sie den ungeöffneten Briefumschlag noch auf der

Kommode liegen, der seit Montag dort lag. Nun, der war später dran. Jetzt brauchte Hanne sie erst einmal.

Die Straßenlaternen waren noch ausgeschaltet, feuchte Winterkälte schlug Alva entgegen. Nicht mal der Mond sorgte für Licht, sondern hielt sich hinter einer dicken Schicht Wolken verborgen. Gähnend vor Müdigkeit und Kälte schaltete Alva die Taschenlampe an ihrem Smartphone ein und stolperte zum Auto. Es wurde wirklich, wirklich Zeit, dass Frühling wurde. Und es wurde wirklich, wirklich Zeit, dass sie lernte, daran zu denken, das Auto beim Nachhausekommen an die Ladestation zu hängen. Mit dem Akkustand würde der Leaf es nicht mal bis zur nächsten Straßenecke schaffen, geschweige denn bis ans andere Ende des Dorfs.

Sie schlug sich die Stirn an der Karosserie an, als sie zu schnell aus dem nutzlosen Auto stieg. Fluchend knallte sie die Autotür zu und lief mit der Hausbesuchstasche in der Hand los. Wie konnte man so verdammt untrainiert sein, wenn man jeden Tag zu Fuß zur Arbeit ging? Nach zweihundert Metern japste sie, nach dreihundert Metern keuchte sie, und nach fünfhundert Metern stach die Nachtluft derart in ihrer Lunge, dass sie aufgab und in einem unentschiedenen Halbjoggen den Rest des Wegs zurücklegte. Bei Hanne angekommen, fühlten sich ihre Knie an wie Pudding. Sie schob sich die vom Nebel feuchten Haarkringel aus der Stirn und klopfte nur vorsichtig ans erleuchtete Küchenfenster, um Ella nicht zu wecken.

Nichts regte sich im Haus. Alva legte ein Ohr an die Haustür, und im selben Moment wurde sie geöffnet. Beinahe hätte sie das Gleichgewicht verloren und wäre über Ella gestolpert, die im Nachthemd und mit verfilzten Schlaflocken vor ihr stand, ihre Lieblingspuppe im Arm. Ernste Kinderaugen blickten Alva an. »Pssst. Das Baby ist gerade eingeschlafen.«

»Echt?« Alva schlüpfte aus den Schuhen und hängte ihre Jacke an die Kindergarderobe.

»Ja. Endlich. Sie war ziemlich laut.«

Alva unterdrückte ein Schmunzeln. »Hat sie dich aufgeweckt?«

Ella nickte. Sie sah verloren aus, wie sie dort stand. Instinktiv streckte Alva die Arme aus, damit Ella hochspringen konnte. Kurz darauf schmiegte sich ihr kleiner, warmer Körper gegen Alvas. Die Plastikhand der Puppe stach ihr gegen das Schlüsselbein, als Ella ihr ins Ohr flüsterte. »Papa hat gesagt, als ich klein war, habe ich auch so geschrien, aber ich finde das nicht schön.«

»Kann ich mir vorstellen. Sollen wir zusammen mal nachsehen, warum sie weint?«

»Ja. Aber wir müssen ganz leise sein und dürfen nicht stören.«

»Das schaffen wir. Ich kann dich nur nicht die Treppe hochtragen, glaube ich. Reicht es, wenn du mich anfasst?«

Ella rutschte sofort aus Alvas Arm und fasste nach ihrer Hand.

Die Schlafzimmertür stand offen. Hanne saß halb aufgerichtet im Bett, blass und erschöpft. Auf ihrer Brust lag das verschwitzte, erschöpfte Baby und blickte mit großen Augen in die Welt.

»Hey«, flüsterte Alva.

Hanne lächelte müde.

Vorsichtig trat Alva näher.

»Entschuldige, dass Tom dich angerufen hat. Er musste los und hat sich Sorgen gemacht.«

»Das ist okay.« Wenn sie nur nicht so verflucht müde wäre.

Ella löste sich von ihr und trat zum Bett. Die Stelle, wo sie sich eben noch an Alva gelehnt hatte, fühlte sich leer an. Hanne, Ella und Baby bildeten im gelblichen Schein der Nachttischlampe eine Insel aus Licht und Wärme. Ella berührte schüchtern eine der winzigen Hände und lachte, als sie sich um ihren Finger zur Faust schloss. »Das Baby fasst mich an, Mama.«

»Sie sieht eigentlich gut aus«, sagte Alva. »Ich möchte sie trotzdem untersuchen.«

»Ich glaube, es waren bloß Blähungen. Tom … du weißt, wie Tom ist. Von Ella kannten wir so ein Dauergeschrei nicht, und er wollte mich nicht allein lassen.«

»Er hat gesagt, Marit hätte Fieber.«

»Sie war nur rot und warm vom Schreien.«

»Ich glaube, dir als Profi brauche ich nicht zu sagen, wie ernst Fieberverdacht bei Neugeborenen ist.« In dem Maße, wo sie von Alva, der übernächtigten Freundin, zu Alva, der Kinderärztin wurde, erwachten ihre Lebensgeister. Sie öffnete ihre Tasche. »Dann lass uns mal sehen.«

Eine Viertelstunde später stand fest, dass Marit wirklich nichts fehlte. Ihr kleines Nervensystem kam schlicht noch nicht mit der großen Welt klar.

Alva setzte sich auf den Bettrand ihrer Freundin. Hanne sah noch zehnmal durchgewalkter aus, als sie sich fühlte. »Das wird schon.«

»Klar.« Hanne versuchte ein Lächeln. »In zehn Jahren oder so.«

»Da hält Ella dich dann nachts wach.«

»Hör bloß auf, daran mag ich gar nicht denken.«

»Ich mach uns ein Frühstück«, sagte Alva. »Und danach lasse ich mir von Ella zeigen, wie sie ihr Puppenhaus eingerichtet hat.«

Es war die Müdigkeit, sagte sie sich, als sie später mit in den dicken Schal gezogenem Kinn und in die Jackentaschen gebohrten Händen nach Hause stapfte. Der Nachthimmel über Lillehamn wurde vorsichtig dunkelblau. Nur die Müdigkeit, die sie traurig machte.

Es hatte nichts mit diesem dämlichen Dreißigsten zu tun und auch nicht damit, dass alle Welt zu jemandem gehörte.

Sie blieb unter der heißen Dusche stehen, bis sie sicher war, sich sonst aufzulösen, und dann noch zwei Minuten. Und noch eine. Schließlich war das warme Wasser alle, und Alva musste der Welt jenseits des dampfgefüllten Zimmers ins Gesicht sehen. Sie frottierte sich länger trocken als nötig und schlang ein Handtuch um die Haare, bevor sie im Bademantel in die Küche ging. Kühle, klare Luft schlug ihr entgegen.

Ihr Smartphone auf der Anrichte zeigte eine Nachricht von Jo an. Morgens um acht.

Guten Morgen. Wie geht es dir?

Ein freundliches Kribbeln breitete sich trotz der Müdigkeit in ihr aus. Was natürlich albern war. Sie fühlte ihm trotzdem kurz hinterher. Aber sie war nicht wach genug, um irgendetwas zu analysieren. Sie drückte auf den Knopf für den doppelten Espresso und setzte sich auf den Tresen.

Ich habe heute zu nachtschlafender Zeit einen Krankenbesuch bei dem Baby meiner besten Freundin gemacht. Jetzt bin ich unfassbar müde und schwanke im Sekundentakt zwischen selig und deprimiert.
Aber das wolltest du vermutlich so genau nicht wissen.

Natürlich wollte er das nicht. Was hatte sie sich dabei gedacht, ihn mit ihrem Psychokram zu überfallen? Sie kannte den Mann kaum. Er hatte ihre Nachricht sofort gelesen, aber es kam keine Antwort. Natürlich nicht. Auf so einen Überfall mit privaten Details wüsste sie auch nichts zu antworten.

Wie hypnotisiert wartete sie dennoch auf das Auftauchen der drei tanzenden Punkte, bestimmt eine halbe Minute lang. Dann ließ sie das Telefon in der Küche liegen.

Die Kaffeetasse nahm sie mit ins Bad, wo sie sich föhnte und für den Tag fertig machte.

Warum deprimiert?

Lange Geschichte. Spielt keine Rolle.

Den Vormittag über schielte sie immer zwischen zwei Patienten auf ihr Smartphone, das auf dem Schreibtisch lag, aber es blieb dunkel.

Dafür sah Annik kurz vor der Pause herein. »Hi.«

»Komme.« Alva legte das stumme Gerät hin und erhob sich automatisch vom Stuhl. Himmel, wie konnte man derart müde sein?

Doch Annik schüttelte betreten den Kopf. »Ich komme heute nicht mit zu Jamal. Theo hat schon wieder Bauchschmerzen, ich muss in den Kindergarten.«

»Okay.« Nur irgendwo im Hinterkopf registrierte Alva, dass das möglicherweise bedeutete, sie würde einen Teil von Anniks Nachmittagspatienten übernehmen müssen.

»Alles klar bei dir?«

»Ja, ich bin bloß sagenhaft müde. Die Nacht war kurz.«

»Wie geht es Hanne und der Kleinen?«

In diesem Ort blieb nichts auch nur eine Stunde lang geheim. »Woher weißt du das jetzt schon wieder?«

»Hanne hat Ella nicht selbst in den Kindergarten gebracht, sondern meine Nachbarin hat sie abgeholt.«

»Klar.«

Statt bei einem einsamen Fiskebollerteller durch Ideen für dreißigste Geburtstagspartys zu scrollen und festzustellen, dass Pinterest keine Antworten auf ihre Lebensfragen kannte, sparte sich Alva den Besuch bei Jamal ganz und holte sich stattdessen zwei von Sveas magischen Müsliriegeln aus dem Kühlschrank. Na gut, drei.

Der Abreißkalender an der Küchenwand meiner Mutter behauptet, dass man nur dann deprimiert ist, wenn die eigenen Wunschträume zu sehr von der Realität abweichen. Angeblich hilft es, das Jetzt anzunehmen, so wie es ist. Ich habe noch nicht herausgefunden, ob das stimmt, aber es war einer der wenigen klügeren Sprüche.

Alva ließ sich langsam auf ihren Schreibtischstuhl sinken. Nein, sie hatte sich das Gefühl von Verlust, das ihn umgab, nicht eingebildet.
Welcher von deinen Träumen ist zerstört worden?

Sie löschte die Frage wieder.

Was sagt der Kalender noch so zum Thema?

Dass es besser wird, wenn man konkrete Schritte zur Erfüllung seines Wunsches unternimmt, aber die momentane Realität dabei nicht ablehnt.

Konkrete Schritte zur Erfüllung ihres Traums. Das hörte sich so einfach an. Dabei konnte sie nicht einmal genau sagen, was sie eigentlich immer wieder so frustrierte – geschweige denn, was sie sich wünschte. Womit sie abermals bei der ewigen Überlegung angelangt war, was sie vom Leben wollte.

Die Antwort, die auf der Hand lag, war: Sie wurde dreißig, und ihre biologische Uhr tickte. Sie konnte nur auf Umwegen Kinder bekommen, und fast alle um sie herum schwebten im Familienglück. Es stach, Krister und Annik mit Theo zu sehen und Hanne mit ihren Kindern. Aber stach es wirklich deswegen, weil sie selbst so dringend eine Familie haben wollte? Oder war das nur ein seit Jahren quasi voreingestellter und nie hinterfragter Lebensentwurf?

Es soll auch guttun, mit Leuten zu sprechen, mit denen man keine Vergangenheit hat.
Wilma und ich würden uns für einen Spaziergang zur Verfügung stellen, um diese These zu überprüfen.

Jo hatte sie schon in Gummistiefeln und sackartiger Riesenbuddelhose gesehen. Außerdem stand sie nicht auf Bärte. Gar nicht. Woraus folgte: Es war vollkommen egal, was er von ihr hielt, weil hier kein romantisches Zusammentreffen stattfand und Jo ohnehin noch vor dem Sommer aus Lillehamn verschwinden würde. Es ging nur um einen Spaziergang. Es war vollkommen egal, wie sie aussah.

Trotzdem knetete sie nach dem Duschen – man konnte unter gewissen Umständen durchaus zweimal am Tag duschen – besonders sorgfältig die neue Haarpaste in ihre kinnlangen Locken, die Svea ihr bei einem Stadtbummel in Stavanger vor Kurzem aufgeschwatzt hatte. »Hör auf zu heulen«, hatte sie gesagt. »Das ist kein blöder Wildwuchs, das sind wunderschöne, kastanienfarbene Locken. Und wenn du das Zeug hier hineinarbeitest, wirst sogar du selbst das erkennen.«

Alva betrachtete sich kritisch. Vielleicht, ganz vielleicht, hatte Svea recht. Wenn sie an dieser Stelle noch ein bisschen knetete und dort noch die Strähne hervorzog … Natürlich war es draußen nicht windstill, aber mit einem Stoß Haarspray – einer weiteren von Sveas Zwangsbeglückungen – bestand immerhin die Chance, dass ihre Frisur länger als drei Minuten halten würde.

Gut. Und was zog sie an?

Sieben

Am Ende entschied sie sich für den grünen, gerippten Rollkragenpullover – den man unter der Jacke ohnehin nicht sehen würde, enge Jeans, halbhohe Stiefel und ihren dunklen Anorak. Um den Hals wickelte sie sich den locker gestrickten Riesenschal.

Während sie zum Hafen hinunterlief, ertappte sie sich dabei, melodielos vor sich hin zu singen. Himmelherrgott, und jetzt staute sich die Luft in der Lunge. Sie ließ sie durch die gespitzten Lippen entweichen. Es war nur ein simpler Spaziergang.

Sollte sie gleich gegen das Boot klopfen? Sich durch Rufen bemerkbar machen? Jo eine Textnachricht schicken, dass sie da war?

Das Problem erübrigte sich, als sie um die Ecke von Jessicas Wohnhaus bog und Jos dunkle Silhouette am Anfang des Bootsstegs vor dem pastellorangefarbenen Abendhimmel erkannte. Die Dalmatinerdame saß ruhig da, während Jo mit knappen Bewegungen hin- und herging. Drei Schritte in die eine Richtung, drei Schritte in die andere Richtung. Dann blieb er stehen und schüttelte die Hände aus, bevor er das Wandern wieder aufnahm.

Alva öffnete probehalber den Mund. *Hallo. Hi, da bin ich.* Sie räusperte sich. Es waren nur noch wenige Meter bis zum Steg.

Wieder schüttelte Jo die Hände aus und drehte sich dann in ihre Richtung.

»Hi«, sagte Alva. »Da bin ich.«

»Hi.« Unter der Lederjacke trug er einen Hoodie, dessen Kapuze er jetzt zurückschlug. Die blonden Haare waren ein bisschen verstrubbelt, und die tief stehende Sonne spiegelte sich in seinen Augen.

Sie lächelte zu ihm hoch.

Jo lächelte zurück und schob die Hände in die Hosentaschen.

Und nun? War ›Wollen wir den Strandweg entlanggehen?‹ eine angemessene Frage? Wilma erlöste sie, indem sie schwanzwedelnd auf Alva zukam und ansetzte, an ihr hochzuspringen.

»Wilma, nein«, sagte Jo im selben Augenblick, in dem Alva sich wegdrehte, damit der Hund nicht glaubte, sie sei ein Fan von Pfotenabdrücken auf der Jacke.

»Hast du schon was in Bezug auf potenzielle Besitzer von Wilma gehört?« Dankbares Thema, Jos Haustier.

Er schüttelte den Kopf. »Irgendwie hoffe ich gerade, dass sich niemand meldet. Ich hatte nie vor, mir einen Hund zuzulegen, aber ich würde sie wirklich gern behalten.«

»Wird schwierig mit Segeln.«

»Wer weiß, vielleicht mag sie das ja. Ich werde es demnächst mal ausprobieren. Schließlich gibt es auch Hunde, denen es gefällt, beim Autofahren die Nase aus dem Fenster zu strecken.«

»Stimmt.«

Wieder lächelten sie sich an, Jo ebenso tastend und abwartend wie Alva selbst.

»Gehen wir zum Wasser runter?«, fragte sie schließlich.

Jo nickte.

Er hatte wesentlich längere Beine als sie, aber dafür kannte Alva den Weg über die Felsbrocken, die den Strand von der kleinen Promenade trennten, im Schlaf. Sie hatte hier schon nachts Krebse gefangen, als sie fünf Jahre alt war, ihre Füße hätten den Weg sogar im Stockfinstern gefunden. Wilma sprang schwanzwedelnd voran, Jo folgte langsamer. Er mochte über exzellente Körperbeherrschung verfügen, aber er kannte diese Steine nicht, und gegen die Sonne konnte er garantiert den Weg kaum erkennen.

»Sorry, ich hab nicht daran gedacht, dass du nicht von hier bist«, sagte Alva. »Wir hätten den regulären Pfad nehmen können.«

»Kein Problem. Man muss auch mal Neues erleben.« Mit einem großen Schritt von dem letzten Stein hinunter landete er neben ihr im Sand. »Den anderen Weg kenne ich ja schon.«

Schweigend stapften sie zur Wasserkante, ein Irrlichtern aus Fremdheit und Vertrauen zwischen ihnen. Vielleicht hatte Jo recht gehabt mit seiner Theorie, vielleicht war es einfacher, mit Fremden zu sprechen. Außer darüber, dass man Bärte eigentlich nicht mochte, in Sonderfällen aber doch nichts gegen sie einzuwenden hatte. Oder darüber, dass sie gern seine Hand genommen hätte. Oder darüber, dass sein Duft ihr gefiel, von dem sie dann einen Hauch wahrnahm, wenn ihn der Wind in ihre Richtung trieb.

Sie ging ein bisschen schief, weil der Strand auf ihrer rechten Seite zum Wasser abfiel, das immer wieder über ihre vollkommen ungeeigneten Stiefel schwappte.

»Ich habe in letzter Zeit öfter mal Kopfschmerzen«, sagte Jo. »Vielleicht liegt es einfach daran, dass ich nicht dran gewöhnt bin, so lange einfach rumzusitzen. Vielleicht war ich in letzter Zeit auch ein bisschen viel am Bildschirm, jedenfalls …«

»Warum tust du es?« Die Frage war schneller raus, als Alva sie aufhalten konnte. »Sorry, ich weiß, du willst ungern drüber reden, aber du hast leider mein Detektiv-Gen geweckt. Besonders oft passiert es nicht, dass jemand im Winter hier Urlaub macht. Schon gar nicht mit einem Boot.«

Jo grinste zu ihr herunter. »Es ist nicht gut, wenn ich dir zu viel über mich erzähle. Du wolltest dein Herz doch einem Fremden ausschütten.«

Dabei erschien er ihr kaum noch fremd.

»Ich wollte eben auf etwas Bestimmtes hinaus. Meine Schwester hält es für creepy, ich brauche also etwas Mut, um es dir zu erzählen.« Sie mochte das verhaltene Lachen in seiner Stimme.

»Jetzt bin ich noch neugieriger.«

»Jedenfalls – ich habe bis heute keine Ahnung, wodurch es ausgelöst wird, aber wenn ich deinem Robbenvortrag zuhöre, entspannt sich mein Kopf. Es fühlt sich an, als würde sich mein Schädel irgendwie nach oben öffnen. So ein ganz leichtes, summendes Schweben, fast wie bekifft oder so.«

»Ich hab noch nie gehört, dass jemand von Fischgestank bekifft wird.« Ganz kam sie noch nicht hinterher. »Oder davon, den Robben zuzusehen.«

»Mit den Robben hat das nichts zu tun, nur – vermute ich – mit deiner Stimme.«

»Meine Stimme macht dich bekifft? Ich bin mir gerade nicht sicher, wie ich das finden soll.«

Wieder dieses halblaute Lachen. »Sorry, ich weiß, wie sich das anhört. Aber das Wichtige kommt noch.«

»Das war es noch nicht?«

»Nein. Das Wichtige ist: Wenn du lange genug sprichst, kannst du mir deine finstersten Geheimnisse anvertrauen. Sie sind bei mir völlig sicher, denn ich werde deiner Stimme lauschen und mich schwebend zwischen den Sternen herumtreiben und nicht einmal mitbekommen, was du mir erzählst.«

»Das ist … Deine Schwester hat recht. Es ist …« Alva versuchte vergeblich herauszufinden, was seine Geständnisse bei ihr auslösten. Neugier auf jeden Fall. Und eine Art prickelndes, fasziniertes Unbehagen, als hätte er ihr etwas Intimes gestanden.

»Creepy.«

»Ein bisschen. Aber auch spannend. Ich habe davon mal gehört, aber ich erinnere mich nicht.«

»Meine Theorie ist, dass irgendeine Frequenz in deiner Stimme das auslöst.«

»Sicher, dass du kein durchgeknallter Serienmörder bist?«

»Einigermaßen.«

»Das sagen sie alle.«

»Und da liegt das Problem.«

Sie lachte über die betonte Ernsthaftigkeit, mit der er antwortete, und wusste danach schon wieder nicht, was sie sagen sollte. In der hellen Gischt vor ihren Füßen war der dunkle Umriss eines angeschwemmten Stocks zu erkennen. Sie fischte ihn aus dem Wasser. »Darf ich den für Wilma werfen?«

»Mach ruhig.« Er pfiff den Hund zu sich, und während Alva sich noch wunderte, warum der bereits so gut gehorchte, belohnte Jo ihn mit Futter aus seiner Manteltasche.

Alva schwang den Stock. »Guck mal hier, Wilma.« Was sollte schon passieren, wenn sie Jo von ihrem blöden, neidischen Psychoknoten erzählte? Im Zweifelsfall fand er sie zickig und wollte sie nicht wiedertreffen. Was schade wäre, aber in Anbetracht der Tatsache, dass er Lillehamn ohnehin bald wieder verließ, zu verschmerzen. Sie schleuderte den Stock, so weit sie konnte. »Mein Ex-Freund heiratet.«

»Die Sätze müssen länger sein, damit ich schwebe. Diesen habe ich noch gehört. Vermutlich hat der Typ dich nicht verdient.«

»Er selbst ist mir auch total egal. Es ist nur dieses Gefühl …«

» … übrig geblieben zu sein, ich weiß. Willkommen im Club. Meine Ex-Freundin ist jetzt mit einem Kollegen zusammen.«

»Vermutlich hat sie dich nicht verdient.«

Alva hatte erwartet, dass Jo ihren verbalen Ball auffing, wie er es schon ein paarmal getan hatte. Aber er verzog das Gesicht, als hätte er auf etwas sehr Bitteres gebissen. »Keine Ahnung. Ich bin auch nicht wirklich jemand, den ich meiner Schwester als Freund wünschen würde.«

Alvas innere Detektivin horchte auf. »Warum nicht?«

Jo antwortete nicht, und die Alva, die das Bedürfnis, andere froh zu machen, mit der Muttermilch eingesogen hatte, hielt es nicht aus, darauf zu warten. Schnell schob sie hinterher: »Hast du die Beute aus dem Bankraub doch nicht gründlich genug versteckt?«

Es war ein eher kümmerlicher Versuch der Aufheiterung, aber Jo lachte. »Ich dachte, wir seien hier, damit du mir deine Lebensgeschichte erzählen kannst. Also, der Ex bedeutet dir nichts« – den hoffnungsvollen Beiklang unter diesen Worten bildete sie sich mit Sicherheit nur ein – »aber dennoch gefällt dir der Gedanke nicht, dass er jetzt heiratet. Da waren wir stehen geblieben.«

»Bevor du mich damit neugierig gemacht hast, nicht auf meinen Witz einzugehen und stattdessen zu verkünden, dich niemandem zum Freund zu wünschen. So ähnlich jedenfalls.« Sie merkte selbst, dass sie sich um Kopf und Kragen redete. »Dabei gibt es garantiert Studien dazu, wie attraktiv es einen Mann macht, wenn frau den soften, einfühlsamen Kern hinter der harten Schale entdecken kann.«

»Ich bin mir nicht bewusst, das eine oder das andere zu haben.« Trotzdem schwebte ein Lächeln in der Dunkelheit.

»Warum amüsiert dich das?«

»Sprich weiter. Es fängt an.«

Alva musste einigermaßen aufgekratzt lachen. »Ich bin doch nicht deine persönliche Meditations-App.«

»Schade, jetzt ist es wieder weg.«

»Ich weiß immer noch nicht, wie ich das finde.«

»Ich kann nichts dafür.« Er hob die Schultern, und selbst das gelang ihm mit einer Lässigkeit, die sogar Espen nicht besser hinbekommen hätte. »Aber zu deiner Beruhigung: Es scheint weniger zu werden, je mehr Zeit ich mit dir verbringe.«

Ihr Herz klopfte aufgeregter als angemessen.

Inzwischen hatten sie beinahe das Ende des Strands erreicht, wo die Steine immer größer und zahlreicher wurden und schließlich in steile Felsen übergingen. Ohne es abzusprechen, kehrten sie um, Alva nach links, Jo nach rechts – wodurch sie direkt voreinanderstanden. Jo stieß ein kleines Lachen aus, sie selbst vermutlich auch. Gleichzeitig traten sie einen Schritt zur Seite, zur selben. Jos Augen funkelten. Mit einer einladenden Geste machte er den Weg frei. »Bitte, die Dame.«

»Danke, der Herr.« Es gelang ihr, das ganz normal zu sagen, so als täte sie nie etwas anderes, als mit fremden, gut aussehenden – trotz Bart sogar irritierend gut aussehenden – Männern spazieren zu gehen. Hatte sie irgendwann einmal gedacht, er hätte zwar Ausstrahlung, sei aber nicht im klassischen Sinne schön? Wahrscheinlich war sie betrunken gewesen. Um nicht wieder dämlich lachen zu müssen, wandte sie sich endlich dem Rückweg zu.

Von hinten war ihr der Wind nicht so stark erschienen, aber nun trieb er ihr mit voller Kraft Gischt und winzige Schneeflocken ins Gesicht.

Jo stieß einen beeindruckten Laut aus. »Ist kalt bei euch in Lillehamn.«

Die Hände tief in den Jackentaschen, stapfte Alva gegen den Wind. Sie musste die Erkenntnis sortieren, dass sie vielleicht, möglicherweise dabei war, sich ein kleines bisschen in Jo zu verlieben.

»Du wolltest mir erzählen, was dich so frustriert hat.«

Es erschien ihr so weit weg. Der Besuch bei Hanne, das Einsamkeitsgefühl, selbst der elende dreißigste Geburtstag. »So wichtig ist das gar nicht.«

»Sag jetzt nicht, Wilma und ich trotzen hier ganz umsonst Wind und Wetter.« Jo pfiff Wilma heran und gab ihr eine Belohnung, bevor er sie wieder losschickte. »Also, du warst heute Morgen ziemlich down. Warum?«

Unwillkürlich sah sie zu ihm auf, und etwas in seinem Blick hielt sie fest und verhinderte, dass sie die Frage einfach beiseitewischte. Vielleicht war es der irrationale Eindruck, er könnte von ihr enttäuscht sein, wenn sie jetzt tat, als wäre nichts. Wenn jemand anders, Tilda zum Beispiel, so tat, als wären ihre eigenen Probleme nicht der Rede wert, fand Alva das einigermaßen anstrengend. Sie wollte nicht, dass Jo sie anstrengend fand. »Ja, ich war down.« Der

Wind wehte ihre Worte davon. Sie musste lauter sprechen, um dagegen anzukommen, und auf seltsame Weise half das dabei, die Dinge auszusprechen. »Es waren viele Kleinigkeiten, die zusammenkamen, und es nervt mich selbst. Ich meine, es gibt echte Probleme auf der Welt. Andere Frauen haben irgendwelche schweren Krankheiten oder sitzen in einem Flüchtlingslager fest oder werden von ihren Männern geschlagen.« Jo blieb stehen und sah sich nach Wilma um. Alva wurde ebenfalls langsamer. »Ich will nicht grundlos rumjammern. Ich glaube, das nervt mich eigentlich am meisten. Ich bin manchmal so traurig, obwohl ich absolut keinen Grund dazu habe.«

Jo sah sie ruhig an. »Definiere ›absolut keinen Grund‹.«

»Nimm dich. Du hast deinen Job verloren und heulst nicht rum.« Sie nahm ihren Spaziergang wieder auf, ging mit schnellen, langen Schritten. Jo blieb mit der Geschmeidigkeit eines Athleten neben ihr. »Ich hab Freunde, Familie, ein Dach über dem Kopf. Ich habe zu essen, zu trinken und einen Job, den ich liebe. Und ich bin frustriert, bloß weil …« Sie wollte nicht jammern.

Schweigend ging Jo weiter. Kein Wunder, dass er zu ihrem Ausbruch nichts zu sagen hatte. Vielleicht hätte sie doch lieber den Mund halten sollen. Er hob ein Stück Treibgut auf und pfiff Wilma zu sich. Erst nachdem er ihr zweimal den Stock geworfen und sie ihn zweimal zurückgebracht hatte, sprach er. »Willst du, dass ich dazu was sage?«

Sie hob die Schultern. Besonders viel hatte sie ihm ja eigentlich nicht erzählt.

»Erstens: Denk nicht, dass ich nicht heule. Das macht nur jeder anders. Zweitens: Ich glaube, es bringt nichts, sich zu vergleichen. Wenn du dir in den Finger schneidest, blutet es und schmerzt, ganz egal, ob jemand anders sich ein Bein abgehackt hat.«

Sie ließ seine Worte nachklingen, und ihr fiel die betonte Gleichgültigkeit des ersten Teils auf – und die Geschwindigkeit, mit der er den zweiten nachgeschoben hatte. »Stand das auch in dem Kalender?«

»In welchem … ah. Nein, das ist von mir.«

Auf einmal kamen die Worte von allein. »Ich habe einen Zwillingsbruder, Espen«, sagte sie. »Als wir klein waren, brauchte er sehr viel Aufmerksamkeit. Für mich war nicht mehr viel übrig, aber irgendwie war das okay. Ich verstand, dass er das dringender brauchte als ich, und ich kam klar – zumindest, bis unsere Mutter unheilbar krank wurde.«

»Mist. Was hatte sie? Oder lebt sie noch?«

»Huntington. Kennt fast niemand, zerstört aber ganze Familien. Es ist ziemlich unschön. Ich kannte meine Mutter nie symptomfrei, nur irgendwann wurde es halt noch schlimmer. Ich habe mir so gewünscht, dass alles normal bleibt.«

»Aber das tat es nicht.«

»Nein. Dabei habe ich mir wirklich Mühe gegeben.« Ohne Vorwarnung war sie wieder acht Jahre alt und deckte den Sonntagsfrühstückstisch. Die leisen Geräusche aus dem Bad, wo Krister ihrer Mutter beim Anziehen half, und aus Espens Zimmer, wo ihr Vater ihn fragte, ob die Bauchschmerzen weg waren und er zum Frühstück kommen könne, überlagerten das Heulen des Winds. Sogar das Ticken der alten Wanduhr war da. Und das Krachen, mit dem der Teller mit dem Rührei runterfiel und zersprang und sie auf einmal wusste, dass nichts wieder gut werden würde, weil keine Mühe der Welt dafür ausreichen würde.

»Was ist passiert?«

»Sie ist gestorben, nachdem sie viele Jahre lang immer … weniger wurde. Ich habe getrauert, natürlich, sie war meine Mama. Aber ein Teil von mir war auch froh, weil ich dachte, dass Papa jetzt vielleicht wenigstens mehr Zeit für mich haben würde. Und mein eigener Schmerz erschien mir so unwichtig gegenüber dem, den er empfand.«

»Ging die Rechnung auf?«

»Welche?«

»Hatte er mehr Zeit?«

»Nicht wirklich. Mein älterer Bruder hat sich auch ziemlich viel um Mama gekümmert, und er ist … na ja. Er war fünfzehn. Er hat sich seine eigenen Möglichkeiten gesucht, die Trauer zu kompensieren. Was man mit fünfzehn so tut. Und dazu Espen und ich, die gerade in die Pubertät kamen. Ich wollte Papa nicht auch noch Sorgen machen, indem ich zu viel von ihm verlangte. Es war einfach nicht wichtig.«

»Wie alt warst du?«

»Zwölf.«

»Du warst noch ein Kind!«

War sie das je gewesen? Wahrscheinlich schon, irgendwie. »Es ist lange her. Was Leute immer sagen, wenn sie ausdrücken wollen, es würde nicht mehr wehtun, ich weiß. Aber in diesem Fall stimmt es. Ich habe dir das bloß erzählt, weil das vermutlich der Anfang dieses komischen Musters war: Ganz gleich, ob mich gerade etwas bedrückt – jemand anders hat immer etwas, das mehr Aufmerksamkeit verdient als mein Kleinkram. Und zwar wirklich objektiv mehr Aufmerksamkeit verdient. Und dann fühle ich mich schlecht, weil ich mir was Banales wünsche, wenn andere doch viel größere Probleme haben.«

Es müsste merkwürdig sein, ihm das alles zu erzählen, aber irgendwie war es das nicht. Jo schien sich tatsächlich dafür zu interessieren. »Zum Beispiel?«

»Mein Zwillingsbruder hatte letztes Jahr ein ziemlich heftiges Thema zu bearbeiten. Leben und Tod sozusagen. Jetzt will er unseren dreißigsten Geburtstag umso größer feiern. Ich dagegen würde ihn am liebsten vergessen. Aber ich weiß, wie viel ihm das bedeutet, also feiern wir.«

Jo sprang über eine anrollende Welle hinweg, und Alva trat

genau hinein, natürlich, sodass ihr das Wasser in den Stiefel schwappte.

»Es hört sich alles total albern und selbstmitleidig an.«

»Tut es nicht. Warum willst du deinen Geburtstag vergessen?«

»Ich werde dreißig!«, rief sie gegen das Rauschen der Wellen an. »Mein bescheuerter Ex heiratet – okay, das ist eigentlich egal, das war bloß der Auslöser –, meine beste Freundin bekommt ein Kind nach dem anderen, und ich … weiß nicht mal, was ich mit meinem Leben anfangen will. Irgendwie sollte man mit dreißig doch mal was geschafft haben, oder?«

»Du bist immerhin Ärztin mit einer eigenen Praxis. Ich finde das nicht *nichts*.«

»Die ich geerbt habe. Wer weiß, ob ich ohne diese Option überhaupt Medizin studiert hätte oder vielleicht was ganz anderes.«

»Auf jeden Fall hast du es geschafft, eine freundliche, anziehende Frau zu werden. Auch das finde ich nicht *nichts*.«

Hatte er gerade ›anziehend‹ gesagt? Wie konnte jemand, der so … so präsent und sichtbar war wie Jo jemanden so Unsichtbares wie sie als *anziehend* bezeichnen? Während sie noch das Flattern ihres Herzens beruhigte, sprach er weiter.

»Ich hab's geschafft, mit neunundzwanzig eigenhändig meine Karriere zu schrotten.« Er hob beide Hände in einer Defensivgeste. »Insofern finde ich, du schlägst dich nicht schlecht.«

»Was für eine Karriere war das?«

»Ist ja vorbei.« Seine Zähne blitzten, als er lächelte.

»Sorry.« Irgendwas musste seine Anwesenheit auch mit ihrem Hirn anstellen, sonst hätte sie kaum hinzugefügt: »Ich finde es nur interessant.« Ich finde *dich* interessant. »Also, ich meine, ich verstehe einfach gern, was Leute antreibt.« Rede nur weiter, lästerte ihre innere Stimme. Es wird mit jedem Satz schöner.

»Verstehe schon.«

Alva wusste nicht, was sie darauf antworten sollte.

Doch mit Jo zu schweigen war nicht unangenehm. An den Steinen vor dem Bootssteg kletterten sie ohne Absprache nach oben und standen schließlich an der Mole. Inzwischen waren die Farben ringsum verblasst. Die Hände in den Jackentaschen vergraben, sahen sie sich an.

Jo lächelte. »Na dann.«

Alva lächelte zurück. »Na dann.«

Sie sah zu ihm hoch. Ihr Gesicht war hell, und ihre Augen schimmerten umso grüner.

Willst du noch mit reinkommen? Auf ein Bier? Oder einen Tee? Nur ein paar Minuten reden, damit ich dir zuhören kann? Damit ich zusehen kann, wie du dir mit den Fingern die Haare in Ordnung bringst, die der Wind durcheinandergewirbelt hat, so wie du es neulich vor der Seehundstation getan hast? Damit ich entdecken kann, was du unter der Jacke trägst und darunter und …

Er sagte nichts davon, kein Wort. Früher hätte er es getan. Früher hatte er viele Dinge getan. Aber aus irgendeinem Grund wollte er, dass sie fragte, nicht er. »Danke für den Spaziergang.«

»Nein, ich danke dir. Es war eine gute Idee.«

»Dann … schönen Abend noch.«

Er nickte. »Dir auch.«

Die Verabredung war zu Ende.

Er sollte jetzt gehen, bevor das Anstarren peinlich wurde oder seine vernachlässigten Hormone ihn doch noch Sachen sagen ließen, die er nicht sagen sollte.

Warum ging sie nicht?

»Was hast du noch vor?« Im linken Auge hatte sie einen braunen Fleck neben der Pupille.

»Mal sehen. Börsennachrichten gucken oder so was.« Super Leistung, Lundahl. Das war so ungefähr das Romantischste, was man sich vorstellen konnte. *Willst du mit reinkommen, und ich zeige dir meine Börsennachrichten?*

»Klingt nach einem vergnüglichen Abend.« Und sie hatte blasse Sommersprossen auf der Nase, eine saß genau in der Mitte zwischen den Augenbrauen.

»Ja.« Pause. »Und du?«

»Ich denke, ich werde rebellisch ein paar Praxis-T-Shirts bügeln.«

Jo lachte. »Viel Spaß.« Wilma rollte sich zu seinen Füßen zusammen.

Eine Strähne kastanienbrauner Locken wehte Alva ins Gesicht. Sie strich sie aus der Stirn. »Ich sollte nach Hause gehen. Im Stehen wird mir kalt.«

Wurden Lippen nicht bleich, wenn jemand fror? Ihre waren rot und herzförmig, mit einem ganz fein definierten Rand.

»Wir texten.«

»Okay.«

»Dann … bis demnächst.«

Er schob die Hände tief in die Jeanstaschen. »Bis demnächst.«

Sie wandten sich gleichzeitig und gleich zögerlich zum Gehen. Unter deutlichem Protest stand Wilma auf und trottete hinter Jo her. Er schaffte immerhin sieben Schritte, erst dann drehte er sich noch einmal um und sah Alva nach, die den kopfsteingepflasterten Hafenvorplatz verließ und von der Dämmerung verschluckt wurde.

Er wusste nicht einmal, ob das Schweben im Kopf am Ende noch da gewesen war. Dafür ging er jetzt ganz unbeschwert, wie beim Einlaufen zu einem Spiel, bei dem noch alles offen stand.

Wilma blieb vor dem richtigen Boot stehen und wartete, bis er ein Handtuch geholt hatte. Waschsalon. Er brauchte einen

Waschsalon. Es war Routine geworden, der Hündin die Pfoten abzuwischen, bevor sie die Kajüte betreten durfte. Jo betrachtete, wie sie mit wackelndem Hinterteil die Stufen hinunterkletterte, dann schloss er die Luke hinter sich und hängte die Jacke auf.

Das Smartphone hatte er bewusst nicht mitgenommen an den Strand, wo die neuesten Kommentare zu seinem *Norsk-Glitter*-Interview nichts zu suchen hatten. Jetzt blinkte es ihn anklagend an. Während Wilma sich knurpsend über ihr Futter hermachte, öffnete Jo mit vor Kälte steifen Fingern die Benachrichtigungen. Kjersti hatte zweimal angerufen, seine Mutter dreimal – innerhalb einer Stunde. Das verhieß in der Regel nichts Gutes. Ebenso wenig wie Kjerstis Textnachricht.

Mama dreht ziemlich frei. Ruf sie an, wenn du Zeit hast, vielleicht hilft das.

Direkt darauf folgte eine Sprachnachricht. Jo legte das Telefon auf den Tisch und spielte sie ab, während er sich vor den Kühlschrank hockte und ratlos hineinsah.

›*Und ich weiß, dass du Zeit hast, weil ich deinen nicht existenten Terminplan kenne, du kannst dich nicht rausreden. Ich habe vorhin mit Mama telefoniert, bis mir blaue Hirnflüssigkeit aus dem Ohr gelaufen ist, also bist du jetzt dran.*‹

Er holte eine Mohrrübe aus dem Kühlschrank und biss hinein. Kauend schickte er Kjersti eine Antwort.

Blaue Hirnflüssigkeit. Du hast eine eklige Fantasie.

War es schäbig, dass er sich davor drückte, seine Mutter anzurufen, und erleichtert war, in wenigen Wochen auf See und damit unerreichbar für das Dauerdrama zu Hause zu sein?

Er ließ die Schultern nach hinten kreisen. Welche Variante war es wohl heute? ›Du meldest dich ja nie, du liebst mich nicht, alle Männer verlassen mich sowieso‹? Oder schon die Endstufe: ›Du wirst schon sehen, was du davon hast, mich ganz allein zu lassen. Ich hab ja hier noch meine Tabletten‹? Das erste Mal hatte sie kurz nach seinem elften Geburtstag damit gedroht, sich umzubringen. Er hatte mit niemandem darüber gesprochen, nicht mal mit Kjersti. Nur Angst hatte er gehabt, jedes Mal, wenn er vor der Handballhalle wartete und sie sich beim Abholen verspätete. Jedes Mal, wenn sie nicht von der Nachtschicht zurück war, bevor er in die Schule musste. Wie sollte man sich auf den Unterricht konzentrieren, wenn man elf Jahre alt war und nicht wusste, ob man beim Heimkommen die Polizei in der Küche vorfinden würde?

Aber irgendwann hatte er aufgehört, Angst zu haben, und stattdessen war die Wut gekommen. Wie konnte sie es wagen, ihm seine schlechten Zensuren zum Vorwurf zu machen? Ihm überhaupt einen Vorwurf zu machen? Sie war es schließlich, die dafür gesorgt hatte, dass er jahrelang auf einem instabilen Lavafeld leben musste, nicht andersrum. Er merkte, dass er die Zähne und Lippen fest zusammengepresst hatte. Es tat fast weh, den Kiefer zu lockern.

Wilma stupste ihn an, und er setzte sich neben sie auf den Boden und kraulte sie, während er den Kontakt seiner Mutter aufrief und das Headset anschaltete. Besser, er brachte es hinter sich. Doch bereits beim ersten Klingeln trieb es ihn wieder hoch. Er musste stehen, wenn er mit ihr sprach. Herumlaufen in der auf einmal zu kleinen Kajüte.

Alvas Mutter war wirklich gestorben, während seine ihn seit Jahren mit ihrem Scheiß unter Druck setzte.

»Endlich rufst du mal an. Ich dachte, dich gibt es schon nicht mehr.«

Früher war bei dieser Art von Begrüßung sein Brustkorb eng geworden, und er hatte angefangen, sich zu rechtfertigen. Inzwischen konnte er weiteratmen, sehr bewusst. »Ich freue mich auch, deine Stimme zu hören.«

»Mach dich nicht lustig, ich bin immer noch deine Mutter. Mir geht es nicht gut, und es ist wohl kaum zu viel verlangt, wenn du dich ein wenig für mich interessierst.«

»Nach allem, was du für mich getan hast, ich weiß.«

»Und das ist eine Menge! Ohne meine Aufopferung wärst du niemals –«

Jo holte Luft. »Mama, ich kann das gerade nicht, echt. Erzähl mir von deinem Buchprojekt.«

Sie schniefte. »Ich fühle mich allein gelassen, Joakim. Eine Mutter kann erwarten, dass ihre Kinder für sie da sind. Aber Kjersti arbeitet rund um die Uhr. Und du hättest jetzt endlich mal Zeit, dich um mich zu kümmern. Stattdessen bist du sang- und klanglos verschwunden, um dich in deinem Selbstmitleid zu suhlen.«

»Merkst du selbst, oder?«, murmelte er, aber es war wohl zu leise, als dass sie es hätte hören können.

»Über diese grauenhafte Einsamkeit kann mich das beste Projekt nicht trösten. Irgendwann werde ich tot sein, und du wirst bereuen, nicht mehr Zeit mit mir verbracht zu haben.«

Um seine Hände zu beschäftigen und nicht nur zu Fäusten zu ballen, ließ er Wasser ins Spülbecken laufen und kippte das letzte Waschpulver hinein, das er hatte. Es gelang ihm, sie auszublenden, fast jedenfalls. Unterwäsche, Socken, T-Shirt. Mehr Platz zum Trocknen gab die Dusche nicht her. Seine Mutter sprach davon, dass sie ihren Teilzeitjob gekündigt hatte, weil die Kollegen unerträglich waren. Natürlich. Schuld war nie sie selbst, nie. Ihre Worte fingen an, hinter seiner Stirn zu einem unerträglichen Sirren zu werden. Entweder er legte sofort auf, er schlug irgendwas kaputt, oder … er atmete durch und fing sich. »Erzähl mir trotzdem von deinem Buch.«

Naseputzen antwortete ihm.

»Bitte, Mama. Es interessiert mich.«

»Ach, es ist nichts, nur eine Spielerei.« Es zischte, und Jo roch beinahe den süßlichen Rauch des Joints. Immerhin würde sie dann aufhören zu heulen.

Er wartete, sie rauchte. Und tatsächlich hatte ihre Stimme die weinerliche Schärfe verloren und war nur noch ein wenig verwaschen, als sie weitersprach. »Leonid hat mich darauf gebracht. Er sagte, ich hätte eine große Weisheit und könne mich wunderbar ausdrücken.«

Jo fragte nicht, wer Leonid war. Es spielte keine Rolle, wo dieser auf dem stetig rotierenden Karussell im Leben seiner Mutter vorbeizog. Aktueller Liebhaber, bester Freund, den sie je hatte, Mann der neuen, wirklich so netten Kollegin – das Karussell würde sich weiterdrehen und Leonid davontragen, und Kjersti und er würden die Scherben aufkehren, wie sie es immer taten.

Jo knetete die Wäsche mit mehr Kraft als nötig und wrang sie aus, bis ihm die Hände schmerzten. Endlich, als er die Socken an die Leine in der Dusche klipste, schaffte er es, das Telefonat zu beenden. Sollte es einem nicht eigentlich besser gehen, nachdem man mit seiner Mutter gesprochen hatte? Stattdessen war er ausgelaugt und übellaunig. Er setzte sich zu Wilma auf den Boden.

Lange saß er einfach da, nichts denkend, ließ sich von den Wellen schaukeln und kraulte Wilma hinter dem Ohr. Fast hätte er nicht mitbekommen, dass sein Smartphone eine neue Nachricht anzeigte. Er tastete neben sich, und als er sah, wer geschrieben hatte, verschwand endlich der letzte Rest seiner unterdrückten Wut.

Wenn du magst, könnte ich dir demnächst unseren Hausberg zeigen. Ist ein bisschen abwechslungsreicher als der Strand.

Wo vorher Leere und Erschöpfung gewesen waren, breitete sich jetzt ein gutes, warmes Gefühl aus. Jemand wollte Zeit mit ihm verbringen, einfach so. Nicht weil er die rechte, untere Ecke mit tödlicher Sicherheit traf, nicht weil er im Zweifelsfall ein Spiel herumreißen konnte. Und aus keinem der anderen tausend Gründe, die alles mit seiner Leistung, aber nichts mit ihm als Mensch zu tun hatten. »Alva«, sagte er leise. Sie hatte ihn gefragt.

Acht

Den Heimweg über hatte Alva vor sich hin gelächelt, so sehr, dass sie es selbst gemerkt hatte. Und am nächsten Morgen musste sie auf dem Weg vom Bad zur Kaffeemaschine ein paar Schritte tanzen, um die Energie zu kanalisieren, die in ihr kribbelte. Sogar als sie in die Praxis kam, hatte sie noch extrem gute Laune.

Kris war schon da. »Hey, Schwesterchen.«

»Hallo, mein Storebror. Ist es nicht ein wirklich schöner Tag heute?«

»Wer ist diese aufgedrehte Person? Wo ist meine Schwester?«

Alva schenkte ihm ihr breitestes Lächeln. »Deine Schwester hat heute Morgen Tanzen als Frühsport ausprobiert. Vielleicht mach ich das jetzt öfter. Wie geht's Theo?«

»Er hatte wohl nur was Falsches gegessen. Annik kommt gleich.«

Was bedeutete, Alva musste heute niemandes Aufgaben oder Schichten übernehmen, sondern konnte zur normalen Zeit nach Hause gehen. Früh genug, um möglicherweise einen kleinen Abstecher zum Hafen zu machen. Einen ganz kleinen, nur um nach Milla zu sehen. Und vielleicht konnte sie bei der Gelegenheit kurz Jo und Wilma Hallo sagen.

Doch Millas Mutter kam ihr zuvor.

Kaum dass die Praxis offiziell geöffnet hatte, stand sie in Alvas Sprechzimmer, blass und wieder genauso jung und hilflos aussehend wie an dem Tag, an dem Alva sie fiebrig vorgefunden hatte.

Automatisch schaltete Alva ihre Arztstimme an. »Setz dich. Was kann ich für dich tun?«

»Milla ist immer noch krank. Es wird und wird nicht besser. Und ich muss arbeiten.«

»Wo ist Milla jetzt?«

»Sie schläft seit gestern Nachmittag, aber sie wacht immer wieder auf und hustet. Im Moment passt eine Nachbarin auf sie auf.«

Alva sah Millas kleinen, hustengeschüttelten Körper vor sich, auf diesem Futonbett an der kalten Wand. »Was macht deine Suche nach einer neuen Wohnung?« Sie hatten beim letzten Besuch bereits darüber gesprochen. »Das ist wirklich wichtig, sonst wird Millas Husten nie besser.«

»Ich weiß. Aber es ist nicht so einfach. Wo sollen wir denn so schnell hin?«

Kurz überlegte Alva, ob sie Jessica einen Vortrag über chronische Sauerstoffunterversorgung oder wahlweise die Auswirkungen von Schimmelpilzbelastungen halten sollte. Aber nichts davon würde das schlechte Gewissen der jungen Frau verkleinern – oder ihre Überforderung. Der Gedanke, den sie neulich nur kurz hatte vorbeiziehen sehen, wurde auf einmal greifbar. Sie musste mit Krister darüber sprechen.

»Maximal noch eine Woche, okay? Sonst muss ich euch ins Krankenhaus überweisen, wo Milla sich auskurieren kann. Ihr müsst aus dieser Wohnung raus.«

»Aber ich kann sie nicht ins Krankenhaus bringen! Ich muss arbeiten, wie soll ich gleichzeitig bei ihr sein? Und umziehen … wo sollen wir denn hin? Meine Eltern haben mich rausgeworfen. Hier habe ich wenigstens einen Job. Und ich will nicht, dass man mir Milla wegnimmt!«

Alva dachte an die kalte, schmutzige Wohnung bei ihrem ersten Besuch. »Darüber denken wir nach, wenn es so weit ist. Das Wichtigste ist, dass Milla gesund wird und du zu Kräften kommst.«

Sie begleitete die junge Frau zur Rezeption und übergab sie Tilda mit einer Reihe von Verhaltensanweisungen und dem Auftrag, am nächsten Tag mit Milla wiederzukommen. Sie wollte den Kinderschutz nicht einschalten, aber zur Not würde sie es tun.

Nachmittags war sie mit Abstand die Letzte, die die Praxis verließ. Den kurzen Heimweg nutzte sie wie immer für den Versuch, die Gedanken an ihre Patienten abzuschließen. An einigen Tagen gelang das besser, an anderen schlechter. Heute war einer der schlechteren. Fast hätte sie deswegen Krister nicht gesehen, der vor dem Haus, in dem Annik wohnte – und er auch die meiste Zeit –, etwas in den Kofferraum seines treuen alten Model 3 lud. Statt nach Hause ging sie zu ihm hinüber. »Ist das dein Basejumping-Zeug?«

»Ja. Ich lagere es bei Tom ein, damit es aufhört, nach m-mir zu rufen.«

Sein Stottern verriet ihr, dass die Sache nicht ganz so einfach war, wie er vorgab, und vielleicht wäre es auch schlauer gewesen, die Ausrüstung zu verkaufen und nicht einzulagern, aber das war nicht ihr Problem. Sie klopfte sich innerlich auf die Schulter. Manchmal konnte sie das: Probleme dort lassen, wo sie hingehörten.

»Aber wo wir gerade dabei sind: Kannst du im Mai mal ein Wochenende auf Theo aufpassen, falls Rose keine Zeit hat? Ich würde Annik gern nach Stockholm zum Indoor-Skydiving einladen.«

»Du willst sie anfixen.«

Er zuckte lässig die Schulter.

»Ich glaube ja ohnehin nicht, dass du mit dem Rücken je wieder springen solltest, aber wer bin ich schon, dir das zu sagen. Was deine Frage angeht: Klar kann Theo zu mir kommen. Bestimmt freut er sich, wenn er bei den Robben helfen darf.«

»Danke, Schwesterchen. Du bist die Beste.«

»Kein Problem.« Sie sah zum Haus hinüber. »Du wohnst inzwischen eigentlich zu hundert Prozent hier, oder?«

»Achtundneunzig.«

»Könntest du über die letzten zwei bei Gelegenheit nachdenken?«

»Wieso?«

Obwohl er es gewesen war, der zuerst die Idee mit Millas Schimmelbelastung gehabt hatte, setzte sie ihm das Problem noch einmal von vorn auseinander und erzählte im Detail von den Umständen, unter denen Jessica und Milla jetzt wohnten. Sein Gesicht war unlesbar, und sie ertappte sich dabei, wie sie immer schneller sprach. »Diese Wohnung dürfte überhaupt nicht vermietet werden«, schloss sie.

»Und?«, fragte Krister. Es klang ganz weich.

»Und da hatte ich die Idee, dass die beiden in deine Wohnung einziehen könnten, bis sie etwas Neues gefunden haben.«

»Meine Schwester, die Retterin der Entrechteten.« Er schüttelte amüsiert den Kopf.

»Das ist keine Aussage.«

»Okay.« Krister strich sich die Haare aus der Stirn. »Okay.«

»Was bedeutet das?«

»Dass ich bei Gelegenheit darüber nachdenken werde, wie du gesagt hast. Bei Annik und Theo einzuziehen ist nicht …«

»Du hängst doch ohnehin ständig da rum!«

»Es ist ein Unterschied zwischen ›ständig da rumhängen‹ und ›offiziell dort wohnen‹. Ich kann das nicht über Anniks Kopf hinweg einfach entscheiden. Außerdem mag ich meine Wohnung, ich brauche ab und zu meine eigene Welt. Und ich fühle mich überrumpelt und habe im Gegensatz zu dir kein Weltrettergen.«

»Deswegen fliegst du auch Rettungshubschrauber.«

»Das mache ich, weil es sexy ist.«

»Sicher.«

Krister lächelte. »Ich denke drüber nach. Und ich spreche mit Annik. Aber bitte mach Jessica keine Hoffnungen irgendwelcher Art.«

Nun, das war wenigstens etwas. Sicherheitshalber schrieb sie noch in die Ortsgruppe, ob jemand kurzfristig seine leer stehende Ferienwohnung vermieten würde.

Jo und sie hatten sich für den Samstag verabredet. Schon als Jugendliche hatte Alva festgestellt, dass manche Tage länger waren als andere. Es waren die, an denen man um zehn morgens schon das Gefühl hatte, es müsste mindestens zwei sein – bis man auf die Uhr sah. Der Freitag vor dem Samstag gehörte zu diesen Tagen. Verblüffenderweise ging er dennoch vorbei. Am Abend dachte Alva einigermaßen ausführlich darüber nach, welche Kleidung sich für den Ausflug eignete. Im Anschluss überlegte sie ebenso ausführlich, ob es angemessen war, ein Picknick einzupacken. Und irgendwann schlief sie ein.

Als sie die Augen öffnete, war es Samstag, und die Sonne schien erstaunlich intensiv für die erste Aprilwoche.

Die Luft war klar, der Himmel blau, die Möwen weiß. An keinem anderen Tag hätte sie Jo lieber die Umgebung von Lillehamn gezeigt. Es war so perfekt, dass sie sich sogar dabei ertappte, nach Gewitterwolken Ausschau zu halten, aber bisher wehte bloß eine angenehme Brise.

Nach einem schnellen Frühstück – eine Schale Müsli mit Früchten und zum Nachtisch der letzte Schokoladenkeks, den sie noch hatte – verwarf sie ihre Überlegungen vom Vorabend. Die kniehohen Stiefel machten zwar – wenn man Svea glauben konnte – schöne Beine, aber sie waren zu unbequem, um damit zum Floefossen hochzugehen. Also Wanderboots zur Bluejeans, was sollte es. Unter dem Anorak trug sie eins ihrer Longsleeves, das sie mochte, weil sein rötliches Dunkelbraun die Farbe ihrer Haare spiegelte.

Kein Picknick.

Der Weg zum Hafen war nicht weit – beziehungsweise wäre er nicht weit gewesen, hätte Alva nicht gegen diese Wand aus Aufregung und Angst und Ein-Spaziergang-ist-ja-nun-wirklich-kein-Grund-durchzudrehen anlaufen müssen. Doch wie es aussah, war sie bereits außer Atem, als sie den Anfang des Stegs erreicht hatte. Nach dem letzten Treffen war sie unbewusst davon ausgegangen, Jo wieder dort anzutreffen, aber sie sah niemanden. Immerhin musste sie nicht forschend den Steg abschreiten und dabei fremden Leuten den Lachs vom Frühstücksbrot gucken, um die richtige Jacht zu finden, wie es im Sommer nötig gewesen wäre.

Jos Jacht hieß – etwas ratlos betrachtete Alva die drei Buchstaben am Bug – FYF. Füff. Fiff? Nun, auf jeden Fall kreativer als *Nordwind* oder *Irmgard*. Sie klopfte gegen das Vorschiff.

Von innen kam ein dumpfes Poltern, dann: »Komme!« – und auf der Stelle vergaß ihr Herz, dass es eigentlich hatte gleichmäßig weiterschlagen wollen. Es war albern. Ihr Mund war trocken.

Jos Kopf tauchte im Heck des Schiffs auf, gleich darauf trabte Wilma gelassen am schwankenden Rand des Oberdecks entlang. Vielleicht gab es tatsächlich Hunde, die sich auf Schiffen wohlfühlten, wenn man sie früh genug daran gewöhnte. Jo schloss mit einem Ratschen das Luk.

Er bewegte sich anders auf dem Schiff als sie, Kris oder Espen es taten, vorsichtiger. Vielleicht lag es daran, dass er nicht direkt am Wasser aufgewachsen war. Eher so ein Feriensegler. Mutig, dass er sich dann gleich rauswagen wollte – oder tollkühn?

Mit einem kontrollierten Satz sprang Jo auf den Steg und federte so leicht ab, dass es beinahe kein Geräusch machte. Zumindest keins, das das Kreischen der Möwen oder das Rauschen der Wellen übertönt hätte. »Hi.« Er lächelte und blinzelte gegen die Nachmittagssonne, die seine Augen silbrig schimmern ließ.

»Hi.«

Er zog die Unterlippe zwischen die Zähne, für einen winzigen Moment blitzte seine Zungenspitze auf. Unter dem Kragen des Wollfleece-Pullovers sah Alva es nicht, aber sie war sich sicher, Jo schluckte im selben Augenblick wie sie. »Wollen wir?«

»Ja.« Endlich löste sie den Blick.

Wilma stand auf der Jacht und winselte. Alva sah zu ihr hinüber. Hatten sie das die ganze Zeit überhört, oder hatte der Hund eben erst damit begonnen? Wie lange hatten Jo und sie salzsäulenmäßig auf dem Steg gestanden?

»Komm, Wilma.« Jo klopfte mit beiden Händen auf seine Oberschenkel. Er hatte trainierte Oberschenkel, aber nicht unangenehm. An Alva gewandt, erklärte er: »Sie kann das eigentlich. Wenn sie es eilig hat, springt sie inzwischen sogar richtig schnell aufs Boot oder wieder runter. Aber wir waren erst vor einer Stunde draußen. Wahrscheinlich fragt sie sich, was das jetzt schon wieder soll.«

»Na los, Wilma. Ich kaufe dir ein Fischbrötchen.« Alva wandte sich zum Gehen. Man musste bloß sicher genug sein, dass der Hund einem folgte.

Doch wer neben ihr ging, war Jo, der sie angrinste. »Sie ist unbestechlich.«

Alva ging forscher. »Meinst du?«

Kurz darauf erklang hinter ihnen der dumpfe Aufschlag von Pfoten auf Holz. Jetzt war es an ihr, ein triumphierendes Lächeln zu unterdrücken.

»Verräterisches Vieh«, murmelte Jo.

»Sie weiß nur, mit wem sie sich gut stellen muss, wenn sie ein Fischbrötchen haben will.«

»Brötchen sind nicht besonders gesund für Hunde, vermute ich.«

»Mist. Da magst du recht haben.« Alva hob unschuldig die Hände. »Aber was soll ich tun? Ich habe es versprochen.«

Er senkte die Stimme zu einem verschwörerischen Raunen. »Vielleicht habe ich einen Plan, wie wir die Sache retten können.«

»Erzähl.«

Sie waren nebeneinander in ein gleichmäßiges Schlendertempo gefallen, ganz selbstverständlich hatten ihre Schritte sich aneinander angepasst. Alva ertappte sich dabei, ihren eigenen Herzschlag zu spüren.

»Wir lenken Wilma ab und schleichen uns am Strand entlang zum Wanderpfad statt durch den Ort.«

Kein Grund, erstickt und viel zu hoch herumzulachen. Sie tat es dennoch. Wie über jeden anderen Satz, den Jo in den nächsten

Minuten von sich gab, während sie durch den Sand stapften. Und dazu erzählte sie lauter unsinniges Zeug, als hätte sie fünf Liter Kaffee auf nüchternen Magen getrunken. Himmel.

Am Ende des Strands stiegen sie über die Felsblöcke nach oben zur Straße, wo der Pfad zum Hausberg begann. Man musste Brit Janssons Schafweide überqueren, die sich den Hang hochzog und dann in den steileren Schotterweg überging.

Jo blieb stehen und verfolgte mit dem Blick die Serpentinen, die sich den Berg emporzogen. »Du hast nicht gesagt, dass das ein Work-out wird.«

»Ehrlich gesagt habe ich nicht dran gedacht.« Was ein verflixter Fehler war. Kris behauptete, die Erhebung habe die Bezeichnung Berg nicht verdient, aber man konnte immerhin vom Gipfel aus ganz Lillehamn und einen Teil des Fjords überblicken, und er war anstrengend genug für Alvas Bedürfnisse. Jetzt war es leider zu spät, darüber nachzudenken, dass sie mit verschwitzt am Kopf klebenden Haaren vermutlich keine besonders gute Figur abgeben würde, während Jo, wenn sie ihn richtig einschätzte, wohl eher in Kristers Kategorie fiel, den dieser Aufstieg nicht einmal atemlos machte. Immerhin hatte sich ihr befremdlicher Lachdrang gelegt.

Sie öffnete das Schafgatter.

»Wie geht es deiner Frustration eigentlich?«, fragte Jo.

Alva schloss das Tor hinter ihnen und verriegelte es, indem sie die dafür vorgesehene Drahtschlinge wieder um den Pfosten legte, während sie nach einer Antwort auf Jos Frage suchte. Näher kommendes Läuten zeigte an, dass die Schafe nachsehen kamen, wer sich auf ihrem Territorium herumtrieb.

Noch bevor Alva ihn darauf hinweisen konnte, nahm Jo Wilma kürzer. Ihm schien nicht viel zu entgehen.

»Ich weiß es nicht«, beantwortete sie schließlich seine Frage. »Absurd, oder? Aber ich habe tatsächlich keine Ahnung. In letzter

Zeit habe ich genügend Aufgaben gefunden, um diesen Teil meines Lebens gepflegt ignorieren zu können.«

»Was für Aufgaben?«

»Fragst du das, damit ich dir einen weiteren Monolog liefere und dein Kopf zu schweben anfängt? Ich komme mir blöd vor, die ganze Zeit über mich zu sprechen.«

»Aber du interessierst mich«, sagte Jo ohne jede Spur von Verlegenheit. »Und um die Frage zu beantworten: Nein, tue ich nicht. Mit dem Aufstieg hier scheint der Schwebezustand ein Problem zu haben.«

Du interessierst mich, hatte er gesagt. »Also muss ich jedes Mal mit dir einen Berg hochsteigen, wenn ich nicht will, dass du glasige Augen kriegst?«

Jo lachte nur. »Zum Beispiel.«

Sie hätte wirklich vorher darüber nachdenken sollen, wie verflucht steil dieser Anstieg war. ›Anziehend‹ traf vermutlich auf moppelige, unfitte Frauen, die peinlich langsam den Schafhang hinaufkeuchten, eher nicht zu.

Drei von Brits Schafen waren in respektvollem Abstand stehen geblieben und sahen zu, wie Alva mit Jo und Wilma ihre Weide wieder verließ.

»Was hast –«, setzte Alva im selben Moment an, in dem Jo fragte: »Welche –«

Sie lachten.

»Du zuerst.«

»Nein, du.«

»Welche Aufgaben hast du dir gesucht? Bringst du deinen Robben jetzt Kunststücke bei?«

»Kalt. Das macht Bo, unser Biologe. Manchmal auch Nina. Sie ist die Stationsleiterin.«

»Du besuchst einen Klöppelkurs?«

»Noch kälter.«

»Passt auch nicht zu dir.«

»Ich weiß nicht mal genau, was Klöppeln ist.«

»Siehst du? Passt nicht. Erzähl, was ist es?«

So kurz sie konnte, ohne Wichtiges auszulassen, berichtete sie ihm von Milla und Jessica. »Die offensichtliche Lösung wäre, wenn die beiden in die Wohnung über meiner zögen. Aber erstens ist mein Bruder, der dort eigentlich wohnt, nicht davon überzeugt, sich aus seinen vier Wänden rausschmeißen zu lassen und –«

»Wäre ich auch nicht.«

»Er wohnt dort kaum noch. Ohnehin ist er meist bei seiner Freundin. Aber ich weiß auch nicht, ob es nicht trotzdem merkwürdig wäre. Zu nah irgendwie.« Inzwischen war sie so außer Atem, dass sie nur noch langsam nach oben stapfte und zwischen den Sätzen nach Luft schnappen musste.

Jo schwieg, nachdem sie ihren Bericht beendet hatte. Als ein Felsen auf dem Pfad eine besonders hohe Stufe bildete, machte er einen großen Schritt voran und reichte ihr dann die Hand. »Du machst dir sehr viele Gedanken darüber, ob es den Menschen gut geht, die du magst.«

»Ja.« Das war doch normal, oder?

»Aber du weißt nicht, wie es dir geht.«

Sie zog sich hoch und ließ seine Hand wieder los, weil sie ihre in die Hüften stemmen musste, um mehr Luft in den Brustkorb zu lassen. »Sonst bin immer ich diejenige, die andere psychoanalysiert.«

Jo keuchte bei Weitem nicht so wie sie, aber auch sein Gesicht war gerötet, und auf seiner Stirn glitzerte es. Wenigstens. »Stets zu Diensten. Ich hobbypsychoanalysiere dich gern, wenn du mir dafür die Umgebung zeigst. Allerdings habe ich aus echtem Interesse gefragt.«

Sie brachte nur ein lahmes »Danke« heraus, weil er viel näher neben ihr stand, als der Pfad es verlangt hätte. Sein ganz eigener Duft mischte sich mit dem des dampfenden Kiefernwalds.

Er reichte ihr eine Wasserflasche, die er getragen hatte, und sie achtete sorgfältig darauf, seine Finger nicht zu berühren, als sie sie annahm. Sie trank ein paar Schlucke und gab ihm die Flasche zurück. Seine Fingerspitzen streiften ihre, verharrten, und ihr Brustkorb wurde ein bisschen zu klein für ihr Herz. Aber Jo sah nicht zu ihr, sondern setzte die Flasche ebenfalls an. Alva fragte sich, ob er genau wie sie daran dachte, dass seine Lippen dieselben Stellen des Flaschenhalses berührten wie zuvor ihre. Vermutlich eher nicht. Garantiert war sie knallrot im Gesicht, und ihre Haare klebten schwitzig an der feuchten Stirn.

»Wollen wir weiter?«

Sie nickte.

Die übelste Steigung lag hinter ihnen, der Weg führte jetzt nur noch sanft bergauf. Ihre Schritte knirschten gleichmäßig auf dem steinigen Waldweg.

»Warst du schon mal hier?«, fragte sie.

»Nicht so weit oben.«

»Du wirst es mögen.«

»Ich mag es jetzt schon.«

»Auf dem Plateau wirst du es noch mehr mögen.«

»Du auch?« Das Lachen in seiner Stimme war ziemlich deutlich, aber es war ein freundliches Lachen.

»Ja«, sagte sie. »Ich auch.«

»Sicher?«

Sie hätte ihn mit ihrem Kram in Ruhe lassen sollen. »Nicht immer denke ich nur an andere. Und dich kenne ich noch gar nicht gut genug, dass ich mich selbst darüber vergessen würde.«

»Man weiß es nicht.« Alva mochte diese Kerbe, die sich beim Grinsen neben dem Mund in seine Wange grub.

»Ich mag's halt, wenn es allen gut geht. Daran ist nichts falsch, oder?«

»Solange du dich selbst nicht vergisst, nein.« Auf einmal lag etwas Intensives in seiner Stimme, ein dunkles Brodeln unter der Oberfläche, das nichts mit ihr zu tun hatte.

»Tu ich schon nicht, schließlich erkenne ich es selbst. Ich habe dir doch von diesem Muster aus meiner Kindheit erzählt. In dem Moment, wo meine Mutter versorgt war, Kris nicht zur Logopädie musste oder was auch immer und Espen gesund war, blieb Zeit für mich. Das ist einfach ein Teil dessen, was ich bin. Und wir tragen doch alle irgendwelche Kindheitssachen mit uns rum.«

Jo schwieg. Sein Nicken war kaum zu sehen, und auf einmal erschien die Armlänge zwischen ihnen unüberbrückbar. Einen Moment lang dachte Alva, sie hätte sich nur eingebildet, dass sie einen guten, summenden, schwingenden Draht zueinander hatten. Sie betrachtete die Muskeln an Jos Unterkiefer. Doch dann atmete er durch, sah sie an und lächelte. »Du hast recht.«

»In weiten Teilen hatten wir eine ziemlich gute Kindheit. Ich meine, sieh dich um.« Sie machte eine allumfassende Geste. »Dort in der Senke haben wir mal eine Hütte gebaut. Wir sind jeden Tag hier hochgegangen, mit Werkzeugen und Seilen bepackt, meine Brüder, Hanne, Leon und ich. Das war, als ich zehn war, glaube ich. Wir haben den gesamten Sommer hier verbracht, gehämmert und gesägt. In der fertigen Hütte haben wir gespielt, dass wir in der Wildnis wohnen. Wenn unser mitgebrachtes Essen alle war, haben wir wilde Heidelbeeren gepflückt und Wasser vom Floefossen geholt – das ist unser Hauswasserfall hier. Einmal hat Hannes Mutter uns auch Pfannkuchen gebracht.«

»Wo ist dieser Wasserfall?« War das Sehnsucht in seinem Blick?

»Gleich dort vorn, um die nächste Felsnase herum. Aber erwarte nichts Großes. Da tropft bloß ein wenig Wasser vom Felsen.«

Aber es war Frühling und der Floefossen satt vom Schmelzwasser, deutlich mehr als ein Rinnsal. Als Jo beide Hände unter den frühlingsüppigen, herabrauschenden Fall hielt, wirkte es beinahe andächtig. »Hier kann man draus trinken?«

»Klar.«

Mit zur Schale geformten Händen schöpfte er Wasser und trank, während Wilma sich schlabbernd der Pfütze am Fuße des Floefossen widmete. Alva füllte derweil die Flasche auf.

Jo richtete sich auf. Seine Augen leuchteten. »Das kommt dir jetzt vielleicht eigenartig vor, aber ich habe noch nie vorher aus einem Wasserfall getrunken.«

»Nicht dein Ernst.«

»Wohl mein Ernst. Ich bin früher selten aus der Stadt rausgekommen.« Er zuckte die Achseln, weiße Zähne blitzten auf. So viel zu Kindheitsthemen, die man mit sich herumtrug.

»Auch nicht im Winter?«, fragte sie. »Ich meine … jeder fährt am Wochenende raus in die Natur zum Skilaufen.«

»Nicht ich.« Seine Haare waren nass und unordentlich aus dem Gesicht gestrichen, in den Wimpern hingen Wassertropfen. Es ließ ihn jünger und weicher aussehen. »Danke dafür. Also, für den Wasserfall.«

Ihr Herz schlug, als wollte es ihr aus dem Hals springen, und sie musste mit aller Kraft gegen den Impuls ankämpfen, abzuwinken und irgendetwas Lässiges zu sagen. »Sehr gern.«

Jo machte einen behutsamen Schritt auf sie zu.

Alva blieb wie festgewachsen stehen, während neben ihr der Wasserfall rauschte und über ihr die Möwen kreischten. So nah stand er vor ihr, dass sie zu ihm aufsehen musste, als er sprach. So nah, dass ihr Fluchtinstinkt sich fast nicht mehr unterdrücken ließ. Wenn ein Mann so dicht bei ihr stand und sie auf diese Weise ansah, dann würde er sie irgendwann küssen, und das wollte sie, das wollte sie unbedingt, aber sie konnte nicht ertragen, dass ihr noch einmal jemand das Herz brach, und sie wollte ihn küssen, und … sie musste schon wieder schlucken.

»Du hast einen Dreckspritzer da neben der Augenbraue.« Seine Stimme war kratzig.

»Mach ihn weg«, flüsterte sie, weil die Luft knapp war und die Warnsignale in ihrem Kopf so schrill, dass nur ein Flüstern durchkam. Und weil sie trotzdem wollte, dass er sie berührte.

Die Spitze von Jos Zeigefinger hinterließ einen flammenden Punkt auf ihrer Haut.

Hätte sie Atem holen können, hätte sie vielleicht blöd gekichert, weil er sich den Erdkrumen ins eigene Gesicht wischte, als er sich an der Nase kratzte. Aber so stand sie nur da und versuchte, gleichmäßig zu atmen und das Gewirr in ihrem Inneren unter Kontrolle zu bekommen. Der Teil, der wollte, dass das hier mehr war, etwas anderes war, als nur ein Spaziergang, versuchte tapfer standzuhalten gegen die Notwendigkeit, sich zurückzuziehen, ihr Herz zu schützen. Und irgendwo dazwischen schaffte sie es, ganz normal zu sprechen. »Du hast dir meinen Fleck auf die Nase gerieben.«

»Mach ihn weg.« Noch rauer als vorher.

Alva hob die Hand. Sie spürte Jos Haut überdeutlich an der Fingerkuppe, aber der Dreck war hartnäckig.

»Erledigt?«

Sie schüttelte den Kopf, während sie den Blick nicht von seinen Lippen abwenden konnte, weil er eben seine Zeigefingerspitze mit dem Mund befeuchtete und dann selbst versuchte, den Fleck zu entfernen.

»Hier?«

»Bisschen weiter rechts.« Die Luft summte zwischen ihnen. Jo war immer noch so furchtbar nah. Wenn er das Summen auch wahrnahm, dann müsste er sie jetzt … sie ihn jetzt …

Alva machte einen Schritt zurück in die Sicherheit. Hatte Jo aufgeatmet? »Wo ist eigentlich Wilma?«

»Wieso, sie …« Er sah sich um. »Scheiße! Ich Vollidiot.«

Es war ein Automatismus, den sie früh gelernt hatte. In dem Moment, in dem ihr Gegenüber die Balance verlor, wie subtil das auch geschah, wurde sie selbst ruhig. »Wo würdest du hingehen, wenn du ein Hund wärst?«

»Keine Ahnung. In den Wald? Kaninchen jagen? Wilma!« Jo ballte die Fäuste. »Fuck.«

»Wenn sie hier in der Nähe unterwegs wäre, würden wir das hören. Knackende Zweige, Rascheln, und die Vögel würden richtig Alarm schlagen. Wilma!« Aber es gab tausend Gerüche, die den Hund ablenken konnten. Vermutlich schnüffelte er gerade einer Fährte hinterher und nahm nichts anderes wahr.

»Vielleicht wollte sie nach Hause gehen, weil wir ihr zu langweilig waren.«

»Eher wohl dahin, wo sie war, bevor ich sie gefunden habe.«

Alva schüttelte den Kopf. »Hat sie vorher schon mal versucht, von dir wegzulaufen? Ich hatte den Eindruck, sie ist gern bei dir.«

»Ich füttere sie. Hunde sind Opportunisten. Wenn es woanders was Besseres gibt, ist sie weg, da bin ich sicher.« Irgendetwas ließ Alva denken, dass er nicht nur von Wilma sprach.

»Ich glaube, du unterschätzt das, was zwischen euch ist. Gehen wir zurück und sehen nach, ob sie nach Hause zu deinem Boot gelaufen ist? Wenn nicht, kommen wir wieder hier hoch.« Allein der Gedanke, den Aufstieg noch einmal machen zu müssen, ließ ihre Oberschenkel brennen.

»In der Zeit läuft sie bis nach Jørpeland. Wilma!«

Es gab nicht viele Möglichkeiten, außer hier noch eine Weile zu rufen und dann zurückzugehen und das Beste zu hoffen.

»Wenn sie nicht zu Hause ist, kann ich in die Ortsgruppe schreiben, dass du sie suchst.«

Jos Gesicht zeigte deutlich seine Zweifel.

»Fällt dir was anderes ein?«

»Nein. Ich hoffe nur, sie hat sich nicht mit der Leine irgendwo verheddert.«

»Dann beißt sie sie durch.« Alva machte noch einen halbherzigen Versuch, ein paar Meter in den Wald hineinzugehen, aber der Pfad, den sie als Kinder immer genommen hatten, war von verholzten Brombeerranken überwuchert. Nachdem sie viermal hängen geblieben war und Widerhaken aus ihrer Kleidung gelöst hatte, gab sie auf. Im Sommer würde sie diesen Weg wieder freilegen.

»Wilma!«

Ihre Rufe waren laut und lang gezogen, aber der Hund kam nicht. Schließlich war Jo es, der meinte, sie sollten zurückgehen.

Während sie bergab trotteten, riefen sie, zunehmend desillusioniert, immer wieder nach dem Hund. Alvas Zehenspitzen stießen bei jedem Schritt gegen die Schuhe, und irgendwann protestierte ihr Hintern ebenso wie ihre Knie. Sie konnte sich nicht daran erinnern, dass dieser Abstieg als Kind so anstrengend gewesen war. Sie blieb stehen, schüttelte ihre Beine aus und nahm einen Schluck Wasser.

»Wir waren nicht langweilig.«

Irritiert sah sie Jo an. Er stand ein paar Zentimeter weiter unten als sie, sodass ihre Gesichter beinahe auf derselben Höhe waren.

»Du hast gesagt, Wilma sei weggelaufen, weil wir zu langweilig waren. Aber das stimmt nicht.« In seinen Mundwinkeln saß ein Lächeln.

Alva fiel keine Antwort ein. Statt einer sinnvollen Reaktion grinste sie nur unentschlossen.

»Maximal ein bisschen abgelenkt.«

Die Berührung seiner Hand an ihrer war zu kurz, um ihren Fluchtinstinkt anspringen zu lassen, und sie war federleicht. Aber auf seltsame Weise besiegelte sie etwas zwischen ihnen. Etwas Neues, Gutes. Und einigermaßen Welterschütterndes.

Sie standen noch einen Moment da und sahen sich einfach nur an, bis Jo sagte: »Ich muss den Hund suchen.«

»Wir müssen den Hund suchen.«

Langsam gingen sie den Berg hinunter und riefen immer wieder nach Wilma – die mit unschuldigen, großen Augen vor dem Schafgatter zu Brit Janssons Weide wartete. Als sie näher kamen, klopfte sie mit dem Schwanz auf den Boden.

»Wie im Film, oder?«, fragte Jo. »Der treue beste Freund. Ich setze dich aus, Vieh.«

»Im Film wäre sie nicht so schmutzig. Ich glaube, da hatte jemand mächtig Spaß im Wald.«

Wilma war nicht nur ein bisschen dreckig; ihr Fell starrte vor dem schwarzen Morast, den man überall in den Senken zwischen den Felsen fand.

Jo hockte sich auf den Boden und kraulte der Dalmatinerdame das Ohr – den anscheinend einzigen sauberen Fleck an dem ganzen Hund. »Allmählich gehen mir die Handtücher aus.«

Ungefragt erschien das Bild von Wilma, die sich in einer engen Bootskajüte den Schlamm aus dem Fell schüttelte, auf Alvas innerer Leinwand.

Jo sah zu ihr auf. »Weißt du, ob es im Umkreis von Lillehamn einen Waschsalon oder etwas in der Art gibt?«

»Vergiss es. In Fuglesang ist einer, vom Ortsausgang ungefähr fünf Kilometer die Hauptstraße runter. Aber der hat nur im Sommer geöffnet. Im Winter sind die Besitzer auf Kreta.« Die Lösung war offensichtlich. »Du kannst bei mir waschen.«

»Damit komme ich mir blöd vor.«

»Warum?«

»Weil du eh immerzu die ganze Welt rettest. Außerdem ist Wäsche was Persönliches. Das ist irgendwie … doofes Wort, aber es ist so intim.«

»Es ist nicht intim, es ist bloß Wäsche.«

Seine Zunge flitzte in einer verräterischen kleinen Bewegung über seine Unterlippe, und Alvas ersticktes Lachen drängte schon wieder nach draußen. Jo richtete sich auf. Mit einem Mal stand er wieder sehr nah vor ihr. Sie konnte die Silbersprenkel in seiner Iris sehen und die wenigen struppig abstehenden Haare in seinen sonst glatten Augenbrauen. Das Herz hämmerte ihr in der Brust, und sie spürte einen Hauch von Jos Atem auf der Stirn, bevor er einen schnellen Schritt zurücktrat. »Sagst du, ich soll mich nicht anstellen?«

»Das sage ich. Ich wasche auch manchmal für die Praxis, die Ehre ist also nicht exklusiv die deine. Wilma kannst du im Garten sauber machen, wenn du willst.« Sie plapperte, um nicht die ganze Zeit schlucken zu müssen. »Hast du Wilmas Leine?«

Neun

Zu sagen, die Stimmung auf dem Rückweg sei eigenartig, wäre stark untertrieben gewesen. Jo machte keinerlei Anstalten, sie auch nur zufällig zu berühren, sondern hatte die Hände wieder in den Jackentaschen vergraben. Wilma ging – jetzt an der Leine – zwischen ihnen, und Alva war sich einigermaßen sicher, Jo hatte es mit Absicht so eingerichtet, um Abstand zu ihr zu halten.

Warum aber grinste er sie dann immer wieder so an?

Statt am Strand entlang gingen sie an der Uferpromenade zurück. Jo machte Wilma los und deutete mit einem Kopfnicken auf die ehemalige Eisdiele. »Wird das das Café, das deine Cousine eröffnet?«

»Woher weißt du das?«

»Weil du mir das mal geschrieben hast.« Er knuffte sie kumpelhaft mit dem Ellbogen. So viel also zu ihrem Gefühl, auf dem Hausberg sei etwas zwischen ihnen passiert.

Sie erinnerte sich nicht mal daran, ihm von Linneas Café geschrieben zu haben.

Durch die mit weißem Seidenpapier zugeklebten Scheiben schien Licht. Aus einem Impuls heraus – oder vielleicht auch, um diesem eigenartigen Kribbeln zu entfliehen, was Jo wohl doch nicht spürte – klopfte sie an die Scheibe.

»Ist offen!« Von außen kaum zu hören, und Alva war genau in dem Moment an der Tür, in dem diese von innen geöffnet wurde. »Hey, Lieblingscousine. Du hättest einfach reinkommen können.« Linneas Jeans, Sweatshirt und Sneakers waren mit hellgelber Farbe bekleckert, die glatten, schwarzen Haare bedeckte ein – ebenfalls mit Farbspritzern versehenes – Basecap.

»Ich war nicht so schnell. Ich wollte auch bloß schnell Hallo sagen und Jo ein bisschen mehr von Lillehamn zeigen.«

»Alva Fremdenführer.« Linnea nickte Jo zu. »Du bist der Typ von der Jacht, oder? Ich hab dich neulich gesehen.«

»Ja.« Sein Lächeln wirkte ein bisschen gezwungen. »Man kann in diesem Ort schlecht was geheim halten.«

»Stimmt«, sagte Linnea so unbekümmert, wie Alva es normalerweise gesagt hätte, müsste sie nicht ihre verwirrten Gefühle sortieren. »Ich werde mich nie daran gewöhnen. Und meine Cousine hat dich unter ihre Fittiche genommen?«

»Ich zeige ihm bloß die Umgebung«, sagte Alva unbehaglich. ›Unter die Fittiche genommen‹ klang wesentlich zu sehr nach Mutterhenne.

»Klar. Wollt ihr reinkommen? Es ist aber alles voller Farbe.«

Alva warf Jo einen fragenden Blick zu, und gleichzeitig sahen sie zu Wilma. »Nein. Ein anderes Mal.«

»Wo kommt deine Cousine her?«, fragte Jo auf dem Heimweg.

Früher hatte sich Linnea mit ihrem ostasiatischen Aussehen einen Spaß daraus gemacht, auf diese Frage wilde Geschichten von Inuit-Vorfahren zu erfinden. Bei der Erinnerung daran unterdrückte Alva ein Grinsen. »Aus Bergen. Wieso?«

»Weil sie gesagt hat, sie würde sich nie dran gewöhnen, wie es hier zugeht.«

»Ist, glaube ich, auch nicht einfach, wenn man aus der Stadt kommt, oder?«

Er hob die Schultern. »Überall gibt es Vor- und Nachteile.«

Zwei Stunden später, nachdem sie Wilma gewaschen und frottiert hatten, wurde Alva klar, wie wenig durchdacht ihr Angebot gewesen war, Jo bei sich waschen zu lassen – oder vielleicht hatte ihr vernebeltes Hirn die eher offensichtliche Erkenntnis bisher einfach nicht zugelassen: Jo, der ihre Waschmaschine benutzte, bedeutete auch Jo in ihrer Wohnung. Ohne Jacke, ohne Schuhe und nachdem sie sehr nah nebeneinander über Brit Janssons Weide gegangen waren. Ab und zu hatten die Außenseiten ihrer kleinen Finger sich berührt. Jo in ihrer Wohnung in einem eng anliegenden Longsleeve, das nicht nur das Eisblau seiner Augen spiegelte, sondern auch noch jeden einzelnen Muskelstrang seines Oberkörpers zur Geltung brachte. Von denen es im Übrigen beunruhigend viele gab.

Alva hatte die Zeit, die Jo brauchte, um seine Wäsche zu holen, sich frisch zu machen und umzuziehen, genutzt, um selbst schnell zu duschen und das Bad wenigstens oberflächlich zu putzen. Dann war sie zehn Minuten lang kopflos durch die Wohnung gelaufen und hatte darüber nachgedacht, ob sie ihm etwas zu trinken anbieten sollte und wenn, dann was, und was ihre Einrichtung wohl über sie aussagte. Jetzt stand sie hier, bewegungsunfähig, atemlos, und grinste ihn wie hypnotisiert an, als er mit seiner IKEA-Tasche in der Hand in Richtung ihrer Badezimmertür nickte. »Da rein?«

»Ja.«

»Muss ich was Besonderes beachten?«

»Nein.« Draußen war er ihr nicht so groß vorgekommen, doch jetzt hatte sie das Gefühl, er würde ihren ganzen Flur dominieren mit seinen bestimmt eins neunzig voller Muskeln und Sehnen und Augen in der Farbe von gefrorenem Nordmeer.

Als er ins Bad ging, stieß er beinahe an den Türrahmen.

»Einfach Sparprogramm, Temperatur einstellen und anschalten«, sagte sie zu seinem Rücken. Ihre sportversessenen Brüder hatten durchaus auch Rückenmuskeln. Es war nicht so, dass sie noch nie welche gesehen hatte. Und sie war Ärztin. Sie war vertraut damit, wie ein menschlicher Körper aussah. Ein trainierter menschlicher Körper in diesem Fall. Mit einem – das war ihr bisher nicht in dem Maße aufgefallen – ziemlich knackigen Hintern in der Jeans noch dazu.

Genau, Alva, zischelte ihre innere Stimme. *Willst du nicht noch offensichtlicher hinstarren? Stell's dir kurz mal andersherum vor. Wie fändest du es, wenn er dich so ansehen würde?*

Sie riss sich los. »Willst du was trinken? Ich habe Bier, Himbeersaft und Wasser. Das Bier ist direkt hier aus Lillehamn.« Um nicht wieder zu starren, ging sie in ihre zum Wohnzimmer hin offene Küche.

»Ein Wasser, bitte.« Die Waschmaschine wurde geschlossen, kurz darauf begann die Trommel sich zu drehen, dann tauchte Jo aus dem Flur auf. »Es gibt eine Brauerei in dieser Weltstadt?«

»Mach dich nur lustig, Städter. Es gibt hier alles, was man braucht. Und im *Frontstage* brauen sie selbst, ja. Warst du noch nie dort?«

Er schüttelte den Kopf.

»Warum nicht? Das ist der Treffpunkt von Lillehamn.« Sie holte für sich eine Flasche von Jariks Craftbier aus dem Kühlschrank und füllte für Jo ein Glas mit Wasser. Dann kam sie sich blöd vor, stellte das Bier zurück und nahm sich auch ein Wasser.

»Keine Ahnung. Vielleicht, weil es der Treffpunkt von Lillehamn ist.«

»Du magst Menschen nicht sehr, oder?« Sie reicht ihm eins der Gläser.

»Ich mag Menschen an sich. Es ist nur so, dass …« Der Satz verebbte. Wilma hatte sich neben Alvas Sofa zu einem leise schnarchenden Fellknäuel zusammengerollt. Doch als Alva und Jo jetzt näher kamen, hob sie den Kopf und klopfte mit dem Schwanz auf den Boden. Jo hockte sich neben sie, in einer so geschmeidigen Bewegung, wie Alva es bisher nur bei Krister vor seinem Unfall gesehen hatte. »Ich hab einfach 'ne Menge unschönes Zeug erlebt.«

Alva dachte an die Geschichte seiner Ex-Freundin, die jetzt mit seinem Kollegen zusammen war. Aber was sollte das mit Menschenscheu zu tun haben – wenn es denn Menschenscheu war.

Irgendwas sagte ihr, dass der Schmerz tiefer lag. »Tut mir leid, ich wollte nicht neugierig sein. Ich wusste nicht, dass das verbotenes Territorium ist.« Dabei sollte sie sich nun wirklich damit auskennen.

»Ist okay.« Pause. »Mir tut es leid. Ich war unhöflich und nicht sehr freundlich, und das war nicht richtig. Es ist nur … wenn es dir recht ist, würde ich gern über was anderes reden als darüber, warum oder wieso ich noch nicht im *Frontstage* war, sondern auf diesen denkwürdigen Spaziergang anstoßen.«

Denkwürdig. Er fand ihren Spaziergang denkwürdig. Vielleicht hatte sie sich nicht geirrt. Die Erkenntnis lenkte sie davon ab, dass sie so gut wie nichts über ihn wusste, obwohl sie ihm so viel von sich erzählt hatte. Und selbst wenn sie ihm nicht ihre Lebensgeschichte aufgenötigt hätte, würde sie alles über ihn erfahren wollen, jedes Detail. Wie das halt so war, wenn man … also, wenn man jemanden interessant fand. »Solange du mir versprichst, dass dein dunkles Geheimnis wirklich nichts mit Serienmorden zu tun hat, werde ich es ertragen.« Sie fand selbst, dass der Witz alt wurde.

Er lächelte trotzdem. »Irgendwann erzähle ich es dir.«

Sie gab es zurück. Ihr Glas stieß mit einem leisen Klacken an seins, ziemlich weit unten, sodass ihre Finger sich gerade nicht berührten.

»Auf diesen Tag.«

Sie nickte, nahm einen Schluck und deutete vage zum Sofa, um etwas zu tun zu haben und ihn nicht nur ansehen zu müssen. »Setz dich gern.«

»Danke.«

Doch er tätschelte nur weiter den Hundekopf, offenbar ebenso unsicher wie sie.

Sie starrte auf seine Lippen und versuchte, es nicht zu tun. Ein Schluck Wasser. Das Geräusch war ihr unangenehm. »Ich … soll ich Musik anschalten?«

»Klar, warum nicht?«

»Was hörst du gern?«

»Alles Mögliche.«

»Das hab ich nicht in der Playlist.« Vor allem war das Problem an ›alles Mögliche‹, dass so ziemlich jedes Lied auf Gottes schöner Erde einen irgendwie verfänglichen Text hatte. Herrje.

Sie schaltete das Radio an. *1FM* verriet wenigstens nicht zu viel über ihren Gemütszustand.

Alva drückte auf Play und stellte die Lautstärke so ein, dass die Musik blöde Schluckgeräusche übertönen würde, aber der Text nicht allzu deutlich war. Dann merkte sie, dass Jo immer noch bei Wilma hockte und sie selbst immer noch herumstand, als wüsste sie nicht, wohin mit sich. Was ungefähr der Wahrheit entsprach.

Sie klemmte sich auf die Sofakante, mit genügend Abstand zu Jo. Wobei, vielleicht war es gar nicht schlimm, wenn er mitbekam, dass sie ziemlich dringend genau da weitermachen wollte, wo sie das vorhin eben nicht getan hatten.

Sie hatte schon erfahren, dass sie mit Jo auf die angenehme Art schweigen konnte. Dies hier allerdings war eher die ratlose.

Jo streichelte Wilma, Alva drehte ihr Glas in den Händen. Worüber hatten sie sich auf ihrem Spaziergang unterhalten? »Was du vorhin gesagt hast, dass du selten aus der Stadt rausgekommen bist … das ist eher ungewöhnlich.«

Er hob die Schultern und verlor nicht einmal dabei das Gleichgewicht. »Wo ich herkomme, war es eher normal. Meine Mutter war alleinerziehend, wir hatten kein Sommerhaus oder so was. Und wir sind im Winter nicht zum Skilaufen ins Fjell gefahren.« Etwas lag hinter diesen Worten. Etwas, das ganz klar sagte: bis hierher und nicht weiter. Sie hätte die Frage nicht stellen sollen.

»Wo kommst du her? Vom Tonfall her würde ich sagen, Ostnorwegen.«

Er nickte. »Oslo.«

»Dann hattet ihr immerhin den Oslofjord und die schöne Innenstadt, wenn schon keinen Wasserfall.«

Amüsierte Resignation. »Kein Oslofjord, wo ich aufgewachsen bin. Da gab es Beton und Straßen und den 7-*eleven* an der Ecke neben der Tunnelbahn-Station.«

Sosehr sie es versuchte, sie konnte sich keine Kindheit vorstellen, in der es keinen Wald gegeben hatte, kein Ferienhaus wie ihres auf Selerøy, keine Berge und keine Bootsausflüge. »Was hast du den ganzen Tag gemacht?«

»Was man halt tut. Fernsehen, mit Kumpels abhängen, sich schlagen, Sport machen. Viel Sport.« Wieder das Ungesagte, das hinter den Worten schwebte. »Der Mann, dem der 7-*eleven* gehörte, hieß Hans. Er war ungefähr hundert Jahre alt und schimpfte den ganzen Tag. Als wir klein waren, haben mein Kumpel Zayed und ich da immer dieses Brausepulver in den Plastikfläschchen gekauft, die aussahen wie Früchte. Manchmal auch geklaut, wenn das Geld gerade wieder knapp war, wie eigentlich immer. Wir kamen uns total unauffällig vor. Erst viel später habe ich herausgefunden, dass Hans nicht so unaufmerksam war, wie ich dachte. Er war schon in Ordnung, Hans.«

Er grinste bei der Erinnerung, aber dahinter war immer noch dieses Durchgang-verboten-Schild, von dem Alva noch nicht einschätzen konnte, wo genau es stand – und was es schützte. Also sprach sie über sich, nichtssagende Sätze, nur um nicht wieder zu schweigen. »Ich mochte das Brausepulver mit Erdbeergeschmack. Aber ich hätte sie im Leben nicht gestohlen.« Bevor der *KiWi* in Lillehamn gebaut worden war, hatte es nur einen Tante-Emma-Laden gegeben.

»Nie?«

»Nein.«

Jo hatte sich zu ihr umgewandt. Jetzt saß er mit angewinkelten Knien seitlich vor dem Sofa und hatte einen Arm darauf abgelegt, sodass seine Hand beinahe ihr Bein berührte. »Hast du überhaupt nie was geklaut?«

Sie bemühte sich, nicht seine Hand anzusehen, aber eine halbe Sekunde genügte, um jedes Detail aufzunehmen: die hervortretenden Adern auf dem großen Handrücken, die langen, sehnigen Finger. »Nein. Wohl als einziges Kind der Welt, das ist mir klar.«

»Wirklich nie?«

Sie schüttelte den Kopf.

»Warum nicht?«

»Wie, warum nicht?«

Es wäre wesentlich einfacher gewesen, über eine Antwort auf seine Frage nachzudenken, wenn sich nicht ein Teil ihres Hirns schon wieder höchst engagiert darauf gestürzt hätte, seine Lippen zu studieren. »Ja, warum nicht? Bist du einfach ein guter Mensch, hattest du Angst vor der Hölle, warst du in den Sohn der Ladeninhaber verknallt?«

Sie kicherte. Sie ki-cher-te.

Sie fixierte Sehnen auf Handrücken, wurde hypnotisiert von Lippen und kicherte. Und sie konnte nicht mal nach Hause gehen, um sich in Sicherheit zu bringen.

Jo wartete auf ihre Antwort.

»Ich schätze, ich wollte meinem Vater keinen zusätzlichen Ärger aufhalsen.«

»Ich wittere ein wiederkehrendes Thema.«

»Du bist bestechend scharfsinnig.«

»Also kein heißer Schwarm?«

»Nein.«

Zwischen seinen Fingerspitzen und der Außenseite ihres Oberschenkels waren nur ein paar Millimeter. Ein paar Millimeter und Magnus und Jos Ex-Freundin und ein ganzes Leben, in dem Alva vom Rand aus zugesehen und aufgepasst hatte, dass alle versorgt waren.

Wenn Jo wenigstens neben ihr gesessen hätte, auf gleicher Höhe, nicht dort unten vor dem Sofa, wo er sie aus der denkbar ungünstigsten Perspektive sah. Doch er betrachtete nicht ihre kein bisschen definierte Kinnlinie, sondern seine Hand auf dem Sofa. Vielleicht auch ihr Bein oder gar nichts. Und sie betrachtete sein Gesicht von schräg oben. Die Stirn war entspannt, die steile Falte an der Nasenwurzel glatt. Die Haut auf der Oberseite seiner Lider sah weich aus.

Jo öffnete den Mund, atmete ein.

Alvas Herz schlug zu laut.

Jo schloss den Mund wieder.

»Was ist?«, fragte sie.

Er sah auf. »Danke, dass ich hier waschen kann.«

»Kein Problem.«

»Ich fange an, Lillehamn zu mögen.«

Alva nickte und lächelte. Lillehamn zu mögen. »Es ist ein schöner Ort.« Die Musik steigerte sich zum Crescendo.

»Mit schönen Menschen.« Er hatte das leise gesagt, in die lauter werdenden Bässe hinein. Wahrscheinlich hatte sie ihn falsch verstanden. Er fasste nach ihrer Hand.

»Welches Wäscheprogramm hast du jetzt eigentlich genommen?« Fußboden, tu dich auf. Sofort.

»Und dann?« Hanne wippte im Gehen auf und ab, um die kleine Marit zu beruhigen, die in der Babytrage vor sich hin muckelte. Alva hatte ihre Freundin zufällig auf der Straße getroffen, als sie Jo hinterhergesehen und Hanne ihre große Tochter von einem Freund abgeholt hatte. Spontan hatte sie beschlossen, Hanne, Ella und das Baby ein Stück nach Hause zu begleiten.

»Dann bin ich Idiotin aufgestanden, als hätte er nicht meine Hand genommen, sondern einen Knallfrosch unter meinem Hintern entzündet, und habe Chips geholt und Tee gekocht. Dann haben wir geredet, zwei Stunden lang, über nichts«, sagte sie.

Hanne seufzte. »Ach, meine Alva.«

»Was stimmt mit mir nicht, sag mal? Wir haben uns auf dem Berg fast geküsst. Wieso reagiere ich so panisch?«

»Weil irgendein Teil deines Unterbewusstseins Magnus immer noch nicht verdaut hat. Aber es muss lernen, dass nicht alle Männer so sind wie dein Ex.«

»Verrätst du mir auch, wie ich es davon überzeuge?«

»Kannst du bewusst gegensteuern, wenn du merkst, dass eine Panikreaktion in den Startlöchern steht? – Warte da vorn an der Straße, Ella!«

Ella war mit dem Fahrrad vorgefahren, aber manchmal vergaß sie noch, an der Kreuzung am Ende der Kongchristiansgate anzuhalten.

Alva hob die Schultern.

»Also erübrigt sich die Frage, ob ihr euch geküsst habt, vermutlich.«

»Leider ja. Falls ich da nichts falsch gedeutet habe und auf dem Berg wirklich was zwischen uns war, habe ich es wohl ruiniert.«

»Unwahrscheinlich. Wie lange, sagtest du, hat er in deiner Wohnung gesessen?«

»Seine Wäsche lief. Vermutlich wollte er nicht, dass ich seine Unterhosen in den Trockner werfen muss.« Ihr Selbstschutzinstinkt nickte wohlwollend. »Ich mache mir auch nichts vor; ich spiele wohl kaum in seiner Liga. Hast du seinen Körper gesehen? Hast du gesehen, wie er sich bewegt? Das ist jetzt nicht gerade der Typ Mann, der auf kurze Knubbelfrauen abf-«

»Ella, warte!« Hanne lief hinter ihrer Tochter her, aber mit dem protestierenden Baby vor dem Bauch war sie nicht sehr schnell. Stattdessen rannte Alva los und fing ihr Patenkind ein, bevor es auf die Straße rollen konnte, selbst wenn dort nur alle halbe Stunde ein Auto fuhr.

»Sorry«, sagte Hanne, als sie herangekommen war, »was wolltest du sagen?«

»War nicht wichtig.«

»Vielleicht möchte ich es dennoch hören?«

»Es war bloß … ich habe gesagt, dass große, trainierte Typen wie Jo in der Regel nicht auf kleine, dicke Frauen stehen.«

»O Gott, Schwester, du solltest wirklich an deiner Selbstwahrnehmung arbeiten.«

»Ich weiß, meine Lieblingsfreundin behauptet das.«

»Süße, würdest du mir bitte vertrauen, wenn ich dir sage, dass er ebenso scharf auf dich ist wie du auf ihn?«

»Ich bin überhaupt nicht –«

»Mama, was heißt das, ›scharf auf dich‹?«, fragte Ella, so laut, dass es garantiert halb Lillehamn gehört hatte.

Hanne grinste Alva an und wandte sich dann ihrer Tochter zu. »In diesem Fall heißt es, jemanden wirklich zu mögen und gern mit ihm zusammen zu sein.«

»Ach so! Dann bin ich scharf auf Theo. Uuuund auf Luis. Und auf Ida und Sofie. Und auf Elias, aber nur manchmal. Auf wen bist du scharf, Alva?«

»Auf …«, *niemanden*, war sie versucht zu sagen. Aber dann hätte sie Ella anlügen müssen, und sie hasste es, wenn man Kinder auf diese Weise verwirrte. »Auf jemanden, den ich kennengelernt habe und den ich sehr nett finde.«

»Wie heißt der?«

Wenn Alva jetzt ›Jo‹ antwortete, würde es morgen ganz Lillehamn wissen. Andererseits hatte ihre Nachbarin von gegenüber Jo aus dem Haus kommen sehen – die Vorstellung, das Geheimnis wahren zu können, war ohnehin utopisch. Doch Ella war schon wieder ganz woanders und verkündete, Elias hätte eine Kornnatter und sie wolle auch eine Schlange haben.

»Wir besprechen das in Ruhe zu Hause. Jetzt möchte ich erst mal mit Alva reden.«

»Schwörst du?«

»Bei meiner Ehre.«

Zufriedengestellt radelte Ella wieder los.

Hanne ließ keine Sekunde verstreichen. »Wir waren dabei, dass du scharf auf ihn bist.«

»Ich bin nicht scharf auf ihn!«

Hanne schnaubte.

»Okay, okay.« Alva senkte die Stimme. »Ich bin einigermaßen verknallt und finde ihn einigermaßen heiß. Aber das ist völlig egal, denn er ist nächsten Monat ohnehin wieder weg.«

»Na und? Was spricht gegen einen Mann für die nächsten drei Wochen? Gesunde sexuelle Grundversorgung hat noch keiner Frau geschadet.«

»Hanne«, zischte Alva und grüßte mit einem Lächeln und einem Kopfnicken in Richtung der alten Dame, die auf der anderen Straßenseite auf ein Kissen gelehnt aus dem Fenster sah. Himmel. Sie wollte noch in die Praxis gehen können, ohne dass der halbe Ort über ihr – nicht vorhandenes – Liebesleben Bescheid wusste.

»Was? Er macht durchaus den Eindruck, dass man mit ihm Spaß haben könnte. Du sagtest es selbst, der Typ ist fit.«

»Da hat er ja wohl auch noch ein Wort mitzureden. Außerdem ticke ich so nicht. Ich will keinen Mann für mal zwischendurch.«

Hanne spitzte die Lippen und deutete einen Kuss an. »Es würde ein bisschen Abenteuer und Zauber in dein Leben bringen, wenn du dich auf ihn einlassen würdest, das wäre alles. Ein bisschen … Wildheit. Und das Leuchten deiner Augen sagt mir alles, was ich zu dem Thema wissen muss.«

»Wildheit, ja?«

»Nenn es, wie du willst. Du bist doch diejenige, die den Dreißigster-Geburtstags-Blues hat, nicht ich.« Hanne blieb stehen. Sie war ernst geworden. »Ich sag dir was. Falls ich Ex-Magnus jemals wiedersehen sollte, haue ich ihm eine rein.«

»Ich bin es, die Jo ausgewichen ist, nicht Magnus.«

»Und warum?« Marit quiekte vor Schreck. Hanne schaukelte sanft auf und nieder und sprach dabei mit absurd singender Stimme weiter. »Weil dieser Volltrottel es geschafft hat, dein Selbstwertgefühl völlig in den Dreck zu treten.«

»Ich bin nicht blöd, Hanne, und ich habe einen Spiegel. Ich weiß, dass ich nicht so aussehe wie … Svea zum Beispiel.«

»Ich schreie dich gleich an. Als wäre man nur liebenswert, wenn man aussieht wie Svea. Du siehst aus wie du, und das ist sehr hübsch.«

Alva schnitt ihrer Freundin eine Grimasse. »Du weißt, was ich meine. Ich bin einfach nicht diejenige, für die sich Männer interessieren, schon gar nicht solche wie Jo. Es ist besser, wenn ich mich da nicht in was reinsteigere. Mit Jo, das ist gut so, wie es ist.«

Hanne schwieg.

»Außerdem will ich nicht ausschließen, dass ich mir einfach nur einbilde, in ihn verknallt zu sein, weil mich dieser blöde Gesellschaftsdruck so nervt. Mit dreißig musst du irgendwie Haus, Mann, Kind und Auto haben.«

»Vergiss die Einbauküche nicht.«

»Haus, Mann, Kind, Auto und Einbauküche. Aber was ist mit den Leuten, die das nicht haben können – oder wollen?« Hanne war damals dabei gewesen, als Alva die Diagnose bekam, nie auf natürlichem Weg Kinder bekommen zu können. Sie hatte Alva auch die Taschentücher gereicht, nachdem das mit Magnus in die Brüche gegangen war. Aber Hanne hatte eben das alles, was Alva nicht hatte. Hanne spürte den Druck nicht.

»Ich glaube nicht, dass das Leuchten in deinen Augen, wenn du von Jo sprichst, irgendwas mit all deinen merkwürdigen Ausflüchten zu tun hat«, sagte Hanne. »Du hast Angst. Aber nicht alle Männer sind wie Magnus. Weißt du noch, was meine Mutter früher immer gesagt hat?«

Alva war sechzehn gewesen und frisch frustriert, weil Kenneth aus der Zwölften sie – natürlich – nicht zur Kenntnis nahm. Und

Hannes Mutter hatte Waffeln gebacken und sich zu Alva und Hanne an den Küchentisch gesetzt. »Wisst ihr, meine Süßen, ich kenne ziemlich viele kompetente Mütter, die gute Söhne großziehen. Und irgendwo müssen die sein.«

»Deine Mutter ist eine kluge Frau, sie hat nur übersehen, dass sie meisten davon verheiratet oder mit mir verwandt sind.«

Hanne lächelte fein. »Streite es nur weiter ab. Seht ihr euch morgen?«

»Nein. Bo ist krank, es gibt morgen keine öffentliche Fütterung. Auch so wird es tough genug werden, die Residenten zu bespaßen und die Heuler zu versorgen. Wir brauchen dabei nicht noch Zuschauer.«

»Dann könntest du Jo für Ostern auf die Hütte einladen.«

Beinahe fing Alva an zu husten. »Was?«

Hanne zuckte die Schultern. »Annik hast du damals auch nach Selerøy mitgenommen.«

»Das war ja nun wirklich was anderes. Annik war meine neue Kollegin, ich wollte, dass sie sich in Lillehamn wohlfühlt.«

»Wäre nur fair, wenn Jo sich in Lillehamn auch wohlfühlen würde.«

»Ist klar. Bestimmt hat er richtig viel Lust, mit einer Horde fremder Leute Ostern zu verbringen.«

»Besser als allein im Hafen, oder? Ich gebe dir hiermit die offizielle Erlaubnis, ihn auf unsere Hütte einzuladen.«

Zehn

Der Schneeregen prasselte seit morgens um fünf schon auf die Fensterluke über Jos Bett, wo er den Tropfen beim Zerplatzen zusehen konnte, auf das Oberdeck, auf die ganze Welt. Kaum vorstellbar, dass er gestern noch mit Alva im Sonnenschein bei dem Wasserfall gewesen war. Es prasselte, floss, tropfte. Jo war sicher, dass er nicht mal das Steingebäude am Hafen sehen würde, wo er Wilma gefunden hatte.

Die FYF ruckte und schlug, als hätte sie allmählich genug davon, hier vertäut zu liegen und mit wenigen Zentimeter Spielraum von den Wellen geschüttelt zu werden. Jo auch. Sein Magen war nicht begeistert von dem stetigen Heben, Rucken, Senken. An diesen Teil hatte er nicht gedacht, als er die Idee mit dem Boot gehabt hatte, sondern nur daran, dass er auf dem Meer weg von allem sein und dabei genug zu tun haben würde, um nicht zu viel nachzudenken. Und dann hatte er diese Jacht aufgetrieben, und Kjersti hatte den Sponsoring-Deal mit *SkanJersey* aus dem Hut gezaubert. Es war eine Kurzschlusshandlung gewesen, nicht mehr. Aber immerhin hatte sie ihn nach Lillehamn gebracht.

Er checkte die Anzahl der neuen Abonnenten von *N'Core* (zufriedenstellend) und textete Kjersti, dass er ihre Meinung zu der neuen Windpark-Aktie brauchte. Danach war ihm endgültig schlecht. Seegang und das Fixieren naher Gegenstände zusammen waren eindeutig nicht gut.

Wilma stand winselnd und breitbeinig Balance haltend vor dem Bett. Vermutlich hatte er die Wahl zwischen genau zwei Möglichkeiten: in den Regen hinauszugehen oder sehr bald Hundekotze wegzuwischen. Wozu er sich hinunterbeugen müsste. Nicht gut.

»Ich komme, Wilma.«

Er schob sich von dem dreieckigen Bett im Bug, bis er mit den Fußspitzen den Boden ertasten konnte.

Wilma stupste ihn an und fiepte.

»Geh schon mal zur Tür. Wie soll ich mich anziehen, wenn du mir dabei zwischen den Beinen rumläufst?«

Der Hund verstand die Problematik nicht.

Jo angelte seine Jeans von der Bank in der Essecke. Er musste sich hinsetzen, um sie anziehen zu können, einbeiniges Stehen war vollkommen ausgeschlossen.

Bevor er in den Weltuntergang hinausging, hüllte er sich von Kopf bis Fuß in die teuren *SkanJersey*-Segelklamotten, die bisher unbenutzt im Spind neben dem Klo gehangen hatten, und schwitzte schon, als er den Reißverschluss der Jacke über dem Kinn schloss. Aber wenigstens von außen nass werden würde er in den Klamotten nicht. Automatisch griff er nach dem Telefon auf der Anrichte, bevor er das Boot verließ, stellte fest, dass der Akku leer war, und ließ es auf dem Charger.

Der Schneeregen hatte das Deck rutschig gemacht. Wilma winselte.

»Na, los. Nur ein paar Schritte.« Es gelang ihm, von dem schwankenden Boot auf den Steg zu springen und abzufedern.

Wilma stand breitbeinig und panisch auf dem sich hebenden und senkenden Deck. Jo sah sich schon ins eisige Hafenbecken springen, um sie zu retten und irgendwie mit ihr zum Ufer zu paddeln.

»Komm, Wilma. Du schaffst das.«

Fiepen antwortete ihm.

»Zwei Sekunden Mut. Komm.«

Endlich sprang sie, schlitterte, jaulte, und es gelang ihm gerade so, sie abzufangen, bevor sie auf der gegenüberliegenden Seite des Stegs tatsächlich ins Meer rutschte. Aber fallen konnte er, und er fing Wilma ein, damit sie es eben nicht tat.

Als große, nasse Flocken klatschte ihm der Niederschlag ins Gesicht, während er an der Wasserkante entlangstapfte. Es war großartig. Jo strich die Kapuze zurück und ließ sich nass regnen. Wilma zeigte dafür keinerlei Verständnis, sie weigerte sich, weiter als hundert Meter zu gehen. Sobald er Anstalten machte, wieder in ihre Richtung zu kommen, lief sie zurück zum Boot, ohne sich auch nur nach ihm umzudrehen. Neben der Jacht blieb sie stehen.

Gegen seinen Willen musste Jo lachen. »Sonst geht's noch?«

Sie klemmte den Schwanz zwischen die Hinterbeine und sprang aufs Deck, sobald Jo herangekommen war.

»Du bist echt ein kleiner Schisser.«

Er trocknete sie ab und legte ihr eine alte Zeitschrift zum Zerfetzen auf die Sitzbank. Ein Blick auf sein Smartphone zeigte ihm, dass ein kabelloser Charger auf einem schwankenden Boot keine besonders kluge Idee war. Irgendwo in einer der unteren Schubladen hatte er noch ein Ladekabel. Auch das Hinunterbeugen gehörte, nun, nicht zu den besten Einfällen aller Zeiten.

Ob Wilma mitkam oder nicht – er brauchte frische Luft und Bewegung.

Draußen hatte der Schneeregen noch zugelegt. Eisig biss er Jo in die Wangen und brannte ihm auf der Stirn. Der Wind heulte, Wellen krachten ans Ufer, Gischt spritzte hoch. Und Jo war ein Teil dieser grandiosen Lebendigkeit. Eine Gruppe Silbermöwen stob auf, als er sich näherte. Eine zischte so dicht über seinem Kopf hinweg, dass er die gelben Augen und den leicht geöffneten, gekrümmten Schnabel sehen konnte, bevor er unwillkürlich den Kopf einzog. Er hatte nicht gewusst, dass Möwen so groß waren.

Er stieg über die mit im Regen leuchtend grünem Moos bewachsenen Steine am Ende des Strands, sah sich um und fand zwischen ein paar nackten Büschen den Trampelpfad über die Schafweide. Die Schafe, die am Vortag so neugierig gewesen waren, standen mit gesenkten Köpfen unter einer Kiefer eng beieinander. Vermutlich war er ein bisschen seltsam, dass er freiwillig hier draußen im Regen herumlief, aber je nasser ihm die Haare am Kopf klebten und je kälter seine Nasenspitze wurde, desto wacher fühlte er sich.

Aber wach oder nicht – es half ihm nicht, was die Sache mit Alva anging. Vielleicht war es ganz gut, dass nichts weiter zwischen ihnen passiert war, als er dort gewaschen hatte. Also, nichts bis auf die Tatsache, dass er ihr die Hälfte der Zeit auf diese hinreißenden Lippen gesehen hatte, um zu vermeiden, dass sein Blick sich zu anderen berückenden Körperteilen verirrte, und die andere Hälfte über recht viel Unsinn geredet hatte. Schließlich war von Anfang an der Plan gewesen, hier keinerlei Bindungen einzugehen. Jetzt musste er sich nur noch selbst dran halten und nicht zulassen, dass sie ihn zu sehr *unter ihre Fittiche* nahm. Der Begriff passte so zur Reaktion seines Körpers allein auf den Gedanken an Alva, dass er lachen musste.

Der Seegang hatte nachgelassen, als Jo zwei Stunden später das Schiebeluk hochschob. Wie es aussah, hatte Wilma nichts Verbotenes gefressen – was möglicherweise daran lag, dass er langsam lernte, nichts liegen zu lassen. Dafür war das Sportmagazin jetzt vollends zerfetzt. Nun, darum war es nicht besonders schade.

Mit dem trommelnden Regen und dem in den Wanten klirrenden Wind war es unsagbar laut in der Kajüte, während er seine Kleidung zum Abtropfen in die Dusche hängte. Sein Spiegelbild zeigte ihm einen Typen mit roter Nase und nassen Strähnen. Der Typ grinste.

Sein Telefon war aufgeladen und dennoch jammervoll dunkel. Alva hatte nicht geschrieben. Gut, genau genommen hatte er auch nicht geschrieben, und unter erwachsenen Menschen sollten Spielchen unnötig sein. Ein bisschen erbärmlich, wie erlösend der Gedanke war, dass Alva bei ihren Robben zu tun hatte. Ihr Schweigen hatte nichts damit zu tun, dass sie ihn nicht mochte. Keine Bindungen eingehen. So viel dazu.

Vor einem halben Jahr noch hätte er jeden ausgelacht, der sich anstellte wie er jetzt. Erschreckend, wie viel von seinem Selbstbewusstsein und vielleicht sogar seiner geistigen Gesundheit anscheinend an Aki Lundahl, Star-Rechtsaußen, gehangen hatte.

Erst jetzt merkte er, wie hungrig er war. Im Klappschrank über dem Herd waren Zwiebeln, Nudeln, Stockfisch, Bohnen, Röstzwiebeln. Eine halbe Tüte Rosmarin-Chips. Fürs Erste nahm er die Chips. Richtig kochen konnte er dann immer noch.

Ein Königreich für eine Badewanne. Alva war nicht nur von oben bis unten nass und unterkühlt, sondern musste auch dringend den Fischgestank aus der Nase bekommen, der heute irgendwie schlimmer zu sein schien als sonst. Nur Nina, die Tierpflegerin Silje und sie waren da gewesen. Sie hatten jedes Gehege gereinigt, jeden Fisch persönlich verfüttert, jeden Heuler gewogen. Inzwischen war Nina sicher, dass Hope durchkommen würde. Es war ein guter Tag gewesen.

Nach einer ausgiebigen Dusche schlüpfte Alva in ihren Pyjama und setzte sich mit Socken, Decke, Teetasse und Buch aufs Sofa. Und mit ihrem auf lautlos geschalteten Smartphone. Was hatte sie schon zu verlieren, wenn sie Jo schrieb und er sie nicht wiedersehen wollte?

Sie las ein paar Seiten, blickte aus Versehen aufs Smartphone, trank Tee und formulierte im Hinterkopf Nachrichten an Jo. Natürlich sah sie nur zufällig gerade in Richtung Display, als es zu blinken begann. Beim Anblick von Jos Namen machte ihr Herz einen Satz.

Wie geht's den Robben?

Sie wusste nicht, warum die Frage sie beinahe enttäuschte. Es war doch aufmerksam, dass er sich daran erinnerte, wo sie ihren Sonntag verbracht hatte.

Gut. Und Wilma?

Wilma ist fit. Sie hat hier nur faul rumgelegen. Ich war beim Wasserfall. Heute ohne dass jemand verloren geht.

Und auch ohne dass sich jemand beinahe küsste. Vor gerade vierundzwanzig Stunden hatte Jo auf diesem Sofa gesessen. Sie hatten erzählt und gelacht.

Hört sich gut an, könnte sie schreiben. Oder: *Super*. Oder irgendwas anderes Nichtssagendes. Aber nichts von dem war das, was sie wirklich beschäftigte: dass sie an Jo dachte. Nicht erst seit gestern, aber seit gestern ziemlich ununterbrochen – zumindest, wenn sie sich gestattete, es zu bemerken.

Sie dachte an seine großen Hände mit den langen Fingern und den fein gezeichneten Adern auf dem Handrücken. An seine Lippen. An die Fältchen in seinen Augenwinkeln, wenn er lächelte. Daran, dass sie sich bei ihm angenommen fühlte. Und … okay, auch an seinen Hintern.

Smule hat nach dir gefragt.

War er sehr enttäuscht?

Alva lachte. Während sie noch über irgendeine nicht vollkommen geistlose Antwort sinnierte, traf die nächste Nachricht von Jo ein.

Ich habe nachgedacht, als ich auf euren Hausberg gelaufen bin. Ich glaube, ich würde das Frontstage gern kennenlernen.

Obwohl dort ganz Lillehamn versammelt sein könnte?

Ich hab kein Problem mit Menschen. Du?

Überhaupt keins. Willst du jetzt sofort hin?

Hab gleich noch eine Telefonkonferenz. Passt es dir morgen?

Was für eine Telefonkonferenz hast du am Sonntagabend?, wollte sie schreiben, ließ es aber. Sie konnte ihn im *Frontstage* fragen, falls es ihr wichtig genug war. Okay, falls sie bis dahin vor sich selbst zugab, neugierig wie ein Oktopus zu sein.

Sie überschlug schnell ihren Zeitplan. Morgen, am Montag, war Team-Meeting, und danach hatte sie Nina versprochen, bei der Abendfütterung zu helfen. Dienstag war Bo hoffentlich wieder gesund, aber sicher hatte er es nicht sagen können. Und Krister hatte den Besuch irgendeines Finanzexperten für Dienstag auf den Plan geschrieben, mit dem er ein paar Praxiserneuerungen durchrechnen wollte – jetzt, da in Fuglesang die Konkurrenz wuchs. Alva fand Espens Weigerung, einfach mit Madalena zu sprechen, nach wie vor kindisch, aber nun, sie wusste nicht, was zwischen den beiden wirklich schiefgelaufen war.

Schließlich schlug sie Jo den Mittwoch vor. Es dauerte ganze siebzehn Sekunden, bis er antwortete:

Ich freue mich.

Am Montag hatte der Dauerregen aufgehört, und die Arbeit bei den Robben machte gleich doppelt Spaß. Ein paar Tage noch, und man würde spüren können, dass der Frühling kam.

»Wir können Ginger und Fred am Mittwoch auswildern«, sagte Nina. »Bist du dabei? Bo ist die Woche noch außer Gefecht.«

Ginger und Fred waren zwei junge Kegelrobben, die ersten, die in diesem Jahr nach einem Sturm in Sola am Strand gefunden worden waren. »Klar«, sagte sie. Auswilderungen gehörten zu den schönsten Momenten mit den Robben. Zu spät fiel ihr ein, dass sie abends mit Jo verabredet war, wo sie auf keinen Fall erschöpft und verzottelt auftauchen wollte. Es sei denn …

»Kann ich jemanden mitbringen?«

»Wenn er anpacken kann«, sagte Nina nur.

Alva wusste selbst nicht, was sie davon abhielt, einfach bei Jo ans Boot zu klopfen, um ihn zu fragen, ob er mitkommen wollte. Es war nicht so, dass sie ihn nicht sehen wollte, ganz im Gegenteil. Warum also? Wovor bei allen gestreiften Robben hatte sie Angst?

Nachdem sie zu Hause ausgiebig geduscht und sich einen Tee gekocht hatte, nahm sie ihr Telefon und öffnete Jos Chatfenster. *Süße, würdest du mir bitte vertrauen, wenn ich dir sage, dass er ebenso scharf auf dich ist wie du auf ihn?*, klang Hannes Stimme in ihrem Kopf. Es wurde Zeit, das Zögern aufzugeben.

Am Mittwoch traute sich die Sonne endlich richtig hinter den Wolken hervor. Alvas Atem kondensierte auf dem Weg zur Praxis immer noch vor ihr in der Luft, aber die Luft roch nach Frühling. Der Regen, der das Land die letzten Tage über mit einem dichten Grauschleier nach dem anderen überzogen hatte, war verschwunden, und zurückgeblieben war nur üppige Feuchtigkeit, die die Farben der Krokusse und Forsythien umso mehr zur Geltung brachte.

Den Vormittag über gelang es Alva halbwegs zu verdrängen, dass sie aufgeregt war, aber mittags fragte Svea: »Hast du heute noch was vor?«, während sie nebeneinander ihre Schuhe anzogen, um zu Jamal zu gehen.

»Wir wildern heute Ginger und Fred aus«, was nicht der Grund war, dass ihr Herz Purzelbäume schlug. »Und danach will ich ins *Frontstage*.«

»Allein?«

»Mit einem Bekannten. Warum?«

»Nur so. Du lächelst den ganzen Vormittag schon vor dich hin, und ich dachte, bestimmt freust du dich darauf, später einen … *Bekannten* zu treffen.«

»Ich freue mich auf Ginger und Fred. Auswildern macht mich immer glücklich.«

»Alva Solberg.« Selbst wenn Svea über das ganze Gesicht grinste wie jetzt, war sie noch umwerfend schön. »Wer von uns beiden ist in Lillehamn aufgewachsen, du oder ich? Glaubst du nicht, es hat sich längst rumgesprochen, dass du mit dem Typen, der jedes Wochenende deine Robbenshow ansieht, was am Laufen hast?«

»Wir haben nichts am Laufen.«

Svea richtete sich auf. »Dann hat mir Brit Jansson beim Blutabnehmen wohl Lügen erzählt, als sie meinte, sie hätte dich mit einem großen, breitschultrigen Mann den Hausberg hinaufwandern sehen.«

Alva öffnete den Mund.

»Und Lotta Eriksson hat beobachtet, wie du dich am Hafen nicht trennen konntest.«

Wieder versuchte Alva, dazwischenzukommen, aber Svea hatte so viel Spaß an der Sache, dass sie trotz Alvas Luftholen einfach weitersprach. »Und Rose –«

»Was hast du jetzt wieder mit Rose zu tun?«

»Rose ist Marius' Tante, hast du das vergessen?«

Klar. Marius, der einzige männliche Auszubildende der Praxis, arbeitete meist mit Svea im Labor. Und er war auch der Neffe von Alvas Nachbarin Rose. Manchmal machte dieser Ort sie wahnsinnig.

»Jedenfalls«, sagte Svea fröhlich, »hat Rose erzählt, dass du am Samstag Besuch von einem, ich zitiere, *ziemlich scharfen Schnuckelchen* hattest. Ich bin versucht, heute Abend ins *Frontstage* zu kommen, um mir den Mann mal anzusehen.«

»Untersteh dich.«

»Keine Sorge.« Svea lachte. »Dein Bruder wünscht sich sehnlichst, wieder mal beim Tennis verlieren zu dürfen, und wie könnte ich ihm diesen Wunsch abschlagen?«

»Sei nicht zu hart zu ihm.«

»Er braucht das.« Svea warf den Satz locker hin, mehr als Witz, aber Alva hörte die Ernsthaftigkeit darunter. »Bringst du dein scharfes Schnuckelchen denn wenigstens Ostern mit auf Hannes Hütte?«

Alva lachte verzweifelt auf. »Was stimmt nicht mit euch allen, sag mal?«

»Hanne hat gesagt …«

»Und ich habe gesagt«, sie fing den neugierigen Blick einer alten Dame aus dem Wartezimmer auf und sprach leiser weiter, »und ich habe gesagt, ihr könnt aufhören, euch in mein Leben einzumischen.«

»Keine Chance. Lillehamn hat mich gründlich assimiliert. Hier gehört es zum guten Ton, sich einzumischen. Wollen wir los?«

Nebeneinander gingen sie die wenigen Schritte zu *Jamal's Place*. Aber wenn Alva gedacht hatte, ihre Schwägerin ließe das Thema ruhen, hatte sie sich getäuscht. »Ernsthaft«, sagte Svea. »Nimm ihn doch einfach mit. Annik hast du damals auch –«

»Du solltest aufhören, dich mit Hanne zu unterhalten.«

»Was hast du zu verlieren, wenn du ihn fragst?«

Nichts, dachte Alva. Zumindest rational. Emotional wäre ein Nein von Jo – oder schlimmer noch: ein irritiertes Auflachen – etwas, das ihr angeschlagenes Selbstbewusstsein nicht gut verkraften würde. »Es wäre ein bisschen merkwürdig, oder? Ich kenne Jo selbst kaum.«

»Du musst noch viel lernen, Schwägerin. Frag Espen und mich mal. Man kann auch mit Leuten schlafen, die man kaum kennt.«

»Ich dachte, wir seien dabei, dass er mit auf die Hütte kommt, und nicht gleich beim Sex.«

Svea zuckte die Schultern. »Wie lange willst du warten? Der Typ wird ja nicht ewig hierbleiben, oder?«

Die Sätze blieben in Alvas Bewusstsein hängen, machten sich breit und taten nach nur wenigen Stunden so, als wären es ihre eigenen. Bei ihrer letzten Patientin ließ Alva sich von Espen vertreten, der nicht mal deswegen nörgelte, und eilte zur Marinestation. Wie lange wollte sie warten? Bis Jo davonsegelte und sie sich selbst stolz auf die Schulter klopfen konnte, weil sie darin bestätigt worden war, uninteressant zu sein? Es hatte ihn nicht abgeschreckt, sie in Robbenklamotten gesehen zu haben. Und ihre Stimme brachte seinen Kopf zum Summen. Wer konnte das sonst schon von sich behaupten?

Jo wartete schon vor dem Eingang, passend in ozeantaugliche Segelkleidung gehüllt. Seine Nasenspitze war entzückend rot von der Kälte. »Hi.«

»Hi.« Alvas Stimmte kiekste ein wenig. Sie umarmte Jo zur Begrüßung. Svea wäre hoffentlich stolz auf sie.

Jo erwiderte die Umarmung – einen Hauch zu fest und zu lange für eine bloße Begrüßung, und sie spürte seinen Atem in ihren Haaren. Signal genug für ihr Herz, um sich zu benehmen, als sei es selbst soeben ausgewildert worden.

»Und jetzt?«

»Du kannst nicht mit in den Quarantänebereich.« So romantisch. »Wir bringen die Robben in ihren Transportkörben raus, und dann kannst du gern da vorn an der Einfahrt helfen, sie einzuladen.«

»Es ist sicher okay, wenn ich mitkomme?«

Alva gelang ein lässiges Schulterzucken. »Gehört zum Touristenprogramm hier.«

Nina begrüßte Jo kurz danach nur mit einem knappen Nicken. »Unser größter Sponsor. Danke.«

»Kein Problem. Ist ja für einen guten Zweck.«

Alva bot Jo mit seinen langen Beinen den Beifahrersitz an, nachdem sie die Robben eingeladen hatten, aber er schüttelte den Kopf und faltete sich auf die Rückbank. Silje würden sie direkt an der Selerøy Marina treffen.

Nina steuerte den Transporter auf die Straße und warf einen Blick in den Rückspiegel. »Sag mal, woher kenne ich dich?«

Alva drehte sich um. Sie sah gerade noch, wie Jo ein Unschuldslächeln anknipste. »Keine Ahnung. Vielleicht sind wir uns schon mal in der Robbenstation begegnet.«

Er zwinkerte ihr zu, und sofort kitzelte das kicherige Lachen ihr wieder in der Kehle.

»Vielleicht.« Nina wirkte nicht überzeugt.

Eine weitere Frage auf der Liste von Detektivin Alva Solberg.

An der Marina wartete Silje bereits mit dem Handwagen, auf den sie die Körbe mit Ginger und Fred wuchteten, um sie zum Boot zu bringen.

Ohne dass man ihn anweisen musste, verstand Jo, wo er gebraucht wurde, nachdem Nina ihm bedeutet hatte, mit ihr auf die Motorjacht zu steigen. Alva und Silje hoben die Kisten mit den Robben eine nach der anderen, so hoch sie konnten, und Jo nahm sie von oben entgegen, als hätte er nie etwas anderes getan.

Der Handwagen blieb am Pier stehen. Als Alva an Bord sprang, schob Nina eben die Kisten nebeneinander. Jo reichte ihr ein Ende des Spanngurts an, mit dem sie die Kisten immer sicherten, und Nina zog es fest. »Danke für die Hilfe.«

So selbstverständlich, als gehörte er zum Team, setzte Jo sich kurz darauf im Heck neben Alva. Nina steuerte das Boot, und Silje war auf der Sitzbank gegenüber damit beschäftigt, die wogende Wasseroberfläche zu betrachten.

»Wie weit fahren wir raus?«, fragte Jo. Der Fahrtwind zauste die blonden Spitzen, die an seiner Stirn unter der Mütze hervorragten.

»Eine halbe Stunde ungefähr. Da gibt es eine Insel, wo kaum jemand je hinkommt und die perfekt zum Auswildern ist. Erstens ist ganz in der Nähe eine Kegelrobbenkolonie, zweitens kann man gut anlegen, und drittens fällt einer der Felsen so sanft ab, dass auch die jungen Robben leicht ins Wasser und wieder herauskommen.«

»Und dann lasst ihr sie da einfach, und sie kommen klar, obwohl sie bisher gefüttert worden sind?«

Alva nickte. »Wundert mich auch jedes Mal wieder, aber ja. Die wissen, wie sie Fische fangen und Freunde finden. Und irgendwie kommen sie auch mit Stürmen und Gezeiten klar.«

Sie musste sich selbst immer wieder daran erinnern. Jeweils zu zweit trugen sie die Kisten über die Insel, der Größe wegen Nina mit Jo und Alva mit Silje. Während sie unter dem Gewicht von Gingers Kiste keuchte, machte Jo vor ihr eher den Eindruck, dass er Ninas Hilfe eigentlich nicht gebraucht hätte. Erstaunlich, dass sie fast dreißig werden musste, um zu erkennen, wie sexy sie Körperkraft und physische Präsenz fand.

Nebeneinander standen die Kisten schließlich in der Nähe des Wassers.

»Auf drei?«, fragte Nina.

»Eins«, sagte Silje.

»Zwei.«

Nina gab mit »drei« das Signal, und sie kippten die Kisten um und schlugen die Deckel nach oben. Natürlich war es nicht notwendig, das Öffnen so genau zu koordinieren, aber es machte Spaß und war inzwischen zum Ritual geworden.

»Los, Ginger!«

»Schneller, Fred!«

Den Jungrobben war es vollkommen egal, ob ihre Menschen sie anfeuerten. Sie bewegten sich, so schnell sie konnten, aufs Wasser zu, angezogen von ihrem natürlichen Element, der Wildheit des Ozeans. Heute war das Meer freundlich zu ihnen, aber irgendwann, morgen schon oder übermorgen, würden sie lernen, mit Seegang klarzukommen. Sie würden Dorsch und Hering fangen und vielleicht einen Oktopus. Sie würden auf andere Robben stoßen und sich einen Platz in der Kolonie erobern. Und die Erinnerung daran, dass es je Menschen gegeben hatte, die sie versorgt hatten, würde in dem Maße verblassen, in dem die graue, nasse Wildnis sie wieder als Teil ihrer Selbst aufnahm.

Alva, Jo, Nina und Silje sahen zu, wie die beiden Robben davonschwammen, abtauchten, wieder hochkamen und weiterschwammen.

Schließlich schlug Nina die Handschuhspitzen aneinander. »Das war's.« Sie wandte sich zum Gehen, Silje folgte ihr.

»Das war's«, sagte Alva und zog die Nase hoch. Jedes Mal wieder. Himmel. Möglichst unauffällig wischte sie sich die Augen trocken. Es war nicht mal irgendein Abschiedsschmerz, der sie heulen ließ. Es war … das Wilde. Irgendetwas daran berührte sie so tief, dass sie nicht einmal ein Wort dafür hatte.

Jo stand immer noch neben ihr, sah aufs Wasser hinaus und tat, als hätte er nichts bemerkt. Schließlich bot er ihr die Hand an. »Sie sind zu Hause.«

»Ich weiß.« Und dann nahm sie Jos Hand, ganz selbstverständlich, und trotz der Handschuhe fühlte es sich an, als würde er ihre Haut berühren.

Elf

Nachdem sie die Robben aufs Meer gebracht hatten, ging Alva nach Hause, um sich fürs *Frontstage* zu duschen und frisch anzuziehen.

Sie schlüpfte in eine von Svea offiziell abgesegnete, sehr gut sitzende Jeans. Auf dem rechten Oberschenkel war ein Fleck, vermutlich von der Pommes frites, die ihr neulich daraufgefallen war. Wie war diese Hose in den Schrank gekommen? Und wieso gehörte Alva zu den Menschen, denen so was immer erst zu spät auffiel? Der Mascara war auch alle, natürlich. Dunkelroten Lippenstift, passend zum gerippten Longsleeve, Haare mit der Wunderpaste kneten … ach ja, Haarspray hatte sie noch kaufen wollen. Egal. Es musste jetzt so gehen. Im *Frontstage* war es schummrig.

Sie plante ihre Ankunft im *Frontstage* so, dass sie fünf Minuten zu spät kam. Nicht ärgerlich für Jo, aber auch nicht so, dass es bedürftig wirkte.

Sie sah ihn von Weitem. Er kam aus Richtung des Hafens, als sie aus der Kongchristiansgate auf die Hauptstraße bog, die Kapuze des Hoodies weit in die Stirn gezogen und den Jackenkragen hochgeschlagen. Seine Antwort auf ihre Frage, warum er bisher nicht im Frontstage gewesen sei – *vielleicht, weil es der Treffpunkt von Lillehamn ist* –, kam ihr in den Sinn.

Doch er grinste unter seiner Kapuze hervor, als sie gleichzeitig am Eingang der Bar eintrafen. »Fünf Minuten zu spät, damit du nicht warten musst?«

Alvas angesammelte Nervosität platzte in einem Lachen heraus. »Trickreich, oder?«

»Sehr. Hätte von mir sein können.«

Wieder quoll das Lachen hoch. »Gehen wir rein?«

Jo nickte.

Im selben Moment traten sie auf die Tür zu, aber bevor sie zusammenstießen, machte er einen Schritt zurück. Erst im Inneren des Pubs fiel Alva seine eigenartige Wachsamkeit auf. Normalerweise betrachteten Leute, die das erste Mal herkamen, den in Gold und Braun gehaltenen Raum mit der langen Theke und der gegenüberliegenden Wand voller Spiegel. Alva war wahrhaft keine Expertin, was Bars und Clubs anging, aber sie hatte oft genug gehört, dass das *Frontstage* eine besondere Atmosphäre hatte, um es zu glauben. Doch Jo schien den Raum eher zu scannen, als zu bewundern. Wonach suchte er? Oder vor was war er auf der Hut?

»Wollen wir uns dort in die Ecke setzen?«

Alva hätte die Bar vorgeschlagen. Irgendwie war das informeller, als gemeinsam an dem schummrigsten Tisch im Raum Platz zu nehmen. Aber sie nickte. »Klar.«

Jarik hob die Hand. »Hey, Alva.«

»Geht's dir gut?«, fragte sie an den beiden Typen vorbei, die an der Bar standen.

»Alles bestens. Bei dir?« Jariks Blick ging unverhohlen zu Jo, der so tat, als bemerkte er es nicht, und stattdessen nun doch die goldgerahmten Spiegel an der Wand betrachtete.

»Bei mir auch«, sagte Alva schnell. »Wir sitzen dahinten. Können wir vom Tisch aus bestellen?«

Jarik nickte. »Sicher. Ist ja nicht so viel los. Ich schicke dir Lucas gleich vorbei.«

Alva folgte Jo durch den Raum – und vorbei an halb Lillehamn. Was zum Geier hatte sie sich dabei gedacht, sich ausgerechnet hier mit ihm zu verabreden? Ihre Cousine Linnea stand mit ein paar anderen Leuten an einem der drei Stehtische. Alle wippten zur Musik und grinsten unverhohlen herüber. Linnea hielt sogar einen Daumen in die Höhe.

›Was?‹, fragte Alva mit den Lippen. Bedenklich, wenn es so eine Wahnsinnsattraktion war, dass Alva Solberg mal mit einem Typen hier auftauchte.

Linnea grinste nur und hob beide Hände in einer Unschuldsgeste.

Entweder bemerkte Jo die Blicke nicht, oder er war ziemlich gut darin, das vorzugeben. Er setzte sich mit dem Rücken zum Raum und überließ ihr den Platz an der Wand.

Alva setzte sich, während die Leute ringsum sich wieder ihren jeweiligen Grüppchen und Gesprächspartnern zuwandten.

»Du wirst in nächster Zeit viele Fragen beantworten müssen.« Die Hände hatte er locker vor sich auf dem Tisch gefaltet.

Weil es der Treffpunkt von ganz Lillehamn ist. Ninas Frage, Jos ausweichende Antwort. Jariks Blick. Selbst Linneas erhobener Daumen passte ins Bild. Irgendwas ging hier gerade an Alva vorbei. »Verrätst du mir was?«

»Kommt drauf an.« Und dieses flirtige Unschuldsgrinsen samt weißer Zahnreihe passte auch ins Bild.

»Du solltest meinen Zwillingsbruder kennenlernen. Er kann noch glatter lächeln als du – und zwar umso hübscher, je weniger er sich in die Karten sehen lassen will.«

»Wenn du willst, schaue ich ernst.« Bis auf ein ganz leises Zucken um den Mund jedenfalls. Doch dann wurde das Zucken stärker, seine Schultern fingen an zu beben, und Alva lachte ebenfalls auf.

»Arbeite dran. Das wird.« Unbewusst hatte sie ihre Hände in einer Spiegelung seiner Geste ebenfalls locker gefaltet auf den Tisch gelegt, ihre Fingerspitzen waren bloß Zentimeter von seinen entfernt.

Jos Kapuze war nach hinten gerutscht und hatte die Haare unordentlich zurückgelassen. Oder vielleicht nutzte er dieselbe Wunderpaste für den kunstvoll zerstrubbelten Look. Zugetraut hätte Alva es ihm. »Los, stell deine Frage.«

Doch bevor Alva sie formulieren konnte, trat Lucas an den Tisch. Sie kannte ihn noch als kleinen Jungen, der vor dem Muttertag die Blumen vor der Praxis geklaut hatte, als die noch ihrem Vater gehört hatte. »Hi. Was kann ich euch bringen?«

»Svea meinte, ihr hättet seit Neuestem Portobello-Burger, die ich unbedingt probieren müsste. Ich traue der Sache ja noch nicht, aber …«

»Sie sind wirklich gut.«

»Einen davon für mich. Was ist mit dir, Jo?«

»Ich nehme auch einen. Ohne Brötchen, mit Salat, wenn das geht.«

Lucas nickte, und dann blieb sein Blick an Jo hängen. »Kenne ich dich, weil ich dich kenne oder weil du berühmt bist?«

Jo zögerte keine Sekunde. »Ich bin der Typ aus der Oberstufe, der was von deiner großen Schwester wollte.« Er zwinkerte Lucas zu.

»Aber ich habe keine große … oh. Tut mir leid, ich wollte nicht neugierig sein.«

»Schon okay. Ich nehme noch ein alkoholfreies Bier.«

Nach Nina, Jarik und Linnea jetzt also auch noch Lucas. Vermutlich hatte Jo einen YouTube-Kanal mit einer Million Followern oder so was, und sie hatte natürlich wieder mal keine Ahnung. »Mir eine Flasche von Jariks legendärem Schokoladenbier.«

Lucas sah Jo immer noch nachdenklich an, aber Alva zog in einer hoffentlich gelungenen Imitation von Kristers Arroganz die Augenbraue nach oben und bedeutete ihm mit einem Kopfnicken, zu verschwinden.

Als er gegangen war, lehnte sich Jo seufzend zurück. »Ich hab mal Handball gespielt. Ziemlich hoch. Und ich dachte naiv, der Bart würde reichen, damit mich niemand erkennt. Beantwortet das deine Frage?«

»Ja.« Leider fehlte ihr bloß jeder Referenzwert, mit dieser Eröffnung umzugehen. Handball bedeutete ihr nichts, und sie hatte wenig Verständnis für jede Form von Ehrfurcht Prominenten gegenüber. Vielleicht, weil sie damit zu tun gehabt hatte, ihre Familie zusammenzuhalten, während die anderen Mädchen aus der Klasse die *Live!* lasen.

Jo griff nach einem der Bierdeckel und drehte ihn in den langen Fingern. Er sah Alva nicht an. »Willst du noch was wissen?«

»Keine Ahnung«, sagte sie ehrlich. »Ich treffe selten ehemalige Handballspieler. Aber immerhin weiß ich jetzt, warum du nicht herkommen wolltest.«

Jo, derselbe Jo, der mit großer Geste jeden Sonntag fünfhundert Kronen spendete, der heute Nachmittag geholfen hatte, als wäre er Teil des Teams, der – jetzt konnte sie es endlich benennen – immer oszillierte zwischen seiner natürlichen Präsenz und dem erfolglosen Versuch, unsichtbar zu werden, derselbe Jo wirkte jetzt fast schüchtern. »Ich hätte es dir eher sagen sollen. Aber mir gefiel es irgendwie, dass du … also … normalerweise bin ich mir nie ganz sicher, ob die Leute Zeit mit mir verbringen wollen, weil sie hoffen, dass ein bisschen Glanz auf sie abstrahlt, oder weil sie … mich … gernhaben.«

Die letzten Worte waren begleitet von einem vorsichtigen Lächeln und über der Hintergrundmusik und den Gesprächen kaum zu hören, und Alva hatte Jo in diesem Augenblick einfach nur unfassbar gern. Immer noch betrachtete er seine Finger, die den Bierdeckel drehten, dann schielte er zu ihr hoch.

Und sie suchte immer noch nach den richtigen Worten. »Ich wusste nicht, wer du bist«, sagte sie schließlich ein bisschen hakelig, »und trotzdem habe ich dich gefragt, ob du mit zum Auswildern willst.«

»Du kümmerst dich ja auch gern um Leute.«

»Das stimmt.«

»Ich fand das Auswildern ziemlich spannend.« Immerhin sah er sie wieder an. Trotzdem: In die so richtig ganz romantische Richtung lief dieses Gespräch noch nicht. *Wie lange willst du warten?* Danke für den Tipp, Svea, aber da gehören immer noch zwei dazu.

»Ist es jedes Mal wieder. Die ersten Tage bin ich auch immer versucht, die Transponder von den Tieren abzurufen, um sicherzugehen, dass sie klarkommen. Was ist?« Jo hatte bei ihren letzten Worten angefangen zu grinsen.

Das Grinsen wurde breiter, und an seinem Mundwinkel entstand wieder diese Kerbe. »Du bist unglaublich.«

»Wieso bin ich denn jetzt unglaublich?«

Sein Grinsen wurde zum offenen Lachen. »Alva, die sich um Lillehamn kümmert. Sogar um die Robben im Meer.«

Ihr Blick traf seinen, und sie fing ebenfalls an zu kichern.

»Ohne dich würde Lillehamn vermutlich aufhören zu funktionieren.«

»Wohl kaum.«

»Oder überhaupt zu existieren.«

»Hör auf!«

»Ernsthaft! Hast du mal versucht, Lillehamn zu verlassen? Womöglich löst es sich in dem Moment auf, in dem du die Ortsgrenze überschreitest, und verschwindet von allen Landkarten.«

Jetzt musste sie so lachen, dass sie quiekte. Ein Typ am Nebentisch drehte sich irritiert um.

Alva lachte, aber sogar im Dämmerlicht dieser Ecke, die er ausgesucht hatte, war zu sehen, wie sie dabei rot wurde. Die feine Rundung ihrer Ohrmuschel schimmerte ebenfalls rötlich, was deutlich erkennbar wurde, als sie sich beruhigt hatte und eine Strähne hinters Ohr strich.

Jo konnte nicht anders, als sich vorzustellen, wie es wäre, sie dort zu küssen, ganz sacht. Und dann mit den Lippen nach unten zu wandern zu ihrem Ohrläppchen. Weiter nach unten an ihrem Hals entlang. Und noch während er das dachte, wusste er, dass er es nicht denken sollte. Alva hatte wirklich etwas Besseres verdient als ausgerechnet ihn.

Der Kellner trat an den Tisch und stellte sein Tablett ab. »So, zwei Portobello-Burger, ein Schokobier, ein alkoholfreies. Kann ich sonst noch etwas für euch tun?«

»Nein. Danke, Lucas.« Alva sagte das mit Nachdruck, weniger freundlich, als sie sonst war. Sie tat das für ihn, und der Gedanke summte fast so angenehm in seinem Kopf wie normalerweise ihre Stimme.

Alva betrachtete den Burger auf ihrem Teller. »Ich falle jedes Mal drauf rein.«

»Worauf?«

»Man kann die Dinger nicht essen, ohne sich vollkommen einzusauen.«

Jo fand die Vorstellung von Alva, die sich Ketchup-Reste aus den Mundwinkeln leckte, nicht ganz furchtbar. »Ohne Brötchen wird es leichter. Wer hätte gedacht, dass ich in Lillehamn am Ende der Welt Portobello-Burger probieren würde.«

Sie aßen schweigend. Er, weil ihm die Worte ausgegangen waren, und Alva vermutlich, weil sie genug mit dem Monsterburger zu tun hatte. Jo achtete kaum auf den Geschmack. Es tat so verflucht gut, wieder unter Menschen zu sein. Es tat so gut, mit *ihr* hier zu sein.

»Wie …«, sie tupfte sich den Mund mit der Serviette ab, »wie berühmt bist du denn, so ungefähr, meine ich? Wie viele der Leute hier drin überlegen gerade, ob du … wie heißt du überhaupt? Mit Nachnamen, meine ich. Wen muss ich googeln?«

»Gibt bessere Suchmaschinen.«

»Blödmann!« Aber sie lachte. Gott, er mochte es so, wenn sie lachte.

»Joakim Lundahl«, sagte er. »Ich hab für Oslo gespielt.«

Erkennen dämmerte in ihrem Gesicht. »Ach, du bist das!«

»Was bin ich?«, fragte er, obwohl er genau wusste, worauf sie hinauswollte. Sogar jemand wie Alva, die vollkommen ahnungslos in Bezug auf Handball war, hatte mitbekommen, dass Aki Lundahl von einem auf den anderen Tag aufgehört hatte.

»Wir treffen uns mit der Praxisbelegschaft immer hier. Letztes Mal lief ein Handballspiel, und einer aus deiner Mannschaft hat wohl – ich habe ja keine Ahnung davon – ziemlich schlecht gespielt, und meine Freundin meinte immer nur, dass, Zitat, Aki den Ball nie verworfen hätte.«

»Hätte ich nicht.« Es nützte ja nichts, es zu leugnen.

Jetzt grinste Alva. »Und meine andere Freundin meinte, du seist Gott und könntest fliegen.«

»Autsch.«

»Ich zitiere nur.« Sie hielt den Burger mit beiden Händen und betrachtete ihn ratlos, bevor sie erneut hineinbiss. Mit noch vollem Mund sprach sie weiter. »Vielleicht werde ich auf meine alten Tage noch anfangen, Handball zu schauen.«

Fast hätte Jo gesagt ›Lohnt sich nicht mehr‹, aber er wollte nicht, dass sie ihn für eingebildet hielt, selbst wenn er das möglicherweise war.

Eine Weile aßen sie schweigend. Immer wieder sah Jo Alva an, und wenn er das tat, musste er lächeln.

»Warum spielst du eigentlich nicht mehr?«

Jo schnitt ein Stück von der Pilzscheibe ab und steckte sie in den Mund, um Zeit zu gewinnen. Beim besten Willen konnte er sich nicht erinnern, wie viel und was er Alva erzählt hatte. Er kaute und nahm dann einen Schluck Wasser. »Die offizielle Version ist, dass ich auf dem Höhepunkt meiner Karriere beschlossen habe, Platz für Jüngere zu machen.«

»Und die inoffizielle?«

Er nahm noch einen Schluck Wasser. Und dann noch einen. »Die inoffizielle ist … kompliziert.«

»Du hast gesagt, du hättest eigenhändig deine Karriere geschrottet.«

Er nickte und wusste gleichzeitig, dass er ihr nicht sagen konnte, was wirklich passiert war. Nicht wenn er in den nächsten paar Wochen irgendwelche Freunde in diesem Ort haben wollte. »Es gab … ein paar Unstimmigkeiten zwischen dem Vorstand und mir, wie mit rassistischen Übergriffen umzugehen ist. Ich wurde gefeuert, bekam eine fette Abfindung und musste versprechen, die Klappe zu halten. Ganz in Kurzversion.«

Er rechnete ihr hoch an, dass sie erkannte, wo er nicht weitersprechen würde, sondern schlicht fragte: »Und dann bist du hergekommen?«

»Ich brauchte einen Moment, um mir die Wunden zu lecken, aber ja, dann bin ich hergekommen. Meine Schwester, die auch meine Managerin ist, hat einen der Sponsoren dazu bekommen, mir den Segeltörn zu finanzieren. Was ich danach mache … keine Ahnung.«

»Tut mir leid, dass dein Inkognito aufgeflogen ist, weil ich dir die Bar zeigen wollte.«

Er schüttelte den Kopf. »Ich wollte sie sehen. Und früher oder später wäre das ohnehin passiert. Sonst ist es mir auch egal, ich bin ja nun kein Superstar oder so was. Außerdem kann hier in Norwegen selbst jemand wie die Prinzessin wohl einigermaßen unbelästigt über die Straße gehen.« Er lächelte sie an und merkte selbst, dass es zu breit war. »Ich brauchte bloß eine Atempause, und die ist eben ein paar Tage früher als geplant zu Ende gegangen.«

»Bleibst du trotzdem hier? Also, erst mal?«

»Wo soll ich sonst hin?«

Sie hatte sich nicht die Mühe gemacht, das Bier in ein Glas zu gießen, sondern nippte direkt an der Flasche. Auf einmal war ihm danach, sein striktes Antialkoholregime zu brechen, heute nur und nur deswegen, weil er den Blick nicht von ihren Lippen wenden konnte. »Was hast du Ostern vor?«

»Mit Wilma Karten spielen und hoffen, dass keine Autogrammjäger klopfen kommen.«

Sie lachte lauter, als seine Bemerkung verdient hatte, bekam Bier in die Nase und prustete wieder los. Er wusste genug über Frauen, um zu begreifen, was das Lachen über seinen lahmen Witz zu bedeuten hatte. Es gefiel ihm, dass sie ihn mochte, schon gemocht hatte, bevor sie wusste, wer er war. Es sollte ihm nicht gefallen.

»Es sei denn, du kommst mal vorbei.« Er sagte das fast so lässig, wie Aki es getan hätte, an irgendeinem Abend in irgendeiner Bar, um irgendeine Frau mitzunehmen. Damals, vor Sanna. Nur vielleicht hatte er jetzt weniger Sex in der Stimme. Es wurde dringend Zeit, dass es in seinem Kopf wieder anfing zu schweben. Vielleicht würde er dann aufhören, mit jeder von Alvas Gesten oder Worten schärfer auf sie zu werden. Wobei … das war das falsche Wort. Es war etwas anderes als das, viel sanfter und gleichzeitig viel größer.

»Ich kann Ostern nicht«, sagte sie, was ungefähr das Gegenteil von Schweben hervorrief. »Wir fahren auf die Hütte meiner Freundin.« Sie stellte die Flasche ab und schob sich ein Salatblatt in den Mund.

»Darf ich dein Schokoladenbier probieren?«

Sie nickte. Tupfte mit dem letzten Brötchenkrümel Ketchup auf. Kaute.

Er nahm einen Schluck von dem Bier und stellte die Flasche zurück.

Alva griff danach und ließ den Daumen am Etikettrand entlangwandern. »Ich … ich weiß nicht, ob du da Lust dazu hast, aber wenn du willst, kannst du gern mitkommen auf die Hütte. Falls es dich nicht stört, dass meine Brüder blöde Sprüche machen werden und meine Freundin vermutlich deine Unterschrift tätowiert haben will.«

Jo war versucht, sich in leichtes Geplauder zu retten, wie er es in irgendeinem Interview getan hätte. Aber dies hier war Alva, nicht Siv oder Gloria. Alva, die dafür sorgte, dass es den Menschen um sie herum gut ging. Und wenn er sie schon belügen musste, was seine Vergangenheit betraf, konnte er wenigstens hier die Wahrheit sagen. »Ich weiß nicht.« Wann hatte ihn das letzte Mal irgendjemand eingeladen, mit auf die Osterhütte zu kommen?

Sie betrachtete ihre Hände. Vielleicht auch seine, die Fingerspitzen waren nicht weit voneinander entfernt. Er war nicht der König der Empathie, aber selbst ihm war klar, dass sie etwas gewagt hatte, indem sie ihn einlud. »Ich will gern«, sagte er schnell. »Und irgendwelche Sprüche stören mich nicht.« Ja, fein, Lundahl. Drück dich am besten noch kryptischer aus.

Sie sah auf. Das Licht der Lampe über seinem Kopf reflektierte in ihren Augen. »Aber?«

Ich bin so viel Freundlichkeit nicht gewohnt. Wenn das mal nicht selbstmitleidig klang. »Nichts aber. Ich nehme die Einladung gern an, wenn ihr Platz habt«, sagte er.

»Gut. Hanne wird sich freuen. Das ist meine Freundin, der die Hütte gehört. Sie hatte die Idee, ich könnte dich fragen.«

»Das ist gar nicht deine Hütte?«

»Ist alles okay, echt. Wir nehmen immer mal wieder Gäste mit. Frag die Freundin von meinem Bruder, die habe ich nach einer Woche schon eingeladen, mit ins Ferienhaus zu kommen. Und wir verraten einfach niemandem, dass du ein Star bist, dann stellt auch keiner blöde Fragen.«

Jo atmete auf, als das Gespräch wieder sicherere Gefilde erreichte. »Sagtest du nicht, deine Freundin würde meine Unterschrift tätowiert haben wollen?«

»Nein, das ist Svea, die Freundin meines Bruders, die findet, du seist Gott. Hanne mag keine Tattoos.«

Er hob sein Wasserglas. »Ich glaube, es wird lustig mit euch.«

»Davon kannst du ausgehen. Allerdings … Mist, verfluchter!«

»Was ist?«

»Wilma! In Hannes Ferienhaus dürfen keine Hunde, weil ihre Nichte allergisch ist.«

Jos erster Impuls war Flucht – er hatte ihn inzwischen lange genug eingeübt. Aber Alva und mit ihr halb Lillehamn wusste jetzt ohnehin über ihn Bescheid. Und er hatte tatsächlich Lust auf diese Ostertour – und auf Alva. »Ich werde eine Lösung finden.«

»Ich kann mich umhören.«

Er grinste. »Ich auch.«

Es gelang ihnen, zu belanglosen Themen überzugehen und den Rest der Mahlzeit mit Gesprächen über Lillehamn, Alvas Brüder und seine Schwester zu verbringen.

Alva ließ ihn noch mal von dem Schokoladenbier probieren, und er bestellte selbst eins. Eins war okay. Er stellte fest, dass er sie zum Lachen bringen konnte und wie unglaublich gut ihm das gefiel. Irgendwann fragte ihn der Kellner nach einem Autogramm, und er kritzelte eins auf einen Bierdeckel, ohne weiter darüber nachzudenken, weil er so in Alvas Erzählungen über skurrile Patienten gefangen war.

Als sie schließlich vor die Tür des *Frontstage* traten und die kalte Nachtluft sie klar und kalt empfing, war Jo das erste Mal seit langer Zeit … ja, glücklich. Er sah Alva an, die ihm gerade bis zur Schulter reichte. Sie hatte ihm das Gesicht entgegengehoben, mit diesem Kirschmund, den er wirklich unglaublich gern küssen würde. Aber Akis siegesgewisse Selbstsicherheit hatte er auf einer dunklen Straße in Oslo zurückgelassen, und so schob Jo nur die Hände in die Hosentaschen. »Danke für den wirklich tollen Nachmittag und den Abend.«

»Dir auch.«

»Dann … ich geh jetzt mal.«

Niemand von ihnen bewegte sich, sie blieben im Eingang zur Bar unter der Neonbeleuchtung stehen und sahen sich an.

»Hast du Kontaktlinsen?« Super Frage, Lundahl. Total charmant.

»Nein, warum?«

»Weil … du hast krass grüne Augen. Ich wusste bisher nicht, dass es so was wirklich gibt.« Er wollte sie sehr dringend küssen. Seine Stimme war ganz rau, so dringend wollte er es. Er hätte das blöde Bier nicht trinken sollen, und das zweite schon gar nicht.

»Hat ja auch niemand wirklich so krass hellblaue Augen wie du.«

Sie lächelte ihn an, schon wieder. Nicht nur küssen. Er wollte noch viel mehr. Nur am Rande bekam er mit, wie eine Gruppe von Männern sich näherte.

»Können wir mal durch, Doc? Oder müssen wir den Hintereingang nehmen?«

Alva zuckte leicht zusammen. Dann trat sie zurück und machte eine auffordernde Geste Richtung Eingang. »Geht's gut zu Hause, Kjell?«

Der Mann reckte einen Daumen nach oben, und alle drei gingen ins Innere. Der Bann war gebrochen.

Jo fing sich wieder. »Hier gibt es wirklich niemanden, den du nicht kennst, oder?«

»Doch, schon. Aber es gibt vermutlich andersrum nicht viele, die mich nicht kennen. Unsere Familie ist hier ziemlich bekannt, nicht nur wegen der Praxis.«

Sie hatte also auch ihre Geheimnisse.

»Es nervt mich manchmal. Ab und zu wäre ich gern irgendwo, wo es total anonym ist und nicht die halbe Stadt mitbekommt, wenn ich mich, na ja, zum Beispiel mit einem berühmten Handballspieler treffe. Also nicht dass das jetzt alle naslang vorkommt, aber …« Sie lachte auf. »Du weißt, was ich meine. Hoffentlich.«

»Denke schon.«

Wieder näherten sich Leute, gleichzeitig wurde die Tür von innen geöffnet.

»Vielleicht sollten wir hier weggehen«, sagte Jo, auch wenn er sich noch nicht von Alva trennen wollte.

»Ich komme mit am Hafen lang.«

In sehr schneller Abfolge dachte Jo darüber nach, ob er Kondome besaß (die Antwort war Nein), ob er überhaupt darüber nachdenken sollte (die Antwort war definitiv Nein) und ob Alva meinte, bis zum Hafen oder bis zu seinem Boot mitzukommen (er hatte keine Ahnung). »Okay«, sagte er. »Gute Idee.«

Sie gingen nebeneinander, so eng, dass er seinen Arm um sie hätte legen können. Immer wieder berührten ihre Arme und Hüften sich, während Alva aufgedreht neben ihm herstapfte.

»Schwebt dein Kopf eigentlich?«

»Nein.«

Sie bogen auf den dunklen Hafenplatz ein, und Alva begriff schneller als er, was anders war als sonst. »Die Straßenlaterne am Steg ist schon wieder kaputt.« Sie legte den Kopf zurück. »Schau mal.«

Jo war so abgelenkt gewesen, dass ihm die Sterne nicht aufgefallen waren, doch jetzt sah er sie. Hunderte, Tausende von Lichtpunkten am tiefschwarzen Himmel. Nie vorher in seinem Leben hatte er so viele Sterne gesehen, ganz gewiss nicht in Oslo.

Alva lachte leise.

»Was?«

»Du hast ›Oh‹ gesagt, das klang hübsch.«

Er sah zu ihr hinunter. »Ich habe ›Oh‹ gesagt?«

Sie nickte und machte einen Schritt auf ihn zu.

»Und das klang … hübsch?«, fragte er rau.

»Sehr.« Sie flüsterte es, aber er hörte sie, weil es bis auf das stetige Schwappen der Wellen und das Hauchen des Winds still war und weil sie sehr, sehr nah vor ihm stand. So nah, dass er ihr Shampoo riechen konnte und ihre Haut.

Sie hob behutsam die Hand und strich mit den Fingerspitzen über die Braue seines linken Auges nach außen.

»Alva?«, brachte er hervor. »Ich …«

Ihr Atem streifte seine Lippen, er zitterte leicht und roch ein bisschen nach Schokoladenbier und sehr viel nach Alva.

»Ich freu mich«, flüsterte sie und küsste ihn ganz kurz irgendwo zwischen Mundwinkel und Kinn, bevor sie zurücktrat, als hätte sie sich über sich selbst erschreckt.

»Ich auch.« Er spürte dem Kuss nach.

»Ich texte dir wegen der Zeit.«

»Alva?« Aki hätte sie jetzt abgeschleppt. Und Jo?

Sie drehte sich zu ihm um. »Was ist?«

Er überbrückte den Abstand zwischen ihnen mit zwei schnellen Schritten. »Ich hab das eben nicht richtig verstanden. Kannst du es wiederholen?«

Eine Mikrosekunde lang sah sie ihn irritiert an, dann huschte ein verschmitztes Lächeln über ihre Züge. »Was genau meinst du?«

»Das.« Und dann spürte er das erste Mal ihre Lippen auf seinen. Vielleicht hatte er einfach nur vergessen, wie es war, jemanden zu küssen – aber möglicherweise lag es auch daran, dass es Alva war, die sich an ihn schmiegte. Die einfache, zarte Berührung ihrer Lippen brachte etwas sehr tief in seinem Inneren zum Schwingen, und Alvas kleiner Seufzer, als er seine Zunge innen an ihrer Oberlippe entlanggleiten ließ, klang nicht nur ›hübsch‹, sondern erinnerte ihn mit voller Wucht daran, dass er wirklich sehr lange nicht mehr mit einer Frau zusammen gewesen war.

Er löste sich nur mühsam von ihr.

Sie wirkte verstrubbelt, obwohl sie sich nur einfach geküsst hatten. Oder hatte er ihre Haare durcheinandergebracht? »Hast du es jetzt verstanden?«

»Ja«, sagte Jo. »Gute Nacht, Alva.«

»Gute Nacht, Jo.«

Zwölf

Zuerst war in der Praxis alles wie immer. Als Alva am nächsten Morgen ankam, standen schon fünf Patienten vor der Tür und warteten. »Guten Morgen.« Sie begrüßte alle mit einem Lächeln und wechselte ein paar freundliche Worte mit dem alten Jostein, der als Erster in der Reihe stand, bevor sie in die Praxis huschte. »Lasst die Leute ruhig schon ins Wartezimmer, ist kalt draußen.«

Tilda, die bereits am Telefon war, nickte ihr zu, und Katrine, Hannes Vertretung, stand auf. Keine der beiden verhielt sich anders als sonst, aber Alva machte sich wenig vor. Spätestens heute Abend würde die gesamte Belegschaft im Detail darüber informiert sein, dass man sie gestern Abend mit »dem Typen von der Jacht« im *Frontstage* gesehen hatte – und wer dieser Typ war. Ein Himmelreich für eine Großstadt.

Espen saß mit übereinandergeschlagenen Beinen und vor der Brust gefalteten Armen auf dem Tisch direkt am Eingang und grinste ihr entgegen. Nun, dann dauerte es wohl nicht bis zum Abend.

»Hab ich was verpasst?«, fragte sie.

Sein Grinsen wurde breiter. »Ist er nett?«

»Das diskutiere ich mit dir nicht.«

»Lerne ich ihn kennen?«

Alva verdrehte die Augen. »Er kommt mit auf die Hütte.«

»O Gott, der Ärmste.«

»Ich weiß. War 'ne blöde Idee.«

»Wenigstens hat er es dann hinter sich.«

Allerdings war ihre neugierige Familie wohl das kleinere Übel, wenn man sich überlegte, dass ganz Lillehamn Jo ohnehin beäugte wie das achte Weltwunder – allein schon weil er fremd war. Und dann war er seit Ewigkeiten der erste Mann, mit dem Doktor Alva sich öffentlich sehen ließ. Dass er dazu noch für einige Menschen eine Art Nationalheld zu sein schien, setzte dem Ganzen nur die Krone auf.

Alva ging zu ihrem Fach, aber Espen machte keinerlei Anstalten, seinen Platz auf dem Tisch zu verlassen. »Und sonst?«

»Was, ›sonst‹?«

»Seid ihr beide … ich meine … habt ihr …«

Sie drehte sich zu ihm um. »Und das, Lillebror, diskutiere ich mit dir schon gleich gar nicht. Husch, husch, ab mit dir. Jostein wartet.«

»Ja, auf Annik.«

Sie schnitt ihm eine Grimasse.

»Wir haben also alle Zeit der Welt, damit du mir im Detail … oh, hey, Krister.«

»Morgen. Tom hat mir gerade erzählt, wer der Typ war, mit dem –«

Alva stöhnte. »Nicht du auch noch.«

Krister grinste fast so breit wie Espen. »Warte, bis Annik kommt. Ich wette, nachdem sie Theo in den Kindergarten gebracht hat, weiß sie mehr als du selbst.«

»Ich sage nichts, Jungs. Absolut gar nichts. Ihr könnt also einfach arbeiten gehen.«

»Er kommt mit auf die Hütte«, sagte Espen verschwörerisch zu Krister.

»Ich hasse euch«, sagte Alva lachend. »Haut ab, echt.«

Espen rutschte seelenruhig von dem Tisch, auf dem er gesessen hatte, und winkte mit den Fingern, bevor er das Büro verließ. »Hey, Svea. Alva ist da.«

Es war wirklich nicht zu fassen. Vermutlich sollte sie Jo schleunigst von dieser Osterhütte ausladen und sich selbst am besten gleich mit.

Wenigstens die Patienten behielten es für sich, falls die inzwischen garantiert überkochenden Gerüchte sie schon erreicht hatten. Nur Jessica, Millas Mutter, grinste verschwörerisch, als Alva sie begrüßte. Doch das konnte auch damit zu tun haben, dass sie Alva als eine Art Vertraute betrachtete, seit sie bei ihr zu Hause gewesen – und danach nicht das Jugendamt aufgetaucht – war.

Alva lächelte das kleine Mädchen an, das bei seiner Mutter auf dem Arm saß. Es lächelte verstohlen zurück und versteckte das Gesicht dann in Jessicas Halsbeuge. »Wie geht es euch?«

»Gut.«

»Auf jeden Fall macht Milla einen prima Eindruck. Nehmt Platz.« Sie deutete auf die Behandlungsliege.

Jessica setzte Milla darauf ab und stemmte sich daneben hoch.

Alva zog sich einen Stuhl heran. »Guten Tag, Milla. Wie geht es dir heute?«

Sie rechnete nicht wirklich damit, dass die Kleine antworten würde, doch es war ihr wichtig, sie dennoch ernst zu nehmen. »Das Inhalieren hat geholfen«, sagte Jessica. »Und ich habe eine neue Wohnung für uns gefunden.« Der unverhohlene Stolz in ihrer Stimme ließ Alva schmunzeln.

»Wohin?«

»Zu einer Freundin, die ich vom Kindergarten kenne. Sie hat sich von ihrem Freund getrennt, und wir ziehen zusammen. Es ist das Haus ganz am Ende vom Kirkevegen.«

»Das freut mich«, sagte Alva ehrlich.

»Natürlich kann ich dann abends nicht mehr das Meer und den Hafen sehen, aber die Vorteile überwiegen.«

»Am Hafen ist ja im Winter ohnehin nicht sehr viel zu sehen.«

Jetzt schlich sich ein Grinsen auf Jessicas Gesicht. »Nein, außer …«

»Nicht du auch noch.«

»Der Mann ist nett. Ich meine, ich habe noch nicht mit ihm gesprochen, aber er ist ganz lieb mit dem Hund. Milla und ich beobachten das immer vom Fenster aus. Stimmt es, dass er Profihandballer ist?«

»Ja.« Sollte sie fragen, was Jessica sonst noch alles beobachtet hatte? Nein, das war zu persönlich. »Er ist wirklich nett«, sagte sie deswegen nur. »Bereit, Milla?«

Jo betrat den Imbiss und zog die Tür möglichst schnell wieder hinter sich zu, um den Regen auszusperren, der pünktlich eingesetzt hatte, als er losgegangen war, und tropfte dann einen Augenblick ratlos die Fußmatte voll. Ganz gleich, ob er die Segeljacke auszog oder anbehielt, den Laden unter Wasser setzen würde er auf jeden Fall.

»Hei, hei. Schön, dass sich bei dem Wetter jemand hierhertraut. Ich dachte schon, ich müsste den ganzen Tag fernsehen.«

Automatisch gab Jo das Lächeln zurück. »Leider habe ich den halben Wolkenbruch von da draußen mit reingebracht, tut mir leid.« Um seine Füße bildete sich bereits eine Pfütze.

»Macht doch nichts, macht doch nichts.«

Jo hoffte sehr, dass Jamal nicht nur aus Höflichkeit abwinkte, sondern weil es ihn wirklich nicht störte. Eigentlich war er nur wegen Wilma gekommen, aber es erschien ihm nicht fair, den Laden unter Wasser zu setzen und dann nichts zu kaufen. In Lillehamn hatte man Zeit und er sowieso bis ans Ende aller Tage. Er hängte die tropfende Jacke an dem Ständer neben der Tür auf und trat mit quietschenden Sohlen an den Tresen.

»Shawarma?«

Jo nickte. »Gern.«

»Kaffee?«

Er ging mit dem Shawarma, das Jamal ihm großzügig in das Fladenbrot häufte, nicht wie sonst an einen der Stehtische, sondern blieb am Tresen und sah zu, wie Jamal starken, schwarzen Kaffee in kleine Gläser füllte. Es war ein bisschen, als würde er Zayeds Vater zusehen, und nicht nur das heiße Getränk ließ sein Inneres warm und weit werden.

»Hast du dich eingelebt in Lillehamn?«

Jo dachte an Alva, die ihn eingeladen und zum zweiten Mal beinahe geküsst hatte. Dabei war er gar nicht hier, um sich einzuleben, sondern um vor sich selbst wegzulaufen. Er nahm einen Bissen Shawarma, um nicht sofort antworten zu müssen. »Besonders viel kenne ich noch nicht.«

»Besonders groß ist der Ort ja auch nicht. Was ist mit Freunden? Hast du schon Freunde?«

Sonst sprachen sie über Jamals Familie. Auch an Jamal war die große Neuigkeit also nicht vorbeigegangen, dass Jo und Alva ... was auch immer miteinander hatten. »Ich bin Ostern auf eine Hütte eingeladen.« Er kleckerte sich Joghurtsoße über die Finger und wischte sie an der Serviette sauber. »Nur kann ich den Hund nicht mitnehmen. Könnte ich vielleicht den Zettel an deiner Pinnwand austauschen? Ich suche ziemlich dringend einen Hundesitter von Donnerstag bis Sonntag.«

»Hat sich immer noch keiner gemeldet für deinen kleinen Hund, was?« Jamal hatte angefangen, Tassen und Gläser zu spülen.

»Nein.«

»Brauchst den Zettel nicht aufzuhängen. Ich frage meine Frau. Sie überlegt schon lange, sich einen Hund anzuschaffen. Bestimmt freut sie sich, wenn sie ein paar Tage üben kann.« Jamal grinste verschmitzt. »Natürlich nur wenn ich ein Autogramm bekomme.«

Jo hatte ausgesprochen gute Laune, als er *Jamal's Place* verließ. Möglicherweise lag es an der Überzuckerung durch das Baklava, das Jamal ihm noch aufgenötigt hatte, aber vielleicht auch an der Aussicht auf ein Wochenende mit Alva.

An einem Wochenende konnte viel passieren.

Zum Glück blieb Jessica die einzige Patientin, die Anspielungen auf Jo machte. Trotzdem schrieb Alva ihm in der Mittagspause eine Nachricht.

> Nur dass du es weißt, du bist jetzt die offizielle lokale Berühmtheit. Selbst mein Zwilling bedauert dich, und das will schon was heißen. Vielleicht solltest du dir zur Kapuzenjacke ein Basecap und eine Sonnenbrille organisieren. Tut mir leid, das mit dem Frontstage war keine gute Idee.

Sie steckte das Telefon zurück, ohne auf eine Antwort zu warten, und ging in die Teeküche, die Annik und Svea eben verließen.

»Kommst du nachher mit in die Pause?«, fragte Annik.

Alva schüttelte den Kopf. »Keine Chance heute. Ich hab mir einen Joghurt mitgebracht. Und von Sveas Superriegeln ist auch noch was da.«

Svea sah Annik an. »Als ginge es in der Mittagspause ums Essen.«

»Ihr beide also auch.«

»Natürlich«, sagte Annik ungeniert. »Wir wollen absolut alles wissen.«

Alva lachte. »Ihr wisst doch eh schon alles.«

»Wir wissen nichts«, sagte Svea hoheitsvoll. »Alles, was wir haben, sind Gerüchte.«

Es war nicht so, dass Alva nicht gern über Jo gesprochen hätte – allein der Gedanke an ihn ließ ihr Inneres aufgeregt flirren. »Vielleicht stimmen sie ja, die Gerüchte.«

»Du lächelst verklärt.«

»Lass dir nicht jedes Wort aus der Nase ziehen. Wie gesagt: Wir wollen alles wissen. Von Anfang an.«

»Erfahrt ihr früh genug. Er kommt mit zu Hanne und Tom auf die Hütte, wenn niemand was dagegen hat.«

»Ich bin die Letzte, die was dagegen haben könnte«, sagte Annik. »Wie findet Hanne das?«

»Es war ihre Idee.«

»Ich dachte, es sei Sveas gewesen.« Espen steckte den Kopf zur Tür herein. Hatten die heute alle nichts zu tun? Wenigstens auf Krister war Verlass, sich um seinen eigenen Kram zu kümmern.

Das dachte sie jedenfalls, bis er sie am Nachmittag an der Garderobe abpasste. »Kann ich kurz mit dir reden?«

»Ganz kurz. Ich muss zu den Robben.«

Er stieß die Luft aus. »Okay. Ganz kurz. Es geht mich eigentlich nichts an, das weiß ich, aber meinst du, die Sache mit diesem Joakim ist eine gute Idee?«

»Ähm.« Eine solche Frage war derart uncharakteristisch für ihren Bruder, dass Alva ihn verblüfft anstarrte, bevor sie sich fing. »Du hast recht. Es geht dich nichts an.«

»Immerhin bin ich dein dich liebender älterer Bruder.«

»Und ich bin fast dreißig, falls das an dir vorbeigegangen sein sollte. Was ist mit dir auf einmal kaputt?«

Er hob die Schultern. »Ich hab ihn gegoogelt.«

»Es gibt bessere Suchmaschinen.«

»Die würden die gleichen Gerüchte zutage fördern.«

»Über dich gibt es garantiert auch Gerüchte.« Alva seufzte. »Hör zu, ich weiß deine Sorge zu schätzen, aber Jo hat mir erzählt, dass nicht alles so war, wie offiziell behauptet wurde. Und es geht dich tatsächlich mal so was von überhaupt nichts an.«

Sie kam nicht dazu, im Internet nach Jo zu suchen. Vielleicht wollte sie es auch nicht. Was immer Krister zu seiner Bemerkung getrieben hatte oder sich hinter Jos Aussage, die inoffizielle Version seines Ausscheidens sei »komplizierter«, verbarg, er würde es ihr erzählen. Oder eben nicht – letztlich spielte es keine Rolle, denn Jo war – wenn überhaupt – der Mann für ihre nächsten drei Wochen, nicht die nächsten dreißig Jahre.

Die Zeit bis zum Karfreitag war klassisch eine der knackigsten im ganzen Praxisjahr, aber dieses Jahr erschien sie Alva noch vollgepackter als sonst. Sie flog ohne Pause von einem Termin zum nächsten, versorgte die Robben, brachte sogar Jessica und Milla ein neues Hustenmittel vorbei, ohne bei Jo zu klopfen, hetzte wieder nach Hause, kümmerte sich um die Wäsche für die Praxis und das, was fürs Wochenende eingepackt werden musste. Aber die ganze Zeit über summte ihr Herz, weil sie an die kommenden Tage dachte.

Es war Tradition, dass am Karfreitag die Praxis wie die Geschäfte geschlossen blieb und die Solberg-Geschwister plus Hanne, Tom und ihrer Tochter sich vormittags auf den Weg in das Ferienhaus von Toms Familie in Sirdal machten. Doch dieses Jahr waren drei Personen mehr dabei als sonst – Annik, Theo und Svea. Wenn man Baby Marit mitzählte, sogar vier. Die Aufteilung der Autos hatte vor Wochen stattgefunden: Alva, Hanne, die beiden Kinder und das Baby quetschten sich in Alvas Leaf, Krister, Annik, Espen und Svea nahmen Kristers Model 3. Tom brachte mit dem Pick-up Skier, Schlitten und Lebensmittel für zwei Tage. Jo schrieb, es sei kein Problem, er würde gern mit Tom fahren.

Er wartete mit einem Rucksack und einer Pappkiste am Hafen, als ihre Urlaubsautokolonne vorfuhr. Alva brachte den Leaf hinter den anderen beiden Autos zum Stehen.

»Was ein Schnuckelchen.« Hanne beugte sich zwischen den Sitzen nach vorn. »Nicht mein Typ, ich sagte es, aber … schon nett. Lass dich von Kris nicht ärgern. Das wird schön am Wochenende.«

Als Alva ihr von Kristers merkwürdiger Bemerkung erzählt hatte, hatte Hanne nur gelacht. »Sonst bist du die, die alle beglückt.

Vielleicht findet Krister bloß, jemand anders müsste für dich diese Rolle übernehmen.« Erst als sie jetzt wieder darüber nachdachte, erinnerte sich Alva an ein Gespräch, das gefühlt in einem anderen Leben stattgefunden hatte. Irgendeine Freundin hatte Svea mal mit Jo verkuppeln wollen?

»Meine Freundin Alva und ihr Promi-Freund.«

»Was ist ein Promi-Freund?«, fragte Theo von der Rückbank.

Hanne drehte sich um. »Jemand, der schon mal im Fernsehen war.«

»War Alvas Freund schon mal im Fernsehen?«

»Ja.«

Theo und Ella sahen sich an Hanne vorbei an und kicherten verschwörerisch. »Cool«, sagte Ella.

Alva schnitt ihrer Freundin im Rückspiegel eine Grimasse und stieg aus. Tom begrüßte bereits Jo, freundlich und kumpelhaft, wie er es mit einem Kollegen auf dem Bau getan hätte. Die allgemeine Vorstellungsrunde verlief schnell und unkompliziert. Jo zog Alva zur Begrüßung in eine raue Umarmung, und sie drückte kurz seine Hand und zwinkerte ihm zu. Es konnte losgehen.

Die Schneewolken drückten grau und schwer auf das Land, und neben der Straße türmten sich schmelzende, schmutzige Schneeberge. Parallel zur Straße rauschte die Hunnå dahin, so weiß wirbelnd, als könne sie die Ankunft des Frühlings ebenso wenig erwarten wie Alva. Die Berggipfel waren noch weiß, aber hier im Tal hatte der Regen das Grün der Wiesen bereits wieder frei gespült. Nur vereinzelte, krustige Schneeflecken ließen noch erkennen, dass der Winter nicht weit zurücklag. Nur wenige Meter hinter ihr in Toms Wagen war Jo, der unbegreiflicherweise mit ihr auf die Hütte fuhr.

Im Rückspiegel traf ihr Blick den von Theo. »Bist du schon mal Ski gefahren?«

Stummes Kopfschütteln beantwortete ihre Frage.

»Ist ganz einfach«, verkündete Ella. »Ich zeige es dir.«

Theo grinste sie zahnlückig an, und Alva lächelte. Der kleine Kerl war wirklich gut in Lillehamn angekommen. Inzwischen war sein Norwegisch – wenn er denn mal sprach – fast nicht mehr von dem hier aufgewachsener Kinder zu unterscheiden.

Sie konzentrierte sich wieder auf die Straße. Neben ihr schlief das Baby in der Sitzschale, und auf der Rückbank hatte Hanne den Kopf gegen ein Kissen am Fenster gelehnt und stahl sich ein paar Minuten Schlaf.

»Tante Alva?«, fragte Theo. Manchmal war ihr die Vehemenz fast unheimlich, mit der er seine neue Familie adoptiert hatte.

»Was denn?«

»Kommt in Sirdal auch der Osterhase?«

»Ich denke schon.«

»Aber wie soll der uns denn da finden?« Er war noch nicht beruhigt. »Ella hat gesagt, da war noch nie der Osterhase.«

»Ich glaube, der schafft das. Er weiß ja, dass du auf ihn wartest.«

Über die Jahre hatten sie ihre Gewohnheiten entwickelt, was die Zimmerverteilung anging. Ein Zimmer für Hanne, Tom und Baby, eins für Espen und Svea, eins für Annik und Krister. Dann war noch eins für Jo übrig. Die Kinder würden vermutlich auf dem Dachboden schlafen wollen, wie sie und Hanne das früher getan hatten. Was bedeutete: Für sie selbst blieb das Sofa oder … nein, so weit dachte sie noch nicht. Seufzend ließ sie ihren Rucksack neben dem Sofa auf den Boden rutschen.

Hanne dirigierte mit einer Hand Ella aus dem Weg, damit Espen, Svea und Tom die Lebensmittel hereintragen konnten. Jo hatte Zimtschnecken mitgebracht, wie sich herausstellte.

»Wo hast du die denn gebacken?«, fragte Annik.

»Im *KiWi*.«

»Sehen gut aus.«

Alva stimmte ihr zu, nahm sich aber trotzdem vor, irgendwann mit Jo zusammen Kanelboller zu backen.

Hanne schuckelte das knatschige Baby. »Hört ihr mal kurz zu?«

Annik und Theo hatten soeben schwer bepackt den Raum betreten, Krister kam dicht hinter ihnen. Mit einem lauten Ächzen stellte Theo eine Kiste mit Einkäufen auf den Hocker neben der Tür. Jo folgte mit Tom und blieb bei ihm stehen. Alva hatte das Gefühl, fast physisch zu ihm hingezogen zu werden.

»Wir haben uns Folgendes überlegt«, sagte Hanne. »Diejenigen von euch, die schon mal hier waren, wissen, dass wir vier Schlafzimmer haben –«

»Ich schlafe auf der Couch.« Aus Versehen sah Alva bei diesem Satz Jo an. Sein Mundwinkel hob sich ganz leicht.

Hanne schüttelte den Kopf. »Nein.«

»Es ist echt kein Problem.«

»Aber auch nicht nötig. Was du wüsstest, wenn du mir bis zu Ende zugehört hättest.«

»Sorry.«

Ella hatte sich, während sie gesprochen hatten, zu Theo geschlichen und stupste ihn an. Er stupste zurück, und sie beide sahen zu Jo und grinsten. Das konnte ja heiter werden. Nach der Autofahrt waren die beiden entsprechend zappelig.

»Ella. Theo.« Hanne hob kurz die Hand zum Stoppsignal. »Eine Minute, dann könnt ihr losdüsen.«

»Hast du gehört?« Ella hüpfte aufgeregt. »Nur eine Minute. Dann zeige ich dir alles.«

»Ihr beide könnt heute in der Geheimhöhle auf dem Dachboden schlafen. Ihr müsst nur bitte aufpassen, wenn ihr die Leiter hoch- und runterklettert. Kriegt ihr das hin?«

»Jaaaa!«

»Ja, klar!«

»Dann haut ab.«

Ella zog Theo hinter sich her. Alva schaute den beiden Kindern nach und kehrte erst mit ihrer Aufmerksamkeit zu Hanne zurück, als die sagte: » … beste Mann der Welt hat nämlich den Ruheraum der Sauna endlich ausgebaut, sodass da zwei weitere Liegen mit richtig bequemen Matratzen sind.«

»Nehmen wir«, sagte Espen.

Alva fing einen Blick von Krister auf. Offensichtlich dachten sie etwas Ähnliches, aber er war ausnahmsweise schneller damit, es auszusprechen. »Nur damit euch niemand hört.«

Espen neigte huldvoll den Kopf. »Es wäre so frustrierend für euch.«

Nachdem die Schlafzimmer verteilt waren, zogen sich alle unter viel Gelächter schneefeste Kleidung an. »Du stehst mir im Weg.« – »Mach mal Platz.« – »Ich gehe einfach schon mal raus.« – »Ich will die dumme Mütze nicht, Krister hat auch keine Mütze auf!« – »Gib mir mal die Handschuhe da rüber.«

Wie jedes Jahr würden sie neben der Hütte ein Rondell aus der hüfthohen Schneeschicht heben, das groß genug für eine Feuerstelle in der Mitte und Schneebänke ringsherum war. Die vielen Menschen und vielen Schaufeln waren sich ständig gegenseitig im Weg, aber das änderte nichts daran, dass sie Spaß dabei hatten. Pünktlich war auch die Sonne herausgekommen. Weißer Schnee, blauer Himmel und viele bunte Menschen – es würde ein schönes Osterfest werden.

Irgendwann fand sie sich neben Jo wieder, der seine Jacke ausgezogen hatte und nur noch einen Fleecepullover trug. Seine Wangen waren von Kälte und körperlicher Arbeit gerötet, die Augen glänzten.

»Und? Geht's dir gut?« Sie hätte ihn gern geküsst, aber erst musste sie sich klar werden, wie offen sie ihre … Beziehung? Affäre? … zeigen wollte.

Er stützte sich mit beiden Händen auf den Stiel seiner Schaufel und grinste sie an. »Mir gefällt es, mit dir Ostern zu feiern.«

»Mir auch.«

Sein Blick ließ ihren nicht los, sondern hielt ihn, bis alles um sie herum verblasste.

Tom und Krister holten die altgedienten Schaffelle aus der Abstellkammer, die schon zu ihrer eigenen Kinderzeit auf den Schneebänken gelegen hatten, und Alva sah sich nach Brennholz um. Espen schleppte einen Holztisch heran, auf dem Würstchen, Marshmallows, der deutsche Osterzopf, den Annik gebacken hatte, gekochte Eier von Espens Hühnern, Kaffee, Saft, Wodka und Selbstgebrannter von Tilda Platz fanden. Dazu ein ziemlich köstlich aussehender, angeblich gesunder Kuchen von Svea, und sie selbst hatte Stockbrotteig und so viel Räucherlachs für diesen Tag mitgebracht, wie vermutlich niemand je essen konnte. Beim Einkaufen war es ihr nicht aufgefallen, vielleicht war sie ein bisschen abgelenkt gewesen.

»Hat jemand an was zum Anzünden gedacht?«, fragte sie, während sie das Holz aufschichtete. Espen warf ihr ein Feuerzeug zu. Es qualmte entsetzlich, als der Schnee unter dem Feuer anfing zu schmelzen, aber wenig später knisterte das Feuer immerhin so rauchfrei vor sich hin, dass sie sich darum setzen konnten.

Jo nahm den Platz neben ihrem, ganz selbstverständlich, ihre Oberschenkel berührten sich. Während sie aßen, tranken und redeten, verblasste das Blau des Himmels nach und nach, badete den Schnee ringsum in Gelb und Orange und ließ die Schatten länger werden. Tom und Annik brachten die Kinder ins Bett, Hanne war wohl mit dem Baby eingeschlafen. So waren es am Ende nur Alva, Jo, ihre Brüder und Svea, die den letzten Sonnenfunken über dem Fjell verglühen sahen.

Krister hatte Jo den Nachmittag über immer wieder aus dem Augenwinkel beobachtet, wenn er glaubte, Alva merke es nicht. Doch jetzt wirkte er entspannt. Schweigend stocherte er im klein gewordenen Feuer herum, der rötliche Schein flackerte auf seinem

Gesicht. So angekommen, wie Alva es früher nie für möglich gehalten hätte. Espen und Svea saßen, in eine gemeinsame Decke gehüllt, daneben auf einem der Schaffelle. Svea hatte den Kopf an Espens Schulter gelehnt, und seine Hand lag in ihren Haaren. Niemand sagte etwas. Niemand musste etwas sagen.

Jos Hand lag warm neben ihrer, und sie ließ die Finger zwischen seine gleiten und verschränkte sie miteinander. Lange saßen sie einfach da und schwiegen gemeinsam, während sich die Nacht über das Fjell legte, kühl und dunkelblau und samtig. Bis auf das Knistern und Zischen des Feuers war es fast ganz still. So still, dass Alva sogar hörte, wie Svea den Kopf hob, um Espen anzusehen.

Espen neigte den Kopf und flüsterte etwas, zu leise, als dass Alva es hätte verstehen können. Svea küsste ihn auf den Mund und hörte überhaupt nicht wieder auf damit.

»Ich geh ins Bett«, sagte Krister und griff nach dem Fell, auf dem er gesessen hatte.

»Ich auch.« Alva entzog Jo ihre Hand und erhob sich. Es war mehr Reflex als alles andere. Aber wenn Krister ging und Espen und Svea anfingen rumzumachen … »Schlaf gut, Kris.«

»Ihr auch.« Sein Tonfall ließ keinen Zweifel daran, was er damit meinte.

Aber sie stand neben Jo, neben dem Feuer, neben Espen und Svea, die sich kein bisschen an der Gesellschaft störten, und hatte eben noch behauptet, sie wolle ins Bett gehen.

Jo bot ihr seine Hand an. »Ich bin auch müde.«

»So nennt man das heute also«, sagte Espen von irgendwo zwischen Sveas Haaren.

Alva wusste nicht, was sie darauf antworten sollte, doch Jo lachte nur.

Die Luft in der Hütte schlug ihnen warm und satt entgegen. Schnell schlüpfte Alva aus der Jacke. Jo trat hinter sie, während sie sie aufhängte. »Alva?« Seine Stimme war dunkler als sonst.

Sie drehte sich zu ihm um. Er hatte den ganzen Abend nur Tee getrunken, aber sie war beschwipst genug, um endlich auch noch das allerletzte bisschen Vorsicht in den Wind zu jagen. »Jo«, sagte sie heiser. Und dann legte sie ihm die Arme um den Nacken und küsste ihn auf den Mund.

Der Bart kitzelte sie, und das Kitzeln breitete sich wie kleine Funken in ihrem ganzen Körper aus. Jo legte im selben Moment die Arme um sie, in dem sie ihn an sich zog. Als sich ihre Lippen trafen, lief etwas wie ein Seufzen durch Jos Körper. Seine Umarmung wurde fester, und irgendein Damm brach, der ihre Gefühle bisher im Zaum gehalten hatte.

Ohne weiter darüber nachzudenken, schmiegte sie sich an ihn, Körper an Körper. Ihre Hand in seinen Haaren, seine jetzt um ihre Taille. Seine Lippen lagen warm und fest auf ihren. Sie schmeckten ein bisschen nach Jo und so, dass Alva mehr davon haben wollte. Die winzigste Bewegung spürte sie tief zwischen ihren Beinen.

Sie ließ die Zunge an seinen Lippen entlanggleiten, drängte dazwischen, lockte und bettelte gleichzeitig. Sie wollte seine Zunge spüren, wollte, dass er diesen Punkt an ihrem Gaumen berührte, der sie in Flammen setzte, wollte …

Jo löste die Lippen von ihren, behutsam, entschieden. »Nicht so schnell.« Das raue Flüstern tat leider nichts dazu, dass sie ihn weniger dringend wollte. Und er brauchte keine Rücksicht auf sie zu nehmen, sie war nicht unwillig.

»Doch.« Ihre Stimme war ebenfalls nur ein heiserer Hauch. Erneut zog sie seinen Kopf zu sich, um genau da weiterzumachen, wo sie aufgehört hatten.

»Alva«, flüsterte Jo an ihren Lippen, zwischen ihren Lippen, an ihrer Zungenspitze. Seine Halsmuskeln unter ihrer Hand waren angespannt. »Mir geht das wirklich zu schnell.«

Zu schnell.

Klar.

Jos Worte trafen sie wie ein harter Klumpen direkt unter dem Herzen. »Entschuldige«, brachte sie mühsam hervor. »Das … « Sie blinzelte. »Ich dachte einfach, du wolltest das auch.« Es war so verflucht erniedrigend.

»Was wollte ich?« Das Streicheln von Jos Hand in ihrem Nacken wanderte als Kribbeln über ihre Kopfhaut und ihre Wirbelsäule hinunter.

»Küssen«, sagte sie in das dunkle, stille Zimmer hinein.

Jo lachte erleichtert auf. »Ich will noch sehr viel mehr.«

»Aber du hast gesagt …«

»Dass es mir zu schnell geht, ja. Ich hab nicht vor, hier ein Autorennen zu gewinnen, ich will das genießen.«

Und sie hatte die Stimmung ruiniert, wieder mal. *Ich finde, du bist manchmal ganz schön empfindlich*, sagte Magnus in ihrem Kopf. »Tut mir leid.«

»Alva?«

»Ich … Nein, vergiss es.« Irgendwie war zwischen ihnen wieder ein Abstand entstanden, kalte Luft, wo vorher Jos Körper gewesen war. Dafür schwebte Jos Hand jetzt fragend an ihrer Wange, und Alva lehnte sie dagegen.

»Was ist es?«

Er streichelte ihre Wange, ihre Haare, fuhr mit den Fingern an der Außenkante ihres Ohrs entlang. »Vielleicht liege ich falsch, aber was soll's. Ich hatte eben den Eindruck … Scheiße, wie soll ich das sagen?«

»Sag es einfach.«

Er biss sich auf die Lippen, von denen sie inzwischen so genau wusste, wie sie sich anfühlten. Die nächsten Worte stieß er sehr schnell hervor. »Ich hatte den Eindruck, du meintest eigentlich nicht mich, sondern müsstest vor allem dir selbst etwas beweisen.«

Alva schwieg. Magnus hatte wirklich eine tiefere Wunde hinterlassen, als sie gedacht hatte.

»Aber vielleicht lag ich falsch, was noch peinlicher wäre als alles andere. Wie auch immer. Ich würde mir wünschen, dass du mich meinst.«

»Ich meinte dich«, sagte sie langsam. »Sonst hätte ich dich kaum gefragt, ob du mit hierherkommen willst. Und«, es auszusprechen, tat fast körperlich weh, »und du hast trotzdem recht. Ich habe das nicht bemerkt, aber ich wollte mir eben wohl wirklich was beweisen. Es hatte nichts mit dir zu tun.«

»Sicher?«

»Ganz sicher.« Sie grinste zu ihm hoch. »Probieren wir es noch mal?«

Magnus' Küsse waren immer zielgerichtet gewesen, notwendiges Mittel zum Zweck, Vorspiel. Jo zu küssen war anders. Er trieb nicht und drängte nicht, sondern war ganz hier, in diesem Moment, bei diesem Kuss. Und Alva ließ sich hineinfallen.

Es dauerte sehr lange, bis sie sich voneinander lösten – bloß um zum Sofa zu stolpern und dort wieder von vorn anzufangen.

Irgendwann hörte sie Espen und Svea vor dem Haus, und noch viel später muckelte das Baby. Und immer noch konnte sie nicht genug davon bekommen, Jo zu küssen, vollkommen angezogen, wie sie da auf ihm lag. Erst als sie beide mehr gähnten als küssten, setzte sie sich auf. »Das war ein extrem schöner Abend.«

»Finde ich auch.«

Alva stand auf und reichte ihm die Hand. »Bis morgen.«

Geschmeidig kam Jo auf die Beine. Sie drifteten auseinander, bis sich nur noch ihre Fingerspitzen berührten.

»Bis morgen.«

Dreizehn

Als Alva am nächsten Morgen das große Wohnzimmer der Hütte betrat, war Jo schon mit Espen und Svea draußen. Sie hatten angefangen, die Loipe zu spuren, die sie für ihren Skiausflug vom Haus zum Hauptweg führen würde. Und Tom war mit den Kindern dabei, eine kleine Sprungschanze für den Nachmittag aufzuschütten. Alle anderen zogen sich gerade Jacken und Schuhe an.

»Morgen, Schlafmütze.« Krister klipste seine Skistiefel zu.

Alva sah sich um, ob noch irgendwo eine Tasse Kaffee und eine Scheibe Brot für ein schnelles Frühstück zu finden waren. »Ihr wärt nicht ernsthaft ohne mich losgefahren, oder?«

»Eventuell nicht.«

»Ich kann dich nicht leiden.«

»Joakim hätte bestimmt auf dich gewartet.«

Vor dem Fenster lachte Jo über etwas, das Svea gesagt hatte. Er war sehr, sehr schön, wenn er lachte. »Vielleicht«, sagte Alva.

»Er ist netter, als ich dachte.«

»Und du legst es mehr drauf an, als ich dachte.« Blödmann. »Was ist los mit dir, sag mal?«

»Nichts. Google ihn.«

»Einen Teufel werde ich tun.« Es gab nur die nächsten drei Wochen für Jo und sie – und was immer in seiner Vergangenheit lag, hatte damit nichts zu tun.

Krister zuckte die Schultern und folgte den anderen nach draußen. Auf der Anrichte stand noch eine ganze Thermoskanne voll Kaffee, daneben der kärgliche Rest eines Familienbrots und ein Block Gudbrandsdalsost. Sie schnitt eine dicke Scheibe von dem

Käse herunter – und dann noch eine – und verteilte sie einigermaßen gleichmäßig auf zwei dünnen Brotscheiben, die sie aß, während sie ihre Socken aus der Reisetasche kramte, die Handschuhe von der Leine über dem Kamin pflückte und ihre Jacke vom Haken nahm. Den Kaffee verdünnte sie mit kaltem Wasser und kippte ihn im Gehen hinunter.

»Wir hätten gewartet«, sagte Espen mit einer Mischung aus Irritation und Amüsement in der Stimme, als sie sich schließlich draußen zu den anderen gesellte. »Du hättest Zeit gehabt, die Schlafmangelfalten zu überschminken.«

»Warte ab, bis ich dich nachher beim Skispringen besiege, alter Mann.«

Espen lachte nur.

Als lockere Gruppe setzten sie sich in Bewegung, an dem kleinen Schanzenhügel vorbei, zwischen den kahlen Birken hindurch. Der krustige Frühlingsschnee kratzte unter ihren Skiern, wo die Sonne ihn immer wieder angetaut hatte. Doch in den Senken und zwischen den Kiefern, wo wenig Sonne hinkam, war er noch locker und stob auf. Alva zockelte gemächlich hinter dem Rest der Gruppe her, und wie zufällig fand Jo an ihre Seite. Er bewegte sich auf den Skiern, als hätte er nie etwas anderes gekannt.

»Alles okay? Hast du Spaß?«

Jo zog grinsend eine Augenbraue hoch. »Alva, die sich um andere kümmert?«

»Sei vorsichtig, was du sagst. Wenn ich dich in den Schnee schubse, kommst du so schnell nicht wieder raus.« Sie beschleunigte ihre Schritte, um zum Rest der Gruppe aufzuholen.

Aber Jos Beine waren länger. Als er sie eingeholt hatte, wurde sie wieder langsamer. Jo bückte sich und hob eine Handvoll Schnee auf, doch Alva war diejenige von ihnen, die mit dieser Art von Vergnügen und zwei Brüdern aufgewachsen war. Sie ließ ihm nicht die Chance, sich wieder aufzurichten, sondern gab ihm einen Stoß.

»Nichts da.« Statt rückwärts in den Schnee zu kippen, griff er nach ihrem Arm und schaffte es irgendwie, sie beide auszubalancieren. Dabei kam sein Gesicht sehr nah an ihrs.

Atemlos grinsten sie sich an.

»Los, Wettlauf.«

»Deine Beine sind ungefähr doppelt so lang wie meine. Und du bist Profisportler.«

»Warst.«

»Warst Profisportler. Trotzdem minimal unfaire Bedingungen, oder?« Nichtsdestotrotz wurde sie wieder schneller, und er war so nett, sie nicht abzuhängen, sondern auf ihrer Höhe zu bleiben.

Die anderen warteten, wo ihre selbst gespurte Loipe den Hauptweg traf. Krister, Espen, Tom und Svea hatten inzwischen ihre Jacken und Sweater in den Rucksäcken verstaut und trugen nur noch T-Shirts. Sogar Annik hatte die Jacke abgelegt und Theo erlaubt, dasselbe zu tun. Auch Alva zog sich bis auf das Longsleeve aus und schob die Ärmel hoch. Die erste richtige Sonne des Jahres wollte genossen sein.

Sie hatte auf dem Hauptweg mit mehr Menschen gerechnet, aber vielleicht war es dafür noch zu früh am Tag. Niemand außer ihnen schien unterwegs zu sein. Neben- und hintereinander glitten sie weiter über die schneeglitzernde, sonnenbeschienene Ebene. Jo lief dieses Mal vorn bei Tom. Alva sah ihm nach und dachte, dass es keinen besseren Ort auf der Welt geben konnte als diesen, wo der Himmel so groß und das Fjell so weit war, als ihr Zwilling sich zurückfallen ließ und neben ihr auftauchte. »Findest du den Gedanken an die Party jetzt weniger unerträglich?«

»Ich werde immer noch dreißig.«

»Aber derzeit nicht ungeküsst«, sagte Espen hilfreich.

Alva nahm sich ein Beispiel an Jo, bückte sich blitzschnell, verlor dabei nur fast das Gleichgewicht und warf Espen eine Ladung Schnee ins Gesicht.

Er lachte gutmütig.

Sie verlängerte ihre Gleitschritte, um zu den anderen aufzuschließen, aber Espen sagte, uncharakteristisch heiser: »Warte mal. Ich wollte noch was mit dir besprechen.«

Als sie sich umdrehte, schluckte er und befeuchtete sich die Lippen. Ihr Bruder war nervös.

»Okay. Ich bin hier. Besprich los.«

»Also.« Nervös ja, und irgendwie wirkte er ertappt, aber dabei so zufrieden, als hätte er ein ganzes Regal voller verbotener Süßigkeiten ausgeräumt.

Alva konnte nicht anders, als sein Lächeln zu erwidern. »Nun sag schon, was los ist. So schlimm wird's nicht sein.«

»Svea wollte es gestern Abend schon sagen, aber ich fand, du allein solltest es zuerst wissen, weil du … na ja. Du bist halt mein Zwilling.«

Unter normalen Umständen und bei jedem anderen wäre das vermutlich die Einleitung für ›Wir bekommen ein Kind‹ gewesen. Aber nicht bei Espen und nicht nach all dem, was er und Svea im letzten Jahr durchgemacht hatten. »Ihr … adoptiert eine von Lotta Eriksons Katzen?«

»Die arme Katze«, sagte er. »Nein. Wir werden heiraten.«

»Irgendwie ahnte ich, dass es auch kein adoptierter Goldfisch sein würde. Herzlichen Glückwunsch, das ist toll. Ich freue mich wahnsinnig für euch.« Und das stimmte, aus tiefstem Herzen. »Wer hatte die Idee?«

»Svea. Sie hat mich kurz vor Weihnachten auf den Preikestolen geschleift, um mich zu fragen.«

»Vor Weihnachten, sagst du?« Alvas Hochachtung vor ihrer Schwägerin wuchs.

Espen nickte. »Ja, das war …«

»Ich weiß.« Er glaubte nicht wirklich, dass sie das dramatische letzte Jahr vergessen konnte, oder? »Dann habt ihr es dreieinhalb Monate geheim gehalten. Das ist verrückt.«

»Wir wollten den Gedanken erst mal sacken lassen.«

»Du hast verdammtes Glück, dass du Svea gefunden hast – und dass sie deinem dummen Dickschädel nicht erlaubt hat, alles kaputt zu machen.«

»Ich weiß.« Espen lächelte vor sich hin, während er zu Svea hinübersah, die sich an der Spitze der Gruppe einen Wettlauf mit Krister lieferte. »Allerdings muss man der Fairness halber sagen, dass sie auch Glück hat, mich gefunden zu haben.«

»Das hat sie.« Wären sie jetzt nicht mit Skiern unterwegs gewesen, hätte Alva ihren Bruder in wilder Zärtlichkeit umarmt. »Das hat sie wirklich.«

»Was ist mit dir und dem Handballer?«

Alva wurde warm in der Brust, aber sie schüttelte den Kopf. »Das ist nur … Es ist nichts Ernstes.«

»Wenn du das sagst.«

»Er ist eh bald wieder weg.«

»Aber zu unserer Party kommt er?«

»Ich hab ihn noch nicht gefragt.«

Espen schüttelte in gespielter Verzweiflung den Kopf.

Alva gewann das Skispringen am Nachmittag haushoch, wenn auch nur deswegen, weil Jo keine Ahnung davon hatte, Krister nach seiner Verletzung noch nicht mitmachen konnte und Espen und Svea versuchten, ein Dreibeinrennen daraus zu machen, bei dem sie sich gnadenlos verhedderten und letztlich in einem Haufen aus beschwipstem Gelächter im Schnee landeten.

Theo und Ella fanden eine alte Gitarre, die irgendjemand irgendwann in der Hütte vergessen hatte. Tom schaffte es irgendwie, sie immerhin so weit zu stimmen, dass sein leises Spielen am Lagerfeuer schön klang. Schön genug für ein Lagerfeuer im Schnee am Abend vor Ostersonntag jedenfalls.

Alva saß wieder neben Jo, und dieses Mal nahm sie offen seine

Hand, und er legte den Arm um sie. Sie hob das Gesicht und platzierte einen Kuss auf die weiche Haut unter seinem Ohr.

»Alva?«, fragte Ella. »Bist du scharf auf Jo?«

Hanne warf Alva durch den aufsteigenden Rauch einen entschuldigenden Blick zu, und aus Espens Richtung kam ein unterdrücktes Glucksen.

Aber Alva hatte genug Sternennacht und Lagerfeuerfunken im Herzen und vielleicht auch Moltebeerenschnaps im Blut, um schlicht »Ja« zu sagen.

»Dann passt das ja«, murmelte Jo. »Gehen wir gleich noch eine Runde spazieren?«

In der stillen, verschneiten Umgebung war es unmöglich, die Stimmen und die Musik gar nicht mehr zu hören, die vom Lagerfeuer herüberwehten. Doch als Alva und Jo die Hütte hinter sich gelassen hatten, wirkten ihre eigenen, knirschenden Schritte immer lauter dagegen. Eine Weile gingen sie schweigend, Hand in Hand.

»Du bist also scharf auf mich, ja?«

So direkt ausgesprochen in dieser kalten, klaren Nacht, wirkte es fast grob. Aber es war ja nun mal die Wahrheit. »Ella hat neulich gefragt, was der Begriff bedeutet. Hanne hat erklärt, es würde heißen, dass man jemanden mag und gern mit ihm zusammen ist.«

Jo lachte leise. »Nur das bedeutet es?«

»Im Zusammenhang mit Ellas Frage – ja.«

»Es ist hell genug, dass ich dich grinsen sehe.«

Alva stellte sich auf die Zehenspitzen und küsste ihn. Seine Nase berührte kalt ihre Haut, aber seine Lippen waren warm und fest.

Es war Jo, der sich zuerst aus dem Kuss löste. »Ich bin auch scharf auf dich. Und zwar im erwachsenen Sinne.« Der Bart kratzte an ihrer Stirn, Jos Lippen fanden ihr Ohr. »Ich finde dich extrem schön«, sagte er, jedes Wort tief und rau und so, dass es in ihrem

Unterbauch kribbelte. »Und dazu noch einigermaßen scharf, ich sagte es.«

»Dann passt das ja«, wiederholte sie seine Worte.

»Wer hätte gedacht, dass ich ausgerechnet an dem Ort, an dem ich mich vor der Welt verkriechen wollte, eine Frau treffen würde, die mir so schnell so wichtig wird. Und die dann auch noch«, er machte eine Geste, die das entfernte Lagerfeuer, Alvas Familie und Freunde und die ganze verschneite Natur bis zum Himmel einschloss, »das hier mit mir teilt.«

Er wirkte zufrieden wie ein Mann, der eine Aufgabe bewältigt hatte. »Das war das, was ich dir sagen wollte. Ich mag dich extrem gern und wünsche mir, mehr Zeit mit dir zu haben als diese paar Wochen.«

Ringsum knisterten Schneekristalle, und der Mond blinzelte hinter einer Wolke hervor. Jo mit seinen silbrigen Augen und den hellen Haaren wirkte selbst wie ein Teil dieser Eislandschaft. Wie konnte jemand so schön sein? Alva lächelte. »Ich möchte auch sehr gern mehr Zeit mit dir haben.«

»Wenn du auf mich wartest, komme ich im Herbst zurück nach Lillehamn.«

Ich habe schon zu lange auf dich gewartet, dachte sie und musste fast lachen, weil es so kitschig war. »Du könntest hierbleiben. Die Wohnung über meiner wird irgendwann frei.«

»Leider nein. Ich habe einen Vertrag zu erfüllen. Aber du könntest mitkommen.«

»Ich habe eine Praxis zu führen.«

»Das ist ein Problem.«

»Messerscharf erkannt.«

Er neigte sich zu ihr, sodass seine Lippen fast ihr Ohr berührten. »Robben in freier Wildbahn«, sagte er so samtig, dass es zwischen ihren Beinen kribbelte. »Blaues Nordmeer. Orcas. Türkisfarbene Strände, einsame Inseln. Denk drüber nach.«

Doch während sie zum Haus zurückgingen, dachte sie über etwas anderes nach. Das Bett in ihrer Kammer war zu schmal für zwei, aber Jo schlief in dem Zimmer, in dem Hannes Jugendbett stand. 1,40 m breit und ohne direkte Schallübertragung in einen der anderen Räume …

Im Wohnzimmer blieben sie stehen.

Jo legte seine Hand an Alvas Wange. Trotz der Kälte draußen war sie warm. »Gute Nacht.«

Sie küsste ihn auf die Handfläche und schlang dann die Arme um seinen Hals. Und sie meinte so was von ganz und gar ihn.

»Im erwachsenen Sinne, ja?«, flüsterte er gegen ihre Lippen, während sie ihn auf seine Zimmertür zusteuerte.

Alva nickte.

Sobald sie die Tür hinter sich geschlossen hatten, griff sie ihm vorn in den Pullover und zog ihn daran zu sich. Sie wollte ihn küssen, aber etwas in seinem Blick ließ sie innehalten, Erstaunen und eine Zartheit, die sie an ihm bisher nicht gesehen hatte.

»Das passiert wirklich, oder?«, fragte er heiser.

»Glaub schon.« Sie schob die freie Hand unter seinen Pullover und strich ihm über den Rücken. Muskeln, Sehnen, warme, glatte Haut.

Wirbel für Wirbel tastete sie sich nach oben, nahm die andere Hand hinzu, fuhr über die Kante seiner Schulterblätter und brachte ihn schließlich dazu, die Arme zu heben, damit sie ihm T-Shirt und Pullover gleichzeitig über den Kopf ziehen konnte. Jedenfalls hatte sie das vorgehabt, aber die Kleidung blieb an Jos Schädel hängen. Er kreuzte die Arme über den Kopf – sie wurde quasi gezwungen, das Muskelspiel seiner Schultern anzusehen – und erledigte den Rest selbst.

Der Raum wurde nur von einer kleinen Lampe neben dem Bett erleuchtet. Jede Kontur an Jos Oberkörper trat durch den einseitigen Schattenwurf umso deutlicher hervor, und gleichzeitig war das Licht behaglich und warm.

Sie ließ ihre Hände über seine Schultern gleiten und an seinen Armen hinunter. Himmel, hatte der Mann Bizepse. Entlang an den harten Sehnen seiner Unterarme …

Jo drehte mit einer schnellen Bewegung die Hände und schnappte Alvas Handgelenke. »Genug Anatomiestudien, Frau Doktor.« Er zog ihre Arme hinter sich und küsste sie. »Du bist dran mit Ausziehen.«

»Ich fürchte, das geht nicht.«

»So?« Seine Stimme war tief und rau an ihrem Ohr.

»Du hältst meine Hände fest.«

»Jetzt, wo du es sagst.« Sein Atem strich ihr über die Wange. »Was können wir denn dagegen tun?«

Aus einem Impuls heraus ließ sie ihre Zungenspitze von seiner Kehle abwärtsgleiten. Sie schaffte es zwischen den Brustmuskeln hindurch, bevor Jo sich ihr entwand.

»Unfaire Methoden, Doktor Alva.« Schneller als sie ›Wer ist hier unfair?‹ sagen konnte, hatte er ihre beiden Handgelenke mit einer Hand umfasst und zog ihr mit der anderen das Oberteil hoch. Blöderweise war er körperlich wesentlich stärker als sie – und noch dazu ziemlich gelenkig. Er schaffte es tatsächlich, obwohl er den Griff kein bisschen lockerte, unter ihr Hemd zu tauchen und ihren Bauch zu … küssen? Zu lecken? Der Bart kitzelte ihren Solarplexus, aber nicht so, dass sie kichernd zurückweichen wollte, sondern eher … anregend. Unwillkürlich kippte sie das Becken nach vorn.

Ein raues kleines Lachen unter ihrem Oberteil antwortete ihr, dann gab Jo ihre Hände frei und tauchte wieder auf, hinreißend verstrubbelt. »Du bist immer noch angezogen.« Er schüttelte den Kopf, als könne er es nicht fassen.

»Du auch.«

»Nur halb korrekt.«

Es gelang ihr nicht, so elegant aus der Kleidung zu schlüpfen, wie sie geplant hatte, stattdessen blieb sie mit dem Ellbogen im Ärmel hängen.

Jos Hose zu öffnen war dagegen ein Kinderspiel. Weit, wie sie war, rutschte sie ihm einfach von den kantigen Hüften und gab den Blick auf langgliedrige, von harten Muskelsträngen definierte Beine frei. Es war schlicht nicht möglich, diese Beine nicht zu berühren, ihre Hand nicht auf diesen Hintern in den Boxershorts zu legen.

Jo schüttelte den Kopf. »Du bist schon wieder angezogener als ich.« Seine Stimme klang erfreulich angespannt, und seine Unterlippe glänzte.

Alva erlaubte ihm, ihre Jeans abzustreifen und sie mit jeder feinen Berührung seiner Finger an ihren Beinen zum Bett zu schieben, wo er sich der Länge nach auf den Rücken sinken ließ und sie mit sich zog, bis sie halb neben, halb auf ihm lag. Jetzt brauchten sie keine Worte mehr, nicht einmal ein Flüstern. Nur Lippen aufeinander und Hände auf Haut und schneller werdender Atem.

Seine Handfläche war warm auf ihrem Bauch, der Daumen strich an ihrem Brustansatz entlang. Sie spürte, wie sie auf den Reiz reagierte.

Jo lächelte. Er umfasste ihre Brust und nahm die linke Brustwarze sanft zwischen Daumen und Zeigefinger. Mit dem Unterarm strich er über die aufgerichtete rechte. Die feinen Haare kitzelten sie. Und die ganze Zeit war da dieses Pochen in ihrer Mitte und dieser heißer werdende Druck an ihrem Oberschenkel und die Sehnsucht, die von ihrer Brust ins Herz und zwischen die Beine und überallhin pulste.

Als Jos Finger zwischen ihre Beine glitt und sie unwillkürlich stöhnte, war ihr jegliches Warten und Genießen endgültig egal. Durch den Stoff der Boxershorts hindurch drückte er hart gegen ihren Oberschenkel. Seine Fingerspitze entzündete derweil tausend Funken in ihrem Unterleib. Sie wölbte sich ihm entgegen, und ein winziges bisschen tiefer glitt er noch, bevor er sich zurückzog, um über ihren Bauch wieder nach oben zu streichen.

Sie schob die Hand unter das Gummi seiner Boxershorts. Fingerspitzen auf gespannter, pochender Haut, während Jos Atem sehr, sehr unregelmäßig wurde.

»O Gott, Alva.«

»Du hast nicht zufällig Kondome dabei?«

Er drängte gegen ihre Hand, während seine Finger erneut an ihrer Scham entlangglitten. »Ich weiß nicht. Vielleicht …«

Während er zu seinem Rucksack ging, betrachtete sie seinen jetzt nackten Hintern. Jo kramte kurz in einem Seitenfach und drehte sich dann mit triumphierendem Grinsen zu ihr um und hielt ein Kondompäckchen in die Luft. »In einem geordneten Haushalt findet sich alles wieder, sagte die Mutter meines Freundes immer.«

Alva prustete los. Sie lachte immer noch, als Jo wieder neben ihr lag, aber dann begann er, Küsse auf ihrem Körper zu verteilen, und ihr Lachen ging in … sehr … konzentriertes … Atmen … über. Sie ließ sich zurück auf den Rücken sinken und streichelte seinen Oberschenkel. Sanft schob er ihre Beine auseinander und legte sich auf sie. »Nicht warten.« Bitte. Nicht warten. Die Sehnsucht wurde unerträglich. Sie öffnete die Beine noch ein Stück und spürte ihn endlich … fast … »Bitte«, flüsterte sie, und er lachte lautlos.

»Gleich.« Seine Augen waren dunkel, als er langsam, langsam in sie glitt.

Sofort hob sie sich ihm entgegen, schloss sich fester um ihn. Er atmete zitternd aus, zog sich zurück und drang tiefer in sie. Sie umfasste seinen Hintern und umschlang sein Becken mit den Beinen. Und dann lag er wunderbar groß und warm und schwer auf ihr, in ihr. Sie presste sich an ihn, während er sich in ihr bewegte und die Spannung ins Unerträgliche steigerte. Sie konnte nicht mehr denken, sie konnte gar nichts mehr, sie wollte kein Zögern und kein Spielen mehr, sondern nur noch selige Erlösung. Bitte. Seine Rückenmuskeln unter ihren Händen spannten sich, ihre gemeinsame Bewegung wurde schneller.

Sie öffnete die Augen in dem Moment, als sich sein Blick verschleierte und sein Körper sich versteifte. Noch einmal drängte sie sich an ihn, noch einmal, und dann explodierten auch in ihrem Unterleib tausend Lichtfunken.

Schwer atmend sank er auf ihren Oberkörper und blieb dort liegen, bis sie ihn zur Seite schieben musste, weil ihr Bein einschlief.

Er küsste sie auf die Nase und legte sich neben sie, den Kopf in die Hand gestützt. Dabei lächelte er still in sich hinein.

»Was ist?«

»Ich sehe dich gern an.«

»Ich sehe dich auch gern an.«

»Warum?«

Sie ließ ihren Finger von seinem Kiefergelenk den Hals hinuntergleiten. Über die feste Rundung seiner Schulter, über die Kerbe, die zwischen Schultergelenk und Bizeps lag. Weil du ein so schöner Mensch bist, Jo. Deswegen. »Du zuerst.«

»Weißt du nicht, dass Männer solche Fragen nicht beantworten können?«

»Aha.«

»Ist wahr. Bei uns ist das Sprachzentrum nicht so mit dem Gefühlszentrum verbunden wie bei euch.«

»Wer von uns beiden hat Medizin studiert?«

»Ein bisschen was habe ich auch über den Körper gelernt.«

»Das habe ich gemerkt.«

Er grinste. »Stets zu Diensten. Um auf eben zurückzukommen: Ich sehe dich gern an, weil ich dich gern mag. Ich fühle mich wohl mit dir … sicher.«

Das war eine eigenartige Aussage. Und eindeutig hätte sie im Moment ›Ich finde dich ziemlich scharf‹ besser gefunden. Aber vielleicht fand Jo, dass er das oft genug gesagt und soeben zur Genüge bewiesen hatte.

»Ich fühle mich auch wohl mit dir.« Sie fuhr mit dem Zeigefinger die Konturen des verschwommenen Schriftzugs an seinem Oberarm nach. *Here to laugh at the odds.* »Wie lange hast du das schon?«

Er schielte zu ihr herunter. »Schon eine Weile. Der Cousin meines besten Freunds hat ein Tattoostudio. Er hat es mir gestochen, als ich sechzehn war.«

»Sechzehn.« Welcher Tätowierer bediente einen Teenager?

»Mein Vater war gerade wieder mal in den Knast gekommen und ich auf dem Weg in mein erstes Profi-Trainingslager. Ich brauchte dringend was zum Dranfesthalten. Ramin hat mir das Tattoo geschenkt, ich hätte das damals im Leben nicht bezahlen können. Ich war schon froh, wenn es fürs Weißbrot zum Frühstück reichte.«

Das waren zu viele Informationen und Gefühle gleichzeitig für Alvas müdes, glückshormongeflutetes Hirn. Das Wort ›Knast‹ stach irgendwo in ihrem Verstand. Es kam eindeutig zu nah an Kristers komische Bemerkung heran. Während sie sich in Jos Armbeuge schmiegte, stellte sie die naheliegendste Frage. »Wieso war dein Vater im Knast?«

»Ist er immer mal wieder. Drogen, Fahren ohne Führerschein, Schlägereien, alles Mögliche. Ich glaube, damals war es wegen bewaffneten Raubüberfalls.« Jetzt sah Jo sie nicht mehr an, sondern unterhielt sich mit der Zimmerdecke. »Ich schätze, inzwischen hat er es sich dort ganz gemütlich eingerichtet.«

»Das tut mir leid.«

»Muss es nicht. Es ist bloß die Erklärung für das Tattoo. Du hast gefragt.«

»Habe ich.« Sie strich, jetzt mit der flachen Hand, über seine muskulöse Schulter und hinunter zu seinem Bauch. »Ich wollte dir damit aber nicht den Abend verderben.« Und mir auch nicht.

»Keine Chance. Das war der beste Abend, den ich seit Monaten hatte, und daran wird nichts je etwas ändern.«

Am Sonntagmorgen frühstückten sie traditionell an dem langen Tisch auf der Terrasse, sofern das Wetter es zuließ. Danach gab es die Geschenke: je ein großes Papp-Osterei, gefüllt mit Süßigkeiten, für alle. Dieses Jahr hatte Annik vorgeschlagen, die Eier schneefest einzupacken und zu verstecken. Also stiegen Krister und Tom mit den Kindern zum Rodeln auf den Hügel, und die verbliebenen Erwachsenen kümmerten sich darum, neuen Kaffee zu kochen, die Krümel vom Tisch zu fegen und die Ostereier zu verstecken.

Svea hatte den ganzen Morgen über schon immer wieder zu Alva herübergesehen, und entsprechend war Alva nicht besonders überrascht, als ihre zukünftige Schwägerin ihr in die Hütte folgte, eins der Sitzfelle noch in der Hand. »Lundahl und du, ja?«

»Ja.« Ein warmes Gefühl machte sich in Alvas Brust breit. Sie hielt die Kaffeekanne unter den Wasserhahn, um sie zu füllen.

»Als du sagtest, du würdest ihn mitbringen wollen, war mir nicht klar, wie ernst es dir mit ihm ist.«

»Das wusste ich selbst nicht.«

»Ihr seid süß zusammen.« Nur klang es eher, als spräche Svea von einer Weisheitszahn-OP.

Ungefragt tauchte wieder die Erinnerung an Kristers Worte auf. *Es gibt Gerüchte.* »Aber?«

Svea sah sich zur Tür um, als befürchtete sie, jemand könne draußen zuhören. »Du weißt, dass wir beide aus Oslo kommen. Und zufällig gab es ein paar Berührungspunkte zwischen meiner Clique und seinen Leuten. Ach, Mist. Ich fühle mich echt blöd dabei, hier rumzutratschen. Außerdem hätte ich es dir, wenn schon, vielleicht sagen sollen, bevor du ihm völlig verfällst –«

»Ich bin ihm nicht *verfallen*«, zischte Alva. Also, zumindest nicht völlig.

»Okay, dann bevor du mit ihm im Bett landest.«

»Leider bin ich jetzt neugierig.« Die Kaffeekanne lief über, und Alva stellte den Wasserhahn aus.

Svea versicherte sich noch einmal, dass niemand lauschte. »Da Aki dir das kaum selbst erzählen wird …«

Déjà-vu. Vor nicht allzu langer Zeit hatten Svea und sie ein ähnliches Gespräch geführt, nur mit umgekehrten Rollen. »Ich glaub, er mag ›Jo‹ lieber.«

»'tschuldige. Ich weiß. Was soll's. Ich bring's einfach hinter mich.«

Alva sah zu Jo hinüber, der mit fast jungenhafter Begeisterung Espen dabei half, die Ostereier zu verstecken.

»Bitte versteh das richtig, ich will dir diese Sache nicht madig machen oder sonst was. Wenn du ihn gernhast, dann … ist das so. Aber ich habe eins gelernt, seit ich in eure Familie gekommen bin: Die Solbergs reden über Dinge. Und das finde ich gut, und …«

»Svea. Nun sag schon.«

Svea knautschte das Fell in ihren Händen. »Das wirst du nirgendwo im Internet finden, seine Anwälte haben da gute Arbeit geleistet. Aber es heißt, er ist deswegen aus dem Verein geflogen, weil er einen Typen krankenhausreif geschlagen hat.«

»Was?« Irritiert wich Alva einen Schritt zurück.

»Der andere hat wohl bleibende Schäden zurückbehalten.«

Nein. Alva wusste nicht mal, ob sie es laut aussprach. Nein, das war völliger Unsinn. »Ganz ehrlich? Das passt so was von überhaupt gar nicht zu dem Jo, den ich kennengelernt habe.« Dem Jo, der soeben mit ihrem Zwilling zusammen versuchte, eins der Eier mit einer merkwürdigen Seilkonstruktion an einen der kargen Bäume zu hängen. *Es gab ein paar Unstimmigkeiten zwischen dem Vorstand und mir, wie mit rassistischen Übergriffen umzugehen ist.* »Jo ist kein Schläger.«

»Kann sein. Kann auch nicht sein.« Svea hob ein bisschen hilflos die Schultern. »Ich fand trotzdem, du solltest wissen, dass da zumindest irgendwas nicht ganz sauber gelaufen ist. Meine Freundin kennt seine Schwester. Insofern gehe ich davon aus, dass was dran ist.«

Nein. Alva zwang sich zum Lächeln.

»Frag ihn sonst einfach selbst.«

Hey, ich hab gehört, du schlägst Leute zusammen. Erzähl doch mal. »Mach ich vielleicht.«

»Tut mir leid.«

Mehr als ein Schulterzucken, das wohl nicht überzeugend gleichgültig rüberkam, gelang Alva nicht. Das war Quatsch, oder? Jo war kein Gewalttäter. Anders aufgewachsen als sie möglicherweise. Aber jemanden krankenhausreif schlagen? Im Leben nicht.

»Soll ich noch was mit rausnehmen?«

»Die Zimtschnecken«, sagte Alva. Die Zimtschnecken, die Jo mitgebracht hatte.

Von draußen kündigten Lachen und Rufen die Rückkehr der Schlittenfahrer an. Mechanisch schaltete Alva die Kaffeemaschine ein. Sie sah Svea hinterher, die ihr noch einen entschuldigenden Blick zuwarf, und schaffte nicht mal ein halbes Lächeln.

Sie wollte jetzt nicht nach draußen gehen.

Sie wollte nicht mit den anderen fröhlich am großen Ostertisch sitzen und so tun, als sei alles in Ordnung – weil es das gerade so was von überhaupt gar nicht war. Zu vehement stellte sie die Kaffeedose zurück in den Schrank und knallte die Tür zu.

Klar, dass das wieder ihr passierte. Klar.

Falls es denn wirklich stimmte.

Und was bedeutete es für sie, wenn es so war? Dass es sie nicht störte, wenn Jo lossegelte? Oder dass sie ihn überhaupt nicht mehr sehen wollte?

Hanne kam zerzaust aus dem Nebenzimmer. »Ich bin wieder beim Stillen eingeschlafen. Ist noch Kaffee da?«

»Läuft gerade durch.«

»Gut.« Prüfend betrachtete Hanne sie. »Was ist?«

»Nichts.« Weil sie es nicht wollte. Weil sie sich wünschte, Svea hätte einfach geschwiegen.

»Sicher?«

»Nein, mich beschäftigt was. Ist nur jetzt nicht der richtige Moment dafür.«

»Ich bin für dich da, das weißt du.«

»Ja.«

»Kommst du mit raus?«

»Ich warte nur noch auf den Kaffee.« Und darauf, dass ihr Herzschlag sich beruhigte, und vielleicht ein bisschen auch auf Svea, die zurückkam und zugab, nur einen schlechten Scherz gemacht zu haben. Oder gleich auf Jo, der sie suchte, um ihr zu sagen, was passiert war. Hatte sie gestern Abend tatsächlich fast ernsthaft darüber nachgedacht, mit ihm zu segeln? Sie musste betrunkener gewesen sein, als ihr bewusst gewesen war.

Aber Jo las natürlich nicht ihre Gedanken und kam nicht ins Haus, um das Missverständnis aufzuklären. Stattdessen hatte er Spaß mit ihrem Zwilling.

Sie wollte ihm nicht gegenübertreten müssen, nicht einfach anknüpfen an *vorher*. Sie wollte Zeit haben zum Denken und zum Forschen, denn nun würde sie Joakim Lundahl im Netz suchen, so viel war sicher. Svea hatte gemeint, über diese Sache würde Alva nichts finden, aber Krister hatte etwas von ›Gerüchten‹ gesagt, und Alva war bereit, jedes einzelne davon sehr genau anzusehen.

»Lillesør, kommst du?«

Das war vertrautes Terrain. Alva sah um den Türrahmen herum nach draußen. »Ich bin immer noch vier Minuten älter als du, Brüderchen.«

Jo zwinkerte ihr zu, und natürlich wurden ihr trotz allem prompt die Knie weich, als wäre sie sechzehn.

Sie zwang sich zu lächeln – im Zweifelsfall erst mal für den Angeklagten – und zog sich zurück. Doch ewig konnte sie sich nicht im Haus herumtreiben. Sie wusch sich noch die Hände, kämmte überflüssigerweise die Haare, sortierte ein paar Teller ins Spülbecken und konnte das Rausgehen dann nicht länger aufschieben.

»Da ist ja endlich der Kaffee!« Espen hielt ihr seine Tasse entgegen, noch bevor sie am Tisch angekommen war. »Ich hab Jo zu unserer Party eingeladen.«

»Und ich habe zugesagt.« Jo trat neben sie und legte den Arm um sie wie am Abend zuvor. Seine Wärme, das inzwischen vertraute Gefühl seines Brustkorbs an ihrer Schulter, dieser Duft, der sofort die Küsse vom Vorabend zurückholte – alles an ihm zog sie an. Sie könnte in diesem Moment vollkommen glücklich sein, würde nicht dieser hässliche Verdacht, von dem sie nicht wusste, wie sie damit umgehen sollte, alles wie ein Störgeräusch überlagern.

Sie versteifte sich unwillkürlich, ganz wenig nur, aber Jo merkte es. Natürlich merkte er es. Es hatte sein Geld damit verdient, das Muskelspiel anderer Leute zu kennen.

»Alles okay?«, fragte er mit diesem unfassbar entzückenden Osloer Tonfall. Sein Atem war warm über ihrem Ohr.

»Klar.« Vollkommen okay. »Nur … Kopfschmerzen.«

»Soll ich dir die Schultern massieren?«

»Nein.« Sie lächelte zu ihm hoch und wand sich dabei aus seiner Umarmung. »Lass mal. Das geht schon gleich wieder.«

Vierzehn

Alva und ihre Leute hatten es tatsächlich geschafft, dass er sich bei ihnen wohl und angenommen fühlte. Bis auf Krister hatte ihn niemand spüren lassen, dass er nicht dazugehörte. Im Gegenteil: Er hatte zwischendurch sogar den Eindruck gehabt, sie müssten sich heimlich abgesprochen haben, was seine »Betreuung« anging. Immer war jemand mit einem freundlichen Spruch zur Stelle oder fragte ihn, ob er bei etwas mitmachen wolle. Am Sonnabend hatte er zufällig mitbekommen, wie Annik Krister ›Frosty‹ nannte und ihm zuraunte, er müsse nicht jeden Neuen in ihrer Gruppe so behandeln wie sie am Anfang. Die Ablehnung, die Jo empfunden hatte, schien also nichts mit ihm zu tun zu haben.

Irgendwann an diesem Wochenende hatte er sich bei dem Gedanken ertappt, ob es vielleicht tatsächlich eine Option war, in Lillehamn zu bleiben – oder nach dem Törn dorthin zurückzukehren. Das Zusammengehörigkeitsgefühl in Alvas Familie kannte er bisher von Zayed und seinen Eltern und Geschwistern. Auch da war er der Eindringling von außen gewesen – und auch da hatte das außer ihm selbst wohl niemand so gesehen.

Aber dann musste zwischen diesem phänomenalen, heißen Samstagabend und Sonntagmorgen etwas geschehen sein, und er fand beim besten Willen nicht heraus, was es gewesen sein könnte. Irgendetwas hatte Alva verstört. Doch sosehr er grübelte – was er nun bereits seit Stunden tat –, er hatte keine Ahnung, was er falsch gemacht haben könnte. Er hatte Wilma von Jamal geholt, war mit ihr am Strand gewesen, hatte sich ein einsames Abendessen auf seiner ausgekühlten Jacht zubereitet und Wilma das letzte Viertel der blöden Pizza gegeben, weil er keinen Hunger hatte.

Woher kam die plötzliche Missstimmung zwischen Alva und ihm?

Er versuchte, sich mit Krafttraining und dann mit Lesen abzulenken, kontrollierte seine Aktiendepots und beantwortete im Mitgliederbereich der Fitness-App ein paar Fragen. Immer wieder kehrten seine Gedanken zu Alva zurück. Was um alles in der Welt hatte er falsch gemacht?

Auf einmal war ihm entsetzlich danach, mit Zayed und seinen fünf Geschwistern und unzähligen Verwandten den Osterkrimi im Fernsehen anzusehen und nichts davon mitzubekommen, weil sowieso immer einer redete und alle im Familienwohnzimmer mehr auf- als nebeneinandersaßen. Er schickte Zayed ein Bild von der Hütte im Schnee und dem Lagerfeuerplatz, streamte zwei Folgen *Okkupert* und rief dann seine Schwester an.

»Hast du Sehnsucht nach mir?«

»Nein, Langeweile.«

Sie lachte. »Ich dachte schon.«

»Hattest du schöne Ostern?«

»Ja, ich war Gründonnerstag mit Anders in Schweden zum Einkaufen und dann halt Ostern in der Stadt wie sonst auch. Und du? Hast du deinem Fundhund ein paar Eier versteckt?«

Ihre Bemerkung ärgerte ihn mehr, als sie sollte. Kjersti hatte immer noch nicht verstanden, dass es andere gute Orte als Oslo auf der Welt gab. »Ich war mit ein paar Freunden Skilaufen.«

»Warte. Wer bist du? Wo ist mein Bruder, der am Ende der Welt seinen verletzten Stolz pflegt? Sagtest du gerade ›Freunde‹?«

»Haha.« Aber so war das bei ihnen nun mal, bei Kjersti und ihm. Sticheleien waren die Kommunikationsform, die ihnen leichtfiel, selbst wenn sie sich um Besseres bemühten. Und immerhin hatten Zayeds Eltern ihm ein bisschen was darüber beigebracht, was es bedeutete, ein anständiger Mensch zu sein.

»Ernsthaft, Kleiner. Wo hast du auf einmal Freunde her?«

»Alva hat mich eingeladen, mit ihren Freunden auf die Hütte zu fahren. War ziemlich cool.«

Kjersti pfiff leise durch die Zähne. »Wird das was mit euch?«

»Quatsch.« Jo wusste selbst nicht, wieso er es derart entschieden abstritt. Das Letzte, was er wusste, war, dass sowohl Alva als auch er gesagt hatten, sie wünschten sich mehr Zeit miteinander. Und sich geküsst und miteinander geschlafen hatten. Es war ... gut gewesen. Für sie auch, da war er sicher. Warum, zum zehntausendsten Mal, hatte sie am nächsten Morgen diesen Rückzieher gemacht?

»Hätte ja sein können.«

»Hätte. Ist aber nicht so.« Bevor sie weiterfragen konnte, erzählte er ihr vom Sitzen am Lagerfeuer, vom Vorlesen des Kinder-Rätselkrimis, vom Skifahren und vom Schanzenspringen. Von all den Dingen, die sie beide als Kinder nicht erlebt hatten.

Kjersti fragte an den richtigen Stellen nach und gab die richtigen Kommentare, bevor sie aufs Geschäft zu sprechen kam. »Dein Fotoshooting nächste Woche.«

»Was ist damit?«

»Zusätzlich zu den Aufnahmen auf dem Boot wollen sie Studioaufnahmen machen. Du sollst dann mit nach Stavanger kommen, wo die Leute von *SkanJersey* ein Hotelzimmer für dich und ein Fotostudio gebucht haben.«

»Ähm.« Jo schloss den Mund wieder.

»Ich weiß, das ist spontan, aber sie verdoppeln das Honorar, und – mal ehrlich – du freust dich sicherlich, wenn du mal wieder in einem vernünftigen Bett schlafen kannst, oder?«

»Ich habe ein vernünftiges Bett«, sagte er langsam, bevor er sich wieder gefangen hatte und die Schultern zurücknahm. Geschäft war Geschäft. »Sag ihnen, ich bringe meinen Hund mit.«

»Keine Ahnung, ob das –«

»Wilma ist dabei, oder der Fotoshoot findet nicht statt. Ich kann sie nicht schon wieder Jamal aufdrücken.« Und Alva schon gleich gar nicht.

Joakim Lunda- Alva hatte den Namen nicht mal zu Ende getippt, da poppten bereits die Vorschläge der Suchmaschine auf. *Joakim Lundahl Freundin* war der erste. *Joakim Lundahl verletzt* der zweite. *Joakim Lundahl neue Saison. Joakim Lundahl Ex-Freundin. Joakim Lundahl Gefängnis.*

Ihre Hände wurden kalt, obwohl sie unter der Wolldecke auf dem Sofa saß und eine Teetasse neben sich hatte.

Joakim Lundahl elender, verlogener Mistkerl.

Innerlich wie erstarrt klickte sie auf den ersten Link, *Joakim Lundahl* ohne Freundinnen, Verletzungen oder Verträge, während sie auf Autopilot nach der Schüssel mit den Schokoladenkeksen griff. Sie bekam Jo, ihren Jo, der ihr verlegen gestanden hatte, dass seine Schädeldecke abhob, wenn sie sprach, mit dem sie Wilma gesucht hatte, der sie nur mit seinen Fingern in den siebten Himmel geschickt hatte, immer noch nicht mit der Vorstellung einer Schlägerei zusammen.

In der Vorschau der Suchmaschine sprangen ihr die Bilder quasi entgegen. Er sah ein bisschen fremd aus ohne Bart. Jünger, freier. Jo, ohne Bart, mit einem so breiten, glücklichen Siegerlachen, dass sie automatisch lächeln musste, trotz allem. Jo im roten Trikot, abgekämpft, mit auf der Stirn glitzernden Schweißperlen und zur Siegerpose in die Luft gereckter Faust. Jo, der seine Teamkameraden umarmte und mit diesem unfassbar gewinnenden Lachen die Kamera anflirtete.

Sie klickte auf eins der Bilder, ein Artikel in einem Sportmagazin poppte auf.

Ausnahmetalent Aki Lundahl, Star-Rechtsaußen bei Oslo Elite, hat eine Torbilanz wie kein anderer seit dreizehn Jahren. Fans des Sports feiern ihn besonders für seine angedrehten Bälle, die ihm den Spitznamen ›Twister‹ eingebracht haben. Nur wenige andere schaffen es, mit einem Schnipsen aus dem Handgelenk ihre Bälle unhaltbar zu machen. Jetzt hat der Twister überraschend das Handtuch geworfen. Sein Management schweigt zu den Gründen, die Informationen aus dem Vereinsvorstand sind bestenfalls kryptisch. Wir haben uns mit Freunden und Teamkameraden getroffen, um …

Der Rest verschwand hinter einer Bezahlschranke. Alva war kurz davor, auf ›Weiterlesen‹ zu klicken, aber Svea hatte behauptet, sie würde im Internet nichts finden, also sparte sie sich die fünfzehn Kronen – erst mal – und scrollte weiter.

Offensichtlich hatte er nicht nur Handball gespielt, sondern auch für einen Sportkleidungshersteller Werbung gemacht, *SkanJersey*. Sie hatte das Logo auf dem Rumpf der FYF gesehen. Das also war sein Sponsor. Vor dem Klick auf die Bezahlschranke hatte sie sich bremsen können, aber das Vorschaubild von Jo in Boxershorts mit nacktem Oberkörper wollte sie dann doch in voller Größe sehen. Sie ließ den Blick über das Bild auf dem Display gleiten wie Finger über seine Haut. Er war ein bisschen dünner, als sie ihn kannte, die Konturen seines Gesichts härter. Links neben seinem Bauchnabel hatte er einen kleinen Leberfleck und am Oberarm ein Tattoo. Und er war wunderschön.

Doch das war es nicht, was sie wissen wollte.

Joakim Lundahl Gefängnis.

Ihr Herz hämmerte, und sie schloss sicherheitshalber die Augen, als sie den ersten Link anklickte.

Die Seite war eine dieser blinkenden Clickbait-Seiten mit mehr Werbung als sinnvollem Inhalt. *Hat Norwegens Superspieler eine finstere Vergangenheit? Was ihr garantiert noch nicht über Hottie Twister wusstet.*

Alva merkte, dass sie die Schultern hochgezogen hatte, und ließ sie sinken. Das hier war einfach nur ein alberner Glitzerartikel, wie sie in den Zeitschriften im Wartezimmer zu finden waren, mehr nicht. Sie angelte nach einem weiteren Keks.

Das Bild von Jo war unscharf, und er wirkte sehr jung darauf. Zusammen mit einem schwarz gelockten Jugendlichen mit brauner Haut kam er aus einem Haus, mehr war nicht zu erkennen.

Wie wir kurz vor Redaktionsschluss erfahren haben, wurde der einflussreiche Jungunternehmer Zayed Khan am vergangenen Montag vor Gericht geladen. Geht es um einen der vielen Raubüberfälle im Grorudsdalen, wo Lundahl und Khan aufgewachsen sind?
Khans Familie stand bereits mehrfach mit dem Gesetz in Konflikt. Noch brisanter: Zu Zayed Khans engsten Freunden gehört seit Jahren Joakim Lundahl, uns allen bekannt als der Twister, der nie ein Geheimnis darum gemacht hat, dass sein Vater mehrfach verhaftet wurde. Kann Aki seinen kriminellen Genen vielleicht doch nicht entgehen? Unseren Bemühungen zum Trotz war Lundahls Management bisher zu keinem Kommentar zu bewegen. Aber keine Antwort lässt ja manchmal tief blicken … Weiter auf der nächsten Seite.

Kriminelle Gene. Alva wischte Kekskrümel von der Decke. Wenn sich jemand mit Vererbung auskannte, dann sie. Kriminelle Gene, was für ein Blödsinn. Trotzdem mochte sie den Geschmack nicht, den der dumme Artikel hinterließ.

Sie versuchte weiterzuscrollen, wurde aber immer wieder auf die Startseite zurückgeleitet. Sie probierte es zum dritten Mal, als ihr Telefon brummte und eine Nachricht von Jo anzeigte.

Er schickte ein Bild von Wilma.

Sehen wir uns morgen?

Auf jeden Fall!, rief ihr Herz. Gut, und ihr Körper auch. *Komm doch am besten gleich jetzt noch vorbei.* Aber der Teil von ihr, der einmal zu oft verletzt worden war, zögerte und stellte sich zum hundertsten Mal dieselbe Frage: Hatte es für das, was sie mit Jo erlebte, irgendeine Bedeutung, ob Sveas Behauptung stimmte? Vermutlich hing die Antwort davon ab, was genau es mit ihnen war. Ein unverbindlicher Flirt, solange er hier war – oder wirklich mehr?

Morgen ist schlecht. Ich muss nach der Arbeit zu den Robben, dann Team-Meeting, noch mal Robben, und danach bin ich vermutlich tot. Was ist mit Mittwoch?

Um nicht nur auf die drei Punkte zu starren, die ankündigten, dass Jo an einer Antwort tippte, wickelte Alva sich aus der Decke und fing an, ihre Tasche vom Wochenende auszupacken. Sie war nach dem Heimkommen gleich in die Marinestation geeilt und dann einfach nur noch aufs Sofa gefallen.

Mittwoch bis Freitag muss ich arbeiten.

Alva war so verblüfft, dass sie über die Antwort nicht lange nachdenken musste.

Was musst du arbeiten? Hast du jetzt einen Job hier?

Mein Sponsor kommt, um Fotos zu machen. Danach fahre ich bis Freitag nach Stavanger ins Hotel. Fotos, Interviews, das ganze Zeug.

Das ganze Zeug, klar. Autogramme geben bestimmt auch. Was man halt den lieben langen Tag so machte. Leute verprügeln vielleicht auch.

Sie wollte das nicht denken. Sie wollte an die Abende am Lagerfeuer denken – und an das, was danach passiert war. Und sie hatte immer noch keine Antwort auf die Frage, was Sveas Eröffnung für sie bedeutete.

Ich würde dich gern vorher noch sehen.

Ich dich auch. Der Gedanke, dass Jo bloß ein paar hundert Meter entfernt von ihr war, machte es nicht einfacher. Lag er in der Koje im Bug? Oder saß er, Wilma neben sich, in der Sitzecke, während der Fjord an den Bootsrumpf schwappte?

War es dumm von ihr, die wenige Zeit, die ihnen beiden blieb, durch Zögern und Nachdenken zu verschwenden?

Morgen Abend bin ich seit Ewigkeiten schon mit meiner Cousine verabredet.

Er las die Nachricht, aber seine Antwort kam erst, als Alva schon im Bett lag und kurz vor dem Einschlafen war.

Alva?

Was ist?

Hab ich was falsch gemacht?

Fünfzehn

Jedes Mal, wenn Wilma rausmusste – und auch wenn sie nur eventuell rausmüssen könnte –, ging Jo an der Praxis und an Alvas Wohnung vorbei wie ein jämmerlicher Stalker. Natürlich tauchte sie nicht zufällig auf. Nichts hätte er falsch gemacht, hatte sie behauptet. Ihr Zeitplan sei nur unglaublich voll. Sie musste ihn entweder für dumm oder für naiv halten – falls beides nicht am Ende aufs Gleiche hinauslief.

Inzwischen hatte er Übung im Alleinsein – nur war ihm das Alleinsein vor dem Wochenende nicht wie Einsamkeit vorgekommen.

Aber vielleicht war es besser so. Letztlich würde sich auf Dauer nicht weglügen lassen, wo er herkam und wo Alva herkam. Allerdings wollte er von ihr hören, was wirklich los war, bevor er aufgab, was wirklich gut angefangen hatte.

»Komm, Wilma. Ich werfe noch mal.«

Begeistert kam sie mit dem Stock im Maul angelaufen.

»Du musst ihn loslassen.«

Wer weiß, ob sie das je zuverlässig verstehen würde.

»Leckerli gegen Stock, das ist der Deal.«

Sie sah ihn schwanzwedelnd mit diesen großen, dunklen Augen an und ließ kein bisschen los.

Jo hob die Schultern. »Dann nicht. Lass uns nach Hause gehen.«

Auf dem Hafenplatz vor dem heruntergekommenen Haus parkte ein schwarzer Van mit getönten Scheiben. Hoffentlich war am Ende nicht doch noch die Kinderschutzbehörde auf die junge Frau aufmerksam geworden, von der Alva erzählt hatte. Jo könnte ihnen sagen, wo sie nach vernachlässigten Kindern suchen mussten. Nun, es ging ihn nichts an.

Er pfiff nach Wilma und betrat den Steg.

»Aki?«

Innerlich seufzte er. War es also doch vorbei mit seiner Ruhe. Nachdem ihn nach dem *Frontstage*-Abend bloß zwei scheue Jugendliche um ein Autogramm gebeten hatten und sonst niemand weiter Kenntnis von ihm genommen hatte, hatte er zu hoffen gewagt, dass man ihn in Ruhe ließ.

»Wartest du mal bitte, Lundahl?«

Er knipste ein Lächeln an und wandte sich um.

Es war niemand aus Lillehamn, der sich mit schnellen Schritten näherte, sondern Viktoria, die Fotografin von *SkanJersey*. Die braunen Haare hatte sie zum Zopf geflochten, der ihr über die Schulter hing, die langen Beine wie immer in engen schwarzen Jeans. Der Anblick ihrer Boots ließ ihn an Alvas Wanderstiefel denken. Er hatte noch nie auf püppchenhafte Frauen gestanden.

Beim Anblick von Viktorias vertrauter Gestalt atmete etwas in ihm erleichtert aus. Er hatte nicht gemerkt, wie sehr er Menschen aus seinem alten Leben vermisste. »Hey. Ich hab frühestens in zwei Stunden mit euch gerechnet. Wo sind die anderen?«

Sie nickte zu dem dunklen Van hinüber, und jetzt erkannte er die beiden Männer auch: Flemming, Marketingchef, und Daniel, der Technikassistent. Sie hatten die Sache hoch aufgehängt. »Wir waren heute Nacht schon in Stavanger, damit wir genug Zeit für alles haben.«

Grüßend hob er die Hand in Richtung Auto, doch Viktoria ließ ihm keine Zeit, auch nur »Hallo« hinüberzurufen, sondern zog ihn in eine ruppige Umarmung. Eine Wolke aus Kaffeeduft und irgendeinem zarten Parfum hüllte ihn ein, und sein idiotisches Hirn fühlte sich sofort drei Jahre zurückversetzt, als die Welt noch voller Abenteuer gewesen war.

Nach der Begrüßung hielt sie ihn auf Armlänge von sich weg, um ihn zu betrachten, und er war so erleichtert über alles Vertraute, dass er es geschehen ließ wie eine Marionette. »Okay, der Bart muss weg.«

»Schön, dich wiederzusehen«, sagte er, so trocken er konnte.

»Und vielleicht müssen wir die Haare schneiden.«

Jo grinste. »Mir gefällt der Bart, und ich mag die Haare so. Wie ist es dir ergangen in all den Monaten?«

»Ich bin mir nicht sicher.« Ungefragt strich sie ihm die Haare aus der Stirn und legte dann den Kopf schief wie eine Künstlerin, die ihr halbfertiges Werk begutachtet. »Vielleicht ein bisschen in Form gebracht …«

»Ich geh dann schon mal rein und räume auf, wenn es dich nicht stört.«

»Sorry.« Viktoria hakte sich bei ihm ein. »Erzähl. Wie geht's dir so ohne den ganzen Trubel? Ich hab gehört, Sanna hat Schluss gemacht?«

»Wir haben beide Schluss gemacht. Schon vor Ewigkeiten. Was ist mit dir und diesem … wie hieß er noch? Alles noch rosa?«

»Reden wir nicht drüber.« Sie winkte ab. »Also, der Job. Heute Homestory, Aki und sein Hund, morgen Studio, übermorgen Hotel. Passt das so?«

»Zumindest ist das das, was Kjersti mir gesagt hat.« Eigenartig, wie seine beiden Welten auf einmal aufeinanderprallten. Sosehr er das Wochenende mit Alvas Clique genossen hatte – dies hier war vertraut, sicherer Boden unter seinen Füßen. Er musste nichts neu lernen, sich an nichts herantasten, es war ein Heimspiel, trotz allem.

Viktorias selbstverständliche Akzeptanz und die vertraute Umgebung lullten ihn in die Illusion ein, er hätte irgendwie doch noch ein Anrecht auf das, was mal gewesen war. Er erkannte diese Tatsache durchaus, aber das änderte nichts daran, dass er das Gefühl mochte.

Auch Flemming trat mit einem breiten Lächeln im kantigen Gesicht auf ihn zu, als sei Jo immer noch jemand mit irgendeiner Art von Bedeutung – selbst wenn die nur darin bestanden hatte, besser als die meisten anderen einen Ball ins Tor werfen zu können. Klar. Keiner der beiden wusste, was wirklich passiert war.

»Hey, Flemming. Gut, dich zu sehen.«

»Dich auch, Mann. Wie geht's so?«

»Super«, sagte Jo. »Gute Kampagne, die ihr plant. Gefällt mir.«

»War meine Idee.«

»Wusste ich.« Er bot Flemming die Faust, und der stieß mit seiner dagegen. Es war so einfach, die alten Gesten, die alten Floskeln.

Nur war es nicht mehr sein Leben.

Auf Instagram gab es diverse Aki Lundahls und Joakim Lundahls, aber nur einen mit einem blauen Stern dahinter, @aki_thetwister.

Die meisten Bilder schienen älter zu sein. Sie zeigten Jo im Trikot, beim Spiel, in Trainingskleidung mit Freunden. Auf dem neuesten jedoch war Jo mit Wilma auf der FYF, gepostet erst vor wenigen Stunden. Das Innere der Yacht wirkte größer als in Wirklichkeit und war in warme Farben getaucht. Jo saß in schwarzer Jeans und weißem Grobstrickrolli auf dem Boden, ein Arm auf dem angezogenen Knie, Wilma neben sich, und schenkte der Kamera ein breites, frohes Fotolachen. Eine Welle von Zuneigung zu ihm überflutete sie.

Die Bildunterschrift lautete:

Spannendes neues Projekt mit ♥ Wilma ♥ und SkanJersey. Stay tuned!
124 Kommentare.

MARRY MEEEE!,

war der erste, den Alva las. Er war von einer @dorkasliiixx. @handball_luv99 hatte darauf geantwortet:

He is miiiiine! He already married me!

O Himmel.

Viele Herzchen, viele Flammen. *So hot, bro!* Das waren die harmlosen. Freunde wahrscheinlich oder ehemalige Kollegen. Ab und an waren diese sogar mit einem knappen *Thx, bro* beantwortet.

Dazwischen wieder

@dorkasliiixx: *I stay with you all night!*

Te amo ♥ ♥ ♥ ☺

Ich will dein Baby!

Wanna make love with me? Aki!!!

I looooove you!

*Pleeeeeesssse. F*** me all night.*

Ach. Du. Scheiße.

Das war … entwürdigend. Wer konnte den Kram lesen und sich nicht fühlen wie ein Stück Fleisch auf dem Marktplatz? Merkten diese Frauen eigentlich, was sie da taten?

Außerdem verspürte Alva einen seltsamen und vollkommen überflüssigen Anfall von Eifersucht gegenüber @dorkasliiixx und den anderen. Ein sehr urtümlicher Teil in ihr wollte die Zähne fletschen und sie alle anknurren. *Das ist meiner, habt ihr das verstanden?*

Und noch etwas war da, und sie lachte bitter auf, als sie es erkannte: das Bedürfnis, Jo vor diesen Leuten zu schützen. Als hätte er das nötig. Vielleicht genoss er die Aufmerksamkeit sogar. Eine Sache mehr, die sie ihn fragen wollte.

Das zweitneueste Bild war vor drei Monaten gepostet worden. Jo im Sprung – unwillkürlich dachte Alva daran, wie Svea gesagt hatte, er könne fliegen –, eine einzige Kraftmaschine aus harten Kanten und gespannten Muskeln. Auf einmal wollte sie sehr gern ein Handballspiel mit ihm sehen. Sie verkniff es sich, die Kommentare durchzulesen, und trat sich stattdessen die Decke von den Füßen.

Entweder sie vergeudete die nächsten Tage damit, Jo im Internet zu stalken, oder sie fragte ihn direkt, was an der Sache dran war.

Schwerer Nebel hing in der dichter werdenden Dämmerung und ließ jeden von Alvas Schritten laut erscheinen, als sie zum Hafen hinunterlief. Sie winkte Lotta Eriksson zu, die aus dem Fenster sah, schaute zu dem verlassenen Haus hinüber, in dem Jessica und Milla gewohnt hatten, und eilte auf den Steg. Eigentlich sah sie es schon, bevor sie an den Kuttern von Svein und Hans vorbeigelaufen war, sie wollte es nur nicht wahrhaben. Doch es gab keinen Zweifel. Die FYF war dunkel.

Manchmal ging er abends noch mit Wilma raus, sie konnte vielleicht auf ihn warten. Aber noch während sie auf das Oberdeck sprang, wusste Alva, dass sie zu spät gekommen war. Jo war schon nach Stavanger gefahren.

> Ich sitze im Dunkeln auf deinem Boot. Du hattest recht. Es gab etwas, das mich beschäftigt hat. Ich hätte das gern mit dir besprochen.

Wilma hatte ihre Sache gut gemacht und war im Auto mitgefahren wie ein Profi. Doch Jo merkte ihr den Stress der fremden Umgebung an, selbst wenn – oder vielleicht gerade weil – sie in der Hotellobby still an seiner Seite blieb.

Viktoria reichte ihm die Schlüsselkarte für sein Zimmer. »Morgen haben wir fünf Stunden für die Fotos eingeplant, das sollte reichen. Hast du heute Abend schon was vor?«

»Ich hab ein Date mit meinem Hund, dann vielleicht noch 'ne Runde Fitnessraum hier im Hotel. Und früh ins Bett, damit die Grafik hinterher nicht auch noch dicke Augen retuschieren muss.«

»Keine Lust auf einen Drink in der Hotelbar?«

Er schüttelte den Kopf. »Morgen vielleicht.«

Während der Friseur ihm in der Garderobe des Fotostudios den Bart auf Dreitageslänge stutzte und die Haare schnitt – in den Monaten des Segeltörns würden sie ohnehin wieder wachsen –, versuchte Jo erfolglos, nicht zu genau hinzusehen. Mit jedem Schnitt kam Aki Lundahl weiter zum Vorschein. Aki Lundahl mit weicheren Konturen, als er in Erinnerung hatte, und einem weicheren Blick. Er streifte das vereinslose Trikot über, das Flemming ihm am Morgen zugeworfen hatte, und ging ins Studio hinüber.

»Hey, du siehst wieder aus wie du.« Viktoria dimmte gerade die rechte der beiden Softboxen.

Jo verkniff es sich, ihr zu widersprechen.

Daniel, der Technikassistent, saß rittlings auf einem Stuhl und wartete auf seinen Einsatz.

Viktoria sah Jo an. »Können wir?«

Er nickte. Den Kapuzenpullover faltete er sorgfältig zusammen und legte ihn auf einen Stuhl, bevor er sich den Scheinwerfern stellte. Souveränes Lächeln, Arme vor der Brust verschränkt. »So?«

»Nein, lass die Arme mal locker. Vielleicht in die Seite gestemmt.« Sie blickte durch den Sucher und ging ein Stück in die Knie, bevor sie sich aufrichtete. »Du bist fett und blass, wie soll ich da was draus machen?«

Er schnitt ihr eine Grimasse. »Es ist Winter.«

»Es ist Frühling«, gab sie zurück. »Außerdem hat dich das sonst nie daran gehindert, auf dich zu achten.«

Sonst hatte er auch minimal mehr Training gehabt. »Mein Körper hat noch nicht verstanden, dass er keine fünftausend Kalorien am Tag mehr braucht, das ist alles.«

»Es war bloß ein Spruch, Aki. Früher hättest du mich dafür ausgelacht.«

»Sorry. Ich bin nicht mehr wie früher.«

»Du brauchst kein superdefiniertes Sixpack, um scharf zu sein. Ich finde dich immer noch ziemlich lecker.«

»Damit dürftest du die Einzige sein.« Noch während er das sagte, wusste er, dass es nicht stimmte. Die Erinnerung an Alvas Kuss breitete sich warm und hell in seinem Körper aus.

Doch das wusste Viktoria natürlich nicht. Sie lachte kehlig. »Umso besser, dann habe ich weniger Konkurrenz. Sicher, dass du nachher nicht noch in die Bar willst?«

»Sehen wir mal.«

Er hatte sein Smartphone im Hotelzimmer gelassen, damit er sich auf die Fotos konzentrieren konnte. Erst mittags, als er ohnehin nach Wilma schauen und eine Runde mit ihr gehen musste, holte er es aus der Tasche.

Alvas Nachricht von gestern Abend sah ihn vorwurfsvoll an. Er wusste selbst nicht, warum es ihm so schwerfiel, darauf zu antworten. *Was beschäftigt dich?* – So schwer war der Satz eigentlich nicht, oder? Oder: *Bin zu deiner Party wieder da.* Aber was, wenn sie ihn dort gar nicht haben wollte?

Und seit wann neigte er dazu, Sachen zu zergrübeln?

Wilma war nicht besonders begeistert von Stavanger und schon gar nicht davon, an der Leine bleiben zu müssen, aber Jo sog die

Stadtatmosphäre gierig ein, während er mit ihr den Skagenkai entlangtrabte. Das Wetter machte es ihm leicht, diese Stadt zu mögen. Nur vereinzelte Wolken jagten über den Himmel. Der Wind wehte ihm kühl in die geöffnete Jacke, aber die Sonnenstrahlen auf seinem Gesicht waren bereits warm. Menschen eilten ihm entgegen, Geschäftsleute, Touristen. Eine alte Frau verkaufte Rosen an einer Ecke, und ein Mann machte Straßenmusik. Autoreifen auf Pflaster, das Abschiedstuten einer Fähre. Und über allem das stetige Gluckern von Wellen, die gegen die Kaimauer schwappten. In einem Imbiss kaufte Jo Shawarma und dazu eine Cola und aß im Laufen. Es schmeckte nicht so gut wie bei Jamal, aber Wilma war dennoch begeistert über die Reste, die er ihr gab.

Mich beschäftigt etwas. Ich hätte das gern mit dir besprochen. Es war Zeit, Alva zu antworten.

Ist es was, das mit uns beiden zu tun hat?

Nachmittags, als er nach Wilma sah, war seine Nachricht als gelesen gekennzeichnet. Keine Antwort vor dem Abendspaziergang mit Wilma. Flemming bestand darauf, dass sie in der Altstadt von Stavanger Essen gingen, und Jo ließ das Telefon im Hotel. Er ließ sich zu einem Bier überreden, und nichts passierte. Nach dem Essen zogen sie weiter in eine Bar und dann in eine weitere, und er ließ sich zu einem zweiten Bier überreden, während Viktoria, Flemming und Daniel Cocktails tranken.

Viel zu spät und ein kleines bisschen betrunken kehrte er ins Hotelzimmer zurück. Wilma hatte sein Kopfkissen zur Seite geschoben, die Bettdecke weggeräumt und sich zusammengerollt, wo er eigentlich schlafen wollte.

»Ich fasse es nicht. Glaubst du, ich will mein Gesicht hinlegen, wo du hingefurzt hast?«

Sie klopfte träge mit dem Schwanz auf die Matratze.

»Ach, was soll's.« Nahm er eben die zweite Hälfte des Doppelbetts. Ein vollkommen übertriebenes, vollkommen irrationales Herzklopfen drückte gegen seinen Brustkorb, als er das Blinken des Telefons sah.

Das weiß ich nicht genau.

Es gelang Jo, nicht weiter darüber nachzudenken, was das bedeutete. Der nächste Tag schluckte ihn von dem Moment an, als er feststellte, dass er seinen Kram wohl besser ordentlich zusammenräumen sollte, bevor die ganze Crew in sein Hotelzimmer kam, um Aufnahmen zu machen. Maske, Fotos, Mittagessen mit Flemming, bei dem dieser sämtliche Ideen ausbreitete, wie sie weiter zusammenarbeiten könnten, obwohl Jo nicht mehr spielte. Wilma rausbringen, mehr Fotos machen. Als Viktoria ihn abends in die Hotelbar schleifte, konnte er kaum noch geradeaus gucken, aber wenigstens hatte er seit Monaten das erste Mal wieder das Gefühl, nicht vollkommen von der Welt vergessen zu sein. Was lächerlich war, denn eben dafür war er ja nach Lillehamn geflohen: damit die Welt vergessen konnte, dass es Aki Lundahl je gegeben hatte. Und sein unrühmliches Ende am besten gleich mit.

Sein Smartphone hatte er im Zimmer zum Laden, deswegen blätterte er halb interessiert in der Karte herum und bestellte ein Wasser, während Viktoria einen Gin Tonic orderte. Die neugierigen Blicke des Barkeepers gab er vor, nicht zu bemerken.

Viktoria kletterte neben ihm auf einen der hohen Hocker. »Danke, wir haben alles, was wir brauchen.«

Jo sah auf und bekam gerade noch mit, wie der Barmann auf Viktorias entschiedenen Ton reagierte und sich ans andere Ende des Tresens verzog. »Danke.«

»Keine Ursache.« Sie hob ihr Glas. »Cheers. Auf eine gelungene

Kampagne. Aki Lundahl und *SkanJersey* setzen sich für den Schutz der Weltmeere ein.«

Jo stieß mit ihr an. »Solange sie das dann wirklich tun …«

»Denke schon. Hast du dir die ganzen Texte über die Meeresplastik-Trikots nicht durchgelesen?«

»Hat Kjersti für mich getan.«

»Immerhin eine von euch. Wie geht es dir sonst?« Bevor er antworten konnte, fauchte sie: »Sag mal, geht's noch?«

Der Barkeeper hatte sein Smartphone hervorgeholt und kläglich darin versagt, die Bilder von ihnen beiden heimlich zu schießen.

»Ist okay«, sagte Jo. »Soll er meinetwegen machen. Mein Inkognito ist eh aufgeflogen.«

»*SkanJersey* zahlt diesem Hotel nicht eine Menge Geld für unsere Privatsphäre, damit sich ausgerechnet ein Angestellter darüber hinwegsetzt«, knurrte sie.

Er grinste. »Das ist sexy, wenn du das machst.«

»Sehnsucht nach den alten Zeiten?«

»Hättest du gern, hm?« Er dachte an Alva. Sie schien auf einmal so weit weg zu sein. Und der Gedanke an das, was Viktoria und ihn früher mal kurz verbunden hatte, brachte ihn auf eine Idee. »Hast du dein Telefon dabei?«

»Klar, mein Telefon ist meine linke Hand.«

»Gib mir mal eben deine linke Hand.« Wenn schon Bilder, dann zu seinen eigenen Bedingungen. Er winkte den Barkeeper heran.

Sichtlich zwischen Neugier und schlechtem Gewissen hin- und hergerissen, trat der junge Mann näher.

»Hast du eben Bilder gemacht?«, fragte Jo.

Er schüttelte den Kopf.

»Sicher?«

»Eins. Aber man sieht nichts darauf.«

»Ich will, dass du es löschst. Du bekommst ein richtiges.« Er warf einen Blick auf das Namensschild. »Fredrik, ja?«

Jetzt hellte sich das Gesicht des Jungen auf. »Ja.«

»Komm her.«

Es waren kaum andere Gäste da, Fredrik würde also keinen Ärger bekommen, wenn er eine Minute seinen Posten verließ. Jo legte ihm einen Arm um die Schulter und machte mit Viktorias Handy ein Selfie. Eins, auf dem er selbst gut aussah.

»Mach noch ein paar Bilder von uns«, sagte Viktoria zu Fredrik. »Mit meinem Smartphone.«

Er grinste unsicher.

»Muss ich?«, fragte Jo.

»Kjersti wird sich freuen, wenn ich ihr eins schicke.«

Jo seufzte. »Nur weil du es bist.«

Er poste mit ihr beim Anstoßen, Arm in Arm, mit Duckface und erlaubte ihr, ihm für das letzte Bild einen Kuss auf die Wange zu drücken.

»Schön, dann hätten wir das auch«, sagte sie befriedigt. »Schreib mir deine Nummer auf, ich schicke dir dein Foto.«

Fredrik kritzelte seine Nummer auf einen Bierdeckel, ging aber nicht, sondern blieb – jetzt auf einmal schüchtern – stehen. »Kann ich vielleicht auch ein Autogramm haben?«

Schulterzuckend angelte sich Jo einen weiteren Bierdeckel vom Stapel und kam der Bitte nach.

»Jetzt zisch ab«, sagte Viktoria und seufzte, als der junge Mann wieder hinter seinem Tresen stand. »Hoffentlich kann der Abend jetzt anfangen. Wirklich keinen Gin?«

Sechzehn

Am Freitag hetzte Alva nach der Arbeit zu den Robben und schaffte es gerade noch rechtzeitig vor Feierabend zum *KiWi*, um die Getränke für die Party zu holen. Kristers Auto parkte schon auf Espens Hof, als sie vorfuhr. An das Wohnhaus angegliedert war eine kleine Scheune, die Espen normalerweise als Werkstatt für seine Basteleien und alle paar Jahre auch als Partyraum nutzte. Durch das kleine Sprossenfenster der erleuchteten Scheune sah Alva Krister auf einer Leiter stehen. Verrückter Idiot, warum musste ausgerechnet er mit seinen kaputten Knochen da oben herumkrabbeln? Und wann hatten sie überhaupt besprochen, jetzt schon mit dem Schmücken anzufangen? Bis eben war sie stillschweigend davon ausgegangen, dass die Vorbereitungen am nächsten Tag stattfinden sollten.

Sie parkte rückwärts direkt vor dem Vorraum, der Wohnung und Scheune verband.

Musik empfing sie, als sie die Tür öffnete. »Der Getränkeservice ist da!«

»Sekunde!«

Sie hievte die erste Bierkiste aus dem Kofferraum und trug sie in die Werkstatt.

Krister war gerade von der Leiter gestiegen. »Ich hab doch gesagt, ich komme.«

»Als würde ich dich auch nur eine einzige Kiste schleppen lassen.« Sie stellte das Bier ab und umarmte ihn kurz. »Was tust du außerdem auf der Leiter?«

»Ähm … Lichterketten anbringen?«

»Hab ich dir das erlaubt?«

»Das schaffe ich gerade noch. Der Chirurg meines Vertrauens findet es völlig in Ordnung.«

»Der Chirurg deines Vertrauens ist ein Idiot«, sagte sie liebevoll. »Ernsthaft. Sicher, dass du da nicht eine zweite Meinung außer deiner eigenen einholen solltest?«

»Wo sind diese Getränkekisten?«

Alva verdrehte demonstrativ die Augen und wandte sich wieder dem Kofferraum zu. »Die Frage ist eher: Wo ist dein nichtsnutziger Bruder? Ich habe das ganze Zeug ins Auto geschleppt, du fällst aus – nein, keine Widerworte, du fällst aus. Ich wüsste, wer jetzt mit Ausladen dran wäre.« Ächzend zerrte sie die nächste Kiste nach vorn.

Krister tauchte ungefragt neben ihr auf und griff danach. Dummerweise war er sowohl größer als auch stärker als sie.

»Finger weg, Storebror. Das meine ich ernst. Wann wurde überhaupt beschlossen, dass das hier«, sie deutete vage auf das Innere, »heute stattfindet und nicht morgen?«

»Ich dachte, Espen hätte das mit dir besprochen.«

»Espen hat gar nichts. Er hat nur gefragt, ob ich die Getränke besorgen kann.«

»Ich weiß bloß, dass Svea morgen früh wohl keine Zeit zum Schmücken hat, weil sie noch irgendwas vorbereiten will.«

»Und was, wenn ich heute keine gehabt hätte?«

»Dann hätten wir es wohl ohne dich hinbekommen müssen.«

Sie gestattete ihm gnädig, ihr beim Reintragen der Kisten zu helfen. Schließlich war er erwachsen und musste wissen, was er tat. »Wo sind die beiden überhaupt?«, fragte sie, nachdem sie die letzte Kiste neben der Werkbank abgestellt hatte, die bereits sauber und ordentlich auf ihre Funktion als Schanktheke wartete.

»Wollten irgendwelchen Dekokram aus dem Schlafzimmer holen.«

Alva stöhnte. »Das glaub ich jetzt nicht. Die lassen dich – uns – hier alles machen, während sie *im Schlafzimmer* angeblich irgendwas suchen?«

»Man kann in Schlafzimmern durchaus auch Sachen lagern.«

»Stimmt, das hatte ich bei dem regen Verkehr in meinem Schlafzimmer völlig … ups.«

Krister grinste nur und schüttelte den Kopf. »Apropos. Kommt der Handballer denn nun zur Party?«

»Ich gehe davon aus.« Kristers Frage war das gewesen, was sie noch gebraucht hatte, damit die vielen Überlegungen und Abwägungen der letzten Tage endlich ein Gesamtbild ergaben. Es trug den Titel: ein bisschen Wildheit.

Er stieg wieder auf die Leiter, wo er anscheinend dabei gewesen war, eine Discokugel an einem Balken anzubringen. »Hast du irgendwo noch längere Schrauben gesehen?«

»Wahrscheinlich sucht Espen die gerade unter der Bettdecke. Ich werde garantiert nicht nachgucken gehen.«

Sie hockte sich vor den Partykühlschrank, den Espen für solche Fälle an der Wand stehen hatte, um die Flaschen einzuräumen. Vielleicht war es ganz gut, dass Espen noch nicht hier war. »Kris?«

Er stützte das Kinn auf die auf dem Bogen der Leiter gefalteten Hände und betrachtete sie. »Ja?«

Alva holte Luft. Er war ihr Bruder. Er würde ihr höchstwahrscheinlich nicht den Kopf für das abreißen, was sie fragen wollte. Der Kühlschrank piepte protestierend, und sie schloss ihn unverrichteter Dinge wieder.

»Was ist los?«

»Ich hab über was nachgedacht.«

»So weit nicht ungewöhnlich.«

»Blödmann.« Sie betrachtete die Flasche in ihrer Hand. »Ich hab mir überlegt …« Wie schwer konnte das bitte sein? Wieder holte sie Luft. Es fühlte sich mehr nach Anlaufnehmen an. »Was wäre, wenn ich ein paar Monate nicht da wäre?«

Krister zog eine Augenbraue hoch.

»Ich hab mir überlegt, dass ich gern eine Weile mit Jo segeln will.«

Nun gut, da er immer noch schwieg, würde sie ihm umso ungehinderter all ihre Argumente vortragen können. »Mir ist klar, dass es für euch dann ein bisschen eng wird, vor allem, weil der Mai ja schon recht verplant ist. Aber wenn wir mit Madalena aus Fuglesang reden und Papa vielleicht mit einer halben Stelle einspringt, könnte es …«

Er sah sie an, und sie kannte ihn gut genug, um zu wissen, dass es hinter seinem unlesbaren Gesicht arbeitete.

»Funktionieren«, brachte sie ihren Satz zu Ende. »Und es wären nur ein paar Wochen, im Gegensatz zu anderen Leuten, die über Monate ausfallen.«

Krister räusperte sich.

Alva wartete.

»Setzt dir dieser dreißigste Geburtstag wirklich so zu?«

Irritiert starrte sie ihn an.

Krister legte den Schraubendreher auf das Podest der Leiter, stieg die Stufen herunter und war mit wenigen Schritten dieser ungerecht langen Beine bei ihr. Er konzentrierte sich, bevor er sprach. »Ich fange langsam an zu begreifen, dass diese Zahl für dich mehr Bedeutung zu haben scheint als für mich. Aber deswegen musst du jetzt nicht mit dem Nächstbesten, der zufällig in deine Richtung guckt –«

»Was soll das denn bitte heißen?«

»Ich sage nur, dass du dir das überlegen solltest.«

»Habe ich, Papa.«

»Süß.« Ungefragt reichte er ihr eine Flasche an, und sie öffnete den Kühlschrank wieder. »Abgesehen davon: Wann will dein Jo lossegeln? In zwei Wochen? Findest du es nicht ein bisschen knapp, uns so kurzfristig hängen zu lassen?«

»Das sagt ja wohl der Richtige.« Alva schob die Flasche zu den anderen, dass es klirrte. Dann knallte sie den blöden Kühlschrank wieder zu und stand auf. »Weißt du was? Ich hab's bis hier oben hin satt.«

Die nächste Flasche, die Krister ihr hatte geben wollen, hing einen Moment in der Luft, bevor er die Hand sinken ließ.

»Ich bin die, die immer da ist, die alles macht, auf die sich alle verlassen können. Und ich habe dazu keine Lust mehr! Ihr könnt zur Abwechslung auch mal was für mich tun!«

»A---«

Zum ersten Mal, seit sie sehr klein und wütend gewesen war, verspürte sie eine selbstgerechte Befriedigung darüber, dass ihr Bruder manchmal an seinen Worten hängen blieb.

Seine Nasenlöcher weiteten sich, der Mund verzog sich zu einem grimmigen Lächeln. »Aber d---as muss sich vielleicht nicht darin äußern, dass du uns mit der P---raxis hängen lässt.«

»Und was hast du getan?«, fauchte sie. Vielleicht hätte sie heute irgendwann mal etwas essen sollen, wahrscheinlich war sie deswegen so gereizt. »Du bist ja wohl derjenige, der –«

»Ich hab's verstanden.«

Aber sie war noch nicht fertig. Jahre der stillen Frustration, die sie sich nicht einmal selbst eingestanden hatte, ballten sich zusammen, mischten sich mit der Unsicherheit, was Jo anging, und kochten hoch. »Ich hab nicht mal Lust auf die blöde Party, und trotzdem bin ich hier. Weil! Ich! Immer! Für! Alle! Da! Bin!« Sie trat gegen die Getränkekiste und zuckte zusammen, als der Schmerz durch ihren Fuß zischte.

Kristers Kiefer mahlten.

Vielleicht war es ein bisschen unfair gewesen, die Sache an ihm auszulassen.

»W-warum hast du dieser Party zugestimmt, wenn du keine Lust dazu hast?«

War das nicht offensichtlich? »Es war Espen wichtig.«

»Es war Espen wichtig.«

»Sagte ich, oder?«

»Dir war es nicht wichtig. Du hast nicht mal Lust dazu.«

Seufzend öffnete sie den Kühlschrank wieder. »Sagte ich ebenfalls. Gib mir zuerst die Wasserflaschen und die Säfte.«

Schweigend räumten sie den Kühlschrank ein.

»Ich sehe nicht, wie das gehen soll«, sagte Krister bei der vorletzten Flasche. »Ich meine, so spontan Ersatz für dich zu finden, einzuarbeiten und alles. Und auf die Gefahr hin, dass du mir wieder an den Hals springst, finde ich, du solltest … dir überlegen, ob Jo wirklich der Richtige dafür ist.«

»Ich kann mich nicht dran erinnern, dir jemals vorgeschrieben zu haben, mit wem du dich treffen sollst.«

Er lächelte vorsichtig. »Vielleicht wäre uns allen eine Menge erspart geblieben, hättest du das getan.«

Die Tür zum Vorraum wurde geöffnet, und ihr Zwilling erschien, Hinterteil voran. Svea und er brachten allen Ernstes das große Sofa aus dem Wohnzimmer hier herein – so pünktlich, als hätten sie abgewartet, bis das Geschrei in der Werkstatt verstummte.

Zwei Stunden später war die Werkstatt tatsächlich in einen Partyraum verwandelt. Es schauderte Alva jetzt schon bei dem Gedanken, all die Lichterketten wieder einzupacken. Aber die Stehtische, die Espen irgendwo aufgetrieben hatte, die Sitzecke mit Sofas, Sesseln und Kissen, die Tischdecken und Tücher an den Wänden und vor den Regalen – all das war wirklich schön und feierlich. Vielleicht war das mit der Party doch keine ganz dumme Idee.

Alva und Svea hatten es sich auf dem Sofa bequem gemacht, Krister lag ausgestreckt auf dem Teppich davor, und Espen lümmelte auf dem Kissenstapel herum, während sie ihr Werk betrachteten.

»Worüber habt ihr euch vorhin eigentlich gestritten?«, fragte Espen.

Krister betrachtete die Zimmerdecke. »Alva findet, unsere Lastverteilung sei einseitig.«

Sie trat ihn gegen den Fuß. »Das war nicht der Punkt.«

»Was dann?«

Mit Svea im Raum, die ihr von dieser Schlägereisache erzählt hatte, wurde es auf einmal schwer, Espen von ihrem Plan zu berichten. Ihrem Wunsch. Was auch immer. »Ich … ich würde gern eine Weile wegfahren.«

»Okay«, sagte Espen gedehnt. »Und wohin? Und wann?«

Aus dem Augenwinkel sah Alva, wie Svea sie eindringlich anblickte.

»Ich will ein Stück mit Jo die Küste hochfahren.«

»Kann ich verstehen, dass ihr euch darüber gestritten habt.« Aber Espen klang freundlich wie immer. »Wie soll das gehen?«

Das elektronische Gedudel seines Weckers am Samstagmorgen war so grauenhaft munter, dass Jo das Telefon am liebsten gegen die Wand geworfen hätte. Er öffnete ein Auge halb und tastete nach dem Snooze-Button. Er musste eine andere Melodie einstellen. Demnächst. Jetzt drehte er sich wieder um und zog die Decke noch einmal über den Kopf.

Beim Zähneputzen wirkte er im gnadenlosen Licht der Badezimmerleuchte über dem Spiegel blass. Gestern hatte er es nicht so gemerkt, gestern war er wie im Rausch gewesen. Die Kamera, die Leute, die ihm das Gefühl gaben, wichtig zu sein. Jetzt war er nur noch Jo, zerzaust und verkatert und mit einer ruinierten Karriere. Fuck.

Nach dem Duschen blinkte sein Smartphone erneut, aber es war nicht Alva, sondern bloß Thore, der ihm eine Sprachnachricht geschickt hatte: »Ziemlich scharf, deine Neue! Ist das nicht die Fotografin, die immer die Aufnahmen für *SkanJersey* macht?«

Jo ließ das Handtuch sinken und starrte das Telefon verständnislos an, als könnte es seine stumme Frage beantworten. Es dauerte beschämend lange, bis er begriffen hatte, was Thore meinte, und dann fing, durch seine Frustration und Übermüdung genährt, die alte Wut an, in ihm aufzusteigen.

Er würde Kjersti später anschreien, erst wollte er sich das Ausmaß des Grauens ansehen. Er öffnete Instagram; sein Telefon war auf seinem privaten Account eingeloggt, den nur Zayed, Kjersti und vielleicht zwanzig andere kannten. Er postete dort selten, im Wesentlichen nutzte er das Konto, um seinen Freunden zu folgen. Und sich selbst.

Seit Monaten hatte er @aki_thetwister nicht aufgerufen. Er vertraute Kjersti, dass sie vernünftige Bilder postete, und normalerweise tat sie das. Die meisten Kommentare gingen ihm ohnehin nur auf die Nerven. Er war Handballspieler. Das war das, was er konnte und wollte. Er hatte nie darum gebeten, auch Projektionsfläche für irgendwelche komischen Fantasien zu sein.

Der neueste Post auf dem Account – der, auf den Thore sich wohl bezogen hatte – bestand aus zwei Bildern und war erst vor einer Stunde hochgeladen worden: er selbst mit gestutztem Bart und breitem Lachen, den Arm um Viktorias Schulter gelegt. Das zweite Bild war das, wo sie ihn küsste. Es sah auf verstörende Weise wesentlich intimer aus, als die Situation in Wirklichkeit gewesen war. Gefühlt eine Million Kommentare drunter. Na super.

Bei der Bildunterschrift hatte Kjersti sich übertroffen. *Best of times with @therealviktoriarasmussen.* Dazu ein rotes Herz und eine Flamme. Was sollte das?

Jetzt scannte er die Kommentare doch. Herzen und Flammen dominierten, dazwischen mal wieder »Schönes Paar« oder »super« in verschiedenen Sprachen. Ein paar der obligatorischen »You're sooooo hot, I love you«, aber auf den ersten Blick keine Heiratsanträge. Und niemand wollte ein Kind von ihm, immerhin.

Sein Daumen schwebte schon über dem Homebutton, um die App zu schließen, als ihm Sannas Kommentar auffiel. *Freue mich für euch beide. Love always.*

Er hatte nicht mal die Log-in-Daten für den Account. Also schrieb er Kjersti, sie möge die Fotos mit Viktoria bitte umgehend löschen. Fehlte noch, dass Alva diesen Schwachsinn zu sehen bekam. Dann legte er das Telefon zur Seite. Es war Zeit, sich auf den Rückweg nach Lillehamn zu machen. In sein neues Leben, wie auch immer das aussehen würde.

Alva öffnete Instagram und hätte es am liebsten gleich wieder geschlossen. Stattdessen starrte sie den neuesten Post wie hypnotisiert an.

Jo posierte in sehr vertrauter Umarmung mit einer Frau, die ihn auf einem der Bilder auf die Wange küsste, und er hatte nicht nur dieses Strahlen im Gesicht, sondern sah die Frau auch noch verliebt an. Während sie sich seinetwegen mit Krister herumgestritten hatte, hatte er mit dieser Frau … was auch immer gemacht. Viktoria Rasmussen. Schlank, hübsch, langhaarig. »Das kann nicht dein Ernst sein, Jo.«

Erst flüsterte sie es nur, dann schrie sie. »Das glaub ich jetzt nicht!« Mit ihm die Küste hochsegeln, ha! Wie naiv war sie überhaupt? Ihr Zorn mischte sich mit rasendem Selbsthass.

Was, bitte, hatte sie sich denn eingebildet?

Statt das Telefon gegen die Wand zu schleudern, zwang sie sich, die Bilder noch einmal anzusehen.

Jo wirkte so vertraut mit dieser Frau. So gelöst. Diese selbstverständliche Umarmung, dieser Kuss, dieses entspannte Lachen. Auf einmal wurde Alva noch elender.

Sie lebte schon lange genug auf diesem Planeten, um die Spielregeln zu kennen: Männer wie Jo – Aki, was auch immer – gehörten zu Frauen wie Viktoria Rasmussen, nicht zu kleinen, knubbeligen Ärztinnen aus dem Hinterland. Was, wenn diese Viktoria in Wirklichkeit die Betrogene war und sie die … bequem verfügbare Nebenfrau? Vor ihrem geistigen Auge blitzte die Erinnerung an den Lippenstiftrand auf Magnus' Hemd auf, und etwas in ihr fing an zu flattern. Nicht freudig, sondern eher wie der Rest einer zerrissenen Flagge in sehr böigem Wind.

Joakim Lundahl Freundin. Die meisten Links waren älter und verkündeten entweder das Zusammenkommen mit seiner Ex oder die Trennung von ihr. *Joakim Lundahl Viktoria Rasmussen.* Auf *Norsk Glitter* war eine ganze Bilderreihe eines jüngeren, sehr blonden Jos mit einer jüngeren Viktoria. Arm in Arm, herumalbernd, von beiden Seiten an einer Zuckerwatte leckend. Alva schloss die Augen, aber die Bilder blieben da. Sie überflog einen zweiten, allerdings ziemlich aussagelosen Artikel auf *Norsk Glitter* und scrollte weiter. Nur mithilfe eines Ausflugs zum Küchenschrank, um die jämmerlichen Reste aus der Kekspackung zu holen, schaffte sie es, nicht den Instagram-Account von dieser Viktoria aufzurufen, und öffnete stattdessen ein Video auf dem Sportkanal.

… Halle kocht, Leute. Das habe ich noch nicht gesehen.

Das Video hatte mitten im Satz des Kommentators begonnen. Man sah Handballspieler über ein Feld laufen, kleine Figuren, weit weg.

Ja, man kann die Entscheidung der Unparteiischen in diesem Spiel nicht immer nachvollziehen. Und hier ist Mannschaftskapitän Aki Lundahl, auch er scheint ziemlich aufgebracht zu sein.

Die Kamera schwenkte auf Jo, zerzaust, verschwitzt und sichtlich hochkonzentriert. Er beobachtete das Geschehen auf dem Feld, wippte auf den Zehen, gespannt wie ein Pfeil vor dem Abschuss, dann öffnete er den Mund und öffnete die Hände in einer Geste der Fassungslosigkeit.

Schwenk auf einen Mann am Spielfeldrand, anscheinend war das der Trainer. Er rief etwas. Schwenk zurück auf Jo. Beherrschtes, konzentriertes Nicken. Er hatte die Anweisung verstanden.

Vielleicht habt ihr den Austausch zwischen Trainer Bergstrom und seinem Spitzenmann gerade gesehen. Ich wette, wir bekommen gleich eins dieser Manöver zu sehen, denen Lundahl seinen Beinamen zu verdanken hat. Kann der Twister das Spiel noch drehen? Der Ball ist bei Janssen. Janssen zu Magnussen. Lauvik. Wieder Janssen. Da! Jetzt kommt Lundahl!

Dafür, dass Alva keine Ahnung von Handball hatte – und bisher auch kein Interesse – betrachtete sie das Geschehen auf dem Display ziemlich fasziniert. Und jedes Mal, wenn Jo ins Bild kam, fing ihr Herz an, aufgeregt zu klopfen, obwohl er sie angelogen hatte und dann zu dieser Viktoria gerannt war.

Was ist da auf dem Spielfeld los, Leute? So ein aggressives Spiel habe ich wirklich lange nicht gesehen! Foul! Für mich sah das eindeutig aus wie ein Foul, aber die Schiris lassen weiterspielen.

Kameraschwenk auf Jo, der vor Wut kochte. Was ihn nicht zu hindern schien, das Spiel im Blick zu behalten, denn er fing einen Pass aus der Luft und dribbelte los.

Und Joakim Lundahl ist anscheinend der Kragen geplatzt. Seht euch diese Kraft an, diese absolute Körperbeherrschung! Das sind 90 Kilo reine Muskelmasse, die da über das Feld fliegen.

Muskelmasse, angetrieben von entfesseltem Zorn, dachte Alva und versuchte, die Erinnerung an Sveas Worte zurückzudrängen.

Was für ein Spiel, was für ein Spiel! Die Emotionen brodeln hier, nicht nur beim Publikum. Und – das kann ja wohl nicht wahr sein! – hat Martinsen ihn am Trikot gerissen? Es sieht ganz so aus. Zwei Minuten für Martinsen, sehr berechtigt, meiner Ansicht nach. Und Rot für Lauvik! Mit Joakim Lundahls Beherrschung scheint es nun vollends vorbei zu sein. Guckt euch an, wie zielgerichtet er draufhält.

Der Reporter schien ein großer Fan von Jo zu sein.

Auweia, Leute, auweia. Das war verdammt nah am Stürmerfoul!

Jo hielt auf die Verteidiger am Kreis zu, ohne auch nur im Geringsten abzubremsen, lief, einen langen Schritt, zwei, drei, sprang ab – und in diesem Moment prallten zwei andere Spieler mit ebensolchem Tempo von hinten gegen ihn, nicht erkennbar, ob mit Absicht oder nicht. Alva konnte nicht einmal so schnell gucken, wie alles geschah. Sie hörte nicht mehr, was der Reporter sagte. Im Sprung hatte Jo den Ball ins Tor gedonnert, das Publikum jubelte, johlte, pfiff. Jo kam taumelnd und durch den Zusammenprall mit den anderen Spielern aus der Balance gebracht, auf, versuchte, sich durch einen weiteren Schritt zu fangen, und stürzte.

Was ist da passiert? Das sieht nicht gut aus, sagte der Reporter. Alva spürte ihr Herz im Hals klopfen. Doch Jo kam unsicher wieder auf die Füße, schüttelte die Beine aus und – das Video war zu Ende.

Das nächste sprang automatisch an. *Der Twister: Aki Lundahl 4ever!* Es war ein Fanvideo, in dem kurze Filmsequenzen aneinandergereiht worden waren. Normalerweise hätte Alva es sich nicht angesehen, aber jetzt saß sie wie hypnotisiert davor. Jo, der aus der Ecke gelaufen kam, den Ball fing, andrehte und ins Tor warf, Jo, der mit diesem breiten Lachen einem Freund den Arm um die Schultern legte. Wieder ein Tor. Noch eins und noch eins. Jo, der nach einer Niederlage aussah wie kurz vor dem Heulen und von einem Kollegen umarmt wurde. Und dann wieder das Lachen. Und noch mehr Tore. Dann in Blockbuchstaben überblendet: *Aki the Twister, wir lieben dich! 4ever!*

Sollten sie mal.

Siebzehn

Alva hatte keinen Dienst in der Marinestation. Aber bevor sie in ihrer Wohnung die Wände hochging oder so sehr heulte, dass sie bei dieser elenden Geburtstagsfeier aussah wie ein Koboldmaki, schlüpfte sie in ihre abgetragene Jeans und ging hinüber.

»Braucht ihr Hilfe? Ich hab schlechte Laune.«

Nina wies auf den Wasserschlauch neben den Quarantänebecken. »Wenn es dazu führt, dass du herkommst, kannst du gern immer schlechte Laune haben. Ich frage mich sowieso, warum du nicht Meeresbiologin geworden bist.«

»Weil ich sehr gern Kinderärztin bin und nebenher hier helfe.«

Sie reinigte Becken, wog Fischvorräte ab, half Silje beim Füttern der Heuler, putzte die Futterküche – alles nur um nicht daran zu denken, dass sie Jo heute Abend wiedersehen würde und dass Jo vielleicht nicht ganz so großartig war, wie sie dachte. Sonst waren die Robben ihre Garantie für gute Stimmung. Heute reichte es immerhin dazu, dass sie nicht mehr die ganze Welt in Schutt und Asche legen wollte – was ein Fortschritt war.

Der Frühling hatte pünktlich zu ihrer Geburtstagsfeier beschlossen, seine Aufgabe ernst zu nehmen, und nach und nach lockten der Sonnenschein und die milde Luft ihre Zuversicht doch wieder hervor. Im Zweifel für den Angeklagten. So.

Es war einfach noch ein Thema mehr, das sie mit ihm besprechen musste. Zuerst würde sie ihn fragen, was das mit dieser Viktoria sollte. Und dann, falls die Antwort zufriedenstellend war, würde sie … nein. Sie würde auch so. Egal, welchen Katzenjammer der nächste Morgen bringen würde, an ihrem dreißigsten Geburtstag würde sie Spaß habe. Und dass Jo sich dafür hervorragend eignete, hatte er ja schon bewiesen.

Am Sonnabendnachmittag stapfte Alva gemeinsam mit Krister – der nichts weiter zum Vortag sagte –, Annik und Theo den Berg zu Espens Hof hinauf. Sie hatten die Sonne im Rücken, warm und freundlich, und allmählich machte sich sogar etwas wie Vorfreude in ihr breit.

Espen hatte irgendwo noch ein paar zusätzliche Stehtische aufgetrieben, die mit weißen Decken und Windlichtern darauf vor dem Haus aufgestellt waren. Das allmählich orange werdende Sonnenlicht ließ die Szenerie zusätzlich heimelig wirken.

»Wow, da hat sich jemand selbst übertroffen«, sagte Annik.

»Ja, sieht so aus.« Alva blieb keuchend stehen, um nicht völlig außer Atem zu sein, wenn sie hineingingen. Bei näherem Hinsehen erkannte sie, dass sogar kleine weiße Blüten auf die Tische gestreut waren. Espen hatte ein Händchen für schöne Gestaltung, aber die Blumen waren bestimmt nicht sein Werk.

Wie als Antwort auf ihre Überlegung kam Mariana aus dem Haus, die zweite Frau ihres Vaters. Als sie die Neuankömmlinge sah, stellte sie den Korb ab, den sie getragen hatte, und breitete die Arme aus. »Hei, hei, da kommt ja der Rest meiner Familie.«

Alva lächelte. Mariana war die beste Stiefmutter, die man sich nur wünschen konnte – und der beste Beweis dafür, dass Familie nicht nur aus Blutsbanden bestand.

Wie um das zu bestätigen, hopste Theo auf Mariana zu. »Oma Mariana!«

Seitdem ihre Eltern im Dezember nach Lillehamn zurückgekommen waren, war Theo mindestens einmal in der Woche bei ihnen. Mariana störte es kein bisschen. Sie ging in ihrer Rolle als Nennoma für Theo mit Begeisterung auf und überschüttete ihn mit so viel Liebe, dass es für drei Enkelkinder gereicht hätte – die zumindest

Espen und Alva ihr wohl nicht so schnell schenken würden. Der Dauerstachel in Alvas Herzen wollte anfangen zu bohren, aber sie ignorierte ihn. »Hallo, mein Liebling«, sagte Mariana zu Theo.

Er wuchs gefühlt drei Zentimeter, als er verkündete: »Ich habe extra einen Anzug an.«

»Wirklich?«

»Alles für Onkel Espen und Tante Alva«, sagte Krister trocken.

»Wie geht's euch sonst?«

»Gut.« Annik begrüßte Mariana mit einer Umarmung.

»Dir auch, mein Alvakind?«

»Klar. Immer.«

»Ich habe gehört –«

»Nicht du auch noch.« Alva lachte. »Er heißt Jo«, und ich bin gerade unfassbar wütend auf ihn. »Bitte behandelt ihn nicht alle wie das achte Weltwunder.«

»Würde mir nie einfallen.«

»Ich weiß.« Mariana war tatsächlich einfühlsam, was solche Sachen anging. Immerhin hatte sie Alva und Espen mitten in der Pubertät kennengelernt – vermutlich die beste Zeit, entspannten Umgang mit potenziellen Liebhabern der Kinder von der Pike auf zu lernen. Alva gab ihr einen Kuss auf die Wange. Eine geliebte Wolke aus Lavendel und dezentem Puderduft hüllte sie ein. »Hast du dich schon wieder zum Helfen einspannen lassen? Die Blumen sind von dir, oder?«

Mariana begleitete sie ins Haus, wo sämtliche Lichterketten, die sie gestern angebracht hatten, bereits angeschaltet waren und schon im Vorraum eine fast magische Atmosphäre erzeugten. Vielleicht war ein dreißigster Geburtstag doch nicht ganz und gar schrecklich, trotz allem.

»Lasst mich euch die Jacken abnehmen«, sagte Mariana.

»Das kann ich auch selbst …«, begann Alva zu protestieren, doch Mariana schüttelte den Kopf. »Heute ist Geburtstag.«

»Genau genommen erst morgen.«

»Willst du mir widersprechen, Küken?«

»Würde ich nie.«

»Toll siehst du aus.«

»Das musst du sagen. Du bist meine Mutter.« Aber Alva fand sich durchaus selbst auch gut angezogen mit dem knappen schwarzen Kleid und den Nylons mit Fischgrätenmuster. Von Kris, Annik und Theo war vor allem der Jüngste derjenige, der mit Hemd, Anzug und blauer Fliege aussah, als sei er unterwegs zu einem Empfang im Königshaus. Anniks schlichtes, knielanges Kleid fiel in dieselbe Kategorie wie Alvas: gepflegt, aber nicht so, dass man sich nicht mehr darin bewegen konnte. Es spiegelte die Farbe von Theos Fliege. Krister hatte zur schwarzen Jeans ein Hemd in demselben Blau angezogen.

Beim Anblick der Anzugjacke, die er darüber trug, lächelte Alva. »Übertreib es nicht gleich.«

»Für dich, Schwesterchen, ist mir keine Mühe zu groß.« Er legte einen Arm um sie, und sie lehnte sich einen Moment an ihn.

»Gehen wir rein?«

Theo war schon mit seiner Mutter im Schlepptau in die Werkstatt gehüpft. Alva und Krister folgten Arm in Arm.

Wenn sie sich gut angezogen gewähnt hatte – Espen und Svea stellten sie gekonnt in den Schatten. Espen im tadellos sitzenden Anzug mit grüner Krawatte, grünem Einstecktuch und kunstvoll angezausten Haaren, Svea im farblich abgestimmten Kleid, die silberblonden Haare auf ihren bloßen Schultern glänzten im Licht der tausend Lämpchen ringsum. Mit den hohen Schuhen war Svea noch dazu fast so groß wie Krister. »Du bist unfassbar schön«, sagte Alva ehrlich. »Ich werde meine Minderwertigkeitskomplexe in fünf Litern von Tildas Zaubersaft ertränken müssen.« Und nicht nur die, sondern sämtliche Unsicherheiten in Bezug auf Jo gleich mit.

Doch zunächst einmal füllte sich der Raum nach und nach mit vielen anderen Menschen. Hanne und Tom kamen – sie würden später Theo mitnehmen –, gefolgt von Tilda, ihrem Mann und dem Rest der Praxiscrew. Cousine Linnea, Cousin Tobi, Tennisfreunde von Espen, gemeinsame Schulfreunde, Alvas Kollegen aus der Robbenstation. Gefühlt war bald halb Lillehamn in Espens Scheune versammelt. Alva verbot sich, zur Tür zu sehen. Küsschen, Händeschütteln, Anstoßen, Lachen, danke für die Einladung. Die Hintergrundmusik, die Espen ausgesucht hatte, schwebte mit einem angenehmen Rhythmus über dem Stimmengewirr und dem Gelächter. Alvas Telefon steckte im Flur in ihrer Jackentasche. Sie würde auch dort jetzt nicht nachsehen gehen, ob Jo sich gemeldet hatte.

»Alva?« Espen winkte ihr an Bo und seiner Freundin vorbei zu. »Wollen wir?«

Sie schob sich durch die Menge zu ihrem schönen Bruder. »Wir wollen.« Jetzt erst fiel ihr das kniehohe Podest auf, das er neben der als Theke dienenden Werkbank aufgebaut hatte – und das sagte schon etwas über ihre Aufmerksamkeit aus, denn eine Lichterkette markierte den Rand einigermaßen deutlich. »Wann hast du das alles noch gemacht? Ich dachte, wir waren gestern fertig.«

Er hob die Schultern. »Svea war den halben Tag unterwegs, und mir war danach, was Sinnvolles zu tun.«

Ein lockerer Sprung mit seinen langen Beinen brachte ihn auf das Podest. Klar, ihm ging das Ding gerade bis zur Wade. Immerhin bot er ihr galant die Hand an.

Als sie nebeneinanderstanden und die vielen Menschen betrachteten, die ihretwegen hier waren, kribbelte es Alva auf einmal ziemlich in der Nase und in den Augenwinkeln. Sie schluckte die Rührung hinunter und griff nach Espens Hand. »Ich wünsche mir, dass wir noch sehr, sehr viele Geburtstage gemeinsam feiern.«

In seinen Augen, die ihren so ähnlich waren, brannte dieselbe Intensität, die sie auch empfand. »Ich werde mir alle Mühe geben.«

Seine Stimme war rau, und das Lächeln wirkte ein bisschen gezwungen. Doch dann drückte er ihre Hand. »Heute sind wir hier. Wir sind gesund. Und wir feiern.«

»Was das Zeug hält.« Sie gab sein Lächeln zurück. »Reich mir mal ein Glas und einen Löffel rüber.«

»Wieso willst du klingeln?«

»Ts.« Alva schüttelte betont irritiert den Kopf. »Weil ich die Ältere von uns beiden bin, du Kleingemüse.«

»Pass auf, was du sagst, Zwerg.« Er angelte sich ein Sektglas und einen Teelöffel von der Theke.

Alva rechnete damit, dass er ihr die Sachen gab, doch er streckte ihr verstohlen die Zungenspitze heraus, bevor er den Löffel an das Glas klingen ließ. Blödmann.

Eine Bewegung an der Tür ließ sie hinsehen, aber es war bloß Kristers Freund Morten. Sie wischte verstohlen die Hände am Kleid ab. Himmel, wie konnte man so nervös sein?

Espen schlug noch einmal mit dem Löffel ans Glas, und das Gemurmel verstummte. Er sah sie auffordernd an.

Ihre Stimme würde kieksen. Ein letzter Blick zur Tür. Dann atmete sie aus und lächelte in die Runde. »Herzlich willkommen. Schön, dass ihr alle da seid, um mit uns zu feiern. Der Kleine hier neben mir hat sich das gewünscht, und ich finde inzwischen, es ist eine ziemlich gute Idee.«

Mariana begann zu klatschen, und vereinzelt fielen weitere Gäste ein.

»Wie ihr wisst, haben wir uns nichts weiter gewünscht, außer dass ihr hierherkommt und mit uns feiert«, fuhr Alva fort. »Für diejenigen unter euch, die es sich partout nicht nehmen lassen wollen, Geld auszugeben: Da drüben auf der Theke steht dieses unglaublich hässliche Spar…«

Espen hob den Porzellanfrosch mit dem Schlitz auf dem Kopf in die Höhe.

»Dieser sehr hässliche Sparfrosch«, setzte Alva ihren Satz fort. »Ihr dürft ihn gern großzügig füttern. Alles Geld, das da heute Nacht drin landet, spenden wir an die Huntington-Hilfe. Es ist also für einen guten Zweck.«

Dieses Mal waren es ihr Vater und Krister, die gleichzeitig anfingen zu klatschen und den Rest der Gäste mitzogen.

»Okay«, rief Espen, als es wieder ruhiger geworden war. »Mehr ist nicht zu sagen, außer: Esst, trinkt, tanzt und habt Spaß! Die Party ist eröffnet.«

Sie umarmten sich gleichzeitig, und Alva hatte das Bedürfnis, ihren Bruder sehr fest an sich zu drücken. Kurz darauf zitterte der Bretterboden unter ihnen. Krister war auf das Podest gesprungen und legte die Arme um sie beide, gefolgt von ihrem Vater und Mariana. Begeistertes Johlen und Klatschen füllte den Raum, bis Espen sich löste und rief: »Ihr sollt feiern! Wer stößt mit mir an?«

Alva stieß mit Espen an. Und mit Krister und Annik. Bevor sie mit Svea anstieß, schielte sie wieder zur Tür. Dann brauchte sie etwas zu essen, weil sie die Mischung aus Tildas Selbstgebranntem und dem Prosecco unangenehm in den Knien spürte, und danach war sie bereit zum Tanzen. Fast. Auf dem Weg zum Badezimmer hielt sie kurz an dem Regal an, das als Garderobe diente, und grub ihre Jacke unter ungefähr zehn anderen hervor. Wahrscheinlich war das nicht sehr klug, denn ihr Smartphone war immer noch dunkel. Vielleicht hatte Jo geschrieben, und Espen hatte hier auf seinem Berg kein Netz? Nein, das war Blödsinn. Sie waren hier in Norwegen, nicht irgendwo in einem Entwicklungsland ohne Netzabdeckung. Außerdem wäre ihr das schon mal aufgefallen. Viel wahrscheinlicher war, dass er eben doch lieber mit Viktoria Rasmussen … Sie brauchte mehr Schnaps und eventuell ein paar Fischfrikadellen.

Als sie sich zwischen ihren tanzenden und plaudernden Gästen an dem Podest vorbeidrängelte, hielt Espen sie am Arm fest. »Bleib mal kurz hier.« Mit einem Kopfnicken deutete er nach vorn, wo jetzt ihr Vater und Svea standen und warteten, dass es im Raum leiser wurde.

Schließlich schlug ihr Vater ebenfalls einen Löffel an ein Glas, und die letzten Stimmen verstummten. Aus dem Augenwinkel sah Alva, wie Krister die Musik leiser stellte.

»Guten Abend auch von mir«, sagte ihr Vater. Er wirkte ein wenig steif und fehl am Platz dabei. »Die meisten kennen mich, aber ein paar fragen sich vielleicht, was der alte Kerl da auf der Bühne will.«

Verhaltenes Lachen antwortete ihm, und er wurde merklich entspannter.

»Ganz einfach: Ich bin mitverantwortlich für diese beiden Prachtexemplare dort vorn. Vor dreißig Jahren um die Zeit habe ich eurer Mutter die Hand gehalten, Kinder. Es war nämlich nicht ganz einfach, euch auf die Welt zu befördern.« Er lächelte erst Espen und dann sie an, und Alva hoffte inständig, dass er keine Geburtsgeschichten zum Besten geben würde. »Am liebsten würde ich jetzt euch allen hier versammelten Menschen im Detail erzählen, warum diese beiden so wunderbare Menschen sind, aber das würde drei Tage dauern. Also mache ich es kurz. Espens Freundin Svea hat heute mit meiner Hilfe eine Diashow der letzten 30 Jahre zusammengestellt, die wir dort an die Wand beamen werden. Und mir bleibt nur zu sagen: Ich bin stolz auf euch. Espen, allein was du letztes Jahr geleistet hast, all das, was du bewältigt hast … Ein Vater könnte nicht glücklicher und stolzer sein als ich.«

Alva knuffte Espen und flüsterte: »Eine Schwester auch nicht.«

Er legte ihr den Arm um die Schulter. »Und ein Bruder erst. Komm, wir gehen die Diashow ansehen. Das war also Sveas große Überraschung.«

Ihr Vater hatte etliche Bilder herausgesucht, an die Alva sich nicht mal mehr erinnerte. Dafür an andere umso besser. Sie betrachtete die beiden rotnasigen Kinder in Schneeanzügen und fühlte immer noch die Vorfreude auf Weihnachten, die an jenem Tag geherrscht hatte. »Weißt du noch, wie du mit dem Schlitten über die Sprungschanze fahren wolltest und sie dabei völlig zerstört hast?«

»Nee, nee, nee. Das warst du.«

»Überhaupt gar nicht. Mit deiner Erinnerung stimmt was nicht.«

Er schnitt ihr eine Grimasse.

Ihr Ferienhaus auf Selerøy, der Bildausschnitt war ein bisschen ungelenk, wahrscheinlich hatte Krister das Bild gemacht. Es zeigte Espen, sie, Papa und Mama. Wann war das gewesen? Man sah Mama die Krankheit noch kaum an. Espen spannte den Arm an, der um ihre Schulter lag.

Zwei sonnengebräunte Kinder in Badehosen, die synchron von dem großen Felsen beim Ferienhaus sprangen.

»Das war der Sommer mit diesen krassen Mückenstichen, oder?«

Alva nickte. »Ich hatte völlig kaputte Knöchel, das weiß ich noch.«

Als sie älter wurden, war ihre Mutter weniger auf den Bildern – nicht weil es diese Fotos nicht gegeben hätte, sondern vermutlich weil ihr Vater und Svea beschlossen hatten, dass sie auf der Party lieber keine Stimmungskiller haben wollten. Espen fiel es auch auf. Alva ertappte ihn dabei, wie er den Mund zusammenkniff und sich gleich darauf eins der Schnapsgläser nahm, die Tilda herumreichte.

Sie selbst war definitiv jetzt schon beschwipst genug, aber sie nahm sich auch eins und stieß mit ihm an, während ihre Freunde rings um sie über die Bilder von ihrem achtzehnten Geburtstag lachten. »Sehr viele weitere Geburtstage«, sagte sie. »Hörst du?«

»Skål.«

Krister tauchte neben ihnen auf. Mit einer knappen Kopfbewegung deutete er zur Tür. »Besuch für jemanden von euch?«

Noch bevor sie sich umgedreht hatte, fing Alvas Herz an zu hämmern, und auf der Stelle war sie wieder nüchtern. Nun, beinahe nüchtern. Er war hier. Jo war hier. Und sie, Alva Solberg, gedachte, mit ihm Spaß zu haben, jawohl.

Er hatte den Bart gestutzt, sodass er bestenfalls noch als Dreitageversion durchging. Irgendwie wirkte er dadurch dunkler als vorher, aber vielleicht machte das auch das gedämpfte Licht. Als Jo ihren Blick auffing, lächelte er, beinahe so breit und strahlend wie auf dem Bild mit dieser Viktoria. Dann wollen wir mal.

Sie tauchte unter Espens Arm hindurch und ging mit schwingenden Hüften und leicht wippenden Schritten, aber – ja, doch – vollkommen koordiniert auf Jo zu. Mit dem kurzen Bart und dem anthrazitfarbenen Hemd sah er noch beeindruckender aus als sonst. Also, falls das möglich war. Sie wollte ihn so vieles fragen. Und, Himmel, sie wollte ihn so sehr küssen und ihm dieses Hemd ausziehen und wild sein.

Doch erst einmal tat sie gar nichts, außer atemlos »Hi« zu krächzen und ihn leicht debil anzugrinsen.

»Hi.« Er grinste auch.

Was ist mit dieser Viktoria? Und schlägst du wirklich Leute zusammen? Bevor wir hier irgendwas Intimeres tun als uns anzugucken, muss ich das … Sie umarmte ihn zur Begrüßung, und wo sie gerade dabei war, küsste sie ihn auch gleich auf den Mund.

Er brummte leise und ließ sich auf den Kuss ein, mit Zunge, was ihr zwischen den Beinen kribbelte.

Sie drängte sich ein bisschen an ihn, und er legte seine großen Hände auf ihren Hintern und brachte sie noch näher.

Alva vergaß die Leute, die Party und Viktoria Rasmussen. Das einzig Wichtige war gerade, ihn zu küssen, Jo durch die Haare zu wühlen, seinen Kopf zu sich herunterzuziehen.

Sie hatte keine Ahnung, wie lange der Kuss dauerte, aber irgendwann lösten sie sich voneinander und grinsten sich wieder an.

»Du bist ein bisschen betrunken.«

»Ich bin sehr betrunken.« Vielleicht war es das viele Küssen oder Jos Nähe oder auch die frische Luft, die aus dem Vorraum hereinwehte, aber sie fühlte sich nicht mehr ganz so beschwipst wie vor ein paar Minuten noch. »Und ich muss dich schrecklich viel fragen.«

»Jetzt, oder darf ich erst reinkommen?«

Alva fand es selbst nicht besonders schlau, ihre überdrehten Hormone diese Entscheidung treffen zu lassen, aber sie verflocht ihre Hand mit Jos und zog ihn zur Bar hinüber, wobei sie ihm gerade noch erlaubte, Espen zur Begrüßung zuzuwinken. »Was willst du trinken? Wir haben … alles eigentlich. Moltebeerenschnaps, Gin. Prosecco. Wein, Bier …«

Er neigte sich zu ihr, und sein Atem auf ihrer Haut ließ sie kichern. »Habt ihr auch so was Frivoles wie Himbeersaft?«

»Echt? Himbeersaft?« Seit wann stellte sie derart blöde Fragen?

Doch Jo lachte nur. »An Himbeersaft ist nichts auszusetzen.«

»Höchstens, dass ich dann die einzige Betrunkene von uns beiden bin.«

»Riskiere ich.«

Sie schenkte sich auch ein Glas ein und stieß mit ihm an.

»Auf dich.« Sein Blick hielt ihren fest. »Die schönste und faszinierendste Frau, die Lillehamn zu bieten hat.«

Normalerweise hätte sie bei einem Satz wie diesem mindestens die Augen verdreht, aber Jo sagte es so schlicht und aufrichtig, dass ihr sogar ihre Fragen verloren gingen.

Während sie noch versuchte, in dem Durcheinander von Rhythmen, Lichtern und Prosecco in ihrem Kopf eine Antwort zu finden, fragte er: »Was wolltest du mit mir besprechen?«

»Dass du … ob du … also …« Selbst in ihrem derzeitigen Zustand erkannte sie, dass das, was sie wissen wollte, vermutlich ein ziemlicher Stimmungskiller war. »Tanzen wir?«

»Das wolltest du mit mir besprechen?« Seine Augenbraue wanderte gefühlt bis zum Haaransatz.

»Nein, aber das andere hat Zeit.« Und vielleicht will ich es auch gar nicht zu genau wissen. »Lass uns tanzen.«

Halb erwartete sie, dass er sich zierte, aber stattdessen stellte er sein Glas ab und bot ihr galant den Arm. »Darf ich bitten?«

Jo legte keinen perfekten Gesellschaftstanz hin wie Espen und Svea, die je nach Musik in einem schnellen Walzer über die Tanzfläche wirbelten oder mit heißen Tangoschritten dokumentierten, was sie heute Nacht noch alles vorhatten. Es war vielmehr seine natürliche Körperbeherrschung, die ihn zu einem tollen Tänzer machte. Wobei er vermutlich auch wie eine Holzpuppe hätte tanzen können, und sie wäre hin und weg gewesen. Weil er so unfassbar gut roch und sie so festhielt und weil seine Zunge und ihre Zunge so gut zueinanderpassten und weil … Irgendwann stand sie mit ihm vor der Theke, wo es etwas heller war, und konnte ihn einfach nur noch ansehen.

»Du hast so krasse Augen.«

Prompt senkte er den Blick, und dieses fast Verschämte daran machte ihn nur noch schöner. Als er wieder aufblickte, lächelte er. »Gehen wir ein bisschen raus?«

Die kühle Luft legte sich wie ein Tuch auf Alvas erhitztes Gesicht. Sie fuhr sich mit beiden Händen durchs Haar, atmete tief ein und legte den Kopf in den Nacken. Über ihr – über ihnen beiden – spannte sich der Himmel riesig und nachtblau auf, das war sogar trotz des Lichtscheins aus den Fenstern zu erkennen. Sie dehnte sich noch ein bisschen nach hinten, stolperte und landete in Jos Armen, diesen warmen, festen, sicheren Armen. Er legte sie von hinten um ihre Schultern, und sie schmiegte sich an ihn. »Wenn wir dahinten um die Hausecke gehen, ist es ganz dunkel, und man kann die Milchstraße sehen.«

»Kriegen wir das so hin?« Ohne ihre Antwort abzuwarten, ging er los und schob sie vor sich her. Rechtes Bein, linkes Bein – es war nicht schwierig, wenn man einmal den Dreh raushatte.

Hinter dem Haus lehnte er sich an die Wand, und sie lehnte sich an ihn, und sie betrachteten gemeinsam die Sterne, die immer heller wurden, je mehr ihre Augen sich an das Dunkel gewöhnten. Jo war im Gegensatz zu ihr schlau genug gewesen, eine Jacke mitzunehmen, die er jetzt um sie beide legte. Und so stand sie da und spürte seinen Herzschlag an ihrem Rücken und seinen Atem in ihren Haaren mitten zwischen all den Sternen.

»Du hast gesagt, du wolltest mich vieles fragen.«

»Ja.« Und nichts davon war wichtig, und vielleicht wollte sie auch nicht wirklich eine Antwort hören, die diesen Traum hier beenden könnte. »Wer ist Viktoria Rasmussen?«

Er stöhnte und stieß ein kleines Schnauben aus. »Meine Schwester betreut meinen Instagram-Kanal. Ich hab diese blöden Bilder nicht schnell genug gesehen, aber Kjersti wird sie löschen.«

Sogar mit Prosecco und Moltebeerenschnaps im Hirn war Alva klar, dass das keine Antwort auf ihre Frage darstellte. Aber sie konnte sich leider nicht empört losreißen, weil es in seinen Armen einfach zu gut war. »Hast du was mit ihr?« Wahnsinn, jetzt zitterte ihre Stimme, und bestimmt merkte er allein schon am Vibrieren ihres Brustkorbs, dass sie auf einmal Mühe hatte, nicht loszuheulen. Dämlicher Alkohol. »Oder … ist sie deine Freundin, und ich bin bloß …« Mist. Sie blinzelte, als der Sternenhimmel verschwamm.

»Ich hab nichts mit ihr«, sagte er ruhig hinter ihr. Nicht angegriffen, nicht beschwichtigend. »Wir haben vor zwei Jahren oder so ein paarmal miteinander geschlafen. Ich weiß nicht, ob sie das gern wiederholen würde. Interessiert mich auch nicht besonders.« Sein Griff wurde fester, und irgendwo in ihren Haaren landete ein Kuss.

»Sicher?«, flüsterte sie.

»Sehr sicher.«

Logisch!, höhnte die Verletzung in ihr, die Magnus geschlagen hatte. *Und das glaubst du, Naivchen? Willst du dich am besten gleich wieder verarschen lassen?*

»Was ist mit den Bildern? Die sahen ziemlich so aus, als hättet ihr was miteinander.«

»Es ist bloß ein Instagram-Account. Ich muss dir als studierter Frau vermutlich nicht den Unterschied zwischen Schein und Sein erklären.« Er fasste sie an den Schultern, und sie ließ sich von ihm umdrehen, auch wenn ihr Rücken gegen die plötzliche Kälte protestierte. »Die einzige Frau, die mich seit Wochen interessiert, steht vor mir. Wenn du willst, gebe ich dir Viktorias Kontaktdaten, aber ich hoffe, du glaubst mir einfach.« Er grinste schief. »Irgendwie finde ich das romantischer.«

»Ich versuch's, okay?« Sie stellte sich auf die Zehenspitzen und küsste ihn. »Wenn du diese Jacke wieder um mich legst.«

»Das genügt mir.« Aber selbst im Dunkeln erkannte sie, dass es hinter seinem Gesicht arbeitete.

Sie trat einen Schritt nach vorn, barg das Gesicht an seinem Schlüsselbein und schob die Arme unter seine Jacke. »Ich hab meinen Brüdern gesagt, ich will mit dir fahren.«

»Du hast …« Er drückte sie fest an sich, und jetzt war es sein Brustkorb, der unter mühsam kontrolliertem Atem zitterte. »Das …«

»Sie fanden's scheiße, vor allem Kris. Aber es ist mein Leben. Also, wenn du willst, würde ich mitkommen. Zumindest das erste Stück.« Die Magnus-Verletzung in ihrem Inneren johlte. *Wolltest du ihn nicht vorher noch was Essenzielles fragen?*

»Ich … wow. Und das, obwohl du bis eben gedacht hast, ich hätte was mit Viktoria am Laufen?«

»Ich hatte beschlossen, dass es an der Zeit ist, mich um mich selbst zu kümmern. Und da ich dich bekanntermaßen scharf finde und außerdem noch nie Orcas gesehen habe …« Sie hob den Kopf und küsste ihn.

»Du bist betrunken unglaublich entzückend, aber ich warte mit dem Freudensprung, bis du wieder nüchtern bist.«

»Oder du betrinkst dich einfach auch.«

Er schüttelte den Kopf. »Nur in Ausnahmefällen.«

Als sie wieder die Scheune betraten, war es noch lauter, voller und wärmer als vorher. Jedenfalls kam es Alva so vor. »Ich brauche mehr zu trinken.«

»Wenn du willst, hole ich dir was.«

Sie strahlte ihn an. Es war so leicht, ihm einfach zu vertrauen. »Prosecco, bitte.«

Zweifelnd sah er sie an.

Sie schnitt ihm eine Grimasse. »Und Himbeersaft.«

»Hey, Alva!« Ingrid aus der Grundschule winkte zwischen Tilda und ihrem Mann hindurch. Wen um Himmels willen hatte Espen noch alles eingeladen?

Sie winkte zurück. »Komme gleich zu dir rüber!«

»Von wegen, du hast keine Freunde. Hier ist alles voll davon.«

»Die meisten sind Espens Freunde. Der tollste Mann allerdings ist meinetwegen hier.«

»Das weiß ich nicht, ob der so toll ist.«

»Ist er.« Allein schon weil sie wollte, dass er es war. »Wenn er mir noch einen Prosecco organisiert, sogar noch toller.«

»Die Chance lasse ich mir nicht entgehen.« Doch anstatt sofort Ingrid zu suchen, starrte Alva Jo auf den – ziemlich hübschen, runden, trainierten – Hintern. Sie hätte sehr gern ihre Hände darumgelegt und ertastet, wie er sich ohne Hose anfühlte. Sie sollte das vielleicht erforschen, bevor sie mit ihm lossegelte.

Er brachte Prosecco und Himbeersaft, sie tanzten, dann musste sie mit Tilda und ihrem Moltebeerenschnaps anstoßen und danach mit ihrem Vater. Sie brauchte eine Pause. Und sie musste aufs Klo.

In Espens Bad war es grausam hell, und der Fußboden wippte komisch. Himmel, sie sollte es dringend machen wie Jo und auf

Himbeersaft umsteigen. Apropos Jo … bei dem Gedanken an seinen Hintern und das, was sich sonst noch so in seiner Hose verbarg, wurde ihr noch wärmer als ohnehin schon.

Sie öffnete den Badezimmerschrank. Zahnpasta, Zahnseide, Nagelschere … wo zum Geier waren die Kondome? Sie konnte ja schlecht ins Schlafzimmer gehen und im Nachtschrank herumwühlen. Und Espen mit seiner Panik vor Schwangerschaften hatte unter Garantie eine Großpackung irgendwo herumfliegen …

Als sie sich hinhockte, um in der untersten Schublade zu gucken, verlor sie das Gleichgewicht und landete auf dem Hintern. Nicht elegant. Aber da war das, was sie suchte. Sicherheitshalber nahm sie gleich zwei und ließ sie in ihrem BH zwischen ihren Brüsten verschwinden. Geheimagentin Alva Solberg, die Meisterin der unauffälligen Verstecke. Blöderweise gerade nicht die Meisterin der graziösen Bewegungen. Aber es sah ja niemand zu.

Sie nahm noch einen Schluck Wasser aus dem Hahn und ging zurück. Pulsierende Bässe, zuckende Lichtblitze und ungefähr eine Million von Espens Freunden. Wo war Jo? Sie fand ihn an der Bar mit Krister.

»Schwesterchen!« Krister kippte einen Shot hinunter. »Weißt du nicht, wie spät es ist?«

»Es ist …«

»Gleich zwölf, genau.« Ohne ein weiteres Wort ließ er Jo und sie stehen und stieg auf das Podest, wo er die Arme hob wie ein Dirigent. »Zehn!«

Die meisten Gäste begriffen schneller als Alva, worum es ging, und stimmten ein. »Neun! Acht! Sieben!«

Ein bisschen hallten die Worte in Alvas Kopf, aber vor allem machten sie etwas Merkwürdiges in ihrem Herzen.

»Drei! Zwei! Eins!« Wieder hob Kris die Arme, ein Knall ertönte, und dann segelte Konfetti durch den Raum, und rings um Alva fingen alle an zu singen, laut und falsch und begeistert. Sogar Jo.

»Happy birthday to you, happy birthday to you! Happy birthday, liebe Alva und Espen« – hier gab es ein kleines Durcheinander – »happy birthday to you.«

Etwas verspätet stellte Alva fest, dass sie heulte. Diese Menschen hier waren für sie gekommen. Und sie sangen für sie. Mit den Blicken suchte sie nach Espen. Ihr Vater hatte ihn in eine harte Umarmung gezogen und klopfte ihm wieder und wieder auf den Rücken.

»Auf die nächsten dreißig!«, brüllte jemand.

»Auf die nächsten dreißig!«, kam das vielstimmige Echo.

Espens Blick über der Schulter ihres Vaters fand ihren. Sie reckte den Daumen und nickte ihm zu. Ein bisschen grimmig möglicherweise, aber er lächelte. Sie lächelte zurück, aber dann wurde sie abgelenkt, weil Jo direkt an ihrem Ohr flüsterte und sie das überall im Körper spürte. »Herzlichen Glückwunsch zum Geburtstag, Alva. Danke für die Einladung.«

Sie ließ sich nach hinten gegen seinen Brustkorb sinken und hob ihm das Gesicht entgegen. »Hast du Spaß?«

»Ja, so viel wie seit sehr langer Zeit nicht.« Er küsste sie auf den Mund und dann auf die empfindliche Stelle unter dem Ohr. »Was, sagtest du, wünschst du dir zum Geburtstag?«

Achtzehn

Tatsache Nummer eins: Es war hell im Zimmer.

Tatsache Nummer zwei: Sie brauchte Wasser und eine Kopfschmerztablette.

Tatsache Nummer … o mein Gott. Sie war nackt. Also, ganz und gar nackt. Und Jos Schulter, auf der ihre Wange lag und auf die sie hoffentlich nicht im Schlaf gesabbert hatte, war auch nackt. Der ganze Jo war … nein. Das da an ihrem Oberschenkel war Stoff. Eine Boxershorts. Seine Boxershorts, in denen sich ziemlich deutlich … Sie zog die Hand zurück.

Vorsichtig hob sie den Kopf, um Jo nicht aufzuwecken, und glitt unter der Decke hervor.

»Bleib hier.«

Oh. »Nur schnell ins Bad«, flüsterte sie.

»Kommst du wieder?«, nuschelte er.

»Ja.« Sicher. Logisch. Sobald ich damit klargekommen bin, dass ich wohl doch mehr getrunken habe, als ich dachte.

Alva passte auf, dass sie nicht über die vor dem Bett verteilten Kleidungsstücke stolperte, und floh ins Bad. Kaltes Wasser, sie brauchte kaltes Wasser. Nachdem sie sich drei Hände voll ins Gesicht geschaufelt hatte, ließ sie es über die Unterarme rinnen und starrte sich grinsend im Spiegel an. »Himmel, siehst du übel aus.«

Ihr Spiegelbild zuckte die Schultern.

Was gestern noch ein kläglicher Versuch von Smokey Eyes gewesen war, würde inzwischen Draculas Tochter Ehre machen. Hatte Dracula eine Tochter? Egal. Bestandsaufnahme, Teil zwei. Ja, sie war betrunken gewesen. Aber nicht so schlimm, dass sie sich nicht daran erinnern konnte, wie Jo und sie im Flur herumgeknutscht hatten. Und wie sie ins Schlafzimmer gestolpert waren und wie Jo ihr das Kleid ausgezogen und sie sein Hemd aufgeknöpft hatte. Und wie seine Hände sich auf ihren Brüsten angefühlt hatten, während sie auf ihm saß, wusste sie auch noch sehr genau. Also würde sie sich auch dran erinnern, wenn sie mit ihm geschlafen hätte. Wenigstens etwas.

Als sie zurück ins Schlafzimmer kam, lag Jo auf der Seite, den Kopf in die Hand gestützt wie in Sirdal, und sah ihr lächelnd entgegen. Auf einmal war ihr ziemlich deutlich bewusst, dass sie immer noch nichts anhatte. Auch wenn er sie schon nackt gesehen hatte, war es beunruhigend, so im hellen Tageslicht vollkommen ohne Deckung zu sein. Sie musste sich anstrengen, die Arme nicht vor der Brust zu verschränken. Aber gleichzeitig fand sie es auch erregend. War sie vorher schon einmal nackt auf jemanden zugegangen, der im Bett auf sie wartete?

Das Zimmer war nicht groß, trotzdem kam ihr der Weg zum Bett weit vor. Jos hochkonzentrierter Blick hielt ihren fest, als sie Schritt für Schritt auf ihn zuging. Seine Augen wirkten dunkler als sonst, und seine Unterlippe war feucht. Wie hypnotisiert betrachtete sie seine Zungenspitze, die daran entlangstrich, und ihre Scham pochte.

Sie schlüpfte wieder unter die Decke, ganz nah zu ihm. Sie brauchten keinen Übergang – es war klar, was sie beide in diesem Moment wollten.

Wie gut, dass sie Espen heute Nacht diese Kondome … »Ach du Scheiße. Wie spät ist es?«

»Gleich –«

Aber Alva krabbelte schon über Jos Oberkörper und angelte nach ihrem Smartphone auf dem Nachttisch. Wer war auf die vollkommen unsinnige Idee verfallen, sich nach dieser Party zum Brunch zu treffen? Vermutlich wieder mal sie selbst. Aber da hatte sie noch nicht geahnt, dass Jo jetzt bei ihr sein würde. »Wie kann man so blöd sein, sag mal? Wir müssen aufstehen, meine Familie ist in zehn Minuten hier.«

»Warte.« Irgendwie schaffte er es, sie beide so umzudrehen, dass sein Gesicht über ihrem war. Sie mochte es, seinen muskelbepackten Körper auf sich zu spüren. Sehr zart küsste er sie. »Ich würde das gern demnächst fortsetzen.«

»Vielleicht ergibt sich ja die Gelegenheit, irgendwo zwischen hier und Ålesund.«

Er drückte sich hoch; sein Becken lag noch auf ihrem, aber das Gesicht war so weit weg, dass er sie nachdenklich mustern konnte. »Du meintest das letzte Nacht also wirklich ernst.«

»Ja.«

Verwundert schüttelte er den Kopf. »Alles hier einfach pausieren? Deine Patienten, die Robbenstation … für … mich?«

»Nein, weil ich segeln will.« Sie versuchte, sich unter ihm herauszuzappeln. »Du wirst mir zu schwer.«

Er hob das Becken und gab sie frei. Immer noch lag dieser verblüffte Blick in seinen Augen.

»Was? Blaues Nordmeer, Orcas, türkisfarbene Strände. Weißt du noch? Du hast mich damit geködert.«

»Das weiß ich noch. Ich hätte nur nie geglaubt, dass du es ernsthaft in Betracht ziehen könntest.«

»Warum nicht?« Sie sagte es leicht dahin, aber in Wirklichkeit war sie sich ihrer Sache längst nicht so sicher. »Es sei denn, du willst mich doch nicht dabeihaben.«

»Doch«, sagte er langsam. »Das will ich. Das will ich sehr.« Er lachte ein bisschen hilflos. »Ich verstehe nur nicht, warum du …«

»Du kannst nicht hierbleiben, weil du diesen Vertrag hast, oder? Und wir wollen mehr Zeit miteinander haben. Was soll Schlimmes passieren, außer dass wir uns blöd finden und ich in Trondheim in den Zug steige?«

»Aber du hast hier deine Freunde. Deine Familie. Deine Praxis.«

Sie seufzte. »Ja, die ist tatsächlich ein Problem, für das ich noch keine Lösung habe. Und ich habe wahnsinnig Angst davor, mich deswegen richtig mit meinen Brüdern in die Wolle zu kriegen, aber … hey.« Ihr Lächeln geriet wohl nicht ganz überzeugt. »Es ist mein Leben.«

»Ich will nicht, dass du meinetwegen –«

Sie hob eine Hand, um ihn zum Schweigen zu bringen. Vor dem Haus klappte eine Autotür. Verflixte Elektroautos, die man nicht kommen hörte! »Apropos Brüder.« Schnell sprang sie aus dem Bett. »Ich hab nicht mal Kaffee gekocht.«

Im Flur waren Stimmen zu hören. Vielleicht sollte sie sich dieser Tage doch angewöhnen, die Haustür abzuschließen.

»Alva?«

»Komme!«

»Jetzt und hier?«, flüsterte Jo.

»Blödmann.« So leise klang es genauso zärtlich, wie sie es meinte. »Los, zieh dich an.« Sie warf ihm seine Hose, T-Shirt und Socken zu.

»Wem gehören denn die Schuhe hier?«, rief Espen im Flur. »Ich dachte, hier gibt es Frühstück!«, und Krister setzte nach: »Kaffee ist im Schrank, oder?«

Alva küsste Jo auf den Mund – und dann noch mal –, bevor sie irgendein T-Shirt von dem Stapel auf dem Stuhl überzog. Wo war die Hose von dem Pyjama-Shorty? Gleichzeitig die Hose anzuziehen und zur Tür zu hüpfen funktionierte nicht besonders gut. Sie musste sich an der Wand festhalten, um nicht umzufallen. »Kommst du gleich nach? Ich meine, ich weiß, es ist ein bisschen komisch, aber du hast die eh alle gestern schon getroffen und …«

Ein eigenartiger Ausdruck schlich sich auf sein Gesicht. »Ich muss dringend zu Wilma.«

»Es ist dir zu offiziell, oder?«

»Auch das. Aber Wilma hat inzwischen vermutlich wirklich das Boot zerlegt.«

Ihre Familie hatte sich bereits fast vollständig um den Frühstückstisch versammelt, als Alva mit Jo hinter sich aus dem Schlafzimmer kam. Ihre Brüder blickten ihr – höchst interessiert – entgegen, Svea saß neben Espen am Kopfende und Annik und Theo mit dem Rücken zu ihr. Wenigstens waren ihre Eltern noch nicht da.

Alva versuchte sich zu erinnern, wie sie an einem normalen Morgen geguckt hätte, was sie gesagt, wie sie sich bewegt hätte. Das Problem war nur: Es gab keinen Präzedenzfall. An einem normalen Morgen war Alva Solberg nicht die, die ihre Gäste warten ließ, weil sie sich nicht von dem schönen Mann in ihrem Bett trennen konnte. An einem normalen Morgen hätte sie ihnen vielleicht ein bisschen zerzaust die Tür geöffnet und sie hereingebeten. »Guten Morgen, macht es euch bequem, ich will nur schnell duschen.« Vielleicht hätte sie in die Runde gelächelt.

Alva lächelte in die Runde. »Hi. Schön, dass ihr da seid.«

»Dito.« Espen grinste so breit, dass es verboten werden sollte. »Wenn auch natürlich leicht verspätet.«

»Aber das kommt ja in den besten Familien vor«, fügte Krister mit einem grimmigen Unterton hinzu. Alva konnte es Jo keine Sekunde verdenken, dass er mit diesen Typen nicht frühstücken wollte.

Annik half Theo dabei, sein Brot zu bestreichen, aber der interessierte sich ebenfalls mehr dafür, dass ein fremder Mann im Zimmer stand. Wenigstens sagte er nichts.

Dafür lehnte Espen sich jetzt interessiert nach vorn. »Was ist ’n das für ein Fleck, den du da am Hals hast?«

Svea stöhnte auf. »Ehrlich, Jungs, sind wir hier im Kindergarten?« Sie drehte sich um. »Guten Morgen, Alva. Hallo, Jo.« Ihr Nicken ihm gegenüber fiel knapp aus, und sie musterte Alva einen Moment zu lange und zu prüfend. Dann kam sie anscheinend zu einem Entschluss, denn ein helles Lächeln erschien auf ihrem Gesicht. »Wir haben wohl einen Stuhl zu wenig.«

»Mein Hund wartet, ich muss nach Hause«, sagte Jo freundlich.

»Ich bring dich zur Tür.«

Jo nickte noch einmal in die Runde, dann schob Alva ihn fast aus dem Zimmer.

Sie stand neben ihm, während er seine Schuhe band. »Tut mir leid wegen der Idioten da drin.«

»Kein Problem. Da habe ich schon ganz andere Sachen erlebt. Ich mag deine Brüder.«

So sehr wünschte sie sich, sie könnte von ihren Brüdern aus vollem Herzen das Gleiche behaupten. Aber Krister schien – mit welchem Recht auch immer – bei seiner Meinung geblieben zu sein, dass Jo nicht zu ihr passte. Und Svea mit ihrer Geschichte … Natürlich würde sie Espen davon erzählen. Als hätte irgendeiner von denen ein Mitspracherecht über ihr Leben.

Sie blickte Jo nach, bis er sich an der Straßenecke zu ihr umdrehte. Dann küsste sie ihre Fingerspitzen und ließ den Kuss zu ihm schweben.

Er sprang hoch und fing ihn aus der Luft, torkelte ein bisschen, als wäre der Aufprall zu heftig gewesen, und fing sich grinsend wieder, bevor er die Hand an die Lippen führte.

Alva drückte die Schultern nach hinten und ging zurück zu den anderen. »Seid ihr fertig mit der Pubertät? Kann ich mich dazusetzen?«

»Ein Stuhl wäre neben Svea noch frei«, sagte Espen hilfsbereit.

Alva verengte die Augen zu bösen Schlitzen. »Du geh doch nach Hause.«

»Willst du Kaffee?«

»Ja, bitte.«

Doch es war Annik, die die Thermoskanne rüberreichte.

»Danke«, sagte Alva.

Sie schenkte sich ein.

Auf der gegenüberliegenden Seite des Tisches warfen ihre Brüder sich einen Blick zu. Espen räusperte sich. »Lillesør?«

Alva verkniff sich ihre übliche Bemerkung, dass wenn, dann er der Kleinere von ihnen beiden war. Sie pustete vorsichtig in die Tasse und ließ den Kaffeedampf über ihr Gesicht streichen. »Ich vergebe euch den Mist von eben großmütig, wenn mir mal jemand die Lefser gibt.«

»Wir haben uns was überlegt«, sagte Krister.

Svea … Alva konnte nicht einmal wirklich sagen, was es war, vielleicht nur irgendetwas in der Art, wie Svea Luft holte, aber sie war sich sicher, ihre Freundin stimmte nur begrenzt mit Kris überein.

Annik reichte ihr den Teller mit den dünnen Fladenbroten.

»Danke. Was habt ihr euch überlegt?«

Wieder dieser Blickwechsel zwischen ihren Brüdern. Am Ende war es Annik, die sprach. »Krister war einigermaßen erschüttert, als du ihn Freitagabend so angebrüllt hast.«

Sollte sie dafür etwa um Verzeihung bitten? Dafür waren ihre Synapsen heute Morgen definitiv zu langsam. »Er kann das vertragen«, sagte sie stattdessen.

»Ich glaube, dieses Dreißigwerden tut dir nicht gut, Schwesterchen.«

Sie neigte sich nach vorn und schenkte ihm ein Lächeln. »Warte mal ab, großer Bruder. Ich fange erst an.«

»Jedenfalls«, sagte Espen friedfertig, »haben wir lange geredet, nachdem du wutentbrannt nach Hause gegangen bist. Ziemlich lange. Kris war echt richtig fertig.« Krister räusperte sich, aber Espen ließ ihn nicht zu Wort kommen. »Du hast recht, weißt du? Du bist wirklich immer für alle da. Und wir … würden uns gern revanchieren.«

Alva sah verständnislos von einem zum anderen. Ganz vorsichtig flackerte ein Hoffnungsfunke irgendwo sehr tief in ihrem Inneren.

»Deswegen haben wir zusammengelegt und dir einen Kinogutschein gekauft. Zum Dreißigsten.« Kristers Gesicht war vollkommen unlesbar.

Alva schluckte.

Kristers Mundwinkel zuckte den Bruchteil eines Millimeters. Espens Nasenlöcher waren geweitet, seine Schultern bebten vor unterdrücktem Lachen.

Und Alva hatte keine Ahnung, was hier gespielt wurde. »Läuft was Gutes im Kino?«

Svea zupfte schweigend an einem Salatblatt.

Annik seufzte. »Was die Kindsköpfe da drüben dir eigentlich sagen wollen, ist: Wir finden eine Lösung für die Praxis, falls dir das ernst ist und du mit Jo segeln gehen willst.«

Falls dir das ernst ist. Sich etwas zu wünschen, von etwas zu träumen – das war das eine. Und jetzt saßen sie hier, ihre liebsten Menschen, und überreichten ihr die Erfüllung dieses Wunschs, einfach so. Wilde Freude, wilde Panik, Übermüdung, Verliebtheit, Unsicherheit – alles kochte in Alvas Innerem hoch und kam als komische Mischung zwischen Lachen und Weinen heraus. »Es ist mir ernst. Ich freu mich wie wahnsinnig. Auf so vielen Ebenen.«

»Gut«, sagte Krister schlicht, »dann lass uns planen, wie das hinzukriegen ist.«

»Mama, mir ist langweilig«, sagte Theo auf Deutsch.

Annik hob die Schultern. »Ich fürchte, mein Schatz, da musst du jetzt durch. Vielleicht hat Alva was zum Malen für dich?«

»Klar. Im Arbeitszimmer in der zweiten Schublade im Schreibtisch ist Papier.« Alva nickte in die Richtung. »Und Buntstifte auch irgendwo, glaube ich.«

Theo wechselte ins Norwegische zurück. »Kommst du mit, Mama?«

Doch statt Annik schob Svea kratzend ihren Stuhl zurück. »Ich komme mit. Los, gehen wir malen.«

Alva sah den beiden nach. Sie hatte nicht vergessen, was Svea gesagt hatte, und auf einmal wog es schwerer als gestern Nacht oder heute Morgen. Jetzt, da es eben nicht mehr nur ein Traum war, mit Jo zu fahren, sondern eine sehr konkrete Möglichkeit.

»Ich bin die einzige Kinderärztin im Landkreis«, sagte sie langsam.

Krister grinste. Espen grinste.

Sie holte tief Luft. »Und ich müsste neue Segelklamotten kaufen.« Klar, Prioritäten.

»Du bekommst ja schnell kalte Füße.«

»Ich bekomme keine kalten Füße! Ich will nur alle Eventualitäten durchdacht haben. Also, wie machen wir das mit der Praxis? ›Wir schaffen das schon‹ lässt mich nicht ruhigen Gewissens freinehmen.«

»Es hat getaugt, als Kris sich zermatscht hat«, sagte Espen.

Krister schnitt ihm eine Grimasse. »Das war ja auch eher spontan.«

»Ansichtssache.«

»Leute«, sagte Annik lauter, als Alva ihr zugetraut hätte. »Es geht hier gerade ausnahmsweise nicht um euer Herumgezicke, sondern um Alva.«

Ein warmes, helles Gefühl breitete sich in Alvas Brust aus. Sie lächelte Annik an. »Es geht um uns alle. Espen und Svea wollen im Mai Urlaub machen, ihr drei wollt nach Deutschland … und ich sprenge das jetzt alles.«

»Kalte Füße«, sagte Krister sachlich.

Espen rührte überflüssigerweise in seiner Kaffetasse herum. »Eventuell kann ich mich durchringen, mit Madalena zu sprechen.«

»Du wundervollster Zwilling von allen.« Alva wusste, was ihn das kosten würde. Espen gehörte nicht zu denen, die gern zu Kreuze krochen. »Es löst aber unsere unmittelbare Praxisbelegung noch nicht.«

»Frag Papa, vielleicht macht er's ja wirklich.«

Es klingelte. Weil sie ihre Brüder in diesem Moment entsetzlich lieb hatte, verbiss Alva sich eine spitze Bemerkung darüber, dass einige Menschen in dieser Familie offensichtlich wussten, wie man eine Klingel betätigte.

»Kommt rein!«, rief sie. »Ist offen.«

Doch kurz darauf klingelte es ein zweites Mal.

»Ich geh schon.« Krister stand auf. »Ihr habt Geburtstag.«

Alva wusste selbst nicht, warum es ihr so schwerfiel, ihren Vater zu fragen. Vielleicht, weil sie all das Ungewöhnliche dieses Tages – dieses neuen Lebensjahres – erst einmal einordnen musste. Oder einfach, weil sie feige war.

Eine Stunde später hatte sich ihre gesättigte, lärmende Familie im Wohnzimmer verteilt. Ihr Vater und Mariana saßen auf dem Sofa, auf dessen Lehne Theo herumturnte. Krister hatte sich wieder einmal auf dem Teppich ausgestreckt. Annik und Svea hatten darauf bestanden, die Küche allein aufzuräumen. Espen verteilte Prosecco und Sanddornschorle.

»O Gott.« Alva hob abwehrend die Hand. »Nie wieder Alkohol.« Sie war zu unruhig, um sich hinzusetzen, und trug stattdessen die letzten beiden Teller in die Küche, wo Annik gerade die Spülmaschine zuklappte.

»Das war's.«

»Die beiden Teller noch.«

Sobald Annik die Küche verlassen hatte, sagte Svea: »Dir ist das wirklich ernst mit Jo, oder?«

Alva lehnte sich an den Tresen. »Ich will's zumindest ausprobieren. In den Zug steigen kann ich immer noch.«

»Hast du ihn gefragt wegen … du weißt schon?«

»Noch nicht.«

»Aber du bist dir sicher, dass das nicht nur eine Kurzschlussreaktion ist, weil du Torschlusspanik hast oder so was, ja?«

Alva nickte.

»Sag Bescheid, wenn du reden willst.«

»Klar.«

Als sie gemeinsam ins Wohnzimmer zurückkehrten, sah der Rest der Familie ihnen bereits entgegen.

Mariana fing Theo ein und legte den Arm um ihn. »Pssst. Heute feiern Alva und Espen Geburtstag. Knut hält eine Rede.«

Alva setzte sich neben Krister auf den Boden, und ihr Vater hob sein Glas. »Liebe Alva.« Während ein Teil ihres Bewusstseins noch die Leerstelle füllte – schließlich musste es »Liebe Alva, lieber Espen« heißen – sprach er schon weiter. »Vielen Dank, dass wir heute Morgen hier sein und weiter mit euch feiern können. Deine Brüder«, Krister und Espen sahen sich an, »haben mich gefragt, ob ich für eine Weile in der Praxis einspringen könnte.«

Er sah sie über sein Glas hinweg an, und sie fühlte sich auf einmal sehr jung.

»Und ich … habe Ja gesagt.«

»Papa!«

Aber bevor sie aufstehen und ihn umarmen konnte, räusperte er sich. Waren das Tränen, die da in seinen Augen glitzerten? »Als ich über die Praxis sinniert habe, über euch drei, über das, was ihr mir bedeutet …« Seine Stimme zitterte tatsächlich, dann drückte er die Schultern zurück und sah ihr ins Gesicht. »Da ist mir aufgefallen, dass ich kaum etwas über dich weiß. Du hältst so selbstverständlich alles zusammen, ich habe in den letzten Jahren furchtbar wenig darüber nachgedacht, was dich wohl beschäftigt und was du brauchst. Ich werde deswegen noch viele Nächte schlecht schlafen, aber auf jeden Fall möchte ich dich deswegen um Verzeihung bitten.«

Alva starrte ihn an, das faltig gewordene Gesicht mit dem hellgrauen Dreitagebart, das kantige Kinn, das auf einmal gar nicht mehr entschlossen vorgereckt wirkte. Der Blick ihres Vaters war weich und bittend, und ganz tief in ihr löste sich etwas. »Da ist nichts zu verzeihen«, sagte sie leise.

»Dreißig Jahre, Alva«, sagte er rau. »Dreißig Jahre, in denen ich so viel verpasst habe, weil du dich nie in den Vordergrund gedrängt hast.« Er presste die Lippen zusammen. »Ich würde sagen, das ist eine ganze Menge.«

Das, was sich gelöst hatte, drückte ihr jetzt in der Kehle. »Du bist ein toller Vater. Du hast alles getan, was du konntest.«

»Ich habe dich viel zu wenig gesehen, Alva. Ich habe dir viel zu selten gesagt, wie sehr ich dich liebe und wie stolz ich auf dich bin.«

»Doch, hast du. Gerade gestern Abend.« Es kam quietschig heraus. Sie biss sich auf die Lippen.

»Nur als Zwillingspaket, aber nicht allein. Dabei bin ich das, Alva. Ich bin verdammt stolz auf all das, was du geleistet hast. Auf die tolle Frau, die du geworden bist, wozu ich viel zu wenig beigetragen habe. Du hast das alles ganz allein geschafft. Und ich habe dich unsagbar lieb.«

Jetzt heulte sie. Durch die Tränen sah sie ihren Vater an, dann stellte sie ihr Glas ab, stand auf und umarmte ihn. »Ich hab dich auch lieb, Papa.«

»Verzeihst du mir?«

Sie lachte und weinte gleichzeitig. »Natürlich.«

»Dann stößt du mit mir an?«

»Ja.«

»Dich in der Praxis zu vertreten ist das Mindeste, was ich tun kann.«

Das Geständnis ihres Vaters ließ sie weich, offen und schutzlos zurück. Und erschöpft. Wobei das möglicherweise auch Nachwirkungen der letzten Nacht waren.

Sie saß einfach nur im Schneidersitz in ihrer Ecke des Sofas und tat gar nichts, außer sich an ihrer Teetasse festzuhalten und Teil ihrer Familie zu sein. Espen, Krister, Mariana und Annik fingen irgendwann an, Poker zu spielen, und ihr Vater setzte sich tatsächlich mit Theo auf den Teppich und zeichnete mit ihm Meerestiere.

Orcas in tiefblauem Nordmeer.

Neunzehn

Es musste ein Traum sein, denn nur in einem Traum hätte Jo sich je so gefühlt. So erschöpft und schwebend und gleichzeitig absolut stabil, erfüllt und angekommen. Die Farben von Lillehamn kamen ihm noch bunter vor als sonst, die Luft noch klarer. Alles war deutlich, klar, bunt und gut. So unfassbar gut und ziemlich unwirklich.

Vor ein paar Wochen hatte er Alva noch nicht einmal gekannt – und jetzt wollte sie mit ihm die Küste hochfahren. Er ertappte sich dabei, selig vor sich hin zu grinsen und Alvas Namen zu sagen. Wilma, die ihm nicht vom Hosenbein wich, sah ihn fragend an. »Sorry, ich meinte nicht dich.« Er meinte gar niemanden, er wollte nur einfach diesen Namen aussprechen.

»Gib's zu, Alter, du bist in sie verknallt«, hätte Zayed gesagt.

Und Aki hätte lässig mit den Schultern gezuckt, weil es in Akis Welt nicht wichtig war. Nicht mal bei Sanna damals, wenn er ganz ehrlich zu sich selbst war. In Jos Welt aber spielte es eine Rolle. Er atmete die Frühlingsluft ein und ließ die Schultern kreisen.

Am Strand zog er die Schuhe aus und krempelte die Hosenbeine hoch. Vermutlich war das Wasser noch eisig, trotzdem wollte er es auf der Haut spüren. Wie den Wasserfall, den Alva ihm gezeigt hatte. Und es war nicht so, als hätte er nicht jahrelange Übung darin, körperliche Schmerzen zu ignorieren.

Aber die Wellen taten nur im ersten Moment weh, in dem sie seine Füße trafen. Ob man sogar bald baden oder zumindest eintauchen gehen konnte? Eine Minute lang?

Er schloss die Augen und spürte die Sonne auf den Lidern. Seine Füße sanken langsam in den rauen Sand, und seine Knöchel wurden immer wieder vom kalten Fjordwasser umspült. Wie konnte Alva ihr Leben hier aufgeben – für *ihn?* Wie konnte er das von ihr verlangen?

Natürlich, streng genommen hatte er überhaupt nichts verlangt, sondern sie hatte es angeboten. Und es waren bloß ein paar Monate. Trotzdem. Warum? Er war nicht mehr Aki Lundahl, er war bloß noch Jo, der keine Ahnung hatte, was er mit seinem Leben tun sollte.

Er spürte seine Füße kaum noch. Sie waren rot, als er sie nacheinander wieder aus dem Sand zog und sich in Bewegung setzte, um wieder warm zu werden. Wilma, die an einem Stock geknabbert hatte, rannte begeistert neben ihm her. Nachdem er dreimal am Strand hin- und hergelaufen war, klebten ihm die Jeans zwar immer noch bis zum Oberschenkel nass an den Beinen, aber immerhin war er wieder warm. Sein Kopf aber war immer noch gefüllt mit dieser eigenartigen Mischung aus Seligkeit und Zweifel.

Alva wollte mit ihm zusammen sein.

Das war gut – auch wenn er es nicht verstand.

»Jo?«

Jo drehte sich um und strich instinktiv die Jacke glatt, als er Per, den Hafenmeister erkannte. Er hatte bisher nur einmal bei seiner Ankunft mit ihm gesprochen, und wenn er ihn zufällig beim Einkaufen traf, nickten sie sich zu. Dass Per gezielt zu ihm kam, war mehr als ungewöhnlich. »Hallo, Per.«

»Kann ich kurz mit dir reden?« Pers Blick fiel auf Wilma, und einen irrwitzigen Moment lang dachte Jo, er würde gleich sagen, dass Hundehaltung im Hafen leider verboten sei.

»Sicher«, antwortete er leicht verzögert.

»Wir wollen nächste Woche anfangen, die Boote wieder ins Wasser zu setzen. Kann sein, dass du die FYF dann auch mit dem Bug zum Steg hinlegen musst. Geht das mit dem Hund?«

Verflucht, darüber hatte er noch nicht nachgedacht. Sein Bugeinstieg war einigermaßen breit, aber trotzdem bezweifelte er, dass Wilma mal eben lässig darüber aufs Boot springen würde. »Ich habe eine Woche Zeit, das mit ihr zu üben, sagst du?«

»Richtig.«

Jo sah Wilma an, die vollkommen desinteressiert aufs Meer blickte, und fühlte sich trotzdem ein bisschen, als würde er vor einem wichtigen Spiel seine Teamkameraden abklatschen. Es war eine Herausforderung, und sein Team und er würden sie bestehen.

Und wo sie schon beim Thema Herausforderung waren und das Wetter so gut – wie wäre es mit einem kleinen Probetörn mit Hund: einmal raus aufs Meer und wieder zurück?

Als Wilma und er sicher an Bord waren, schloss er das erste Mal die Reling, schrieb Alva eine Nachricht und machte sich daran, die Segel auszupacken.

Wilma hatte zwar verunsichert gewirkt, aber nach einer Weile beinahe entspannt zu seinen Füßen im Heck der Jacht gelegen, während die FYF durch die Wellen pflügte. Nur Wenden war schwierig, weil sie sich jedes Mal aufsetzte, wenn er sich an den Winschen zu schaffen machte, und er sich ohnehin schon konzentrieren musste, um alles zu koordinieren, auch ohne dass er dabei über einen Hund stolperte. Aber alles in allem war er ziemlich zufrieden damit, wie dieser erste Versuch gelaufen war.

Jetzt musste er Wilma nur noch irgendwie beibringen, über den Bug ein- und auszusteigen. Und er sollte eine Hundeschwimmweste besorgen.

Als Lillehamn im Spätnachmittagslicht vor ihm lag, ertappte er sich bei einem Lächeln, und je näher die bunten Häuser kamen, desto breiter wurde es. So weit war es also schon gekommen. Dieser winzige Ort, den er vor einem Jahr nicht einmal gekannt hatte, fühlte sich an wie ein Zuhause. Ein Zuhause, in dem Alva wartete.

Wilma setzte sich auf und schnupperte in den Wind, als Jo die Segel justierte und Kurs auf den Hafen nahm. »Na, riechst du, dass wir gleich da sind?«

Sie reckte die Schnauze noch ein Stück höher.

»Ich freue mich auch.«

Was für ein wahnsinniger Tag. Was für ein überhaupt wahnsinniges Leben! Er hatte gearbeitet – nicht richtig zwar, aber immerhin wieder etwas Sinnvolles getan –, er war auf eine Party gegangen, und er hatte einen Segeltörn gemacht, bei dem weder das Boot gekentert noch der Hund panisch über Bord gesprungen war. Und vor allem war er nicht nur heute neben Alva aufgewacht, sondern er würde es wochenlang tun. Und dann würde sie niemand unterbrechen, der zum Brunch kam. Die Erinnerung an ihre Nacht in der Hütte spürte er im ganzen Körper. Alvas Brüste in seinen Händen, ihr warmer, weicher Körper unter seinem, ihre Beine, die sich für ihn öffneten … Er sollte sich aufs Anlegen konzentrieren, statt sich feuchten Fantasien hinzugeben.

Kaum war das Boot vertäut, sprang Wilma schon mit einem Satz auf den Steg. Sie war eindeutig kein großer Segelfan. »Warte. Ich brauche trockene Klamotten.« Vor dem Lossegeln hatte er sich nicht die Mühe gemacht, außer der Jacke vernünftige Segelkleidung anzuziehen, da seine Jeans ohnehin von dem Strandspaziergang nass gewesen war. An der Stelle bestand auch Verbesserungsbedarf.

Er lockte die Hündin wieder in die Kajüte und schloss die Luke. Als er das Smartphone aus der Tasche zog, blinkte es.

Mein Vater vertritt mich in der Praxis. Und Krister bei den Robben – so erstaunlich das ist.

Die Vorstellung wurde konkret. Mitsamt seiner nassen Hosenbeine ließ Jo sich neben Wilma auf den Boden rutschen und versuchte, seine Gefühle zu sortieren. Er war darin nicht besonders gut, auch wenn ihm die letzten Monate einiges beigebracht hatten.

Wilma stupste ihn auffordernd an, und Jo kraulte sie mit der rechten Hand hinter dem Ohr. Mit der linken tippte er vier Buchstaben.

Okay.

Gut, das hörte sich jetzt nicht eben enthusiastisch an. Dabei war er das, oder? Er freute sich, dass Alva mitfahren wollte? Wie würde es sein, auf einmal diesen kleinen Raum mit jemandem zu teilen? Er hatte schon auf engem Raum mit Menschen zusammengelebt. Aber nicht mit einer Frau, die er kaum kannte – und die vor allem ihn kaum kannte. Er würde sich Mühe geben müssen, verdammt viel Mühe.

Willst du vorbeikommen?

Trotz des Kraulens wurde Wilma unruhig. Wahrscheinlich hatte sie Hunger. Er stand steifbeinig auf und holte ihr Futter aus dem Schrank.

Alva antwortete nicht, und erst nachmittags fiel ihm auf, dass es Sonntag war und sie Dienst bei den Robben hatte. Auch die Robben würde sie eine ganze Weile nicht sehen. Er hoffte nur, dass sie es nicht bereuen würde.

Heute nicht. Bin todmüde. Im Moment ist alles sehr überwältigend.

»Das kannst du wohl laut sagen«, murmelte er und ließ sich aufs Bett fallen. »Das kannst du wohl laut sagen.«

»Dann kannst du ja gar nicht mitkommen, um Hope auszuwildern«, sagte Nina.

»Nein.« Vieles, auf das Alva sich gefreut hatte, würde sie nicht tun können. Dafür würde sie andere Dinge tun. Jo küssen. Segeln und dabei vermutlich ziemlich an ihre Grenzen gehen. Immer wieder Jo küssen. Ihn kennenlernen. Norwegen kennenlernen. Bisher war sie nie nördlicher als in Bergen gewesen, und es wurde allmählich Zeit.

»Auch bei der Feier zum siebzehnten Mai wirst du nicht dabei sein.«

»Nein.« Alva rollte den Schlauch zusammen, mit dem sie die Quarantänegehege gereinigt hatte. »Wir werden woanders feiern. Vielleicht in Bergen bei meiner Tante.«

»Ich freue mich für dich, auch wenn ich die Show dann selbst machen muss.«

»Ich komme ja wieder.« Sie sagte es auch zu sich selbst. Als sie fertig war mit all ihren Tätigkeiten, stand sie noch eine ganze Weile bei Smule, Loki und Tora. Es waren Robben, keine Kuscheltiere. Sie würde mit Jo und Wilma zusammen sein. Warum waren Wünsche so beängstigend, sobald sie wahr wurden?

Als sie am Montag in die Praxis kam und Tilda, die bereits am Telefon war, den üblichen Gutenmorgengruß zulächelte, erschien es ihr, als würde sie vieles, das ihr seit Jahren vertraut war, zum ersten Mal wirklich wahrnehmen. Kleinigkeiten nur. Tildas pinken Lieblingsstift. Die Amaryllis auf dem Tresen, die kleine Delle in der Wand zum Büro. Fünf Monate hatte sie mit ihren Brüdern ausgemacht, ausgerechnet die fünf Monate im Jahr, in denen die Praxis besonders ausgelastet war.

Sie strich mit den Fingerspitzen über die Tischplatte, ließ den Blick über die hölzernen Postfächer schweifen, das Einzige, was noch aus der Zeit ihres Vaters stammte, und blieb vor dem Bild des Praxisteams an der Wand stehen. Fünf Monate. Was waren schon fünf Monate? Sie würde wiederkommen.

»Guten Morgen, Alva.«

Sie drehte sich zur Tür. »Annik. Warum bist du so früh hier?«

»Kris bringt Theo in den Kindergarten.« Sie sah Alva fragend an. »Alles okay bei dir?«

»Ja, ich habe bloß ein bisschen Angst vor der eigenen Courage. Wie hast du das nur gemacht, alles einfach zurückzulassen?«

»Es gab nicht viel, was mich gehalten hat«, sagte Annik.

»Das stimmt natürlich. Entschuldige. Normalerweise bin ich hoffentlich nicht so taktlos.«

»Nein, normalerweise bist du sehr einfühlsam. Du hast mildernde Umstände.« Sie stellte ihre Tasche ab und öffnete sie. »Ich hab dir was mitgebracht.«

Das Geschenk war in orangefarbenes Seidenpapier gewickelt, mit einer hellgrünen Schleife. »Du hast mir doch schon was geschenkt.«

Annik lächelte. »Das hier ist nicht zum Geburtstag. Los, mach es auf. Ich hatte erst vor, dir das zur Abreise zu schenken, aber dann dachte ich, dass du dich jetzt vielleicht auch drüber freust – gerade wenn die ganzen Abschiede kommen.«

Durch das Seidenpapier ertastete Alva eine Tasse. Vorsichtig wickelte sie sie aus. Es war eine kleine weiße Emailletasse mit der Aufschrift:

Life begins at the end of your comfort zone.

»Ich hoffe, du magst sie«, sagte Annik. »Und ich hoffe, es stört dich nicht, dass sie gebraucht ist. Meine Mutter hat sie mir geschenkt, als Theo und ich hierher nach Lillehamn gezogen sind.«

»Du …« Spontan umarmte Alva ihre Freundin. »Danke. Die Tasse ist toll. Und ich bin einigermaßen gerührt, dass du mir etwas so Persönliches schenkst.«

»Ich brauche ja im Moment keine moralische Unterstützung.

Lillehamn ist inzwischen zu meiner komfortabelsten Komfortzone geworden – nicht zuletzt dank dir.«

»Ich werde sie in Ehren halten und jeden Tag draus trinken.«

»Es wird toll werden, du wirst sehen. Der Abschied jetzt ist schwer, vor allem, weil du so ins Ungewisse fährst. Aber am Ende wird es großartig werden.«

»Deswegen mach ich das.« Wenigstens mit dem Verstand wusste sie das noch.

Svea war aus Oslo nach Lillehamn gekommen, und Annik hatte sogar mit ihrem Kind in einem fremden Land neu angefangen. Was waren dagegen fünf Monate?

»Schick uns nur genug Bilder.«

Etwas Ähnliches sagte Hanne am Abend, und als Alva sich am Mittwoch mit ihrer Cousine im *Frontstage* traf und ihr von ihren Plänen erzählte, sagte Linnea: »Wie toll ist das bitte? Ich bin neidisch wie die Hölle auf deinen Mut.«

Sie saßen nebeneinander am Schanktresen, die Füße auf der Messingreling abgestellt. Wenn Alva den Kopf nur ein bisschen drehte, konnte sie im Spiegel hinter der Theke den dunkelroten Samtvorhang sehen, der die kalte Winterluft aussperrte, wenn jemand hereinkam. »Ich bin gar nicht mutig«, sagte Alva. »Ich wollte bloß mit Jo zusammen sein, und das war die einzige Möglichkeit.«

»Meinst du, er macht noch ein Foto mit mir und signiert mir den Ausdruck, bevor ihr losfahrt? Ich finde es ganz lustig, so was im Café hängen zu haben.«

Alva lachte. »Frag ihn. Er sollte eigentlich schon hier sein. Jarik?«

Der Barkeeper war dabei, Gläser zu spülen. Jetzt sah er auf.

»Schokobier für mich.«

»Für mich auch«, sagte Linnea.

Er nickte und sagte zu Alva: »Kommt sofort.«

»Er mag mich nicht.«

»Jarik?« Alva schüttelte den Kopf. »Der berechnet bloß gerade nebenbei die ideale Flugbahn zwischen Mars und Jupiter oder so was.«

Verständnislos sah Linnea sie an.

Manchmal vergaß Alva, wie selbstverständlich man in Lillehamn alles voneinander wusste – und dass Leute, die nicht hier aufgewachsen waren, das eben nicht taten. »Er war schon in der Schule ein bisschen schräg«, erklärte sie. »Mit dem Kopf immer irgendwo.«

»So wie du, meinst du?«

»Wieso wie ich?«

Linnea lachte. »Du beobachtest die Tür nicht so unauffällig, wie du denkst. Da kommt er übrigens.«

Ausgerechnet in den drei Sekunden, in denen Alva nicht hingesehen hatte, natürlich. Sie drehte sich um, und bei Jos Anblick flirrte so viel Glück in ihr, dass sie Gänsehaut bekam.

»Kein Wunder, dass du in den verknallt bist«, murmelte Linnea. »Endlich weiß ich, wo der Ausdruck ›Tausendwattlächeln‹ herkommt.«

Aber es war nicht nur das, dachte Alva, als er sie umarmte und küsste. Jo war so viel mehr. Attraktiv, ja. Kreativ im Bett, absolut. Aber eben auch großzügig und freundlich. Und er brachte sie dazu, über sich selbst hinauszuwachsen.

Er begrüßte Linnea und schob sich dann auf den Barhocker neben Alva.

Jarik stellte drei Flaschen vor sie hin.

»Danke«, sagte Alva.

»Auf einen gelungenen Abend.«

Sie stießen zu dritt an, dann schob Jo sein Bier zu ihr hinüber und orderte einen Himbeersaft.

Alva betrachtete unschlüssig die beiden Flaschen vor sich. »Du weißt, was passiert, wenn ich betrunken bin.«

»Ich rechne damit.« Seine Zungenspitze huschte über die Unterlippe, während er grinste.

Linnea auf Alvas anderer Seite kramte in ihrer Handtasche. Die einfache Bewegung genügte, um Alva zu erinnern, wie furchtbar es sich anfühlte, das fünfte Rad am Wagen zu sein. Den Rest des Abends sorgte sie dafür, ihre Aufmerksamkeit gerecht zu verteilen. Linnea und Jo machten es ihr leicht. Im Wesentlichen sprachen sie übers Segeln – Linnea war als Teenager mit ihren Eltern von Bergen nach Schottland gesegelt – und darüber, dass Linneas Café fertig sein würde, wenn Alva und Jo zurückkamen. Alles, was weiter in der Zukunft lag, sparten sie aus.

Es passierte, als Jo kurz Richtung Waschraum verschwunden war. Drei angetrunkene Typen, die bereits seit einer Weile immer wieder zu ihnen herübergesehen hatten, quetschten sich neben Linnea an die Bar, obwohl mehr als genug Platz gewesen wäre, Abstand zu halten.

»Hi.«

Alva spürte Linneas Unbehagen fast körperlich, als der Mann seinen Oberschenkel an ihren drückte und sich vorbeugte, um sie anzusehen. Ihre Lippen wurden zum schmalen Strich, sie drehte sich von ihm weg.

Alva fixierte ihn dafür umso zorniger. Sie versuchte, sich an seinen Namen zu erinnern. Er war ein paar Jahre jünger als sie und kam aus einem der kleineren Dörfer in der Nähe.

Seine Freunde bekamen entweder nicht mit, was er tat, oder es interessierte sie nicht. »Du hast echt superschöne Haare.« Ungefragt strich er Linnea über den Kopf.

Sie fuhr herum. »Fass mich nicht an, Arschloch.«

»Hey, hey, hey. Bist ja ganz schön wild.« Anstatt sie in Ruhe zu lassen, rückte er noch näher an sie heran.

Während Alva aufstand, um ihrer Cousine zu helfen, sah sie sich automatisch nach Jarik oder einem seiner Angestellten um. Aber

Lucas nahm mit dem Rücken zu ihnen eine Bestellung auf, und Jarik war nirgends zu sehen. Vielleicht holte er Getränke aus dem Lager nebenan.

»Stimmt es, dass ihr Thai-Mäuse –«

Weiter kam er nicht.

Jo riss ihn an der Schulter nach hinten und griff mit der anderen Hand den Kragen. Seine Augen waren nur noch Schlitze, das ganze Gesicht eine Grimasse mühsam zurückgehaltenen Zorns. »Hast du nicht gehört, was die Frau gesagt hat?«

»Hey, Peace, Alter. Man wird ja wohl –«

Jo zog ihn nach oben und hob die linke Faust. Alles passierte gefühlt gleichzeitig. Die Freunde von dem Typen sagten: »Spinnst du, Mann?« und: »Soll 'n das?«, Jo gab dem Grabscher mit der rechten Hand einen Stoß, der strauchelte, versuchte sich an einem der Barhocker festzuhalten und wurde von einem seiner Kumpels aufgefangen, bevor er mitsamt Hocker auf dem Boden landete.

Seine Freunde versuchten ihn zu beruhigen, doch statt es auf sich beruhen zu lassen, verlor der Mann jede Beherrschung. »Willstedich um die Braut schlagenoderwas? Nur zu!« Alvas Fokus schrumpfte auf Jo zusammen, der seine Faust sinken ließ und die Hand öffnete, ganz langsam. »Fuck.« Er war blass, und seine Kieferknochen mahlten.

Irgendwo am Rande ihres Bewusstseins bekam Alva mit, wie der Belästiger von den anderen beiden weggezogen wurde.

»Fuck«, sagte Jo noch einmal. Er mied Alvas Blick und sah stattdessen Linnea an. »Du solltest den anzeigen.«

Linnea hatte bis eben den Typen hinterhergestarrt, jetzt fing sie sich wieder. »Ich … ja. Keine Ahnung. Vielleicht.«

Jo schnaubte verächtlich. »Es gibt Gründe, warum solche Arschlöcher immer wieder davonkommen.« Er griff nach seiner Jacke. »Sorry, ich … Wir sehen uns.« Statt, wie es üblich gewesen wäre, per App zu bezahlen, legte er drei Hundertkronenscheine auf den

Tresen und rannte fast nach draußen, ohne einen Abschiedskuss, ohne Alva auch nur anzusehen.

»Wow«, sagte Linnea. »Das war …«

Alva versuchte immer noch zu begreifen, was gerade passiert war.

»Der belästigt so schnell niemanden mehr.«

»Was?« Mühsam versuchte Alva, sich auf ihre Cousine zu konzentrieren. *Das wirst du nirgendwo im Internet finden, seine Anwälte haben da gute Arbeit geleistet. Aber es heißt, er ist deswegen aus dem Verein geflogen, weil er einen Typen krankenhausreif geschlagen hat.*

Linnea wirkte eher zufrieden als geschockt. »Ich sagte, der Sack betatscht hoffentlich niemanden mehr. Vielleicht zeige ich ihn wirklich an.«

Jo hatte nicht zugeschlagen. Aber sie hatte sein Gesicht gesehen, diese Grimasse aus Zorn. Und auf einmal traute sie ihm alles zu. Verflucht, sie hätte wenigstens versuchen sollen, irgendetwas darüber rauszufinden, als Svea damit ankam. Alles wäre schlauer gewesen, als den Kopf in den Sand zu stecken, wie sie es getan hatte. Oder irgendwo in die hormonwabernden rosa Wolken. Alvas Augen brannten.

Erst jetzt merkte Linnea, was mit ihr los war. »Was ist los? Wo ist Jo?«

Hatte sie das nicht mitbekommen? »Gegangen.« *Es gibt Gerüchte.*

Was bei allen nordischen Göttern hatte sie sich dabei gedacht, hier alles stehen und liegen zu lassen und mit diesem Mann segeln gehen zu wollen, über den sie kaum etwas wusste?

»Möchtest du auch gehen?«

»Ja.« Aber in einem hatte Jo recht. »Du solltest wirklich Anzeige erstatten.«

»Wenn ich jeden anzeigen würde, der mir blöd kommt, hätte ich nichts anderes mehr zu tun.«

»Und deswegen kann der jetzt die Nächste anmachen?«

»Alva, bitte. Ich will mein Leben nicht mit Kämpfen verbringen.«

Vielleicht war es ihr Schreck über diese neue Facette, die sie an Jo gesehen hatte, oder die Irritation darüber, dass er einfach abgehauen war – jedenfalls war Alva so wütend, wie sie sich selbst kaum kannte. »Jarik?«

Er war wieder an der Bar, immerhin.

»Tu mir einen Gefallen, ja? Finde die Namen von den Typen da drüben raus. Der eine von denen hat meine Cousine beleidigt, als du hinten warst.«

Nur für den Fall.

Sie gingen ein Stück gemeinsam, bevor Alva zur Kongchristiansgate und Linnea zur Uferpromenade abbog. Normalerweise wäre Alva mit am Hafen entlanggegangen. Eigentlich hatte sie damit gerechnet gehabt, diesen Weg heute Abend mit Jo zusammen zu nehmen.

»Tut mir leid, dass der Abend so geendet hat.«

Irritiert schüttelte Alva den Kopf. »Da kannst du ja wohl am wenigsten von allen dafür.«

»Trotzdem tut es mir leid.«

»Ich hab dich lieb, Cousinchen.«

Sollte sie vielleicht doch noch mit zum Hafen gehen? Jo fragen, was zum Henker das eben sollte? Warum er einfach abgehauen war?

Aber wenn sie jetzt mit ihm redete, würde sie heulen und herumschreien. Erst musste sie eine Nacht darüber schlafen. Falls sie denn schlafen konnte.

Zwanzig

»Lass das mit dem Kaffee«, hatte Svea gesagt, und theoretisch gab Alva ihr recht. Die halbe Nacht herumzugrübeln und sich morgens mit Kaffee vollzufüllen war nicht eben das, was man tun sollte, schon gar nicht als Ärztin, die es eigentlich besser wissen müsste. Aber es war ihr heute so egal. Sie wollte nur irgendwie diesen Tag überstehen.

Auf ihrem Smartphone waren als Standardeinstellung sämtliche Nachrichten stummgeschaltet. Während sie sich auf ihre Patienten konzentrierte, wollte sie nicht gestört werden. Heute war es fast körperlich anstrengend, das Telefon nicht alle paar Sekunden auf neue Nachrichten zu überprüfen, sondern mit dem Display nach unten einfach auf dem Tisch liegen zu lassen. Dabei wusste sie nicht einmal, was sie mehr aus der Balance bringen würde – falls das überhaupt noch möglich war: eine Nachricht von Jo oder ein stummes, dunkles Display.

Erst am späten Vormittag auf dem Weg in die Teeküche gab sie der Versuchung nach, und prompt schlug ihr Herz, als wäre sie gerade zum Wasserfall hochgestiegen. Mit – auch das noch – zitternden Fingern öffnete sie Jos Nachricht.

Wir haben weiter geübt. Wilma kann es!

Ihre Knie wurden so weich, dass sie sich festhalten musste. Keine Erklärung für gestern? Keine Bitte um Entschuldigung, wenigstens für den plötzlichen Abgang? Gar nichts?

Eine zweite Nachricht kam herein. Hatte Jo gewartet, bis sie die erste las, oder war das Timing Zufall? Dieses Mal schickte er ein verwackeltes Bild von Wilma auf seinem Rücken, auf dem am unteren Rand gerade noch zu erkennen war, wie er unter zerzausten, blonden Strähnen in die Kamera schielte. Gegen ihren Willen lachte Alva, ein kleines bisschen nur und nicht besonders froh.

Aber er konnte noch so zum Küssen aussehen, es änderte nichts an den Tatsachen. Sie konnte nicht so tun, als hätte gestern nie stattgefunden. Und sie war weiß Gott zu alt für Spielchen und Halbwahrheiten. Die halbe Nacht hatte sie damit verbracht, die Szene in der Bar wieder und wieder durchzuspielen. Jos erhobene Faust, die Wut in seinem Gesicht. Er hatte nicht zugeschlagen. Aber wie nah war er dran gewesen?

> Findest du nicht, dass wir ein paar Dinge zu besprechen haben?

Natürlich hatten sie das. Er schuldete Alva eine Erklärung. Wenn er nur nicht schon überfordert damit wäre, auf ihre Nachricht zu antworten. Jo ignorierte Wilmas Stupsen an seinem Bein, ließ sich aufs Bett fallen und legte das Telefon neben sich. Nach der grässlichen letzten Nacht sollte man annehmen, er wäre jetzt müde. Aber das Einzige, was er empfand, war das stumpfe, demütigende Gefühl, besiegt worden zu sein. Am Ende hatte sein Vater doch gewonnen.

Er hätte jetzt sehr gern einen Boxsack.

Automatisch griff er nach seinem Telefon, aber Alva hatte in den letzten drei Minuten nicht noch einmal geschrieben. Natürlich nicht, warum sollte sie auch? Und was sollte es bringen, wenn er ihr den ganzen Mist erklärte? Nach gestern war es ausgeschlossen, dass er noch mit ihr zusammen sein konnte. Jemand, der jederzeit die Welt um sich in Schutt und Asche legen konnte, sollte ganz bestimmt keine Beziehung auf einer engen Segeljacht führen. So jemand sollte überhaupt keine Beziehungen führen.

Dabei war doch gerade alles gut gewesen. Jetzt zerriss es ihn vor Sehnsucht nach Alva.

Es wäre besser gewesen, er hätte ihr heute einfach nicht geschrieben. Feige zwar, trotzdem besser für alle Beteiligten. Aber wenn er weiterhin alle Leute aus seinem Leben verbannte, die sich um ihn bemühten, was blieb dann von ihm?

Irgendwie überstand er die nächsten Stunden zwischen Arbeiten (sein Aktiendepot war im Wert gestiegen, und im Mitgliederbereich der App fragte jemand nach Schulungsmöglichkeiten), Nachdenken, Wilma ausführen, Einkaufen und erneutem Nachdenken. Und Alva wartete immer noch auf eine Antwort.

Nachmittags hatte er die Großmutter aller Kopfschmerzen, weil er zu wenig getrunken und zu viel im Kreis gedacht hatte. Doch er wusste, was er tun musste.

Er setzte sich neben Wilma, atmete durch und griff nach dem Telefon.

Es klingelte bloß dreimal, dann meldete sich eine Männerstimme, melodisch und so vertraut, dass er vor Schreck fast wieder aufgelegt hätte. Aber nur fast. »Hei, Zayed.«

Das Schweigen am anderen Ende zog sich. Dann: »Dass ich dich in diesem Leben noch mal höre.«

Jo biss sich auf die Lippen.

»Und, wie geht's so?«, fragte Zayed.

»Ich …« Es tut mir leid, dass ich unsere Freundschaft zerstört habe. Es tut mir leid, dass ich dich aus meinem Leben verbannt habe. So vieles tat ihm leid. Und nichts davon sagte er. »Ich vermisse dich.«

»Ach ja? Seit wann?«

Die ganze Zeit schon. Wilmas Brustkorb unter seiner Hand hob und senkte sich. »Ich hab mich geschämt«, sagte Jo und hätte schwören können, am anderen Ende ein kleines Lachen zu hören.

Aber Zayed ließ ihn zappeln. »Das solltest du besser.«

»Kann ich's irgendwie wiedergutmachen?«

»Ich hab dich auch vermisst, Blödmann.«

Erleichterung durchflutete Jo, warm und freundlich. Wenn er die Sache mit Zayed wieder hinbiegen konnte, war mit Alva vielleicht auch noch nicht alles verloren. Wilma stupste ihn an, er hatte aufgehört zu kraulen. »Ich war mir nicht sicher, ob es okay ist, wenn ich dich anrufe. Das Letzte, was ich von dir gehört habe, war, wie du mich angeschrien hast, dass du mich nicht mehr sehen willst.«

»Solange du rumläufst wie eine scharfgemachte Handgranate«, sagte Zayed ruhig. »Man beachte die Feinheiten.«

»Klar.«

»Und ich war verflucht sauer. Weißt du, wie leicht das auf mich hätte zurückfallen können?«

»Ja.« Jo streichelte Wilma, die es nicht kümmerte, ob er ein menschlicher Versager war oder nicht, wenn nur ihr Futternapf voll war.

»Kjersti sagt, du bist irgendwo im Westen?«

»Erst bist du dran.«

»Das geht schnell. Ich werde heiraten.«

»Was? Hat Anna dich endlich rumgekriegt?«

»Nein, ich sie.«

Zayed berichtete, was in seinem Leben los war, und dann erzählte Jo Zayed alles, was er in den Monaten seit seinem Rauswurf erlebt hatte. Von Lillehamn, von Alva – und davon, dass er gedacht hatte, hier ankommen zu können, bis gestern Abend.

Zayed atmete hörbar aus. »Du kannst nicht alle Arschlöcher auf der Welt zusammenschlagen, weißt du?«

»Hab ich ja nicht. Der Kerl hatte nur keinen Gleichgewichtssinn.«

»Du weißt, was ich meine.«

Natürlich wusste Jo das.

»Hast du irgendeine Strategie, was das Handgranatendasein angeht?«

»Hey, es war zweimal. Ist ja nicht so, dass –«

»Du lenkst ab, mein Bester.«

Jo seufzte. »Nein, ich habe keine Strategie. Außer mich halt unter Kontrolle zu halten.«

»Roar«, machte Zayed. »Halte das Biest in dir an der Kette, oder es wird die Welt verrrrnichten.«

»Blödmann.« Jo lachte.

»Weißt du noch, wie Mama immer gesagt hat, Zorn seien nur ungeweinte Tränen?«

Das Lachen blieb ihm in der auf einmal zu engen Kehle stecken.

»Was ist mit deiner Freundin?«

»Glaube kaum, dass sie das noch ist.« Melodramatisch heute, Lundahl?

»Okay«, sagte Zayed. »Rebellischer Vorschlag. Du schmeißt jetzt nicht mit großer Selbstverachtung alles hin, was du dir erarbeitet hast, sondern redest mit ihr. Im Idealfall nicht erst nach Monaten wie mit anderen Leuten.«

Früher hätte Jo irgendetwas Ironisches geantwortet. Jetzt sagte er nur: »Ist gut, dich wiederzuhaben. Und es tut mir leid, dass ich's in letzter Zeit ein bisschen vermurkst habe.«

»Schon okay. Schick mir 'ne Nachricht, wenn du mit deiner Alva gesprochen hast.«

Alva öffnete ihm in einem engen weißen T-Shirt, schlabberiger Jogginghose und einer Decke um die Schultern. Ihr Lächeln, auf das er so sehr gehofft hatte, war bestenfalls verhalten.

»Hi«, sagte er.

»Hi.«

»Kann ich reinkommen?«

Sie hob die Schultern. »Sicher.«

Ein feiner Hauch ihres Dufts zog an ihm vorbei, als sie sich umdrehte. Und alles nur, weil er zu feige gewesen war, ihr rechtzeitig zu gestehen, was mit ihm nicht stimmte. Er zog die Schuhe aus und stellte fest, dass er zwei verschiedene Socken anhatte. Auf dem Boot war ihm nicht aufgefallen, dass der eine schwarz und der andere grau war.

»Willst du was trinken?« Sie hatte die Decke auf das Sofa geworfen und stand vor dem Kühlschrank. Wie anders war die Situation gewesen, als sie ihm diese Frage letztes Mal gestellt hatte.

Er versuchte vergeblich, ihren Blick einzufangen. »Cola?«

»Seit wann trinkst du die?«

»Ich könnte ein bisschen Zucker im Blut brauchen.«

»Ich habe Milch, Himbeersirup, Kaffee, Tee oder Wasser.« Sie sah ihn immer noch nicht an, aber in ihrer Stimme schwang ganz leise Belustigung.

»Dann Wasser. Mit Himbeersirup.«

Jetzt lächelte sie doch, ein bisschen immerhin. Trotzdem war sie so verflucht weit weg, wie sie da stand und sich bemühte, ihn nicht anzusehen.

Schweigend goss sie ihm ein und schaltete den gläsernen Wasserkocher an. Sein Glas stellte sie vor ihm auf den Küchentresen, sodass ihre Hände sich nicht berühren mussten.

Immerhin. Bis hierher hatte er es geschafft. Jetzt sollte er nur noch die richtigen Worte finden, um ihr den ganzen Mist zu erklären.

Aber Alva war schneller. »Warum bist du gestern einfach abgehauen?« Jetzt sah sie ihn an.

Und er erwiderte ihren Blick. »Weil ich feige war. Weil ich mich geschämt habe. Und weil ich nicht sehen wollte, ob ich«, er atmete aus, »das mit uns vielleicht kaputt gemacht habe.«

Als er ihr hilfloses Schulterzucken sah, wollte er schreien. Oder sie in den Arm nehmen und heulen. »Ganz ehrlich«, sagte sie, »ich weiß es nicht.«

»Wovon hängt das ab?« In seinem Hals kratzte es.

Sie wandte sich dem Teewasser zu. »Mich hat das gestern erschreckt. Nicht dass du Linnea so entschieden verteidigt hast, das fand ich gut. Aber …«

Er hielt sich an dem blöden Saftglas fest, als könnte er dadurch verhindern, dass sie weitersprach.

»Krister hat mich gefragt, ob ich mir sicher sei. Es gäbe«, sie stieß ein kleines Schnauben aus, »Gerüchte. Ich hab das vom Tisch gewischt, weißt du? Und Svea sagte sogar, sie wüsste aus sicherer Quelle, dass …«

»Was?«

Es plätscherte, als sie Wasser in die Teetasse goss. »Ich wollte es nicht glauben. Aber nachdem ich dein Gesicht gestern gesehen habe, glaube ich es.«

Jo schloss die Augen. Bis eben hatte ein Teil von ihm noch Widerstand geleistet, gehofft, dass ihm die Flucht vor sich selbst doch gelungen war. Jetzt gab er auf. Es gab kein Davonlaufen mehr.

»Svea hat gesagt, du wärst aus dem Verein geflogen, weil du jemanden zusammengeschlagen hast.« Ihre Stimme war kaum mehr als ein bitteres Flüstern. Sie drehte sich zu ihm um und betrachtete irgendwas über seinem linken Ohr. »Ich wollte das nicht wissen.«

Natürlich nicht. Wie all die anderen Frauen, die nicht sehen wollten, dass ihre Typen Arschlöcher waren. »Es stimmt aber«, sagte er.

Wenn ihre Hände wenigstens nicht gezittert hätten, als sie das Teesieb aus der Tasse nahm. Diese ganze verfluchte Szene hier war viel zu sehr wie … damals.

Er nahm einen Schluck Himbeerwasser und dann schnell noch einen. Das Schlucken klang laut in der Stille zwischen ihnen.

Alvas Finger mochten unruhig gewesen sein, aber als sie aufsah, waren ihre Augen trocken und ihr Blick klar. »Erzähl's mir.«

Er folgte ihr zum Sofa, wo sie sich im Schneidersitz auf das eine Ende faltete. Unbehaglich ließ er sich auf dem anderen Ende nieder, eine Welt weit weg.

Alva pustete in die Tasse, um die sie beide Hände gelegt hatte.

Vor dem Fenster schimpfte ein Vogel.

Der Kühlschrank brummte.

Jo atmete ein und aus.

»Okay«, sagte er dann sinnloserweise. »Okay.« Wo sollte er anfangen? »Ich weiß, dass eine üble Kindheit nicht ewig als Entschuldigung herhalten kann. Das will ich auch gar nicht. Ich fange trotzdem damit an, wenn das in Ordnung ist.«

Ein minikleines Lächeln antwortete ihm.

»Also. Meine Mutter hatte über die Jahre eine ganze Menge ziemlich mieser Typen – meinen Vater eingeschlossen. Damals habe ich mir geschworen, dass ich so nicht werden will. Ehrlich gesagt weiß ich nicht, ob es immer geklappt hat. Ich hätte nie eine Frau willentlich schlecht behandelt oder so, aber … Irgendein Reporter meinte mal, Ausnahmespieler seien manchmal ziemliche Egoisten.« Es machte ihm immer noch Mühe, das zuzugeben, aber es musste sein, wenn er Alva nicht verlieren wollte. »In meinem Fall hatte er recht, fürchte ich. Keine Ahnung, ob ich je ein Ausnahmespieler war, aber auf jeden Fall war ich manchmal kein besonders netter Mensch. Im Gegensatz zu dir.«

Sie schwieg, und er wollte den Abstand zwischen ihnen überbrücken, sie berühren, da regte sich eine uralte Erinnerung. Seine Mutter, die zusammengesunken mit einem zerknüllten Taschentuch vor sich am Küchentisch hockte, und daneben ein Mann – sein Vater? –, der nach ihrer Hand griff, wie er nach Alvas hatte greifen wollen. *Du musst mir vertrauen, dass ich es nicht so meinte, bitte. Ich liebe dich doch.* Danach hatte seine Mutter noch mehr geheult. An mehr erinnerte er sich nicht, nur an diese kurze Sequenz, aber sie genügte.

»Ich kann verstehen, wenn du das mit uns …« Jo fuhr sich mit beiden Händen durch die Haare, mit diesen langen Fingern, die so zärtlich sein konnten – und die sie zur Faust geballt gesehen hatte. »Also, wenn du es dir anders überlegst.«

Sie wollte vor allem erst mal verstehen.

»Ich bin manchmal wahnsinnig wütend.« Pause. »So wütend, dass es … schwierig ist, das nicht rauszulassen.« Seine Kiefer mahlten. »Wie gesagt, ich bin der Meinung, irgendwann muss man als Erwachsener Verantwortung übernehmen. Aber ich habe in den letzten Monaten viel nachgedacht, und … na ja. Ich bin vermutlich ein bisschen verspätet zu der Einsicht gelangt, dass meine Kindheit irgendwas damit zu tun haben könnte. Mein Vater war ein gewalttätiges Arschloch.« Noch eine Pause. »Ist er wohl immer noch, ich habe nur seit ein paar Jahren keinen Kontakt mehr zu ihm. Trotzdem war meine Mutter am Boden zerstört, als er endlich ging, jedenfalls behauptet meine Schwester das. Ich war zehn oder so, ich erinnere mich kaum daran. Ich weiß nur noch, wie die Mutter meines Freundes Zayed mich in den Arm genommen und immer wieder gesagt hat: ›Jetzt wird alles gut, Habibi, jetzt wird alles gut.‹ Zayeds Eltern passten eigentlich nicht in unsere Siedlung, sie waren viel zu kultiviert dafür. Aber sie konnten sich damals nichts anderes leisten. Sie kamen aus dem Sudan, und es dauerte einfach, bis … andere Geschichte. Jedenfalls hatte Feride an dem Tag leider nicht recht. Es wurde nicht alles gut. Meine Mutter fiel völlig in sich zusammen. Sie schaffte es von da an meist nicht mal, rechtzeitig aufzustehen, um meine Schwester und mich in die Schule zu schicken. Ohne Zayeds Eltern wären wir vielleicht überhaupt nicht mehr hingegangen. Sein Pa schleppte mich auch zu meinem ersten Handballtraining. Er meinte, da könne ich meine überschüssige Kraft loswerden.« Bei der Erinnerung daran lächelte Jo in sich hinein, und Alvas Herz zog sich zusammen.

»Hat es funktioniert?«

Jo schielte zu ihr herüber. »Begrenzt. Ich war schnell ziemlich gut, aber ich konnte nicht mit anderen zusammen spielen. Und ich hatte verflucht wenig Geduld. Ich glaube, ich habe in den ersten Jahren mehr Tore im Alleingang geworfen als irgendein anderes Kind dort – aber ich bin auch öfter gesperrt worden als der Rest meiner Mannschaft zusammen. Es hat gedauert, bis ich teamfähig wurde.« Er holte Luft. »Okay, jetzt habe ich mich warmgeredet. Hoffe ich.«

Sie nahm einen Schluck Tee, um überhaupt irgendwas zu tun.

»Ende letzten Jahres waren Zayed und ich in einem Club. Tanzclub, nicht Handballclub oder so. Ich …« Er atmete durch die gespitzten Lippen aus, fuhr sich wieder mit beiden Händen durch die Haare. »Wir hatten gerade ein wichtiges Spiel verloren, weil ich es vergeigt habe. Kannst du im Netz finden, wenn du willst. War eh schon ein Scheißtag gewesen. Meine Freundin hatte ein paar Wochen vorher mit mir Schluss gemacht, dann das durch meine Schuld verlorene Spiel. Ich war echt richtig übel drauf. Aber Zayed hatte eine wichtige Prüfung bestanden, also sind wir in den Club und haben gefeiert. Ich weiß eigentlich, dass Alkohol und diese Wut in mir nicht gut zusammenpassen, aber … Jedenfalls kamen wir irgendwann aus dem Club, und da waren zwei Nazi-Arschlöcher, die auf Zayed los sind. Schubsen, Beine stellen, so was. Keine Messer, glaube ich, also an sich keine große Sache – nicht da, wo wir aufgewachsen sind. Da gibt es immer irgendwo Krieg. Russen gegen Polen gegen Muslime gegen Rechte. Zayed hat einfach den Kopf eingezogen und ist weitergestapft. Ich glaube, er hat sogar noch gesagt, dass ich es gut sein lassen soll. Aber in mir ist da irgendwas gerissen. Über die Jahre hab ich einfach einmal zu oft gesehen, wie Leute mit so was davonkommen. Und das ist leider in dem Moment alles hochgekommen.«

Er stand auf und trat ans Fenster. Alva konnte die Hände in den Hosentaschen nicht sehen, aber sie war sicher, sie waren zu Fäusten geballt.

Sie schluckte, dann fragte sie: »Was ist passiert?«

»Der Anführer kam mit einem Milzriss und einem geprellten Kiefer ins Krankenhaus. Ich auf die Polizeiwache.« Er drehte sich um. Seine Augen wirkten noch heller als sonst.

Alva hatte keine Ahnung, was sie tun oder sagen sollte. Jo am Fenster wurde überlagert von der Erinnerung an Jo, der sie im Arm gehalten hatte, den sie geküsst hatte. Der so zart mit seinem Hund war. Und wie in einer mehrfachen Filmbelichtung sah sie ihn gleichzeitig in einer anonymen, dunklen Großstadtstraße auf einen gesichtslosen Mann einschlagen.

»Der Vereinsvorstand legte mir nah, mich aus dem aktiven Sport zurückzuziehen und die Sache unter den Teppich zu kehren. Ich hab gesagt, lasst es uns lieber öffentlich machen. Natürlich war es scheiße, was ich getan habe, Gewalt ist immer scheiße. Aber ich hätte die Verantwortung übernommen, und vielleicht … keine Ahnung. Vielleicht wäre am Ende irgendwie trotzdem noch was Gutes rausgekommen.«

»Aus der Tatsache, dass du hier bist, schätze ich, die Idee stieß nicht auf Gegenliebe.« Sie war vor allem deswegen so ruhig, weil ihr Verstand die verwirrten Gefühle beiseitegedrängt hatte. Solange sie neue Informationen einordnen musste, bestand keine Notwendigkeit, sich darüber klar zu werden, was die für sie bedeuteten.

»Es gab ein paar Leute im Vorstand, mit denen ich schon öfter aneinandergeraten war. Für die war die Sache ein gefundenes Fressen. Sie meinten, ich müsste dann öffentlich bei dem Typen um Verzeihung bitten – was für mich völlig außerhalb jeder Diskussion war. Und natürlich wollte auch von denen keiner als Rassist dastehen. Am Ende einigten wir uns drauf, dass sie mir eine Abfindung zahlen und ich den Mund halte.« Mit der Andeutung eines Lächelns hob er die Schultern. »Ich war zu feige, es nicht anzunehmen. Und hier bin ich.«

Es war zu viel, das alles. Zu viele Gedanken und Gefühle. Und Bilder, immer wieder. Wenn sie Jo wenigstens nicht trotz allem so gerngehabt hätte. Wenn es ihr nicht ins Herz schneiden würde, ihn derart verzagt zu erleben. »Hier bist du«, sagte sie unentschlossen.

Er schüttelte die Finger aus. »Wie gesagt, ich kann verstehen, wenn … o Gott! Warum kann das nicht alles einfacher sein?« Die Art, wie er sich aufrichtete, hatte etwas von Anlaufnehmen. »Ich mag dich extrem gern. Mit dir wochenlang zusammen auf einem Boot zu sein, fände ich«, minimal hochgezogener Mundwinkel, »ziemlich verlockend und ein bisschen beängstigend. Aber wie gesagt, ich kann gut verstehen, wenn du –«

»Lass das doch einfach mal!« Sie wusste selbst kaum, wo der Ausbruch auf einmal herkam – vermutlich aus derselben Hirnfalte wie der Krister gegenüber. »Gib mir wenigstens Zeit, das irgendwie zu verdauen, bevor du … *uns* aufgibst.«

»Das impliziert, dass es noch ein ›Uns‹ gibt.«

»Wenn du so heiß hinterher bist, mich loszuwerden, sag es einfach.« Allmählich wurde sie wirklich sauer.

Er fuhr sich durchs Haar. Legte die Handflächen aneinander. Ließ die Hände sinken, schüttelte wieder die Finger aus. »Ich will dich nicht loswerden«, sagte er dann schlicht. »Wäre schön blöd von mir, wenn ich das wollte.«

Die ängstliche Wut, die in ihr aufgeflackert war, verlosch. Alva machte einen Schritt auf Jo zu und noch einen. Aus der Nähe wirkte er müde, besiegt. Sie legte ihm die flache Hand auf die Brust und glaubte, seinen Herzschlag unter ihren Fingern zu spüren. »Lass mich nachdenken, okay?«

Joakim, wie geht es Ihnen damit, tatenlos auf die Entscheidung der Schiedsrichter zu warten? – Ich hab mein Bestes gegeben, Gloria. Mehr kann ich nicht tun. – Glauben Sie, dass Sie es verdient haben, zu gewinnen?

Jo presste die Daumenballen gegen die Schläfen. Das hier war wichtiger als jedes Spiel. Nur leider hatte seine Fantasiegloria recht: Er konnte nur einfach warten. Irgendwie die Zeit totschlagen, sich um *N'Core* kümmern, mit Wilma laufen, Serien streamen, Push-ups machen, bis er erschöpft liegen blieb. Hoffen, dass die Zeit gnädig genug war, schnell zu vergehen. Weder irgendwelche großen Gesten noch charmante kleine Ideen würden ihm hier weiterhelfen.

»Nicht das Schlechteste«, sagte Zayed, nachdem Jo ihm wie versprochen alles erzählt hatte. »Tut dir ganz gut, so ein bisschen Demut.«

»Danke auch. Die letzten vier Monate meines Lebens haben mir vollkommen gereicht, was Demut angeht. Die waren sozusagen eine einzige große Lektion darin.«

»Nicht darin, keine Handhabe zu haben. Und so wie du es erzählst hast, bist du deiner Alva auf Gedeih und Verderb ausgeliefert.« Es klang recht zufrieden.

Zu schade, dass die alte Nähe zwischen Zayed und ihm noch nicht wieder ganz hergestellt war. Früher hätte Jo dagegengehalten. Weil er nicht ertragen hätte, in der Defensive zu sein.

Zayeds Worte hallten auch nach dem Gespräch in ihm nach. Nein, Handhabe hatte er keine. Keinen Freiwurf mehr, keinen Siebenmeter. Aber es gab etwas, bei dem er sichergehen wollte. Nicht seinetwegen, sondern für Alva.

Tust du mir einen Gefallen?

Es dauerte, bis sie antwortete.

Kommt auf den Gefallen an.

Frag dich, was du willst und womit es dir gut geht. Nicht, was ich vielleicht wollen könnte. Versprichst du mir das?

Gut, das mochte kitschig oder irgendwie unnötig edelmütig klingen, aber es war ihm verflucht ernst. Wenn er lernen konnte, *demütig*, wie Zayed es nannte, abzuwarten, dann konnte Alva lernen, sich selbst in den Vordergrund zu stellen.

Als hätte sie das nicht längst, Idiot, lästerte seine innere Stimme. Oder warum, glaubst du, hat sie sich sonst mit ihren Brüdern angelegt?

Ich muss was wissen. Diese Schlägerei – war das die einzige?

Okay, sie ging nicht mal auf seine Nachricht ein. Also konnte er wohl davon ausgehen, dass sie wenigstens dieses Mal sich selbst in den Vordergrund stellte. Aber was sollte er antworten? Zählte das Herumgebalge als Teenager als ›Schlägerei‹? Zayed wollte Demut? Jo hatte selten etwas Demütigenderes erlebt als das hier. Nur leider gab es keine andere Möglichkeit, als es durchzustehen.

Die einzige als Erwachsener, die einzige ernsthafte, die einzige, bei der jemand verletzt wurde.

Weil er immer den Handball zum Abpuffern gehabt hatte. Blieb zu hoffen, dass das Segeln den gleichen Zweck erfüllen würde. Er hatte so sehr das Bedürfnis, Alva zu versichern, dass er ihr gegenüber niemals ausrasten würde. Nie. Der einzige Grund, aus dem er ihr das nicht schrieb, war die Erinnerung an seinen Vater. Er hatte dasselbe behauptet, jedes Mal wieder. Fuck.

Du hast gesagt, dein Freund hatte eine wichtige Prüfung. Was für eine?

Er bewunderte sie dafür, wie methodisch sie sein Leben sezierte und versuchte, ihn zu verstehen.

Die letzte Prüfung für ›Fortgeschrittene makroökonomische Theorie‹.

Danach hätte ich auch gefeiert.

Jo merkte, wie angespannt seine Schultern gewesen waren, als eine Welle der Zuneigung für Alva sie jetzt weich werden ließ. Bisher machte keine ihrer Fragen den Eindruck, als wollte sie ihn endgültig zum Mond schießen. Aber noch stand das Urteil aus.

Wie hat er reagiert?

Es hätte fast unsere Freundschaft zerstört. Zayed hat nicht mein Privileg von Ruhm, heller Hautfarbe und norwegischem Namen. Das alles hätte verflucht leicht auch auf ihn zurückfallen können. Hat ein bisschen gedauert, bis wir wieder miteinander geredet haben.

Wie lange es genau gedauert hatte, musste er dann vielleicht doch nicht im Detail verraten. Alva stellte noch ein paar weitere Fragen, die seine Persönlichkeit analysierten. Und dann … schwieg sie.

Einundzwanzig

Sie konnte nachdenken, bis ihr die Zähne ausfielen. Letztlich lief es immer auf das Gleiche hinaus: Es ging hier nicht um ihr ganzes Leben, sondern bloß um ein paar Monate. Und was sie zu Krister gesagt hatte, galt immer noch. Im Zweifelsfall konnte sie jederzeit an Land gehen, in den nächsten Zug steigen und nach Hause zurückkehren. Sie würde nicht in der Karibik herumkreuzen, sondern an der norwegischen Küste.

Es war kurz vor acht, als sie am nächsten Abend auf den Hafenplatz kam. Jo saß mit baumelnden Beinen auf dem Steg, Wilma neben sich. Die warme Abendsonne badete seine Haare und sein Gesicht in Gold.

Sie betrat den Steg, und er wandte den Kopf.

Er lächelte, mindestens so warm wie die Sonne. Jedenfalls fühlte es sich so an. »Hi.« Mit einem eigentlich körperlich nicht möglichen Satz war er auf den Beinen und kam auf sie zu.

Jetzt hatte auch Wilma sie erkannt, rannte an Jo vorbei und sprang vor Begeisterung schwanzwedelnd und fiepend um Alva herum.

»Ist ja gut, Kleine.« Sie hockte sich neben die Hündin. »Ist ja gut.«

»Sie freut sich«, sagte Jo.

Es war einer dieser Momente, zu denen es eigentlich einen Soundtrack geben müsste. Der tiefblaue Fjord, die weißen Möwen über ihren Köpfen, das sanfte Licht und dieser unfassbar schöne Mann. In Zeitlupe richtete Alva sich wieder auf.

»Wie lautet das Urteil?«

Sie nahm sein kratziges Kinn zwischen beide Hände und sah ihm in die Augen. »Ich will dich. Mitsamt deiner schmutzigen Vergangenheit. Lass es uns versuchen.«

»Sicher?«

»Ich habe heute drei Patienten mit falschem Namen begrüßt und mittags Sveas Hafermilch in meinen Kaffee geschüttet, weil ich über dich nachgedacht habe. Glaub mal, dass ich sicher bin.« Sie stellte sich auf die Zehenspitzen, um ihren Mund näher an seinen zu bringen. »Falls es was Ernstes mit uns wird, musst du möglicherweise wegen dieser Wutsache was unternehmen. Aber erst mal genügt es mir, dich besser kennenzulernen.«

Noch ein Stück näher. Ihre Hände wanderten in seinen Nacken, ihre Lippen streiften seine. Dann endlich legte er auch die Arme um sie. Etwas wie ein Seufzen durchlief seinen Körper, als er den Kuss erwiderte.

»Ganz sicher?«, murmelte er gegen ihre Lippen.

»Ich schubse dich gleich ins Wasser.«

Sie küsste ihn noch einmal und lehnte dann den Kopf an seinen Brustkorb. Sein Atem in ihren Haaren flatterte, und wenn irgendwas sie sicher machte, dass sie das Richtige tat, war es das.

Sie standen auf dem Steg und hielten einander, bis Wilma empört kläffte.

»Hast ja recht.« Jo warf ihr einen Blick zu. »Ich habe heute eine Schwimmweste für sie bestellt. Falls sie doch mal über Bord geht.«

»Vielleicht sollten wir noch ein paar Hund-über-Bord-Manöver fahren, bevor wir endgültig in See stechen.« Wir. Zusammen. Es fühlte sich gut an, das zu sagen.

Er ließ die Schultern kreisen. »Ich war mir nicht sicher, ob du … du weißt schon. Bevor du kamst, habe ich drüber nachgedacht, zur Ablenkung einen Sonnenuntergangstörn zu machen. Hast du Lust?«

»Auf jeden Fall! Und ich bin gespannt, wie Wilma aufs Boot springt.«

Vor der Jacht hockte Jo sich hin und klopfte mit einer Hand auf seinen Rücken. Tatsächlich sprang Wilma nach kurzem Zögern darauf und dann weiter auf die Jacht.

»Das ist verrückt! Wie hast du das hinbekommen?«

»Ich hatte Zeit zum Üben.« Er grinste schief. »Und ich hab sie bestochen. Manchmal habe ich den Eindruck, sie macht einfach noch vieles, um mir zu gefallen. Wahrscheinlich wird sie aufsässiger werden, wenn sie sich irgendwann sicherer fühlt.« Er stieg auf die Jacht und reichte Alva die Hand. Es war ziemlich dekorativ, wie er mit einer Hand das Vorstag hielt und sich zu ihr lehnte.

Sie sagte nicht, dass sie schon auf Booten herumgesprungen war, als er nicht mal laufen konnte, sondern nahm seine Hand. Und da sie sie nun schon einmal festhielt, konnte sie auch gleich die Finger mit seinen verschränken.

Jo zog ihre verflochtenen Hände nach hinten, bis sie hinter Alvas Rücken waren und er direkt vor ihr stand. Es war egal, dass das Boot unter ihnen ruckelte und schwankte, während sie sich küssten. Jo hielt sich immer noch fest – und damit sie beide. »Danke«, sagte er rau, und sie musste nicht fragen, wofür.

»Wollten wir nicht segeln?« Dabei wollte sie viel lieber einfach in seinem Arm stehen bleiben, die Abendsonne auf den geschlossenen Lidern, den kühlen Wind im Gesicht.

Aber letztlich machten sie die FYF los, und Jo steuerte die Jacht auf den Fjord hinaus. Sie brauchten nur wenige Absprachen zum Segelsetzen – es lief Hand in Hand, als wäre es nicht das erste, sondern das zehnte Mal, dass sie gemeinsam auf einem Boot waren. Wilma hatte sich derweil mit einem deutlichen Ausdruck der Schicksalsergebenheit auf dem Fußboden zusammengerollt.

Der Rückweg würde lang werden, aber jetzt jagte die FYF hoch am Wind über das Wasser. Alva hatte die Arme auf der Abdeckung des Niedergangs verschränkt und das Kinn darauf abgelegt. Auch mit dem Motorboot hatte sie dieses Gefühl schon, aber beim Segeln war es noch stärker: diese wilde Freiheit, wenn die Gischt ihr die Wimpern verklebte und der Wind ihr an den Haaren riss.

Sie drehte sich zu Jo um. Er stand breitbeinig im Heck und hielt, gegen die Abendsonne blinzelnd, die Jacht am Wind, seine Haare standen, in feine Strähnen verklebt, um seinen Kopf ab, und ihr Herz zerbarst fast.

»Wo hast du segeln gelernt? Ich dachte, ihr habt nicht am Wasser gewohnt?«

»Es gab Sommercamps für Kinder aus … denen es finanziell nicht so gut ging.« Sein Blick war wieder auf den Horizont gerichtet, als er den Kurs justierte. Er machte das gut, stellte Alva fest. Für jemanden, der nicht an der Küste aufgewachsen war, wirklich gut.

Um ihn besser verstehen zu können, setzte sie sich im Heck auf die Bank, die Beine vor sich ausgestreckt.

»Zayed und ich waren ein paarmal mit, und als wir zu alt waren, sind wir als Teamer mitgefahren. Er hat das neben dem Studium noch weitergemacht, aber ich war dann irgendwann raus wegen des Handballs. Ich war eh nicht besonders pädagogisch begabt. Dafür waren wir dann mit der Mannschaft noch ein paarmal segeln. Teambuilding und so.«

»Ich finde, mit Wilma stellst du dich ganz geschickt an.«

»Wilma ist ja auch ein Hund und kein Kind.« Wasser spritzte über die Seite.

»Hey, Städter. Wenn ich gewusst hätte, dass du vorhast, uns zu ertränken, hätte ich mir noch schnell eine Regenhose angezogen. Und ganz offensichtlich ist Wilma kein Kind. Trotzdem seid ihr ein gutes Team.«

»Irrtum. Deswegen sind wir ein gutes Team.« Er grinste in Alvas Richtung, sah aber eher auf ihr linkes Ohr als in ihr Gesicht. »Ich habe nicht besonders viele Referenzwerte dafür, wie man mit Kindern umgeht. Darum will ich in nächster Zeit auch nicht unbedingt welche haben. Ich wäre der schauderhafteste Vater der Welt.« Jetzt sah er nicht mal mehr an ihrem linken Ohr vorbei, sondern hatte den Blick wieder nach vorn gerichtet.

»Glaub ich nicht, dass du das wärst.« Alva merkte den erneuten Schwall kaum, der ihre Hosenbeine durchnässte, weil sie damit beschäftigt war, Ordnung in ihre Gedanken und Gefühle zu bringen.

»Wäre ich. Falls du also sehr dringend Kinder haben möchtest, solltest du dich vielleicht doch nach einem anderen Typen umsehen.«

»Ich will mir keinen anderen Mann suchen. Ich will erst mal sehen, wie weit ich mit diesem hier komme.«

Sie wollte erst mal sehen, wie weit sie mit diesem Mann kam. So ganz begriff er immer noch nicht, warum sie das wollte, aber er würde sich nicht beklagen. Ihre Worte – so aufrichtig und trotzdem mit diesem Lachen in der Stimme – breiteten sich in ihm aus, bis auch der kleinste Teil von ihm sie begriffen hatte. Alva wollte ihn. Trotz allem.

Auf der Rückfahrt wechselten sie sich am Steuerrad ab, und bei jedem Wechsel streifte ihn ihre Hand an der Wange, oder er umfasste ihre Schultern, oder sie gab ihm einen glücklichen kleinen Kuss. Jedes Mal traute sich das Glück in ihm ein Stück weiter hervor. Scheu zunächst, doch dann mit Wagemut, während sie im verlöschenden Tageslicht zurück nach Lillehamn kreuzten.

Nun war die FYF vertäut, die Segel eingeholt, und Alva rieb sich fröstelnd die Arme. »Woran liegt das eigentlich, dass man im Hafen immer erst merkt, wie kalt es wirklich ist, wenn auf dem Fjord doch viel mehr Wind bläst?«

»Euphorie«, erwiderte Jo. »Adrenalin. Es soll Leute geben, die einen Wettkampf trotz gebrochener Rippe beenden und erst am Schluss überhaupt merken, dass ihnen etwas wehtut.«

»Das klingt ungesund.« Alva trat näher und schob ihre kalte Hand unter seine Jacke, unter seinen Pullover, bis sie seine Haut berührte. Sie strich an seinem Rippenbogen hoch, wie um zu prüfen, ob noch jeder Knochen an der richtigen Stelle saß. »Ich glaube, in diesem Fall hat es eher weniger mit Verletzungen als mit etwas ganz anderem zu tun.«

»Womit denn?«

Inzwischen waren ihre Finger an seiner Wirbelsäule angelangt, und ihr Oberkörper lag fest an seinem. »Ich weiß nicht«, sagte sie herausfordernd.

Gänsehaut kribbelte ihm im Nacken, die so gar nichts mit der Kälte ihrer Finger zu tun hatte, sondern viel mehr damit, was diese Finger taten. »Lass uns runtergehen, du musst aus den nassen Sachen raus.«

»Das muss ich auf jeden Fall.« Als sie ihre Hände aus seinem Pullover zog, erschien es ihm absurderweise kälter als vorher.

Er öffnete das Schiebeluk und ging voran, nicht ohne sich nach Alva umzudrehen. In ihrem Mundwinkel verbarg sich ein kleines Grinsen, während sie ihm die Stufen in die Kajüte folgte. Selbst nachdem sie ihre Schuhe abgestreift hatte, hinterließen ihre Füße noch kleine feuchte Tapser auf dem Boden. Sie war wirklich vollkommen durchnässt.

Wilma hatte sich unter dem Tisch zusammengerollt. Sie klopfte nur zweimal kurz mit dem Schwanz auf den Boden und nahm weiter keine Notiz von ihnen.

Jo nahm Alva den nassen Anorak ab und hängte ihn in die Dusche. »Wird spannend mit Klamotten für zwei Leute hier drin.«

»Und überhaupt mit zwei Leuten.« Sie zog die vom Meerwasser dunkel gefärbte Jeans über ihre Hüften. Die Haut darunter war rosig von der Kälte.

Während er sich nach trockener Kleidung für sie umsah, hüpfte sie mit der Hose zwischen den Knien durch die Kajüte und setzte sich auf die Bettkante im Eingang der Vorschiffskoje. Vergeblich zerrte sie am Stoff, der ihr auf der Haut klebte.

»Jeans beim Segeln. Es gibt Dinge, die macht man genau einmal in seinem Leben und dann nie wieder.«

»Danke für die Erkenntnis, Landratte.« Sie schnitt ihm eine Grimasse. »Konnte ich damit rechnen, dass du eine Regatta fahren würdest? Hilf mir lieber mal.«

Nur zu gern. Er reichte ihr eine seiner Jogginghosen, fasste die Jeans an ihrem Knöchel und half ihr hinaus. Mit der Rückseite seiner Finger streifte er die Innenseite ihrer Oberschenkel und erwischte sie dabei, wie sie die Unterlippe zwischen die Zähne zog und ihr Atem einen Moment lang stockte.

Dann hielt sie seine Hose mit ausgestrecktem Arm in die Luft. Sogar dann reichten die gerade geschnittenen Hosenbeine noch bis zum Boden. »Ich fürchte, wenn ich die anziehe, kannst du unter meinen Füßen einen Knoten in die Beine machen.«

»Das ist der Plan.«

Sie hob die Augenbrauen. »Damit ich auf dem Bauch durch dein Boot rutsche wie eine meiner Robben?«

Er schob sich näher an sie heran, bis er zwischen ihren Knien hockte, den Blick auf ihren leicht geöffneten Mund gerichtet, auf den feinen Streifen ihrer Unterlippe, der verführerisch glänzte. Mit den Fingerspitzen streichelte er über ihren Fußspann zu ihrem Knöchel. »Damit du hierbleiben musst.«

»Wie lange so ungefähr?«

»Bis wir irgendwo angekommen sind, wo das Wetter keine Kleidung mehr erfordert.«

Sie lachte hell auf. »Wohin wolltest du doch gleich segeln? Ins Mittelmeer oder lieber gleich Richtung Kanarische Inseln? Da könnten wir eine Weile unterwegs sein.«

»Verlockende Vorstellung. Du und ich.«

»Und Sonnenschein und ein leiser Wind auf der Haut.« Sie strich ihm mit gespreizten Fingerspitzen übers Gesicht – was er so ziemlich überall im Körper spürte.

»Und ein Jahresvorrat Tiefkühlpizza und Schokoladenkekse.«

»Auf jeden Fall.« Alva zog die Beine aufs Bett, erst das eine, dann das andere. Ihr Fuß streifte dabei seine Schulter. Sie schob beide Füße ein Stück unter die Decke und lehnte sich vor, so weit, dass ihre Nasenspitze seine fast berührte. »Dir ist klar, dass ich ohnehin hierbleiben muss, oder?«

»Sicher, deine Schuhe sind durchnässt.«

Sie schüttelte den Kopf, und dabei streifte ihr Atem seine Lippen. »Nein. Ich muss ausprobieren, wie es sich hier liegt. Immerhin habe ich vor, monatelang mit dir zu schlafen. Also, in dieser Koje, meine ich. Jede Nacht.«

Er musste lachen, es geriet ein wenig rau.

»Was denn?«, fragte Alva gespielt harmlos.

»Gar nichts. Es ist nur ausgesprochen anziehend«, sagte er, »wenn Kinderärztin Doktor Alva ein wenig zweideutig wird.«

»Ich bin nicht zweideutig. Fühl doch mal, es schaukelt alles.« Sie strich ihm über den Unterkiefer, die Ansätze der Schlüsselbeine, die Brust. Wie konnte es sein, dass er das trotz des Sweaters so deutlich spürte? »Und«, flüsterte sie, »wir müssen dringend noch ausprobieren, ob wir beide in dieses Bett passen und ob wir überhaupt Schlaf finden werden.«

»Irgendwann sicher«, murmelte er. Mit einem Griff in seinen Nacken zog er seinen Pullover samt T-Shirt über den Kopf.

Alva brachte ihre Lippen wieder an seine. »Vielleicht ist es zum Schlafen auch viel zu eng hier drin.«

Das Einzige, was langsam wesentlich zu eng wurde, war seine Hose. Ihr Atem war auf seinem Mund, ihre Zunge an seiner, ihre Erregung … er konnte sie jetzt schon schmecken. Sie schloss die Hände um seinen Nacken, zog ihn sanft, aber unnachgiebig an sich und in die Koje.

»Die Hose«, hauchte sie an seinem Mund.

»Hm.«

»Die ist ganz feucht. Lass sie draußen.«

Kein bisschen zweideutig. Sie umnebelte ihm äußerst eindeutig den Verstand. Und das wissende Lächeln auf ihren Lippen verriet ihm, dass sie es ganz und gar bewusst tat. Mehr noch: Sie liebte, was sie mit ihm anstellte.

Jo streifte sich Hose und Strümpfe ab, während Alva sich auf dem Po langsam in die Koje zurückzog. In Boxershorts wollte er ihr folgen, aber sie warf ihm einen Blick zu und biss sich auf die Unterlippe, während sie leicht den Kopf schüttelte. Verdammt, verdammt. Ob sie eine Ahnung hatte, wie heiß sie ihn machte? Die Boxershorts folgten der Hose auf den Fußboden, und Alva lachte leise, während ihr Blick über seinen nackten Körper glitt. Er hörte sie atmen. Und wieder folgte ein Kopfschütteln.

»Das meinte ich gar nicht.« Ihre Stimme klang belegt, und der kleine Hinweis, dass sie ihn genauso begehrte wie er sie, trieb das Pochen in seinem Unterleib auf eine neue Ebene. »Auch wenn ich zugeben muss, dass es mir so noch besser gefällt.«

Er stemmte die Hände links und rechts gegen die Schiebewände der Koje. »Wir sind nicht mal losgefahren, und du lässt mich schon nicht mehr in mein Bett?«

»Ich will dich bloß nicht mehr rauslassen, wenn du einmal drin bist«, erwiderte Alva, und endlich begriff er.

»Oh. Okay. Klar. Ich fürchte, mein Gehirn ist gerade mangelversorgt.«

»Ich seh das. Deutlich.«

Er wandte sich ab und klaubte die Kondome aus dem Klappschrank über dem Badezimmerwaschbecken. Ab jetzt würden sie neben dem Bett deponiert werden.

»Außerdem«, rief sie ihm nach, »wollte ich deinen Hintern sehen.«

Er lachte. »Hab ich euch einander noch nicht vorgestellt? Ich hoffe, er gefällt dir.«

Er wartete ihr »Gefällt mir sehr« ab, bevor er zu ihr zurückging, genüsslich langsam, genau wie sie es in ihrer Wohnung mit ihm gemacht hatte.

»Beweg den hübschen Hintern zu mir.« Ihre Stimme kratzte entzückend, und ihre Zunge benetzte ihre Unterlippe.

Die Spannung in seinen Lenden war fast nicht auszuhalten, aber Jo lehnte wieder die Unterarme oberhalb des Einstiegs an die Vertäfelung und schüttelte nun selbst den Kopf. Sie hatte das Spiel angefangen. Er würde mitspielen. Außerdem genoss er dieses Gefühl ihrer Blicke auf seinem nackten Körper. Er blickte herausfordernd auf ihren Pullover. »Du bist dran, Alva.«

Kurz geriet ihre Souveränität ins Wanken. Ein Zweifel beschattete ihre Augen, aber nur für einen Moment, als wäre ihr ein Gedankenimpuls gekommen und sofort wieder verschwunden. Dann zog sie den Pullover aus, warf ihn zur Seite und griff in der gleichen Bewegung nach der Decke.

Er zog den Kopf ein und kletterte rasch zu ihr in die Koje, stützte die Hand auf die Decke und lehnte sich über Alva, drückte sie halb in die Kissen, sodass sie rücklings unter ihm lag, auf die Ellbogen gestützt. »Vielleicht mach ich ein Schild an die Koje. Kleidung verboten. Weißt du, warum?«

Sie küsste seine Unterlippe, ließ ihn ihre Zungenspitze spüren, und er drängte sich unweigerlich gegen ihre Hüfte. »Sag's mir.«

»Damit ich dich ansehen kann, die ganze Nacht lang. Weil du das Schönste bist, das je in diesem Bett lag.«

»Kunststück«, spottete sie, schloss aber die Augen, als er ihre Taille hoch zu ihrer Brust streichelte.

»Das Schönste, was überhaupt je mit mir in einem Bett lag.«

Sie lachte, und er fuhr ihr durchs Haar, zog ihren Kopf in den Nacken, um ihren Hals zu küssen, an ihrer weichen Haut zu lecken und zu saugen, bis sie sich unter ihm wand.

»Ich meine das ernst«, flüsterte er an ihrer Haut. Sie sollte nicht lachen, wenn es nicht nach Freude klang, sondern so, als hätte er einen Scherz gemacht, über den sie sich amüsierte, damit er nicht auf ihre Kosten ging. »Ich liebe es, wie weich du bist. Diesen Schwung deiner Hüften.« Er fuhr mit der Hand über ihren Po. »Du bist perfekt.« Womöglich verstand sie ihn kaum noch, da er das Gesicht zwischen ihre Brüste senkte. Sie löste eine Hand von seinem Oberkörper, griff an ihren Rücken und löste den BH, sodass er sie küssen konnte, an ihren Brustwarzen saugen, bis sie hart wurden und Alva atemlos lachte. Sie drängte eine Hand zwischen ihren Körpern hindurch und umfasste seine Erektion.

Das war der Moment, in dem er aufhörte zu denken. Er schloss sie in die Arme, während sie ihn streichelte, küsste sie, während sie ihn rieb, liebte sie, während sie ihn hielt und er in ihre Hand stieß, weil er nicht länger aushielt, es nicht zu tun.

Jo schob sich zwischen ihre Beine, sie drängte ihn an ihrem feuchten Höschen, und jede verdammte Faser des Stoffs zwischen ihnen war zu viel.

»Wo …«, keuchte Alva, »wo sind die …«

Er griff an ihr vorbei. Bemerkenswerterweise gelang es ihnen in Windeseile, ihm nicht nur vierhändig das Kondom überzustreifen, sondern gleichzeitig Alvas Höschen von ihrem Körper und im hohen Bogen aus der Koje zu bekommen. Ihre Glieder waren miteinander verschlungen, die Finger sich gegenseitig im Weg. Alva atmete schwer und lachte gleichzeitig, und Jo fehlte es einerseits an Verstand, während er andererseits alles überdeutlich wahrnahm. Er sah sie gestochen scharf, vernahm jeden ihrer Laute, spürte sie überall an seiner Haut – selbst da, wo er sie nicht berührte. Und Gott, wie sie roch …

Alva rollte sich auf ihn und wollte sich aufrichten. Er konnte sie gerade noch festhalten und an seine Brust drücken. »Vorsicht. Die Decke ist …« Verdammt niedrig, wollte er sagen, aber da war schon wieder ihr Mund auf seinem, die Worte verschwanden. Da war nur noch ihr Gewicht, süß und verlockend auf seinen Hüften, waren ihre Brüste an seiner Brust, war ihre Mitte, die sich dort rieb, wo alles hart und fest und heiß nach Erlösung verlangte. Sie hob die Hüften, half kurz nach, bevor sie ihre Hände um seine Schultern schloss und sich auf ihn senkte und ihn in sich aufnahm, ihn fest umschloss und seine Lust mit kleinen, schaukelnden Bewegungen steigerte, weiter und weiter, bis ins Unaushaltbare.

»Alva«, sagte er leise, weil er es liebte, ihren Namen zu sagen. Noch viel mehr, wenn es zwischen Küssen war. »Alva. O Gott, ich glaub …« Ich liebe dich. »Ich kann nicht mehr lange.«

Er rollte sie herum, und Alva schlang die Beine um ihn. »Warte«, flüsterte sie, und er hielt sofort inne, auch wenn sein Becken fast ohne sein Zutun nach vorn drängte, mehr von ihr wollte.

»Was ist? Ist alles …« Er konnte kaum noch geradeaus gucken.

»Ich hatte Angst, dass du und ich vielleicht irgendwann nicht mehr wissen, was wir einander sagen sollen.« Sie lachte, was feste, wellenartige Bewegungen durch ihre feuchte Enge trieb. Er musste die Augen schließen, teils aus Erleichterung über ihre Worte, teils vor Lust. Sie sollte immer lachen, wenn er in ihr war.

»Aber jetzt hab ich keine Angst mehr. Wir …«

Er sollte etwas antworten, aber sein Kopf war leer, und sein Körper drohte zu zerspringen. Er zog sich ein Stück zurück, um sich langsam noch tiefer in ihr zu versenken.

Alva seufzte. »Wir können … einfach … das hier tun, wenn uns nichts mehr einfällt. Einfach …«

Er stieß ein weiteres Mal in sie, und sie stöhnte auf.

»Den ganzen Sommer lang …« Ihre Finger gruben sich in seinen Hintern, »… jeden Tag.«

Er stieß fester in sie, hielt sich wieder zurück. »So, Alva?«

Sie keuchte an seinem Mund. »Genau so. Ganz genau so. Hör nicht auf. Hör einfach nie mehr auf.«

Aber dann konnten sie beide nicht mehr warten. Sie hob sich ihm entgegen, und er drängte nach vorn, tiefer, schneller. Sie bäumte sich auf, und ihre Enge zog sich in Wellen um ihn zusammen, immer wieder und wieder, bis er das Gefühl hatte, zu explodieren.

Danach lagen sie erschöpft beieinander, Haut an Haut, und die einzigen Bewegungen waren die der FYF, die in den Hafenwellen schwankte und ab und an mit dumpfen Lauten gegen den Steg stieß.

»Jeden Tag, ja?« Er küsste einen Tropfen Schweiß von ihrem Hals. »In der Intensität?«

»Schaffst du das nicht?«

»Verlass dich drauf. Ich denke allerdings nicht, dass uns so schnell der Gesprächsstoff ausgehen wird. Und wir haben ja auch immer noch die Schokoladenkekse.«

Sie lachte, und allein die Erinnerung daran, wie sie gelacht hatte, als er in ihr gewesen war, wischte die Erschöpfung beiseite und legte den darunterliegenden Wunsch frei, es noch einmal zu spüren. »Das geht schon«, sagte Alva und kuschelte sich an ihn. »Es gibt ja noch die Nächte, in denen wir reden können.«

Zweiundzwanzig

Als Alva am nächsten Tag nach der Arbeit zu ihm kam, lag Jo lang ausgestreckt auf dem Kajütenboden neben Wilma, die sich mit dem Rücken an ihn drängte, und kraulte ihr das Fell. Irgendwas stimmte nicht, das merkte Alva in dem Augenblick, in dem sie in sein Gesicht sah. Sie streifte die Schuhe ab und beugte sich über ihn, um ihn zu küssen. Mit der freien Hand zog er sie zu sich. Sie verlor das Gleichgewicht, stützte sich auf ihm ab und schmiegte sich dann mit dem Kopf auf seinem Brustkorb an seine Seite.

Eine ganze Weile lagen sie nur einfach da, Jo streichelte Alvas Oberarm, und sie ließ die freie Hand unter sein T-Shirt gleiten und strich über seinen Bauch. Ab und zu stockte sein Atem leicht, und einmal war Alva sich sicher, sie hätte ein Schniefen gehört. Was im Namen aller Fjordtrolle war los?

»Euer Ortspolizist war vorhin hier.«

Sie hatte sich nicht verhört, seine Stimme klang belegt.

»Eine Familie aus Schweden vermisst ihren Hund.«

»Aber«, automatisch wehrte Alvas Verstand sich gegen die Bedeutung der Worte, »das heißt doch überhaupt nichts.«

»Er hat extra irgendwo so ein Gerät aufgetrieben, um den Chip auszulesen«, sagte Jo, jetzt sehr flach.

Alva bildete sich ein, sein Herz an ihrem Ohr stärker klopfen zu hören als sonst.

»Keine Ahnung, wie Wilma von Schweden hierhergekommen ist. Wird man wohl auch nie erfahren.«

Alva streckte die Hand aus und tätschelte Wilma ebenfalls. Sie drehte sich begeistert auf den Rücken und zog die Vorderpfoten an.

»Die Leute kommen am Wochenende, um sie zu holen. In Wirklichkeit heißt sie Margret.«

»Margret? Was ist das denn bitte für ein blöder Name?« Keinen Namen hätte sie in diesem Moment gut gefunden. Keinen außer Wilma.

Doch Wilma hatte aufgehorcht.

»Margret«, sagte Alva noch einmal probehalber, und jetzt drehte Wilma den Kopf und sah sie mit ihren großen, braunen Hundeaugen an, als wollte sie ihr etwas Wichtiges mitteilen.

Lange lagen sie einfach da, auf dem Flickenteppich, ganz nah beieinander, und sprachen nicht weiter. Es gab nichts zu sagen. Jo kraulte Wilma. Alva hörte Jos Herzschlag zu und seinem Atem und dem Schwappen des Wassers unter dem Bug.

Alva hatte gemerkt, dass er geheult hatte, und sie hatte nichts dazu gesagt. Warum auch? Idiotisch, dass er überhaupt darüber nachdenken musste. Dies war das einundzwanzigste Jahrhundert, und die Zeiten, in denen Jungs nicht weinen durften, waren vorbei. Theoretisch wusste er das. Praktisch hätte er es nicht dahin gebracht, wo er … nun, gewesen war, ohne die Zähne zusammenzubeißen und immer weiterzumachen. Er dachte an das, was Zayed über Tränen und Wut gesagt hatte.

»Ich hatte einen Hund, als ich klein war«, sagte er und versuchte, die Erinnerung runterzuschlucken. Noch konnte er einfach aufstehen und Alva fragen, ob sie nicht vielleicht mit ihm Nudeln kochen wollte. »Er hieß Hektor.«

»Echt? Wie schön. Ich hätte immer gern einen Hund gehabt. Aber mit meiner Mutter, die immer kränker wurde und so … Was für ein Hund war Hektor?«

Scheiße, er hätte nie damit anfangen dürfen. »Der beste«, quälte er hervor, und es klang fast normal. »Sorry, Wilma.«

Wenn er gedacht – oder vielleicht gehofft – hatte, Alva wäre unsensibel genug, nicht zu merken, dass er aus Versehen in zu tiefem Wasser gelandet war, hatte er sich geirrt. Sie ließ ihre Hand, die ruhig unter seinem T-Shirt gelegen hatte, jetzt gleichmäßige Kreise über seine verspannte Schulter ziehen.

Und dann redete er einfach. »Hektor war ein struppiger kleiner Mischling. Meine Schwester hat ihn angeschleppt, aber er hat sich irgendwie mich ausgesucht. Er hat bei mir im Bett geschlafen, und wenn ich aus der Schule kam, ist er mir entgegengelaufen. Er war mein bester Freund.« Noch einmal versuchte er das mit dem Runterschlucken, und noch einmal misslang es. Jahrelang hatte er die Bilder weggehalten, war ihnen davongerannt, hatte sie weggeschubst oder in linke, untere Ecken gedonnert. Jetzt waren sie wieder da, brannten hinter seinen Lidern und drückten in seiner Kehle. Die Fäuste seines Vaters, Hektors Bellen, der schwere Stiefel. Hektors verkrümmter kleiner Körper an der Wand, die Blutspur auf dem Boden, das verängstigte, schwächer werdende Fiepen. Sein Vater mit diesem entmenschlichten Blick.

»Einmal hatte ich … ich weiß nicht mal, was der Auslöser war. Vielleicht hatte ich eine schlechte Zensur oder so. Mein Vater … er … er … hatte irgendwas eingeworfen und war wohl auch sturzbetrunken und …«

Jo konnte nicht mal mehr atmen. Er presste die Lider zusammen, aber er war immer noch neun Jahre alt und schrie und stürzte auf Hektor zu. »Er ist auf mich losgegangen, wieder mal. Hektor wollte mich verteidigen und …« Er setzte sich auf und angelte nach der Küchenrolle. »Mein Vater hat nach ihm getreten, immer wieder, wie ein entfesselter Dämon.«

Alva heulte inzwischen fast noch mehr als er selbst. Er konnte sie nicht ansehen, sonst würde er diese elende Geschichte nie schaffen, zu Ende zu erzählen. »Hektor ist in meinem Arm gestorben. Ich seh das heute noch, wie seine Augen matt werden.« Alva riss zwei weitere Tücher von der Rolle und reichte ihm eins davon. Selbst nach dem Naseputzen war das Luftholen mühsam. »Er hat mir vertraut, weißt du? Und er wollte mich beschützen. Und ich war … ich konnte nicht auf ihn aufpassen.«

Alva umarmte ihn. Nein, sie nahm ihn in den Arm, winzig, wie sie war, und rieb ihm die Schultern und den Rücken, bis er sich wieder im Griff hatte. Wilma stupste ihn irritiert mit der Schnauze an, und er tastete mit der freien Hand nach ihr.

»Wie alt warst du?«

»Neun.«

Sie hielt ihn noch ein bisschen fester.

»Wenn diese Leute, die Wilma holen wollen, nicht okay sind, bekommen sie sie nicht.« Seine eigene Stimme klang hart in seinen Ohren, aber er meinte es genauso, wie er es gesagt hatte. »Ich meine, wie kann man bitte seinen Hund verlieren?«

Er fühlte sich wie ausgewrungen, schlimmer als nach einem Länderspiel. Nein, anders. Nicht hochgepeitscht und körperlich erledigt, sondern … hüllenlos. Wie dieses winzige, staksbeinige Lämmchen, das er neulich auf dem Weg zum Wasserfall gesehen hatte.

Schon das Kleinschneiden der Zwiebeln schien ihm zu viel, aber Alva hatte darauf bestanden, dass Lachspfanne besser als Tiefkühlpizza war, und wie sollte er darüber mit einer Ärztin diskutieren?

Als das Essen kurz darauf vor sich hin köchelte, schob Alva ihn in den Bug, wo er sich einigermaßen gern aufs Bett fallen ließ. Sie legte sich der Länge nach auf ihn und stützte sich auf seiner Brust ab, um ihm ins Gesicht zu sehen. Dabei drückte ihr Becken auf seine Lenden, und sofort meldete sein Körper, dass er wohl doch gar nicht so erschöpft war. Klar, Sex zur Ablenkung hatte immer schon gut funktioniert. Aber Alva war keine Ablenkung, und der

Sex mit ihr sollte immer etwas so phänomenal Besonderes bleiben wie gestern. »Erzähl mir was Schönes.«

»Weil dich mein Tag interessiert oder weil du bloß von mir vollgeplaudert werden willst?« Sie drückte sich noch ein bisschen höher, und ihr Becken senkte sich dadurch noch ein bisschen mehr. Er konnte sich immer noch nicht entscheiden, ob er lieber ihren Mund oder ihre Augen betrachtete. In dem Fall die Lippen, die sich jetzt zu einem herausfordernden Lächeln formten.

»Darf ich beides nehmen?«

Nach einem viel zu kurzen Kuss setzte sie sich auf, rittlings auf seine Körpermitte, ausgerechnet. Die Arme stützte sie zu beiden Seiten seines Oberkörpers ab, weil sie ja jetzt wusste, dass die Koje zu niedrig war, um aufrecht zu sitzen. »Du darfst alles nehmen.«

»Gefährliche Äußerung.«

Sie grinste. »Ich weiß, was ich tue. Hast du das Schweben im Kopf eigentlich noch?«

»Selten. Es hat sich anscheinend an dich gewöhnt.«

»Das passt. Und ich finde es beruhigend. Ich würde ungern auf ewig dein Entspannungs-Soundtrack sein.«

Nach Entspannung war ihm gerade gar nicht, aber es kam ihm plump vor, das jetzt zu sagen.

»Mir ist wieder eingefallen, wie man das Phänomen nennt: Autonomous Sensory Meridian Response.«

»Ist das irgendwie … bedenklich?«

»Nein. Haben manche Leute einfach, so wie andere Menschen Klänge und Farben verknüpfen. Wenn man dem Auslöser längere Zeit ausgesetzt ist, gewöhnt man sich wohl dran, und das Nervensystem reagiert nicht mehr drauf.«

Nun, wenigstens hatte er keine Klatsche. Bei seinem Erbgut wäre das schließlich nicht weiter verwunderlich.

»Warum ist mir das vorher nie aufgefallen?«

Alva hob die Schultern, und die kleine Bewegung lief durch ihren ganzen Körper. Sie musste doch merken, welche Wirkung das hatte.

Er konnte nicht mehr. Ablenkung hin oder her, Alva war hier bei ihm, auf ihm, warm und einladend und erregend.

»Du musst aufstehen.«

»Sonst?« Sie machte das mit voller Absicht, das sah er an ihrem Lächeln.

»Sonst verkocht die Lachspfanne, weil …« Langsam ließ er seine Hände unter ihr Oberteil und an den Seiten nach oben gleiten. »Weil wir sonst was anderes tun müssen.«

Einen Moment lang, viel zu kurz, schloss sie die Augen und gab sich seinen Berührungen hin, dann küsste sie ihn und stand auf. »Wäre so schade um den Lachs.«

Am nächsten Tag wurde Jo mit voller Wucht klar, dass ihm nur ein Tag mit Wilma blieb. Ein einziger Tag. Aber wenigstens konnte er sich von ihr verabschieden. Auf einmal hatte er fast so etwas wie Heimweh.

An seinem inzwischen gewohnten Platz neben Wilma auf dem Flickenteppich rief er seine Mutter an. Wilma hatte den Kopf auf seinem Schoß abgelegt und ließ sich kraulen.

»Joakim! Dass du dich mal meldest!«

Er seufzte. »Es macht nicht viel Spaß, anzurufen, wenn ich mir das jedes Mal anhören muss, ist dir das klar?«

»Na ja, so schlimm ist es ja nun auch nicht. Ich freue mich, wirklich. Kjersti hat von deiner neuen Kampagne berichtet. Wann kann ich die Bilder denn sehen?«

»Weiß nicht. Kjersti hat den Zeitplan.«

»Dann wird sie mir das ja mit Sicherheit bald sagen. Ich möchte die Fotos nämlich Marthe zeigen.«

»Wer ist das?«, fragte Jo, obwohl er es hätte besser wissen müssen.

»Marthe? Das ist doch meine Nachbarin. Weißt du das nicht mehr?«

Er hatte ein schlechtes Gewissen, dass er kaum je ernsthaft zuhörte, wenn sie ihm etwas erzählte. »Ich werde dir jede Woche Bilder vom Segeln schicken, wenn du willst.«

»Das würde mich sehr freuen«, sagte sie, und für einen Moment war eine echte Verbindung zwischen ihnen da.

Er kraulte Wilma und ließ sich vom vertrauten Singsang des Osloer Dialekts umhüllen. Selbst wenn seine Mutter immer noch genauso hemmungslos ichbezogen war wie immer, tat es erstaunlich gut, ihre Stimme zu hören. Und immerhin schien sie einigermaßen gut drauf zu sein. Vielleicht konnte er sie fragen, ob sie ihm ein Bild von Hektor raussuchte, das Kjersti scannen und ihm schicken konnte.

Nachdem er auf dem neuesten Stand war, was sämtliche Wolkenschlösser seiner Mutter anging, versuchte er, ihr wenigstens ein paar Dinge aus seinem Leben zu erzählen. Aber es war wie immer. Sie musste dringend noch einkaufen gehen, und später würde sie Leonid treffen. »Aber wir sprechen wann anders.«

»Ja«, sagte er und legte das Telefon sanfter als sonst zur Seite.

Wilma stupste ihn auffordernd an und fiepte.

»Was ist los?«

Wieder fiepte sie. Er konnte sich nicht daran erinnern, dass Hektor auf diese Weise kommuniziert hatte. Aber vielleicht war er auch nur zu klein gewesen, um das noch zu wissen.

Er war erst vor drei Stunden zum Morgenlauf mit ihr am Strand gewesen, trotzdem stand er auf und zog sich die Schuhe an. Ein letztes Mal wollte er mit ihr zum Wasserfall.

Während er den Berg hochstapfte – möglichst schnell, um all das, was in seinem Inneren tobte, nicht zu genau spüren zu müssen – hinterließ er Kjersti eine Sprachnachricht, wie der weitere Zeitplan mit *SkanJersey* aussähe und ob seine Mutter die Sozialhilfeanträge im Griff hätte. Nicht weil eins von beidem dringend gewesen wäre, sondern weil er an irgendetwas anderes denken musste als daran, wie sehr er Abschiede verabscheute.

Er lief nicht nur bis zum Wasserfall, sondern noch mindestens einen Kilometer weiter. Je weiter er nach oben kam, desto tapferer klammerten sich die wenigen windzerzausten Kiefern an den nackten Felsen fest. Obwohl es kalt war, hatte die Sonne den Schnee hier inzwischen vollkommen abgetaut. Mit dem Rücken gegen einen Steinbrocken gelehnt, setzte Jo sich hin. Wilma legte sich neben seine Beine, den Kopf auf seinen Oberschenkeln, als hätten sie das ein Leben lang so gemacht und nicht erst wenige Wochen.

Eine Nacht noch mit Wilma. Eine einzige Nacht. Zwei Spaziergänge. Was, wenn ihm die Leute wirklich nicht gefielen? Er konnte schlecht mit Wilma über die nächste Grenze türmen, mal abgesehen davon, dass das vermutlich die zu Schweden wäre.

Die Leute hatten geschrieben, sie seien in einer Pension im Nachbarort untergekommen und würden um zehn am Hafen sein.

Den ganzen Morgen über schon schien Wilma zu spüren, dass etwas anders war als sonst. Am Strand schnappte sie überdreht nach den Wellen und überschlug sich vor Enthusiasmus, als sie hinter einem Stock herfetzte.

»Diese Schweden bekommen einen ziemlich nassen Hund wieder«, sagte Alva.

»So ein Pech.« Jo grinste wackelig, und sie nahm seine Hand. Es war kurz vor zehn.

»Ich werde weinen.«

»Das ist okay.«

Jo hatte sich erstaunlich gut im Griff. Hätte er nicht ab und zu tiefer geseufzt als sonst und die Spannung aus den Schultern geschüttelt, hätte sie ihm wohl nichts angemerkt.

Wie immer war Wilma schneller, als sie über die Felsbrocken zum Hafen hochkletterten. Doch auf dem obersten Stein blieb sie wie angewachsen stehen.

Alva machte die letzten Schritte umso zügiger, und Jo an ihrer Seite tat das Gleiche.

Wilma hatte die Ohren aufgestellt und den Schwanz aufgerichtet, als könne sie sich nicht sicher sein, was sie da sah.

Die Leute waren mit einem Kleinbus gekommen. Ein Mann, eine Frau und ein vielleicht zehnjähriges Mädchen. Zuerst hielt sich das Mädchen an der Hand seiner Mutter fest, doch dann ließ es los und lief auf den Steg zu. »Margret!« Sie hatte eine feine, hohe Stimme, die dennoch über den ganzen Platz hallte. So viele Gefühle schwangen darin mit, dass Alva das Atmen schwerfiel. »Margret! Komm her, Margret!«

Und dann rannte Wilma mit wild propellerndem Schwanz los, kläffte, fiepte, sprang an dem Mädchen hoch, wedelte, hüpfte.

»Du bist wieder da. Meine Margret.«

Alvas Tränen liefen einfach. Sie machte nicht mal den Versuch, sie aufzuhalten.

Wilma – Margret – fiepte und propellerte immer noch, aber dann hockte das Mädchen sich hin, und Wilma legte sich vor ihr auf den Boden und ließ sich kraulen, wobei sie sich immer wieder umsah, mit dem Schwanz wedelte und sichtlich mit zu viel Freude für einen einzigen jungen Hundekörper klarkommen musste.

Jo reichte Alva ein Taschentuch. Sie trocknete ihre Augen und putzte sich die Nase, bevor sie ihn ansah.

Mit grimmigem Nicken griff er nach ihrer Hand, und gemeinsam gingen sie den Leuten entgegen.

Ab liebsten hätte Jo die Sache möglichst schnell hinter sich gebracht, aber die Schweden bestanden darauf, Alva und ihn noch zum Essen einzuladen. *Jamal's Place* war fast voll mit vier Erwachsenen, einem Kind und einem Hund.

Wie Wilma nach Lillehamn gekommen war, ließ sich nicht mit Sicherheit herausfinden. Anfang Dezember waren die Leute an der Nähe der Grenze zu Norwegen mit ihr im Wohnmobil unterwegs gewesen. Nach einer Rast hatten sie angenommen, sie würde hinten im Wagen schlafen, und abends hatten sie festgestellt, dass das nicht der Fall war. Niemand konnte mehr rekonstruieren, ob während des Haltens die Tür offen gewesen und Wilma aus einem Antrieb »spazieren gegangen« war oder ob jemand sie gestohlen hatte. Das Mädchen umarmte ihren Hund, als wollte sie ihn nie wieder loslassen, während ihre Mutter das erzählte.

Normalerweise mochte Jo es, sich mit Schweden oder Dänen zu unterhalten und darüber zu lachen, wo sich die Sprachen glichen und wo sie über vollkommen unverständliche Begriffe stolperten. Aber nachdem er seinerseits berichtet hatte, wie er Wilma zwischen den Mülltonnen gefunden und mit Fischbällchen angelockt hatte, gingen ihm die Worte aus.

Alva rettete ihn. Sie begann mit dem Mädchen ein Gespräch über Hunde, Pferde und Robben, als würden sie sich schon ewig kennen. Wahrscheinlich war sie eine wirklich gute Ärztin mit dieser Fähigkeit, andere zum Wohlfühlen zu bringen. Wenn Wilma nicht neben dem Mädchen stand und sich streicheln ließ, kuschelte sie sich abwechselnd an die Beine des Mannes oder der Frau, und zwischendurch kam sie auch mal zu ihm.

Er hockte sich zu ihr und kraulte sie hinter dem rechten Ohr, wie er es so oft getan hatte. »Du wirst es gut haben, Kleine. Deine Leute sind okay.« Es war ihm egal, ob sie ihn hörten.

Bevor sie losfuhren, holte er die *Oslo-Elite*-HK-Handtücher vom Boot, signierte Wilmas Halsband, und die Schweden versprachen, ab und zu Bilder von Wilma zu schicken. Alva stand warm und tröstlich vor ihm. Er hatte die Arme um sie gelegt, während sie zusahen, wie das Auto um die Ecke bog und verschwand.

Dreiundzwanzig

Ich vermisse sie.« Jo bückte sich und hob den Stock auf, an dessen Ende Wilma vorgestern noch genagt hatte.

»Ich auch. Ich hätte nicht gedacht, dass man einen Hund so sehr vermissen kann.«

»Doch.« Über dem Rauschen der Wellen war Jos Stimme nur schwer zu hören. »Das wusste ich.« Er schleuderte den Stock aufs Meer hinaus, kraftvoll, aber ohne jede Spur von Zorn, sah ihm einen Moment nach und drehte sich dann zu Alva um. Seine Augen waren wieder sehr hell.

»Entschuldige. Ich habe nicht nachgedacht.«

Ohne dass sie es absprechen mussten, traten sie aufeinander zu, Alva legte die Arme um Jos Taille und er seine um ihre Schultern. Jo hatte sich seit ihrer Krise verändert. Obwohl er Wilma hatte gehen lassen müssen, obwohl sie all diese Problemgespräche geführt hatten, wirkte er jetzt ruhiger und zufriedener als vorher. Weicher.

»Müssen wir noch irgendwas für nächste Woche einkaufen?«

Alva hob den Kopf und sah ihn an. »Du bist doch der Segelplaner. Ich dachte, du hast alles schon im Detail durchdacht.«

»Gibt ein paar Sachen, die bisher nicht auf der Liste standen.« Er küsste sie auf die Nase.

Sie erwischte leider nur noch sein kratziges Kinn. »Was denn zum Beispiel?«

»Schokoladenkekse.«

»Oh. Stimmt, die sind wichtig. Was noch?«

»Kondome.«

»Wozu das denn?« Es gelang ihr, ernst zu bleiben.

Jo lachte rau auf. »Vielleicht fällt uns was ein.«

»Vielleicht.« Sie ruckelte sich unter seinem Arm zurecht. »Gehen wir zurück?«

Jo sah auf die Uhr an seinem Handgelenk. »Bis zum Ende des Strands noch? Wir müssen die Last-Minute-Einkaufsliste schließlich vervollständigen.«

Was auch immer das mit der Uhrzeit zu tun hatte. Aber es gab mit Sicherheit Schlechteres, als Arm in Arm mit ihm hier entlangzuspazieren. Sie griff nach seiner Hand über ihrer Schulter und drückte sie. »Was glaubst du, wo wir in einem Monat sind?«

»Kommt wohl drauf an, was wir unterwegs alles entdecken. Wenn Fjorde erforscht oder Berge bestiegen werden müssen, dauert es ein bisschen länger. Oder Städte angeguckt, ab und zu.«

»Oder wenn Männer vernascht werden müssen, dann auch.«

»Ja«, sagte Jo. »Dann wohl auch.«

O Himmel, hatte sie ihn gern.

Zurück am Steg, zögerte er.

»Was ist?«

»Du wirst mich auslachen.«

Alva stemmte die Arme in die Seiten. »Joakim Lundahl. Wann habe ich dich je ausgelacht?«

»Punkt für dich.« Wieder sah er auf die Uhr. »Ich finde es ohne Wilma ziemlich leer in der Kajüte, ich würde lieber zu dir gehen.«

»Dafür, dass du ernsthaft anzunehmen scheinst, ich könnte dich ausgerechnet deswegen auslachen, müsste ich eigentlich mit dir Schluss machen.«

Jo grinste von einem Ohr zum anderen, und Alva fiel auf, was ihr selbst an dem Satz so merkwürdig vorgekommen war.

»Wir haben nie drüber gesprochen, ob wir jetzt offiziell«, sie malte mit den Fingern Gänsefüßchen in die Luft, »zusammen sind. Und was wir uns überhaupt so von einer Beziehung wünschen.«

Nonchalant hob er die Schulter. »Sex.«

»Okay.« Sie hakte sich bei ihm ein. »Gehen wir zu mir.«

In ihrer Wohnung brannte Licht. Was zum …?

Oder nein, die Sonne hatte sich nur orange in der Fensterscheibe gespiegelt. Alva drehte sich zu Jo um, der schon wieder mit seiner Smartwatch zu tun hatte. »Was ist los? Ist heute irgendein Spiel, von dem du den Newsticker nicht verpassen willst, oder so?«

»Warum?«

»Weil du ständig an dieser Uhr rumfummelst.«

»Ah. Nein, das …« Er winkte ab und schüttelte zu glatt lächelnd den Kopf.

»Wenn's weiter nichts ist.«

»Unwichtig, ehrlich.«

Alva öffnete die Tür zu ihrer Wohnung. Kein Licht, sie hatte sich wirklich getäuscht. Schnell zog sie Jacke und Schuhe aus.

Aber diesen umwerfenden Duft nach Zwiebeln, Knoblauch und Basilikum bildete sie sich nicht ein. Und ebenso wenig die beiden Töpfe auf dem Herd, das Messer auf dem Schneidebrett oder die hinter dem Küchentresen hervorlugende, gestreifte Sockenspitze. Unwichtig, soso.

Sie schnappte sich Jo, indem sie mit beiden Fäusten in seinen Sweater griff und ihn in Richtung Sofa steuerte. »Was sagtest du noch gleich über Sex, Liebling?«

»Stopp!« Espen kam lachend hinter dem Küchentresen hervor. »Stopp!«

Alva ließ Jo los und umarmte ihren Bruder. »Na so was. Wo kommst du denn auf einmal her?«

»Jetzt, da du fragst: Ich habe keine Ahnung. Eben war ich noch arglos in meiner Werkstatt und bastelte an einer Lampe für Linneas Café herum, und auf einmal machte es *Puff*, und ich war hier.«

»Puff, ja?«

Er nickte. »Puff. Einfach so.«

»Eigenartig. Kann das jemand bezeugen?«

Nacheinander tauchten Svea und Annik ebenfalls aus der Küche auf. Hinter dem Sofa kicherte eine kratzige Schlumpfstimme, und Alva war sich sicher, Kristers »Pssst« zu hören, woraufhin das Kichern nur lauter wurde. »Wir sind mit einem Raumschiff hergeflogen«, rief Theo und sprang hinter dem Sofa hervor.

»Wow.«

Krister folgte ihm. »Wir mussten es im Orbit parken, der Garten wäre sonst voll gewesen.«

»Ihr seid irre.« Sie sah von einem zum anderen ihrer liebsten Menschen. In diesem Moment hatte sie jede und jeden von ihnen unfassbar lieb. »Ihr seid total irre. Aber wenn ihr schon mal hier seid, könnten wir zusammen essen. Jemand scheint gekocht zu haben.«

Theo hüpfte neben sie. »Das waren wir!«

»Nein!«

»Doch.«

Der große Topf war gefüllt mit Spaghetti, der kleinere mit selbst gemachter Tomatensoße. Gemeinsam deckten sie den Tisch, verteilten Teller, Gläser und Besteck. Theo trug mit beiden Händen den Wasserkrug, und Svea hatte tatsächlich noch einen üppigen Salat in der Küche versteckt gehabt, der mit Pilzen und Sprossen verziert war.

Krister stupste Alva an und deutete mit den Augen auf Jo. »Es war übrigens seine Idee.« Er zwinkerte ihr zu. »Vielleicht ist er doch nicht ganz verkehrt.«

»Vielleicht nicht.« Sie boxte ihn sanft, bevor sie sich neben Jo setzte.

Als alle Platz genommen hatten und die Spaghetti von den Tellern dampften, hob Espen sein Weinglas, uncharakteristisch feierlich. »Also, vielen Dank für die Einladung.«

»Ihr habt euch ja wohl eher selbst eingeladen.«

»Gehüpft, gesprungen – wen kümmert's? Außerdem sagte ich: Ich habe keine Ahnung, wie ich hierhergekommen bin.«

»Puff. Ich erinnere mich.«

»Genau.« Immer noch hielt er sein Glas in die Höhe. »Was ich eigentlich sagen wollte: Ich finde es eine super Idee von dir, Jo, dass wir hier noch mal zusammengekommen sind, bevor ihr losfahrt. Auf euch beide und einen tollen Törn.«

Wasser-, Saft- und Weingläser klangen aneinander. »Auf euch!« – »Schickt auf jeden Fall Bilder.« – »Skål.« – »Kommt heile wieder!«

»Muss ich jetzt auch eine Rede halten?«, fragte Jo.

»Quatsch.« Alva machte einen Kussmund und ließ das letzte bisschen ihrer Nudel zwischen den Lippen verschwinden. Sie hatte nicht mitbekommen, wer wann die Musik angeschaltet hatte, aber es war ein leichter, jazziger Rhythmus, der die behagliche Atmosphäre noch verstärkte.

»Könnte ich aber.« Jo ließ seine Gabel an das Saftglas klingen. »Ich freue mich, dass ihr das hier möglich gemacht habt, ohne dass Alva etwas mitbekommt. Wir haben uns vorhin drüber unterhalten, was das mit uns eigentlich ist, ob wir jetzt zusammen sind und was das bedeutet. Auf jeden Fall sind wir jetzt erst mal für die nächsten Wochen zusammen, und das macht mich wahnsinnig glücklich – und irgendwie auch stolz. Ich hätte nämlich im Leben nicht damit gerechnet, hier so eine tolle Frau zu finden. Und dass die mich dann auch noch mag, mit all meinen Fehlern …« Er lächelte ihr zu.

Annik grinste und hob ihr Glas. »Das ist das Schöne an uns. Keiner ist perfekt.«

»Wahre Worte«, sagte Espen.

»Jedenfalls freue ich mich auch, dass ich euch alle kennenlernen durfte. So einen Familienzusammenhalt habe ich noch nicht oft erlebt. Und ich würde mich freuen, wenn – vorausgesetzt, Alva wirft mich nicht vorher über Bord – ich vielleicht im Herbst mit ihr nach Lillehamn zurückkommen könnte und wir dann wieder genauso wie jetzt zusammensitzen.«

Alvas Herz platzte fast, als er ein bisschen verlegen in die Runde lächelte und dann das Glas abstellte.

»Nur wenn's sein muss«, sagte Krister.

Alva wünschte sich, nah genug bei ihm zu sitzen, um ihm gegen's Schienbein treten zu können. »Geh du doch nach Hause.«

Aber Jo grinste nur und bot Krister die Faust zum Dagegenboxen. Nun, wahrscheinlich war er aus der Sportkabine anderes gewohnt. Manchmal waren Männer eigenartig.

Während des Essens kreisten die Gespräche um die Praxis (Espen hatte tatsächlich mit Madalena gesprochen, und Hanne wollte im Sommer wieder stundenweise anfangen) und um den Segeltörn, und Alva saugte sich so voll mit ihrer Familie, wie sie nur irgend konnte.

»Habt ihr an Skier gedacht?«, fragte Krister.

»Nein«, sagte Alva. »Oder?«

Jo schüttelte den Kopf.

»Willst du meine ausleihen?«

»Wenn du sie nicht brauchst …«

Krister grinste. »Wohl kaum. Aber da oben findet ihr bestimmt noch irgendwo Schnee. Morgens Ski fahren, abends ins Meer tauchen.«

»Und neben dem Lagerfeuer am Strand einschlafen«, sagte Espen.

Svea nahm den Faden auf. »Während vor euch im Fjord die Orcas spielen. Wir sind nicht neidisch.«

»Kein bisschen«, sagte Annik und lächelte Alva zu. »Denn sicherlich wird es keinen einzigen Tag mit schrecklichem Wetter geben.«

Alva lachte. »Angeblich hört Seekrankheit nach drei Tagen auf See auf. Man darf nur nicht zwischendurch ankern, um Ski zu fahren.«

»Wir nehmen sie trotzdem mit«, sagte Jo.

»Braucht ihr noch Bücher oder so?«

»E-Reader«, antwortete Jo. »Nimmt weniger Platz weg. Und wir haben diverse Onlinekurse runtergeladen.«

»Echt?«, fragte Annik. »Was für welche?«

»Meeresbiologie«, sagte Alva. »Nur ein paar Basiskurse, zum Spaß. Und Jo … darf ich's sagen?«

»Klar.«

»Jo überlegt, noch eine Physiotherapieausbildung zu machen.«

»Oh, oh«, sagte Espen, und Krister lachte. Seine Ex-Freundin war Physiotherapeutin gewesen. Die Beziehung war eher unschön zu Ende gegangen. Alva hatte Jo davon erzählt, und er begriff sofort, worauf Espens Äußerung sich bezog.

»Ich bewerbe mich dann einfach bei euren Kollegen in Fuglesang.«

»Untersteh dich.«

»Langweilig wird's uns auf jeden Fall nicht werden.«

Alva verbiss sich ein Lachen. »Zur Not essen wir Schokokekse.«

Sehr viel später, als alle nach Hause gegangen waren und Alva in Jos Arm auf dem Sofa lag, sagte er: »Du hast verfluchtes Glück mit deinen Leuten.«

»Das weiß ich«, sagte Alva. »Glaub mir, das weiß ich.« Sie küsste ihn auf die Wange. »Und noch mehr mit dir.«

»Nein, ich mit dir.«

»Auch das stimmt wohl.« Sie hob den Kopf und küsste ihn.

Am Sonntagmorgen, als sie Lillehamn verließen, schien die Sonne, als wollte sie versuchen, Alva doch noch zum Bleiben zu bewegen.

Am Kai hatte sich nicht nur die ganze Familie samt Papa und Mariana versammelt, sondern auch das Praxisteam und Alvas Kollegen aus der Robbenstation. Sogar Jamal war gekommen und hatte ihnen eine ziemlich große Tüte Pistazien-Baklava mit auf den Weg gegeben.

Langsam waren sie auf den Fjord hinausgetuckert, gefolgt von zwei Seekajaks, in denen Krister mit Theo und Tom mit Ella versuchten, mit der FYF mitzuhalten. Jetzt waren die Segel gehisst, Jo steuerte die Jacht, und Alva winkte, winkte, winkte.

Sie war froh, dass der Wind gut stand und sie schnell von Lillehamn wegbrachte. Im Schutz der kleinen Inseln und Holme zwischen Lillehamn und Stavanger lag das Meer noch glatt; wild würde es erst später werden. Der schemenhafte Rest von Lillehamn verschwamm am Horizont.

Vor ihnen wartete die offene, weite See.

»Bereit fürs Abenteuer?«, fragte Jo.

Alva drehte sich ein letztes Mal um. »Bereit fürs Abenteuer.«

ENDE

Danksagung

Ihr seid wieder mit mir nach Lillehamn gekommen! Das macht mich froh.

Dritte Bände aus Reihen haben es oft ein bisschen schwer, gesehen zu werden, umso mehr freue ich mich über euch, die Leser*innen, die meine Lillehamn-Crew mit mir lieben oder sie vielleicht sogar erst mit diesem Band entdecken. Vielen Dank, dass ihr hier seid.

Ich habe mir große Mühe gegeben, nicht zu viel aus den beiden vorhergehenden Bänden zu verraten. So etwas ist immer ein Balanceakt, da Alva und die anderen natürlich durch das beeinflusst sind, was sie vorher erlebt haben. Ich hoffe, er ist gelungen.

So viele von euch haben mir nach den ersten beiden Büchern liebe Nachrichten geschrieben, tolle Fotos gemacht und eure Begeisterung im Internet geteilt. Das war unglaublich beflügelnd und motivierend. Ich weiß nicht, ob ich Alvas letzten Feinschliff zwischen Schmerztabletten und Rückenübungen geschafft hätte, wenn nicht immer wieder irgendwo in meinem Instagram-Feed »Jahreshighlight 2020« aufgeblitzt wäre. Auch im Namen von Alva: vielen herzlichen Dank!

Es gibt Menschen, die in jeder Danksagung vorkommen und auch hier wieder. Ohne meine tolle Agentin Rosi Kern hätte es Lillehamn nicht gegeben. Danke.

Ohne meine unfassbar engagierte und weitsichtige Verlagslektorin Bettina Steinhage wäre auch einiges sehr anders gelaufen. Danke an dich und auch an dich, Catherine Beck, die das achtsame Feinlektorat übernommen hat.

Nina Kay danke ich für viele, viele konstruktive und lustige Sprachnachrichten.

Von Silvia Konnerth habe ich fast genauso viele kluge Sprachnachrichten bekommen, und dazu noch hat sie mit unglaublich aufmerksamen Adleraugen testgelesen. Danke.

Jenny Benkau. Ich weiß nicht mal, wo ich anfangen soll. Danke.

Wie es nicht anders sein kann, geht auch ein stetiger Dank an mein Ink-Rebels-Büro: Franzi, Daniela, Kira, Jenny, die nicht nur mein Büro sind, sondern auch meine Freundinnen. Kvæfjordkake steht in der Küche, und ich glaube, es ist auch noch Tee da.

Zwei Menschen, denen ich noch nie vorher in einem Buch gedankt habe, die aber für dieses meinen ewigen Dank verdienen, sind Dr. Petra Bracht und Roland Liebscher-Bracht. Ohne sie und all das Wissen um den menschlichen Körper, das sie der Welt so großzügig zur Verfügung stellen, hätte es dieses Buch wohl erst Monate später in die Welt geschafft.

Und last but not least natürlich ein dicker Dank an meine Lieblingsfamilie. Bereitet euch schon mal auf die nächsten Rechercheresisen vor. Ich hab da so ein paar Ideen …

Alvas Rezept für Kanelboller (Zimtschnecken)

Zimtschnecken – Kanelboller – gehören zu den Leckereien, die traditionell das ganze Jahr über gegessen werden können. Besonders lecker sind sie aber nach einem Tag im Schnee.

Ihr braucht dafür:

- 500 g Mehl
- ½ TL Salz
- 75 g Zucker
- 1 TL Kardamom
- 75 g Butter, zerlassen (wenn Svea dabei ist, nimmt Alva Pflanzenmargarine)
- 250 ml Milch bzw. Pflanzenmilch
- ½ Würfel Frischhefe oder 1 Päckchen Trockenhefe
- Zucker, Zimt, Puderzucker, Apfelmus, noch etwas Margarine

Und so geht's:

1. Für den Teig die Frischhefe mit ein wenig Zucker und lauwarmer (Pflanzen-)Milch ansetzen, derweil Mehl, Salz, Zucker und Kardamom mischen. Margarine zerlassen. Inzwischen sollte die Hefe sichtbar Bläschen schlagen. (Trockenhefe kann einfach ins Mehl gerührt werden.) Alles verkneten und 145 Minuten an einem warmen Ort ruhen lassen.
2. Den Teig etwas kleiner als auf Backblechgröße ausrollen, mit zerlassener Margarine bestreichen, Zimt und Zucker darüberstreuen. Besonders saftig werden die Zimtschnecken, wenn man auf ein Ende Apfelmus gibt.
3. Das Apfelmus ist ganz im Inneren der Kanelboller, man rollt den Teig also von der Kante her auf, die mit Apfelmus bestrichen ist. Die dadurch entstandene Teigrolle wird in etwa 5 cm breite Stücke geschnitten und diese aufrecht in eine mit Backpapier ausgekleidete, runde Kuchenform gesetzt.
4. 15 Minuten bei 200 °C Ober- und Unterhitze bzw. 175 °C Umluft (je nach Ofen evtl. auch etwas weniger) backen.
5. Noch während sie ein wenig warm sind, mit Zuckerguss übergießen.

Vær så god, forsyn deg.

»Diese Reihe ist etwas ganz Besonderes, und jeder, der sie liest, wird es spüren.« *Kira Mohn*

JULIE BIRKLAND

Northern Love

Hoch wie der Himmel

ROMAN

Als Ärztin nach Norwegen ans Meer – dieser Traum ist alles, was Annik nach dem Unfalltod ihres Mannes geblieben ist. In dem beschaulichen Städtchen Lillehamn wagt sie mit ihrem kleinen Sohn Theo einen Neuanfang. Zwischen tiefen Wäldern, der rauen See und einem endlos wirkenden Himmel wird Anniks Schmerz mit jedem Tag ein wenig erträglicher. Wäre da nur nicht Krister Solberg, ihr wortkarger Boss. Annik ist sich sicher, dass der attraktive Chirurg sie nicht leiden kann. Doch unberührt lässt er sie nicht. Krister allerdings hat seine ganz eigenen Gründe, der neuen Ärztin in seiner Praxis zunächst aus dem Weg zu gehen …

Große Gefühle vor malerischer Kulisse: Teil 1 der liebenswerten Reihe rund um eine Arztpraxis im norwegischen Küstenort Lillehamn

KNAUR

Wer seinem Herzen folgt,
macht auch mal einen Umweg

ALICIA ZETT

Maybe Not Tonight

ROMAN

Für den 19-Jährigen Luke fühlt sich die Zeit als Au pair in Vancouver wie ein Traum an: Jahrelang hat er sich nur darauf konzentriert, seinen Geschwistern den toten Vater zu ersetzen – jetzt, viele tausend Kilometer von Zuhause entfernt, scheint plötzlich alles möglich. Bei einem Theaterprojekt lernt er den Studenten Jackson kennen, der ihm zeigen könnte, wie man das Leben einfach nur in vollen Zügen genießt. Doch Luke hat keine Ahnung, wie er mit seiner neuen Freiheit umgehen soll. Und in wenigen Monaten wird er in einem Flugzeug zurück nach Deutschland sitzen. Es wäre äußerst unklug, sich auf Jackson einzulassen – oder?

»Ein absolutes Wohlfühlbuch voller authentischer
Charaktere, die mein Herz erobert haben.«
Maren Vivien Haase, Buchbloggerin

KNAUR